MEIN SCHICKSAL

MEIN PEINIGER: BUCH 3

ANNA ZAIRES

Übersetzt von
GRIT SCHELLENBERG

♠ MOZAIKA PUBLICATIONS ♠

Veröffentlicht von Mozaika Publications, einer Druckmarke von Mozaika LLC.
www.mozaikallc.com

Aus dem Amerikanischen von Grit Schellenberg
Lektorat: Fehler-Haft.de

Cover Design von Najla Qamber Designs
najlaqamberdesigns.com

e-ISBN: 978-1-63142-398-7
Print ISBN: 978-1-63142-399-4

TEIL I

1

Sara

WARME LIPPEN DRÜCKEN gegen meine Wange, der Kuss ist weich und zärtlich, auch wenn ich einen Tag alte Bartstoppeln spüre.

»Wach auf, Ptichka«, flüstert eine vertraute Stimme mit ausländischem Akzent in mein Ohr, während ich einen schläfrigen Protest murmele und mich tiefer ins Kissen kuschle. »Es ist Zeit, zu gehen.«

»Hmm-mm.« Ich halte die Augen geschlossen und lasse meinen Traum nicht los. Es war ausnahmsweise einmal ein angenehmer Traum, mit einem sonnigen See, einem Paar tobender Hunde und Peter, der mit meinem Vater Schach spielt. Die Einzelheiten verblassen bereits in meinem Kopf, aber das leichte, euphorische Gefühl bleibt, auch wenn sich die Realität zusammen mit der bitteren Erkenntnis, dass der Traum unmöglich ist, einschleicht.

»Komm schon, meine Liebe.« Er drückt einen sanften Kuss auf die empfindliche Unterseite meines Ohres und sendet angenehme Schauer durch mich hindurch. »Das Flugzeug wartet. Du kannst auf dem Heimweg schlafen.«

Der letzte Rest des Traums verblasst, und ich rolle mich auf meinen Rücken und unterdrücke ein Stöhnen über den anhaltenden Schmerz in meiner linken Schulter, während ich meine Augen öffne, um dem warmen, silbernen Blick meines Entführers zu begegnen. Er beugt sich über mich, ein zärtliches Lächeln umspielt seine gemeißelten Lippen, und einen Moment lang verstärkt sich die euphorische Leichtigkeit.

Wir sind am Leben, und er ist hier bei mir. Ich kann ihn berühren, küssen, fühlen. Sein Gesicht ist schlanker als zuvor, ausgehöhlt durch Stress und Schlafentzug, aber der Gewichtsverlust verstärkt nur seine männliche Schönheit, schärft die Wölbung dieser exotisch geformten Wangenknochen und betont die starke Linie seines Kiefers.

Er ist umwerfend, dieser Mörder, der mich liebt.

Der Mörder meines Mannes, der mich nie freilassen wird.

Meine Brust verengt sich, da meine Freude durch den vertrauten Selbsthass und die Schuldgefühle verdorben wird. Vielleicht wird es einen Tag geben, an dem ich mich nicht mehr so widersprüchlich fühle, so zerrissen, dass ich den Mann brauche, der mich ansieht, als wäre ich sein Leben, aber im Moment kann ich nicht vergessen, was er ist und was er getan hat.

Ich kann die Schande nicht vergessen, dass ich mich in meinen Peiniger verliebt habe.

Peters Lächeln verblasst, und ich weiß, er spürt meine Gedanken, liest die Schuldgefühle und Anspannung in meinem Gesicht. In den letzten zwei Wochen, seit ich hier in der Klinik aufgewacht bin, habe ich es vermieden, über die Zukunft nachzudenken und darüber, was zu dem Unfall geführt hat. Ich brauchte Peter zu sehr, um ihn wegzustoßen, und er brauchte mich. Aber heute Morgen kehren wir zu seinem Versteck in Japan zurück, und ich kann meinen Kopf nicht mehr im Sand verstecken.

Ich kann nicht so tun, als ob der Mann, an den ich mich klammere, nicht die Absicht hätte, mich für den Rest meines Lebens gefangen zu halten.

»Nicht, Sara.« Seine Stimme ist tief und weich, auch wenn das warme Silber seines Blicks zu eisigem Stahl abkühlt. »Tu das nicht.«

Ich blinzele und entspanne meine Gesichtszüge. Er hat recht: Jetzt ist nicht der richtige Zeitpunkt. Ich stütze mich auf meinen rechten Ellenbogen und sage ruhig: »Ich sollte mich anziehen. Wenn du mich bitte entschuldigst …«

Er richtet sich auf und macht mir Platz, damit ich mich hinsetzen kann. Ich bin dankbar für meinen Krankenhauskittel, als ich aus dem Bett schlüpfe und ins Badezimmer eile, bevor er seine Meinung ändert und beschließt, die Diskussion doch noch zu führen. Wir müssen darüber reden, was passiert ist – die Konfrontation ist längst überfällig –, aber ich bin nicht bereit dafür. In den letzten zwei Wochen waren wir uns näher als je zuvor, und ich will das nicht aufgeben.

Ich will Peter nicht wieder als meinen Feind sehen.

Während ich mir die Zähne putze, betrachte ich die diagonale Narbe auf meiner Stirn, wo ein Glassplitter eine lange Wunde hinterließ. Die plastischen Chirurgen in der Klinik haben gute Arbeit geleistet, um das zu korrigieren, was ein entstellender Makel gewesen sein könnte, und seit die Fäden gezogen wurden, sieht die Narbe schon weniger schlimm aus. In ein paar Wochen wird sie eine dünne weiße Linie sein, und in ein paar Jahren vielleicht völlig unsichtbar, genau wie die schwachen blauen Flecken, die immer noch mein Gesicht schmücken.

Wenn das Kind, das Peter mir aufzwingen will, alt genug ist, um Fragen zu stellen, sollte von meinem katastrophalen Fluchtversuch keine Spur mehr zu sehen sein.

Mein Atem stockt bei dem Gedanken, und ich drücke die Hand gegen meinen Unterleib und zähle die Tage mit wachsender Angst. Es ist zweieinhalb Wochen her, seit wir ungeschützten Sex während eines potenziell fruchtbaren Fensters hatten, was bedeutet, dass meine Periode vor ein paar Tagen hätte beginnen sollen. Durch die Operationen und die Medikamente habe ich nicht auf das Datum geachtet, aber jetzt, da ich nachrechne, merke ich, dass ich spät dran bin.

Nicht so spät, dass ich in den kompletten Panikmodus verfalle, aber spät genug, um mir ernsthafte Sorgen zu machen.

Ich könnte schon schwanger sein.

Mein erster Impuls ist, die nächste Schwester zu finden und einen Bluttest zu verlangen. Ich bin mir sicher, dass sie mich vor zwei Wochen auf eine Schwangerschaft getestet haben, als ich nach dem Unfall in die Klinik gebracht wurde, aber die ersten Spuren von hCG in meinem Blutkreislauf würden erst sieben bis zwölf Tage nach der Empfängnis nachzuweisen sein. Ich würde zweifellos negativ getestet werden, und sie hätten keinen Grund, mich erneut zu testen.

Keinen Grund, außer dass meine Periode zu spät ist.

Ich greife schon nach der Türklinke, als ich innehalte. Sobald ich den Bluttest mache, wird Peter es wissen. Er wird vor mir Zugang zu den Ergebnissen haben, und etwas in mir schreckt bei diesem Gedanken zurück. Ich hatte bisher keine Wahl, keine Kontrolle über irgendetwas in unserer Beziehung, und ich muss mich so fühlen, als hätte ich sie jetzt, auch wenn es nur in diesem einen Fall so ist.

Wenn es ein Kind gibt, wächst es in *meinem* Körper, und ich möchte entscheiden, wann ich diese Neuigkeit teilen möchte.

Es ist keine rationale Entscheidung, ich weiß. Peter ist nicht dumm. Er kann auch Tage zählen. Wenn er noch nicht gemerkt hat, dass meine Periode ausgeblieben ist, wird er es bald, und dann wird er wissen, dass er gewonnen hat, dass wir in guten wie in schlechten Zeiten durch das Bündel von Zellen, das vielleicht schon in mir wächst, miteinander verbunden sind.

Von dem Kind, das einem Mörder geboren werden wird, der von den Behörden weltweit gejagt wird, und seinem gefangenen Objekt seiner Besessenheit.

Ein schmerzhaftes Pochen beginnt hinter meinem linken Auge, als ich plötzlich und unerbittlich Kopfschmerzen bekomme. Ich kann es nicht vermeiden, an die Zukunft zu denken, kann es mir nicht leisten, jeden Tag so zu nehmen, wie er kommt, und auf das Beste zu hoffen.

Ich muss das Baby beschützen, aber ich weiß nicht, wie.

Ich kann nicht entkommen, und Peter wird mich nie freilassen.

2

eter

SARA IST UNGEWÖHNLICH RUHIG, als wir die Klinik verlassen, ihre schlanken Finger fühlen sich in meiner Hand kalt an, was mir sagt, dass sie wieder Zweifel an uns hegt, ihr überaktiver Geist alle Gründe durchgeht, warum das, was wir haben, falsch ist und nicht funktionieren kann.

Ich wünschte, ich könnte sie beruhigen, ihr meinen neuen Plan erklären und ihr sagen, dass sie nur Geduld haben muss, aber ich möchte keine Versprechungen machen, die ich vielleicht nicht halten kann. Mein Plan ist so vielschichtig, besteht aus so vielen beweglichen Teilen, dass die Wahrscheinlichkeit eines Scheiterns viel größer ist als die eines Erfolgs.

Wenn ich das Angebot von Danilo Novak annehme, Julian Esguerra zu eliminieren, werden mein Team und ich uns mit dem gefährlichsten Mann, den ich kenne, anlegen.

Unter anderen Umständen würde ich die Idee nicht einmal in Erwägung ziehen. Esguerra hat geschworen, mich zu töten, weil ich seine Frau einmal in Gefahr gebracht habe, um ihn zu retten, aber vorher habe ich ein Jahr lang für ihn als Sicherheitsberater gearbeitet, um die Liste der Personen zu bekommen, die in das Massaker meiner Familie verwickelt waren. Ich kenne den kolumbianischen Waffenhändler; ich habe gesehen, wie gewalttätig und gnadenlos er ist. Seine Organisation hat im Alleingang eine der tödlichsten Terrorgruppen der Geschichte ausgelöscht, und er hat unsagbar grausame Dinge mit anderen Feinden gemacht. Mit seinem enormen Reichtum und seinen Kontakten zu Regierungen auf der ganzen Welt ist Esguerra fast unantastbar und sein Anwesen im Amazonas-Dschungel eine militärische Festung. Deshalb bietet Novak auch so viel Geld: Weil niemand, der bei klarem Verstand ist, gegen einen so mächtigen und rücksichtslosen Menschen antreten würde.

Der einzige Grund, warum ich überhaupt darüber nachdenke, ist Sara.

Ich muss den Unfall wiedergutmachen, der sie fast getötet hätte.

Ich muss alles tun, um ihr das Leben zu geben, das sie verdient.

ANTON IST SCHON IM FLUGZEUG, als die Zwillinge und ich mit Sara ankommen, und sobald ich sie sicher hingesetzt habe, heben wir ab. Es ist ein vierzehnstündiger Flug nach Japan. Sobald wir in der Luft sind, ziehe ich Saras Turnschuhe aus und schlage ihr eine Decke um die Füße, in der Hoffnung, dass es für sie bequem genug ist, um ein Nickerchen zu machen.

Ich habe seit dem Unfall selbst nicht viel geschlafen, aber ich möchte, dass sie sich ausruht und gesund wird.

Sie sieht mich mit düsteren haselnussbraunen Augen an, als ich nach meinem Laptop greife, und ich frage: »Hast du Hunger, mein Liebling?«

Wir haben gefrühstückt, bevor wir die Klinik verlassen haben, aber sie hat kaum etwas gegessen, also habe ich extra Sandwiches für den Flug mitgebracht.

Sie schüttelt ihren Kopf. »Nein, danke.« Ihre Stimme ist melodiös und ein wenig rau – die Stimme einer Sängerin, wie ich immer gedacht habe. Ich möchte ihr für immer zuhören, ob sie nun spricht oder einen der Popsongs, die sie liebt, singt. Vor allem aber möchte ich sie unserem Baby ein Schlaflied singen hören, damit das Kind weiß, dass es sicher ist und geliebt wird.

Angestrengt schiebe ich dieses verführerische Bild beiseite. Ich kann jetzt nicht daran denken, eine Familie mit Sara zu gründen … nicht, wenn ich eine so gefährliche Aufgabe vor mir habe.

Es ist das Beste, wenn Sara nicht schwanger ist, und bis wir diese Hürde genommen haben, werde ich dafür sorgen, dass es so bleibt.

3

eter

»DU HAST *WAS* GETAN?«

Anton starrt mich an, als hätte ich den Verstand verloren, und sein bärtiges Kinn klappt vor Entsetzen nach unten. Wie ich sind die Jungs trotz unserer späten Ankunft gestern Abend früh auf, also dachte ich, dass ich sie über unsere nächste Mission informieren sollte, bevor Sara aufwacht.

»Ich habe ein Treffen mit Novak angesetzt«, wiederhole ich, wobei ich ein Ei in eine Rührschüssel schlage, bevor ich ein wenig Milch einrühre. »Wir fliegen Mitte Dezember nach Belgrad. Der serbische Bastard ist zu paranoid und hat gesagt, er würde die Einzelheiten über das, was er in Esguerras

Organisation hat, nur persönlich mitteilen, nicht per E-Mail oder am Telefon.«

Yan lehnt sich an einen nahegelegenen Tresen, und seine grünen Augen sehen kühl-amüsiert aus, als er seine Beine auf Knöchelhöhe überkreuzt. »Warum Mitte Dezember? Es ist erst Anfang November.«

Ich zucke mit den Schultern. »Wir haben es nicht eilig, und er auch nicht.« Letzteres stimmt eigentlich nicht. Novak wollte sich nächste Woche mit mir treffen, aber ich habe die Zusammenkunft auf nächsten Monat verschoben. Sobald wir den Ball ins Rollen bringen, wird es kein Halten mehr geben, und ich bin noch nicht bereit.

Ich will – nein, ich *muss* – Zeit mit Sara verbringen, bevor ich mich auf diese Mission begebe. Außerdem sind unsere Hacker Wally Henderson auf den Fersen und könnten bald eine weitere heiße Spur entdecken. Er ist der letzte Name auf meiner Liste und bei weitem der schwierigste. Er ist auch der General, der für die Daryevo-Operation verantwortlich war – was ihn zum direktesten Verantwortlichen für das Massaker an meiner Frau und meinem Sohn macht. Ohne Saras Unfall hätten wir ihn vielleicht in Neuseeland erwischt, als das Bild seiner Frau auf Instagram erschien, als ein ahnungsloser Besitzer eines Weingutes stolz seine Kundschaft dort postete. Als wir jedoch in die Schweizer Klinik fuhren und ich mich wieder genug zusammenreißen konnte, um meine Männer nach ihm suchen zu lassen, war er bereits wieder untergetaucht. Aber dieses Mal ist seine Spur frisch, und unsere

Hacker haben eine bessere Vorstellung davon, wo sie suchen müssen.

Wir werden Walter Henderson III. finden, und wenn wir das tun, werde ich den *sookin syn* in kleine Stücke zerlegen.

Ilya runzelt die Stirn, und seine Schädeltattoos glänzen im Morgenlicht, als er sich auf einen Barhocker setzt. »Bist du dir da sicher, Mann? Hundert Millionen *sind* gepfeffert, aber wir reden hier von Esguerra. Kent wird mit reingezogen und …«

»Scheiß auf Kent.« Ich zerschlage das nächste Ei so heftig, dass es an die Seite der Rührschüssel spritzt. »Dieser Bastard verdient es, nachdem er die Sache mit Sara versaut hat.«

»Aber Esguerra?«, fragt Anton, als er über seinen Schock hinwegkommt. »Der Kerl hat eine kleine Armee auf seiner Gehaltsliste, und sein Anwesen im Dschungel – du hast selbst gesagt, dass es uneinnehmbar ist. Wie zum Teufel sollen wir …«

»Deshalb treffen wir uns mit Novak, um herauszufinden, was er im Ärmel hat.« Ich fange an, die Geduld zu verlieren. »Ich bin doch nicht selbstmordgefährdet, wir machen das nur, wenn wir lebend aus der Sache rauskommen.«

»Wirklich?« Yan geht durch die Küche und setzt sich auf einen Barhocker neben seinen Bruder. »Bist du dir da sicher? Weil Sara unter Kents Aufsicht verletzt wurde.«

Seine Stimme ist seidenweich, aber ich erkenne eine Herausforderung, wenn ich sie höre.

Mit ruhigem Gesichtsausdruck gehe ich zum Waschbecken und wasche mir alle Spuren von rohem Ei von den Händen. Anton, der mich am besten kennt, entfernt sich vorsichtig, aber die Ivanov-Zwillinge rühren sich nicht von ihren Plätzen und sehen mich mit identischen grünen Augen an, während ich ruhig die Bar umrunde und mich Yan nähere.

»Also glaubst du, dass ich mit meinem Schwanz denke?« Die Sanftheit meiner Stimme passt zu seiner. »Du glaubst, ich bin bereit, uns alle umzubringen, um Kent dafür zu bestrafen, dass er Sara einen Unfall haben ließ?«

Yan dreht seinen Barhocker, um mir direkt ins Gesicht zu schauen. »Ich weiß es nicht.« Sein Ausdruck ist leicht amüsiert, aber seine Augen sind kalt und scharf. »Tust du es?«

Meine Lippen verziehen sich zu einem grimmigen Lächeln, während sich meine rechte Hand um das Klappmesser in meiner Tasche schließt. »Und wenn ich es täte?«

Yan erwidert meinen Blick für ein paar angespannte Sekunden, während die Luft im Raum dicker wird. Ich mag Yan, aber ich kann den Ungehorsam nicht zulassen. Er wusste, worauf er sich einließ, als er sich diesem Team anschloss. Er war sich dessen voll bewusst, dass er mir mit meiner persönlichen Agenda helfen muss, um an dem lukrativen Geschäft teilzunehmen, das ich aufgebaut habe. Das war unser Deal, und ich habe vor, ihn dazu zu bringen, sich daran zu halten, auch wenn es jetzt

Sara ist, die mich zu meinen Handlungen motiviert, anstatt meine tote Frau und mein Sohn.

»Yan.« Ilyas Stimme ist ruhig, als er aufsteht und eine massive Hand auf die Schulter seines Bruders legt. »Peter weiß, was er tut.«

Yan schweigt noch einen Moment, dann neigt er seinen Kopf mit einem harten Lächeln. »Ja, da bin ich mir sicher. Er *ist* schließlich der Teamleiter.«

Seine Worte sind versöhnlich, aber ich lasse mich nicht täuschen. Ich muss bei dieser Mission besonders wachsam sein.

Yan könnte die Sache leicht verkomplizieren.

4

———

S ara

ALS WIR FÜNF FRÜHSTÜCKEN, komme ich nicht umhin, die Spannung am Tisch zu bemerken. Ich weiß nicht, ob etwas passiert ist, bevor ich herunterkam, oder ob jeder so mit dem Jetlag zu kämpfen hat wie ich, aber die lockere Kameradschaft, die ich immer zwischen Peter und seinen Männern wahrgenommen habe, scheint heute Morgen nicht da zu sein.

Statt miteinander zu scherzen und mich mit Anekdoten über Russland zu unterhalten, verschlingen Peters Teamkollegen schweigend und schnell ihre Omeletts, bevor Anton den Hubschrauber für eine Versorgungsfahrt nimmt und die Zwillinge zu einer Trainingseinheit im Wald aufbrechen.

»Was ist los?«, frage ich Peter, als wir die Einzigen in der Küche sind. »Habt ihr euch gestritten?«

»So ähnlich.« Er steht auf, um die leeren Teller wegzuräumen. »Sagen wir einfach, dass nicht jeder mit meinen Plänen einverstanden ist.«

»Welche Pläne?«

»Ich denke darüber nach, ein weiteres Jobangebot anzunehmen – ein besonders lukratives.«

Ich runzele die Stirn und stehe auf, um ihm zu helfen, das Geschirr in die Spülmaschine einzuräumen. »Ist es gefährlich?«

Seinem Lächeln fehlt jede Spur von Humor. »Unser Leben ist gefährlich, Ptichka. Unsere Arbeit ist nur ein Teil davon.«

»Warum sind die Jungs dann dagegen?« Ich lege den Teller hin, den ich ausgespült habe, und wische mir die Hände an einem Geschirrtuch ab. »Ist es irgendwie schlimmer als deine üblichen *Mission-Impossible-*Aufträge?«

Sein stählerner Blick erwärmt sich bei meinem besorgten Ton. »Es ist nichts, worüber du dir Gedanken machen musst, mein Liebling – zumindest nicht für eine Weile. Wir werden den potenziellen Kunden nicht vor Mitte Dezember treffen, und dieses Treffen wird überhaupt erst entscheiden, ob wir diesen Job annehmen oder nicht.«

»Oh.« Meine Sorge nimmt leicht ab, da sie von wachsender Neugier verdrängt wird. »Triffst du diesen Kunden persönlich?« Als Peter nickt, frage ich:

»Warum? Das machst du doch normalerweise nicht, oder?«

»Nein, aber diesmal machen wir eine Ausnahme.« Er scheint nicht vorzuhaben, das näher zu erklären, also beschließe ich, das Thema für den Moment fallenzulassen. Mitte Dezember ist Wochen entfernt, und er wird es mir sagen, wenn er bereit dazu ist – wahrscheinlich, wenn er sich nicht gerade mit seinen Teamkollegen gestritten hat.

Wir beenden das Aufräumen in geselliger Stille, und ich wundere mich, wie natürlich sich das alles anfühlt: mit Peter und seinen Männern frühstücken, abwaschen, über seine Arbeit reden. Es ist egal, dass wir uns auf einem unzugänglichen Berggipfel in Japan befinden, wo bereits einige Zentimeter Schnee den Boden bedecken, oder dass es sich bei der Arbeit um blutige Morde handelt. Meine Abwesenheit von hier – die Tage, die ich mit den Kents in Zypern verbracht habe, gefolgt von dem zweiwöchigen Aufenthalt in der Schweizer Klinik – beginnt schon, zu einer schlechten Erinnerung zu verblassen, ein beängstigendes Zwischenspiel in meinem neuen Leben.

Ein Leben, das mit jedem Tag, der hier vergeht, angenehmer und realer wird, an diesem fremden Ort, der sich wie zu Hause anfühlt.

Ich warte auf das schmerzhafte Gefühl von Selbsthass und Schuld, aber alles, was ich fühle, ist eine Art müde Resignation. Ich habe es satt, mich selbst und diese verwirrenden Gefühle zu bekämpfen, mich zu wehren und vorzugeben, dass der Mann, der mich mit diesen metallischen Augen betrachtet, nichts anderes als mein Entführer ist – dass ich mich in der Klinik nicht an ihn wie ein Babykoala an seine Mutter geklammert habe. Als ich heute Morgen allein in einem leeren Bett aufgewacht bin, wollte ich weinen – und das hatte nichts damit zu tun, dass ich meine Periode noch nicht bekommen habe.

Ich habe diesen Gedanken verdrängt, bevor ich wieder ausflippen konnte. Ja, ich bin jetzt einige Tage zu spät dran, aber es gibt andere mögliche Erklärungen für die Verzögerung. Stress, zum Beispiel, sowohl körperlich als auch emotional. Ohne Schwangerschaftstest und ohne andere Symptome kann ich zu diesem frühen Zeitpunkt nicht wissen, ob es sich um die Folgen des Unfalls oder des ungeschützten Sex handelt. Da ich also noch nicht bereit bin, dieses Thema bei Peter anzusprechen, muss ich es mir aus dem Kopf schlagen und auf das Beste hoffen.

Wenn ich schwanger bin, werden wir beide es früh genug wissen.

»Geht es dir gut?«, fragt Peter, wobei seine dunklen Augenbrauen sich besorgt zusammenziehen, und ich merke, dass ich versehentlich mein Gesicht so verzogen habe, als hätte ich Schmerzen.

»Ich habe nur Jetlag«, sage ich, und um seine Sorgen zu zerstreuen, setze ich ein strahlendes Lächeln auf. »Du weißt schon, langer Flug und so.«

»Ah.« Er hebt seine große Hand und berührt sanft die heilende Narbe auf meiner Stirn. »Du solltest dich die nächsten Tage schonen. Du bist noch nicht ganz gesund.« Sein Stirnrunzeln vertieft sich. »Vielleicht hätten wir länger in der Klinik bleiben sollen.«

Ich lache und schüttele den Kopf. »Oh, nein. Wir sind schon so eine Woche zu lange geblieben. Ich bin nur etwas müde, das ist alles.«

»In Ordnung.« Er sieht nicht überzeugt aus, und spontan stelle ich mich auf die Zehenspitzen und küsse die harte Linie dieses sinnlichen Mundes.

Es ist nur ein kurzer, verspielter Kuss, aber wir beide sind davon getroffen wie von einem Schlag. Ich weiß nicht, warum ich das getan habe, warum es sich so natürlich angefühlt hat, ihn so zu beruhigen. Es war nicht, weil ich Sex möchte, obwohl ich es will – er hat mich seit Zypern nicht mehr genommen, und mein Körper sehnt sich nach seiner Berührung. Nein, es war nur etwas, was ich tun wollte, etwas, was sich richtig anfühlte.

Er erholt sich zuerst, und ein langsames, verführerisches Lächeln erscheint auf seinen gemeißelten Lippen, als er nach mir greift, wobei ein Arm um meine Taille gleitet, um mich näher an sich zu ziehen, während die andere Hand sich sanft um mein Kinn legt und sein schwieliger Daumen über meine Wange streicht. »Sara …« Seine Stimme ist leise und heiser, so warm wie das Leuchten in seinem Blick. »Meine schöne Ptichka … Ich liebe dich so sehr.«

Meine Brust verengt sich und drückt die Luft in meiner Lunge zusammen. Er hat mir schon vorher gesagt, dass er mich liebt, aber nie so … nie mit dieser Tiefe des Gefühls. Es erschüttert mich bis auf die Knochen, denn zum ersten Mal glaube ich ihm.

Ich glaube ihm, und ich will es erwidern.

Diese Erkenntnis trifft mich wie ein Hammerschlag. Ich habe so hart dagegen angekämpft, alles getan, um zu verhindern, dass ich mich in diesen Mann verliebe, um ihm zu entkommen. Doch schon als ich vor ihm weglief, wusste ich, dass ich auch vor mir selbst flüchtete, vor dem dunklen Teil in mir, der den Mörder meines Mannes umarmen will, um der Fantasie eines glücklichen Lebens mit dem Mörder nachzugeben, der mich von jedem, den ich liebe, gestohlen hat. Ich kämpfte, rannte, und irgendwo auf dem Weg ist es trotzdem passiert.

Ich habe mich in ihn verliebt.

Ich verliebte mich in den Mann, den ich hassen sollte, ein Monster, dessen Kind ich vielleicht in mir trage.

Er blickt mir in die Augen, und in seinen Augen sehe ich dieselbe heftige Sehnsucht, die ich so unbedingt zerstören wollte. Er braucht mich, mein tödlicher Entführer, braucht mich so sehr, dass er bereit ist, alles zu tun, um mich zu haben. Und aus irgendeinem Grund erschreckt mich dieses Wissen nicht mehr so sehr wie früher.

Ich weiß nicht, ob ich meine Gedanken irgendwie

telegrafiere oder ob die Abstinenz der letzten zweieinhalb Wochen für Peter genauso schwer war wie für mich, aber das konzentrierte Feuer in seinem Blick brennt heller und der mächtige Arm um meine Taille spannt sich an und zieht mich gegen seinen Körper.

Seinen harten, voll erregten Körper.

Mein eigener Körper spannt sich an, zieht sich plötzlich vor Verlangen zusammen, während sich meine Hände heben, um gegen seine breite Brust zu drücken. Ich will ihn, so wie ich ihn die ganzen Nächte in der Klinik wollte, als ich platonisch in seiner Umarmung schlief. Er weigerte sich damals, mich anzufassen, aus Sorge um meine Verletzungen, aber ich habe keine Schmerzen mehr – zumindest nicht von dem Unfall.

Sein Kopf beugt sich nach unten, und ich begrüße seinen harten, verschlingenden Kuss. Das ist genau das, was ich will: von ihm in Besitz genommen werden, die Gewalt seiner Leidenschaft spüren. Er ist nicht mehr sanft, aber ich will auch nicht, dass er es ist. Ich will ihn genau so: rau und fast außer Kontrolle, dass er mich mit seinem Verlangen verzehrt und mich mit seinem überwältigenden Hunger brennen lässt.

Meine Hände landen irgendwie in seinen dunklen Haaren und krallen sich in die dicken, seidigen Strähnen, während ich ihn mit der gleichen Wildheit zurückküsse und unsere Zungen sich duellieren, während sich unsere Körper, durch die Barriere der Kleidung getrennt, aneinanderdrängen. Ich atme jetzt schwer, und er auch, als er mich gegen den Rand des

Tresens drückt, mich auf ihn hebt, und meine Yogahose und meinen Tanga mit einem rauen Ruck herunterzieht. Dann ist sein Reißverschluss offen, und sein dicker Schwanz spießt mich auf und lässt mich wegen der brutalen Dehnung aufschreien. Wenn ich nicht so nass wäre, hätte er mich zerrissen, aber ich bin mehr als feucht vor Verlangen, und als er anfängt, in mich zu stoßen, schlinge ich meine Beine um seine Hüften, nehme ihn auf und umarme alles, was er zu geben hat.

Es dauert nicht lange, bis sich mein Körper zusammenzieht, sich in einem schwindelerregenden Tempo dem Höhepunkt nähert und seine Stöße schneller werden, bis der wilde Rhythmus uns beide an den Rand der Vernunft treibt. »Oh, fuck«, stöhnt er und wirft seinen Kopf zurück, als der Orgasmus ihn überrollt, und ich schreie, erschaudere vor quälendem Vergnügen, während meine inneren Muskeln sich um seinen pulsierenden Schwanz zusammenziehen. Die heißen Ergüsse seines Samens überschwemmen meinen Unterleib, und mein Körper krampft immer wieder, da die Entladung eine Ewigkeit anhält.

Als sie irgendwann vorbei ist, bemerke ich den unnachgiebigen Stein der schmalen Quarz-Theke unter meinem Rücken bewusst, und ebenso Peters schweres Gewicht, das mich niederdrückt. Wir atmen beide abgehackt, und selbst durch den Stoff seines Hemdes spüre ich den Schweiß, der seinen Rücken bedeckt.

Wir haben gerade auf der Küchentheke gefickt, wo uns jeder hätte erwischen können.

Wir haben es wie Tiere getan, so als hätten wir schon seit Jahren keinen Sex mehr gehabt.

Ein manisches Kichern entweicht mir, während Peter leise wütend flucht und mich wegstößt. Der donnernde, dunkle Ausdruck auf seinem Gesicht, als er seine Jeans hochzieht, lässt mich noch mehr lachen. Ich keuche wegen meines hysterischen Gelächters, während ich auf wackeligen Beinen vom Tresen rutsche und meine Hose und meinen String unter dem Geschirrspüler entdecke.

Ich bin von der Taille abwärts nackt.

Mein nackter Hintern lag auf der Küchentheke, wie ein Truthahn, der darauf wartet, gestopft zu werden.

Meine Hysterie erreicht einen neuen Höhepunkt, und ich beuge mich mach vorn und lache so sehr, dass mir Tränen aus den Augen strömen. Peter starrt mich an, als sei ich verrückt geworden, und das macht es nur noch schlimmer, denn ich weiß, wie ich aussehen muss, so nackt mit einem irren Lachen.

Nach ein paar Minuten beruhige ich mich genug, um darüber nachzudenken, wie ich meine Kleider wiederfinden kann, aber Peter fängt meine Schultern ein, bevor ich auf allen vieren landen kann. Das besorgte Stirnrunzeln in seinem Gesicht treibt mich in erneute Hysterie. »Du ... du wirst alles desinfizieren müssen«, keuche ich zwischen unkontrolliertem Gelächter. »Da du hier kochst und so ...«

Ich lache jetzt zu viel, um zu reden, aber er muss

meinen Wink verstehen, denn eine zögerliche Belustigung schimmert in seinen Augen und krümmt seine Lippen. Und dann lacht er auch, denn es gibt immer noch überall schmutziges Geschirr, und wir haben gerade dort gefickt, wo uns jeder sehen konnte, und sein Sperma tropft von meinen Schenkeln auf den sauberen Fliesenboden.

Schließlich beruhigen wir uns und holen mein Höschen und meine Unterwäsche unter dem Geschirrspüler hervor. Meine Kehle ist wund, und mein Bauch schmerzt vom Lachen, aber ich fühle mich irgendwie gereinigt, von all der Bitterkeit und Verstimmung befreit. Peters Gesichtsausdruck verdunkelt sich jedoch wieder, und als er mich nach oben zum Duschen führt, frage ich: »Was ist los?«

Er antwortet zunächst nicht, sondern beschäftigt sich nur damit, die Dusche einzuschalten und uns beide auszuziehen, als wir das Badezimmer erreichen. Ich warte geduldig, und als wir unter den Wasserstrahl treten und er mir den Rücken wäscht, murmelt er endlich: »Habe ich dir wehgetan?«

Ich blinzele und drehe mich um, um ihn anzusehen. Das macht ihm Sorgen? Dass er grob war? Meine linke Schulter ist immer noch wund vom Auskugeln beim Autounfall, aber ich bin mir ziemlich sicher, dass unser leidenschaftlicher Sex ihr keinen Schaden zugefügt hat. »Nein, natürlich nicht. Ich habe dir doch gesagt, dass es mir gut geht.«

Er schaut mich nicht überzeugt an, seufzt dann und zieht mich in einer Umarmung an sich. Ich schließe die

Augen, um das fließende Wasser fernzuhalten, und wickle meine Arme um seinen muskulösen Oberkörper. Wir stehen so da, halten uns ohne Worte, und es fühlt sich so richtig an, in all seiner Falschheit.

Es fühlt sich an, als ob wir zusammengehören, als ob wir dazu bestimmt wären.

5

eter

AM NÄCHSTEN MORGEN wache ich vor Sara auf, und so wie immer in letzter Zeit beobachte ich sie ein paar Minuten lang, bevor ich mich zwinge, aus dem Bett zu steigen.

Ich weiß nicht, ob es nur Wunschdenken ist, aber es hat sich gestern anders angefühlt. Gestern hat es sich angefühlt, als wäre der vorläufige Waffenstillstand, den wir in der Klinik etabliert haben, noch da. Normalerweise konnte ich nach dem Sex spüren, wie Sara inmitten bitterer Selbstbeschuldigungen ihre Mauern wieder aufbaute, aber gestern nicht. Gestern konnte ich ihren inneren Konflikt nicht spüren, und nachdem ich mich versichert hatte, dass ich sie nicht verletzt habe, habe ich aufgehört, mich selbst in den

Hintern zu treten, weil ich die Kontrolle verloren hatte – und weil ich das Kondom trotz meiner früheren Entscheidung, dies nicht zu tun, wieder weggelassen hatte.

An diesem Punkt ist es instinktiv, Sara mit meinem Samen zu füllen, und diese Instinkte weigern sich, die Gründe zu akzeptieren, um zu warten, bis die Esguerra-Situation gelöst ist.

Auf jeden Fall bezweifle ich, dass es gestern gefährlich war. Sara muss, ihrer letzten Periode nach zu urteilen, gegen Ende ihres Zyklus sein. Und wann genau war der? Vor drei Wochen oder vier? Ich runzele die Stirn im Badezimmerspiegel, während ich den letzten Rasierschaum abwische und das Rasiermesser ablege. Nein, das kann nicht stimmen. Wir waren fast drei Wochen weg, und davor hat sie nicht geblutet für mindestens …

Ein Klopfen an der Badezimmertür unterbricht meine Berechnungen. »Peter?« Saras schlaftrunkene Stimme ist seltsam angespannt. »Yan will mit dir reden.«

Fuck. Ich wische mir mit einem Handtuch über das Gesicht, um den Schaum loszuwerden, der noch an meiner Haut haftet, und verlasse das Badezimmer. Sara steht am Bett, eingewickelt in einen dicken Bademantel, den sie angezogen haben muss, um die Tür für Yan zu öffnen.

»Er hat gesagt, du sollst so schnell wie möglich runterkommen«, meint sie mit einem besorgten Stirnrunzeln. »Es ist dringend.«

Ich nicke und ziehe mir bereits eine Jeans an. Das dachte ich mir bereits, weil die Jungs normalerweise nicht an unsere Schlafzimmertür klopfen. Etwas muss passiert sein, aber ich kann mir im Leben nicht vorstellen, was. Es gibt keine Möglichkeit, dass die Behörden oder unsere Feinde uns hier aufgespürt haben, und das ist der einzige Notfall, den ich mir vorstellen kann, der eine solche Dringlichkeit verdient hätte.

»Zieh dich an«, sage ich zu Sara, als ich zur Tür gehe. »Für den Fall, dass wir schnell verschwinden müssen.«

Ihre Augen weiten sich, weil sie versteht, was ich meine, und sie beeilt sich damit, sich anzuziehen, während ich nach unten eile.

Alle drei meiner Teamkollegen sind schon da, haben sich um Yan herum versammelt, der auf seinen Laptop-Bildschirm schaut. Anton schreibt etwas auf seinem Handy.

»Was ist los?«, frage ich scharf, und die Zwillinge schauen mich mit grimmigen Gesichtern an.

»Sara ist noch oben, oder?«, fragt Yan, wobei er einen unleserlichen Blick auf die Treppe wirft, und ich nicke und trete mit ein paar langen Schritten dicht an ihn heran.

»Was ist los?«

»Schau es dir an«, sagt er und dreht den Bildschirm zu mir.

Zuerst sehe ich nur die vertraute, schäbige Gemütlichkeit der Küche von Saras Eltern, mit ihren abgenutzten Geräten und einer Fensterbank voller Topfkräuter. Saras Vater im Bademantel schlurft mit seinem Gehwagen durch die Küche, gießt sich Kaffee ein und holt sich einen Joghurt aus dem Kühlschrank. Er ist mit seinem Frühstück fast am Küchentisch, als ein klingelndes Handy den ruhigen Morgen unterbricht.

Charles »Chuck« Weisman stellt seine Kaffeetasse vorsichtig auf die Küchenzeile und greift in seine Tasche, um sein Telefon herauszunehmen. »Lorna?« Seine Stimme ist trotz seines Alters stark und laut. »Hast du vergessen, zu überprüfen …« Er verstummt abrupt, und selbst auf dem körnigen Bild kann ich sehen, wie er erblasst und sein Mund sich unter wortlosem Schock öffnet und schließt.

Seine freie Hand greift krampfhaft an seine Seite, verfehlt aber den Griff des Gehwagens, und ich halte den Atem an, als er stolpert. Zu meiner Erleichterung schafft er es, sich am Rande der Theke aufzufangen. So zerbrechlich wie Saras Vater ist, hätte ihn ein Sturz leicht umbringen können.

»Wo?«, ist alles, was er nach einer Minute angespannten Zuhörens fragt, und dann steckt er das Telefon wieder in seine Tasche und steht für einen Moment mit zitternden Knien da, bevor er sich zusammenreißt und mühsam ins Schlafzimmer geht, um sich anzuziehen.

»Das wurde vor etwa zehn Stunden aufgenommen«, sagt Yan, als ich vom Bildschirm aufblicke und bereit bin, ihn mit wütenden Fragen zu zerreißen. »Wir haben gerade die komplette Audioaufnahme dieses Anrufs gehört. Es hört sich so an, als ob Saras Mutter einen Autounfall hatte – einen schlimmen. Sie waren sich nicht sicher, ob sie es schaffen würde. Unsere Hacker greifen gerade auf die Krankenakten zu, aber die Ärzte in der Notaufnahme fügen ihre Notizen nur langsam in das System ein. Die gute Nachricht ist, dass Saras Vater immer noch im Krankenhaus ist – oder zumindest war er nicht zu Hause.«

»Ich habe gerade mit der amerikanischen Crew Kontakt aufgenommen«, sagt Anton und legt sein Handy weg. »Sie sind auf dem Weg ins Krankenhaus, also werden wir in Kürze ein Update über ihren Zustand bekommen. Ich habe ihnen gesagt, sie sollen besonders vorsichtig sein; ich bin mir sicher, das FBI wird den Ort beobachten, für den Fall, dass Sara auftaucht.«

Fuck. Ich schließe die Augen und reibe meine Schläfen, um den aufkeimenden Kopfschmerzen entgegenzuwirken. Das ist Saras schlimmster Alptraum: ihren Eltern passiert etwas – und sie ist nicht da. Sie hatte immer befürchtet, dass es ihr Vater mit seinen Herzproblemen sein würde, aber jetzt ist es ihre relativ junge und gesunde Mutter – für ihre achtundsiebzig Jahre. Sara wird mehr als erschüttert sein, und all die Fortschritte, die wir in den letzten Wochen in unserer Beziehung gemacht haben, werden verlorengehen.

Sie wird mir nie verzeihen, wenn ich sie vom

Sterbebett ihrer Mutter fernhalte. Es wird eine weitere Kluft zwischen uns schaffen, die vielleicht noch schwerer zu überwinden ist als die, die der Tod ihres Mannes hinterlassen hat.

Ich öffne die Augen, und ein bohrender, aussaugender Schmerz breitet sich tief in meinem Bauch aus. Meine Männer beobachten mich mit einer Mischung aus Neugier und Mitleid, und ich weiß, dass sie es verstehen. Sie haben Sara in den letzten Monaten kennengelernt und mögen sie. Sie haben gesehen, wie sehr sie sich um ihre älteren Eltern sorgt, wie sie jeden Tag nach ihnen fragt und sich die Videos, die wir ihr zur Verfügung stellen, aufmerksam ansieht.

Sie wissen, dass es sie zerstören wird.

Sie wird sich selbst genauso die Schuld geben wie mir.

»Haltet mich über alle Neuigkeiten der Amerikaner auf dem Laufenden«, befehle ich heiser und gehe nach oben.

Ich muss Sara erreichen, bevor sie herunterkommt.

Sie darf das nicht herausfinden, bis wir alle Fakten kennen.

6

ICH BEEILE mich mit meiner Morgenroutine, dusche und putze mir die Zähne in weniger als fünf Minuten. Ich brauche noch drei Minuten, um mich anzuziehen, und dann überlege ich, was ich tun soll. Soll ich nach unten gehen, um herauszufinden, was los ist? Oder packen, falls wir es eilig haben sollten?

Der Pragmatismus siegt über die Neugier, also finde ich einen Rucksack in einem Schrank und fange an, ihn mit dem Nötigsten zu füllen: drei Sets saubere Unterwäsche, sowohl für mich als auch für Peter, dann Socken, Jeans, Hemden, Pullover, alles für uns beide. Ich bin sicher, dass Peter und seine Männer in der Lage sein werden, neue Kleidung zu besorgen, wenn wir alles zurücklassen und in ein anderes

Versteck evakuieren müssen, aber es wird hilfreich sein, wenn wir Bekleidung für ein paar Tage haben, damit es weniger dringend ist. Ich habe den Flug hierher nicht vergessen, als meine einzigen Kleideroptionen entweder die Decke, in der Peter mich gestohlen hat, oder die überdimensionale Männerkleidung waren.

Wenn ich es vermeiden kann, in Peters Jogginghose herumzulaufen, tue ich das gerne.

Nach der Bekleidung mache ich mit den Toilettenartikeln weiter und packe unsere Zahnbürsten und Zahnpasta in eine Plastiktüte, die ich unter dem Waschbecken finde. Als ich sie zusammen mit Peters Rasiermesser und einer kleinen Tube Feuchtigkeitscreme verschließe, fällt mir auf, dass ich dabei seltsam ruhig bin. Meine Handflächen sind verschwitzt und mein Herzschlag ist erhöht, aber ich bin nicht gestresster, als wenn wir zu spät zu einem Flug kommen würden. Ich nehme an, das liegt daran, dass ich tief im Inneren so etwas erwartet habe. So geschickt wie Peter und seine Männer auch darin sind, sich den Behörden zu entziehen … früher oder später werden sie zwangsläufig gefunden werden. Wenn nicht vom FBI oder Interpol, dann von einem Verbrecher, der eines ihrer Opfer rächen will.

Sogar Drogenbarone und korrupte Bankiers können jemanden haben, der sie liebt.

Ich laufe zurück ins Schlafzimmer, um einen Gürtel für Peters Jeans zu holen, als er mit einem pechschwarzen Gesichtsausdruck hereinkommt.

»Was ist passiert?« Ich lasse den Rucksack auf das Bett fallen und eile zu ihm. »Müssen wir …?«

Er nimmt mein Gesicht zwischen seine mit Hornhaut überzogenen Handflächen und drückt seine Lippen für einen harten und hungrigen Kuss auf meine. Wir hatten nach dem Mal in der Küche keinen Sex mehr – ich bin wegen des Jetlags früh eingeschlafen, und Peter hat mich rücksichtsvoll schlafen lassen – und ich kann die aufgestaute Lust in diesem Kuss schmecken, das dunkle Feuer, das immer zwischen uns brennt.

Er drückt mich gegen das Bett, reißt erst mir die Kleider vom Leib und dann sich selbst, bevor er ohne Vorwarnung in mich hineinstößt, mich mit seiner Dicke ausdehnt und mich mit seiner harten Hitze überwältigt. Ich schreie vor Schreck auf, aber er hört nicht auf, wird nicht langsamer. Seine Augen glitzern wild, als er meine Arme über meinem Kopf ausstreckt, bevor seine Hände meine Handgelenke fesseln, und ich merke, dass es mehr als nur Lust ist, was ihn heute treibt, etwas Wildes und Verzweifeltes.

Mein Körper reagiert schnell und plötzlich, wie Öl, das Feuer fängt. In der einen Minute knirsche ich wegen der gnadenlosen Kraft seiner Stöße mit den Zähnen, in der nächsten überwältigt mich ein Orgasmus, und ich schreie, während ich in brutaler Ekstase explodiere. Dieser Orgasmus bringt keine Erleichterung, nur eine Verminderung der unerträglichen Spannung, aber auch die ist nicht von Dauer. Der zweite Höhepunkt, so heftig wie der erste, überkommt mich sofort danach, und ich schreie wegen der quälenden Zuckungen, der Lust, was mich auseinanderreißt, während er in mich hineinfährt, immer und immer wieder, mich durch den Höhepunkt und darüber hinaus reitet.

Ich weiß nicht, wie lange Peter mich so fickt, aber als er kommt und seinen brennend heißen Samen in mich spritzt, ist meine Kehle vom Schreien rau, und ich habe den Überblick darüber verloren, wie viele Orgasmen er aus meinem geschundenen Körper gewrungen hat. Die harten Muskeln seiner Brust glänzen vor Schweiß, als er sich von mir zurückzieht, und ich liege keuchend da, zu benommen und erschöpft, um mich zu bewegen.

Er geht weg und kommt einige Augenblicke später mit einem nassen Handtuch zurück, mit dem er die Nässe zwischen meinen Beinen auftupft. »Sara …« Seine Stimme ist rau und voller Emotionen, als er sich über mich beugt, um eine Haarlocke von meiner schweißgedämpften Stirn zu streichen. »Ptichka, ich …«

Ein hartes Klopfen an der Tür erschreckt uns beide.

»Peter.« Es ist Yan, und seine Stimme ist so scharf wie heute Morgen. »Du musst das hören. Jetzt.«

Peter flucht leise, springt vom Bett, findet seine weggeworfenen Jeans im Kleiderstapel auf dem Boden und zieht sie an, ohne sich mit Unterwäsche aufzuhalten. Der Blick, den er mir über seine Schulter zuwirft, ist grimmig, fast wütend, aber er sagt nichts, als er mit großen Schritten den Raum verlässt.

Ich setze mich auf und zwinge mich, aufzustehen und noch einmal schnell zu duschen, bevor ich mich wieder anziehe.

Ich habe keine Ahnung, was los ist, aber ich bekomme eine schreckliche Vorahnung.

7

———

eter

Es ist ein Beweis für die Ernsthaftigkeit der Situation, dass niemand anzüglich grinst, als ich barfuß und ohne Hemd die Küche betrete und mich der Geruch nach Sex wie ein Parfum umgibt.

»Es ist schlimm«, sagt Yan sofort, als ich mich nähere. »Ein betrunkener Fahrer ist ihr an einer Kreuzung in die Seite gefahren, und das Auto hat sich dreimal überschlagen, bevor es auf dem Dach liegen geblieben ist. Sie hat über ein Dutzend gebrochene Knochen und innere Blutungen. Sie operieren sie gerade zum zweiten Mal, aber es sieht nicht gut aus. Angesichts ihres Alters und des Ausmaßes ihrer Verletzungen glauben sie nicht, dass sie es schaffen wird.«

Jedes Wort, das er sagt, ist wie ein Messerstich in meinen Bauch »Was ist mit Saras Vater?«, frage ich, und mein Kopf dreht sich. »Ist er …«

»Er reißt sich bis jetzt zusammen, aber sein Blutdruck ist gefährlich hoch.« Antons düsterer Blick ist ernst. »Sie haben versucht, ihn nach Hause zu schicken, damit er sich ausruht, aber er weigert sich zu gehen. Einige ihrer Freunde sind bei ihm, aber sie können ihm nur begrenzt helfen.«

»In Ordnung.« Ich starre meine Teamkollegen an, und in ihren Augen sehe ich das düstere Wissen, über das, was ich tun muss.

Das Geräusch leichter Schritte auf der Treppe zieht meine Aufmerksamkeit auf sich, und als ich mich umdrehe, sehe ich, dass Sara die Treppe hinuntereilt und ihr herzförmiges Gesicht blass vor Sorge ist.

»Was ist los?« Ihre nur mit Socken bekleideten Füße gleiten über die Küchenfliesen, bis sie vor uns zum Stillstand kommt. Ihre haselnussbraunen Augen springen von mir zu meinen Teamkollegen und zurück. »Ist etwas passiert?«

»Gebt uns eine Minute«, sage ich den Jungs, und sie verschwinden sofort. Die Zwillinge gehen nach oben, während Anton auf das Regal neben der Tür zuhält.

»Soll ich den Hubschrauber vorbereiten?«, fragt er auf Russisch, als er an mir vorbeikommt, und ich nicke und halte meinen Blick auf Sara gerichtet, die mit jeder Sekunde besorgter aussieht.

»Was ist passiert?«, fragt sie noch einmal, während sie auf mich zukommt, und ich weiß, ich kann es nicht länger hinauszögern. Ich greife hinüber, nehme ihre zarte Hand zwischen meine Handflächen und vermittele so sanft wie möglich, was ich gerade erfahren habe.

Als ich fertig bin, fehlt ihrem Gesicht jegliche Farbe, und ihre Finger sind eiskalt in meinem Griff. Ihre Augen sind immer noch trocken, aber ich weiß, dass es der Schock ist, der sie davon abhält, zu zerbrechen. Meinem Singvogel wurde gerade ein verheerender Schlag versetzt, und wenn ich jetzt nicht handele, wird er sich nie davon erholen.

Ich werde sie verlieren.

Ich weiß es.

Ich fühle es.

Das ist das Schwerste, was ich je tun musste, aber ich sage ruhig: »Ich habe dich eben schon packen sehen. Bist du fertig, um zu gehen?«

Sie blinzelt verständnislos. »Was?« Ihre Stimme ist benommen, auch wenn ihr Blick mit einer plötzlichen verzweifelten Hoffnung auf mich gerichtet ist. »Wohin?«

»Nach Hause«, sage ich, während sich der ziehende Schmerz in meinem Bauch verstärkt und die Hohlheit sich ausbreitet, um mein Herz einzuhüllen. »Ich bringe dich zurück, mein Liebling, bevor es zu spät ist.«

8

ara

ICH STARRE aus dem Flugzeugfenster auf die Wolken unter mir, und meine Gedanken sind zerstreut und meine Brust quälend eng. Vielleicht liegt es daran, dass ich immer noch unter Schock stehe, aber alles geschah so schnell, dass ich es einfach nicht begreifen kann, keinen Sinn in dieser Entwicklung und dem Gefühlsgewirr erkenne, das mich innerlich erstickt.

Meine Mutter hatte einen Autounfall. Sie könnte sterben.

Peter bringt mich nach Hause.

Meine Atemzüge sind flach, aber jedes Mal, wenn ich einatme, tut es weh, als wäre die Luft in der Kabine zu dick. Es fühlt sich an, als ob es nur Minuten gedauert hätte, bis wir gegangen sind, um in den

Hubschrauber zu steigen und loszufliegen, als ob dies die ganze Zeit der Plan gewesen wäre, als ob wir darüber gesprochen und entschieden hätten, dass es Zeit wäre.

Zeit für mich, nach Hause zu gehen.

Zeit für meine Mutter, zu sterben.

Mein Atem stockt bei einem besonders tiefen Einatmen, und ich muss kämpfen, damit sich meine Lungen ausdehnen, um Sauerstoff durch eine Luftröhre zu ziehen, die sich nicht breiter anfühlt als eine Nadel.

Wir haben nicht darüber gesprochen. Überhaupt nicht. Peter hat mich informiert, und das war's. Dann war da nur noch die Hektik, loszufliegen, alles zu holen, was wir brauchen, und in den Hubschrauber zu steigen. Und als wir drin waren, war er auch schon am Telefon und arrangierte etwas, wobei er viel Russisch und etwas Englisch sprach. Ich fing Teile seiner Gespräche auf, aber ich war zu sehr mit mir beschäftigt, um sie zu verstehen. Eigentlich, um irgendetwas zu verstehen. Wie kann er mich zurückbringen, wenn sie nach ihm suchen? Wenn er weiß, dass ich in dem Moment, in dem ich auftauche, irgendwohin gebracht werden könnte, wo er mich vielleicht nie findet?

Wie kann er mich gehen lassen, wenn er geschworen hat, es nie zu tun?

Ich möchte Peter das alles und noch mehr fragen, aber er ist nicht neben mir. Er sitzt auf der Couch und ist mit den Zwillingen über einen Laptop gebeugt. Ich höre eine Flut von schnellem Russisch, während sie auf etwas auf dem Bildschirm zeigen, und ich weiß, dass sie die Logistik dieser unvorhergesehenen Operation planen und herausfinden müssen, wie sie mich direkt vor der Nase der Behörden absetzen können.

Ich könnte aufstehen und Antworten von ihnen verlangen, aber das könnte sie ablenken, sie dazu bringen, ein entscheidendes Detail zu übersehen, das den Unterschied zwischen Leben und Tod bedeuten könnte, oder zumindest zwischen Gefangennahme und Freiheit. Also sitze ich einfach da, schaue aus dem Fenster und konzentriere mich auf die anstrengende Aufgabe, zu atmen.

Einmal einatmen, einmal ausatmen. Langsam und ruhig. Ich kämpfe, um die unnatürlich dicke Luft zu verbrauchen, während ich meinen Blick auf die fluffigen Wolken draußen gerichtet halte. Es hilft mir, mich auf sie zu konzentrieren, um mit dem Wissen fertigzuwerden, dass da draußen, Tausende von Meilen entfernt, meine Mutter unter dem Messer eines Chirurgen liegt und ihr gebrechlicher Körper aufgeschnitten ist und blutet. Ich habe Hunderte von Operationen gesehen, habe selbst Dutzende von Kaiserschnitten durchgeführt, und ich weiß, wie es aussieht und sich anfühlt, dass menschliches Fleisch in diesem Moment nur Fleisch ist, etwas, was der Arzt durchtrennt und schneidet und näht, um die Person zu retten, die in diesem Moment keine Person für ihn ist, sondern eine Aufgabe, eine Herausforderung, die er zu erfüllen hat.

Mein Magen zieht sich zu einem Knoten zusammen, meine Brust wird immer enger, und ich streiche über ein lästiges Kitzeln auf meiner Wange, nur um meine Hand wieder sinken zu lassen, als es sich nass anfühlt.

Mir war nicht klar, dass ich weinte, aber jetzt, da ich es weiß, versuche ich, mich zusammenzureißen und mich auf etwas anderes als das geistige Bild von Mamas Körper auf einem OP-Tisch zu konzentrieren, deren Bauch aufgeschnitten ist, um den Verletzungen beizukommen – und auf etwas anderes als auf meinen Vater im Wartezimmer des Krankenhauses, erschöpft und schlaflos, mit seinem schlechten Herzen, das überwältigt und überarbeitet ist.

Warum tut Peter das? Ich versuche, darüber nachzudenken, denn es ist besser als die Bilder in meinem Kopf. Lässt er mich für immer gehen oder will er für mich zurückkehren? Wenn es Letzteres ist, muss er erkennen, dass es nicht so einfach sein wird, mich ein zweites Mal zu stehlen. Er geht ein enormes Risiko ein, indem er mich zurückbringt, aber trotzdem tut er es. Warum?

Könnte er von mir gelangweilt sein?

Nein. Ich verwerfe diesen erbärmlichen, unsicheren Gedanken. Was auch immer er sonst sein mag, Peter ist das polare Gegenteil von unbeständig. Wenn er einmal einen Kurs festgelegt hat, weicht er nicht davon ab, ob es nun darum geht, seine Familie zu rächen oder sich in mein Leben hineinzudrängen. Gestern hat er mir gesagt, dass er mich liebt, und ich habe ihm geglaubt. Das tue ich immer noch.

Er bringt mich nicht zurück, weil er mich loswerden will.

Er tut es für mich. Weil er mich liebt.

Er liebt mich genug, um zu riskieren, mich zu verlieren.

———

WIR LANDEN auf einem privaten Flugplatz in der Nähe von Chicago, gerade als die Sonne untergeht. Ich habe keine Ahnung, wie viele Gefallen Peter einfordern musste, um das mit der Luftkontrolle zu klären, aber das Flugzeug landet ohne Störungen auf der Landebahn. Ein unscheinbares Auto wartet auf uns, als wir das Flugzeug verlassen, und Peter führt mich zu ihm, wobei seine starken Finger meinen Ellenbogen sanft festhalten.

Sein Gesicht ist wie ein Granitblock, so hart und distanziert, wie ich es noch nie gesehen habe. Wir hatten keine Gelegenheit, während des Fluges miteinander zu reden, und ich habe keine Ahnung, was er denkt. Die meiste Zeit der Reise war er am Telefon und plante mit seinen Männern, und ich wechselte zwischen unruhigen Nickerchen und stillem Weinen hin und her. Vor ein paar Stunden haben wir erfahren, dass meine Mutter die Operation überstanden hat, aber ihre Vitalfunktionen sind weiterhin instabil.

Das ist kein gutes Zeichen.

Wir halten vor dem Auto, und ich sehe einen Mann auf dem Fahrersitz.

Ich schaue zu Peters verschlossenem Gesicht hoch. »Wirst du …«

»Er wird dich am Krankenhaus absetzen«, sagt er in einem harten, flachen Ton. »Ich werde nicht mitkommen.«

Das hatte ich erwartet, aber die Worte schneiden mir trotzdem ins Herz. »Wann …« Ich schlucke den wachsenden Klumpen in meinem Hals herunter. »Wann kommst du mich wieder abholen?«

Er starrt mich an, und seine gefühllose Maske fällt für einen Moment. »Sobald ich kann, Ptichka«, sagt er belegt, »sobald ich es verdammt nochmal kann.«

Der Knoten in meinem Hals dehnt sich aus, und frische Tränen brennen in meinen Augen. »Also werde ich hier sein, bis meine Mutter sich erholt hat?«

»Ja, und bis ich damit fertig bin …« Er bricht ab und holt tief Luft. »Vergiss es. Du hast genug um die Ohren. Alles, was du wissen musst, ist, dass ich zu dir zurückkommen *werde*.« Seine Augen brennen sich in meine, als er mein Gesicht zwischen seine großen, rauen Handflächen nimmt. »Hörst du mich, Sara? Egal, was passiert, solange noch ein Funken Leben in meinem Körper ist, komme ich zu dir zurück. Du gehörst mir, Ptichka. Solange wir beide leben.«

Ich umschließe seine kräftigen Handgelenke mit den Händen, und brennende Tränen strömen über meine Wangen, während ich seinen Blick erwidere. Früher hätte mich seine Aussage erschreckt, aber jetzt lindert sie die quälenden Schmerzen in meiner Brust, gibt mir etwas, woran ich mich festhalten kann, wenn er geht und meine neue Welt, die sich um ihn dreht, zerfällt.

Nach Hause zu kommen ist das, wofür ich all die Monate gekämpft habe, aber jetzt empfinde ich keine Freude, nur eine schreckliche Leere in meinem Herzen, wo Peter so unbarmherzig einen Raum für sich selbst geschaffen hat.

Er lehnt sich vor und küsst mir die Tränen von den Wangen. »Geh, mein Liebling.« Er lässt mich los und tritt zurück. »Wir haben keine Zeit zu verlieren.«

Und bevor ich irgendetwas sagen kann – bevor ich ihm sagen kann, was ich fühle – dreht er sich um, geht zum Flugzeug und lässt mich am Auto stehen.

Er lässt mich allein nach Hause gehen.

9

eter

ICH SOLLTE MICH FREUEN, dass wir die US-Behörden
überlistet haben und diese Mini-Operation reibungslos
verlaufen ist, aber der Schmerz in meiner Brust ist zu
erdrückend, zu roh. Ich weiß, dass das nur
vorübergehend ist, aber ich fühle mich, als hätte mich
jemand aufgerissen und mein schlagendes Herz
herausgerissen.

Mein Ptichka hat geweint, als ich gegangen bin.
Und vielleicht ist es Wunschdenken, aber ich hatte das
Gefühl, dass sie nicht überglücklich war, zu Hause zu
sein – und das nicht nur wegen der Umstände. Die Art,
wie sie mich fragte, wann ich zu ihr zurückkehre –
wann, nicht *ob* –, und der Blick in ihren
haselnussbraunen Augen …

Sie war das Einzige, was ich je wollte, und ich hatte keine andere Wahl, als sie gehen zu lassen. Sie gehen zu lassen, obwohl jeder egoistische Instinkt in mir schrie, sie festzuhalten, sie an mich zu ketten und sie niemals gehen zu lassen. Und über allem steht die irrationale Angst um ihre Sicherheit, die schreckliche Paranoia, dass ihr etwas passieren könnte, wenn ich nicht da bin. Das Gefühl kommt durch ihren Unfall, ich weiß, aber das macht es nicht besser.

Ich werde sie beobachten lassen, aber ich werde nicht in der Nähe sein, und das bringt mich um.

»Bist du dir sicher?«, fragt Ilya und schnallt sich auf dem Sitz neben mir an, als unser Jet abhebt und die Räder kreischend eingefahren werden. »Es ist noch nicht zu spät. Wir könnten noch umdrehen und ...«

»Nein.« Ich schließe die Augen und zwinge meine Atmung, sich zu beruhigen. »Es ist vorbei.«

Ich würde alles geben, um Sara bei mir zu behalten, aber ich kann nicht – nicht ohne sie und eine eventuelle Chance für eine gemeinsame Zukunft zu zerstören.

Auf jeden Fall ist es vielleicht das Beste, dass sie nicht in meiner Nähe ist, wenn ich das Nötige tue, um diese Zukunft zu sichern.

Ich werde sie holen kommen, aber zuerst muss ich mich um Novak und Esguerra kümmern.

10

Sara

DIE FAHRT zum Krankenhaus dauert fast zwei Stunden – es ist viel Verkehr unterwegs – und meine Nerven liegen blank, als der Fahrer mich am Eingang des Krankenhauses absetzt und verschwindet. Er hat auf keine meiner Fragen geantwortet, also habe ich keine Ahnung, wer er ist oder was seine Beziehung zu Peter und seinem Team ist. Und vielleicht ist es das Beste. Ich habe keinen Zweifel daran, dass ich verhört werde, sobald das FBI erfährt, dass ich hier bin.

Meine Hoffnung ist, meine Mutter und meinen Vater zu sehen, bevor das passiert.

Während ich darum kämpfe, meine Angst einzudämmen, eile ich durch die vertrauten Gänge. Ich brauche keine Schilder, die auf die Intensivstation verweisen. Dieses Krankenhaus ist der Ort, an dem ich meine Facharztausbildung gemacht und wo ich all die Jahre gearbeitet habe; es ist mehr ein Zuhause für mich als das Haus, in dem ich gelebt habe.

»Lorna Weisman?«, frage ich, als ich an der Rezeption der Intensivstation ankomme, und dann warte ich beinahe schreiend vor Ungeduld, während eine Rezeptionistin mittleren Alters mit einer grellroten Dauerwelle gemächlich den Namen nachschlägt.

Ich erkenne den exakten Augenblick, in dem sie den besonderen Vermerk sieht, den das FBI im System hinterlassen hat. Ihre Augen fliegen zu meinem Gesicht, sehen hinter ihrer grün umrandeten Brille groß und erschrocken aus, und sie stottert: »N-Nur einen Moment.«

Ich ergreife die Kante der Theke. »Wo ist sie?« Ich lehne mich nach vorn und imitiere Peters gruseligsten Ton. »Sagen Sie es mir *jetzt*.«

»S-Sie wird gerade operiert.« Die Frau zieht sich so weit zurück, wie es ihre stattliche Gestalt erlaubt. Ihre ringbeladenen Finger schieben sich zum Telefon auf dem Tisch. »Sie haben sie vor einer Stunde abgeholt.«

»Schon wieder?«

Sie wackelt hektisch mit dem Kopf, als sie endlich den Notrufknopf am Telefon findet. »Es sind mehr innere Blutungen aufgetreten und ...«

Ich bleibe nicht, um die Details zu hören. In ein paar Minuten wird der Sicherheitsdienst – und möglicherweise das FBI – hier sein, und ich muss meinen Vater vorher finden. Das Letzte, was Peter gehört hatte, war, dass Papa immer noch nicht nach Hause gegangen war, und angesichts dessen, was ich gerade erfahren habe, habe ich keinen Zweifel, dass er hier ist, um zu sehen, ob Mama durchkommt.

Es gibt ein großes Wartezimmer bei der Intensivstation, aber ich sehe ihn dort nicht. Es ist möglich, dass er in die Cafeteria gegangen ist, um einen Happen zu essen, oder dass er auf der Toilette ist. So oder so, ich habe keine Zeit, hier herumzuhängen, also laufe ich zu einem der kleineren Warteräume, die sich etwas abseits befinden. Einige Familien bevorzugen diese für mehr Privatsphäre, also gibt es eine kleine Chance, dass mein Vater …

»Sara?«

Ich drehe mich nach rechts, da mein Herzschlag bei der vertrauten Stimme klopft.

Es ist meine Freundin Marsha. Sie hat ihren Krankenschwesternkittel an und starrt mich an, als wäre ich gerade unter ihrem Bett herausgesprungen. Hinter ihr sehe ich ein weiteres schockiertes – und vertrautes – Gesicht: Isaac Levinson, einer der engsten Freunde meines Vaters. Er und seine Frau, Agnes, sitzen in der Ecke des kleinen Wartezimmers, in das ich meinen Kopf gesteckt habe, und neben ihnen ist …

»Papa!« Ich eile zu ihm und stolpere beinahe über einen Stuhl, während Tränen meine Sicht verschwimmen lassen und meinen Atem ersticken.

»Sara!« Papas Arme legen sich so viel dünner und schwächer um mich, als ich sie in Erinnerung habe, und ich merke, dass er auch weint und sein gebrechlicher Körper von Schluchzern geschüttelt wird. Er zieht sich zurück und starrt mich ungläubig, vermischt mit dämmernder Freude, an, und sein Mund zittert, als er meine Hände ergreift. »Du bist hier. Du bist wirklich hier.«

»Ich bin hier, Papa.« Ich drücke seine zitternden Hände und trete zurück, um mir die Tränen abzuwischen, während ich meine Stimme beruhige. »Ich bin jetzt hier. Wie geht es Mama?«

Sein Gesicht fällt ein. »Sie hat immer noch innere Blutungen. Sie dachten, sie hätten es unter Kontrolle, aber sie müssen etwas übersehen haben oder die Nähte sind wieder aufgeplatzt. Ihr Blutdruck ist wieder gesunken, also öffnen sie sie erneut und ...«

»Dr. Cobakis.«

Meine Muskeln spannen sich an, während ich mich der unbekannten Männerstimme zuwende.

Es ist ein Wachmann, begleitet von einem babygesichtigen Polizisten. Ihre Gesichtsausdrücke sind misstrauisch, aber entschlossen, und die rechte Hand des Polizisten schwebt über seiner Waffe, als ob er erwartet, dass ich eine Schießerei mit ihm anfange.

»Dr. Cobakis, Sie müssen mit uns kommen«, sagt der Wachmann, und mir ist klar, dass mir sein blonder Spitzbart irgendwie bekannt vorkommt. Ich muss ihn im Krankenhaus gesehen haben. Nicht, dass es wichtig wäre. Dem entschlossenen Blick auf seinem sommersprossigen Gesicht nach zu urteilen, kann ich keine Hilfe oder Sympathie von ihm erwarten – oder von dem jungen Polizisten, der mich anstarrt, als würde ich eine Selbstmordweste anstelle von Jeans und Pullover tragen.

»Warten Sie …«, beginnt mein Vater empört.

»Er ist nicht hier«, unterbreche ich und hebe meine Hände über meinen Kopf, um zu zeigen, dass ich nicht bewaffnet bin. »Ich verstehe, woher ihr Misstrauen kommt, und ich beabsichtige, alles in meiner Macht Stehende zu tun, um es zu zerstreuen. Ich bin ganz allein, versprochen.«

Marsha, die sich scheinbar vom Schock erholt hat, tritt nach vorne und runzelt die Stirn. »Was machst du da, Bob? Das ist meine Freundin Sara. Sie ist …«

»Wir wissen, wer sie ist.« Die Stimme des jungen Polizisten zittert leicht, und seine Finger schließen sich um den Griff seiner Waffe, als er sich vorsichtig nähert. »Wir wollen keinen Ärger, aber …«

»Um Himmels willen, die Mutter des Mädchens wird gerade operiert!« Agnes Levinson bahnt sich mit Ellenbogen ihren Weg an ihrem Mann und meinem Vater vorbei, um die Wache und den Polizisten aus ihrer vollen Höhe von ein Meter achtzig wütend anzublicken. Ihre graumelierten Haare liegen wie ein Heiligenschein um ihr kleines Gesicht, als sie mit Händen auf den Hüften in einer wütenden Pose vor mich tritt und sagt: »Mein Mann und Sohn sind beide Anwälte, und ich kann Ihnen versichern, wir *werden* Sie wegen Belästigung verklagen. Lassen Sie das Mädchen mit ihrem Vater reden, und dann bekommen Sie Ihre Gelegenheit.« Sie wendet sich mir zu, und ihre braunen Augen werden weicher. »Sara, Liebes, geht es dir gut?«

Ich blinzele und lasse langsam meine Hände sinken, als sich weder Bob der Wächter noch der Polizist auf mich zubewegen. »Mir … mir geht's gut. Danke.« Die Freundschaft der Levinsons mit meinen Eltern reicht fast zwei Jahrzehnte zurück, und meine Eltern haben immer gesagt, dass Agnes und Isaac mich als die Tochter ansehen, die sie nie hatten. Bis zu diesem Zeitpunkt war ich überzeugt, dass es eine Übertreibung war; ich habe sie mit Sicherheit nie für etwas anderes gehalten als ein nettes älteres Ehepaar, das zufällig mit meinen Eltern befreundet ist. Wie Agnes mich verteidigt, ist jedoch eher etwas, was ein Familienmitglied tun würde, und ich bin eigenartig berührt, besonders als Isaac vortritt und anfängt, meine Möchtegern-Festnehmer mit all der Juristensprache zu belästigen, die ihm zur Verfügung steht, und meinem Vater dadurch die Chance gibt, meinen Arm zu ergreifen und mich zur Seite zu ziehen.

»Schnell, Liebling, rede mit mir.« Vaters Stimme ist leise und eindringlich, als sein Blick über mein Gesicht schweift, bevor er besorgt auf der halb verheilten Narbe auf meiner Stirn verweilt. »Was ist passiert? Was hat er dir angetan? Wie bist du entkommen?« Bevor ich antworten kann, lehnt er sich vor und flüstert mir ins Ohr: »Wir müssen dich sofort zu einem Anwalt bringen. Ich weiß, dass du diese Dinge am Telefon sagen musstest, aber sie weigern sich, mir zu glauben.

Ich hörte sie darüber reden, und sie werden sich wegen seiner Verbindungen zum Terrorismus auf den Homeland Security Act berufen. Wir müssen dir einen guten Anwalt besorgen, oder …«

»Sara! Heilige Scheiße, Mädchen, wo bist du gewesen?« Marsha kommt zu uns und packt meinen Arm, als würde ich mich gleich in Luft auflösen. Ihre Marilyn-Monroe-Locken schwingen wild, als sie mich zu sich dreht. »Was ist mit dir passiert? Wo warst du denn?« Ihre blauen Augen erblicken meine Narbe, und sie schnappt nach Luft. »Was ist mit deinem Gesicht passiert?«

Überwältigt trete ich einen Schritt zurück. »Marsha, bitte …«

»Sara Cobakis.« Der babygesichtige Polizist ist irgendwie an den Levinsons vorbeigekommen und schiebt Marsha zur Seite, wobei er seine Hand wieder an den Griff seiner Waffe legt. »Sie müssen *sofort* mit mir kommen.«

Ich hebe wieder meine Hände. »Kein Problem. Bitte, ich kooperiere, ich verspreche es.«

Jetzt ist es mein Vater, der streitlustig vortritt. »Sie geht nirgendwohin, bis sie einen Anwalt hat und …«

»Alle stehen bleiben!«

Und während wir alle schockiert starren, schwärmen SWAT-Kommandos mit herabgelassenen Gesichtsschilden und gezogenen Waffen im Raum aus.

11

Sara

»ICH HABE IHNEN DOCH GESAGT, dass ich nicht weiß, wo er ist«, wiederhole ich zum vierten Mal. »Ich weiß nicht, wie er unbemerkt in das Land ein- und ausreisen konnte, und ich kenne den Mann nicht, der mich vom Flughafen zum Krankenhaus gefahren hat – ich habe ihn noch nie zuvor gesehen. Es tut mir leid, aber ich kann Ihnen wirklich nicht helfen.«

Agent Ryson starrt mich an, und seine Augen sind kalt in seinem verwitterten Gesicht. »Sie sollten das vielleicht überdenken, Dr. Cobakis. Die Anschuldigungen gegen Sie sind ernst, und je weniger Sie kooperieren, desto schlimmer wird es für Sie.«

»Ich kooperiere voll und ganz.« Meine Nägel haben sich unter dem Tisch in meine Handflächen geschnitten, aber ich bleibe ruhig. »Ich habe Ihnen alles gesagt, was ich weiß. Ich wurde entführt und auf einen entlegenen Berg in Japan gebracht, wo ich die letzten fünf Monate geblieben bin, abgesehen von einem kurzen Aufenthalt in Zypern, wo mein gescheiterter Fluchtversuch zu einem zweiwöchigen Aufenthalt in einer Klinik in der Schweiz führte.«

Ryson lehnt sich nach vorn, und ich rieche einen Hauch von abgestandenem Kaffee. Er muss einiges getan haben, um zu dieser späten Stunde aufmerksam zu bleiben. »Für wie dumm halten Sie uns, Dr. Cobakis? Niemand kauft Ihnen das nochmal ab. Eine von Sokolovs Briefkastenfirmen besitzt Ihr Haus, und das seit Monaten. Wir haben Augenzeugenberichte von Ihren Treffen mit ihm bei Starbucks und in einem Klub in der Innenstadt einige Wochen vor Ihrer sogenannten Entführung – ganz zu schweigen von den Aufzeichnungen all Ihrer Telefonate mit Ihren Eltern.«

»Ich habe das alles schon erklärt.« Meine Ruhe hängt an einem seidenen Faden. »Was ich meinen Eltern am Telefon gesagt habe, war ein Versuch, ihre Sorgen um mich zu zerstreuen – nichts weiter. Was meine Treffen mit ihm betrifft, ja, sie sind passiert. Nachdem er in mein Haus eingebrochen war – als er mich betäubt und gewaterboardet hatte, falls Sie sich erinnern – verschwand er für ein paar Monate, bevor er zurückkam und begann, mich zu verfolgen. Ich habe mich an diesem Punkt an Sie gewandt und Ihnen gesagt, dass ich das Gefühl habe, dass ich beobachtet werde. Ich habe Sie gefragt, ob er zurückkommen könnte, und Sie haben mir versichert, dass ich in Sicherheit bin. Aber das war ich nicht. Er war da, beobachtete jede meiner Bewegungen, und Sie hatten keine Ahnung. Sie haben mich nicht vor ihm beschützt, so wie Sie George nicht beschützt haben, also tun Sie nicht so, als hätte ich keinen Grund, zu glauben, dass es weniger als nutzlos wäre, mich an Sie zu wenden.«

Der Mund des Beamten wird dünner, als er sich zurücklehnt. »Also haben Sie was getan? Haben Sie sich entschieden, allein mit diesem Psychopathen umzugehen, als er auftauchte? Erwarten Sie wirklich, dass wir das glauben?«

Mein Gesicht brennt beim Spott in seiner Stimme. »Im Nachhinein war es nicht die beste Entscheidung, aber damals sah ich nicht viele Möglichkeiten. Er sagte, er würde hinter mir her sein, egal wo Sie mich verstecken, was bedeutet, dass mehr Menschen auf diese Weise verletzt werden könnten – und ich glaubte ihm. Ich wusste nicht, was ich tun sollte, also machte ich das, was er wollte, und lebte einen Tag nach dem anderen, bis ich eine bessere Lösung fand.«

»Ach, wirklich? Und was wollte er?«

Ich begegne Rysons anklagendem Blick mit meinem eigenen. »Was denken Sie?«

Er ist der Erste, der blinzelt und wegschaut. Er seufzt schwer und reibt sich die Stirn in einer müden Geste, und für einen Moment habe ich fast Mitleid mit ihm. Wenn er akzeptiert, dass ich unschuldig bin, muss er auch akzeptieren, dass er bei seinem Job versagt hat – dass er einem Monster erlaubt hat, in mein Leben einzudringen und mich direkt vor seinen Augen wegzuschnappen. Es wäre so viel einfacher, wenn ich der Bösewicht in dieser Geschichte wäre, wenn sie irgendwie beweisen könnten, dass ich mich die ganze Zeit gegen sie verschworen habe. Außer, dass die Fakten es nicht wirklich belegen, und sie wissen es.

Ich bin seit über einer Stunde hier, und trotz all ihrer Drohungen und Gebärden haben sie mich immer noch nicht angeklagt.

Einem Klopfen an der Tür folgt eine Beamtin, die ihren blonden Kopf hereinsteckt. »Agent Ryson? Wir brauchen Sie für eine Sekunde.«

Er folgt ihr hinaus, lässt mich in dem kleinen Verhörraum allein, und ich falle erschöpft in meinen unbequemen Metallstuhl. Dann erinnere ich mich daran, dass ich wahrscheinlich beobachtet werde, und setze mich gerade hin und versuche zu vermeiden, auf mein verkniffenes, blasses Gesicht im großen Spiegel an der Wand zu schauen. Ich bin so gestresst, dass ich kurz davor bin, zu zerbrechen, aber ich will nicht, dass sie das wissen. Das Verhör, kombiniert mit den unvermeidlichen Auswirkungen des Jetlags und meiner Sorge um Mama, hat alles von mir gefordert, und wenn ich könnte, würde ich für die nächsten achtzehn Stunden zusammenbrechen und schlafen. Leider muss ich aufmerksam und wachsam bleiben.

Ich muss sie von meiner Unschuld überzeugen, damit ich für meine Eltern da sein kann.

Nachdem das SWAT-Team das Krankenhaus gestürmt und mich hinausgezerrt hatte, beschloss ich, die Fragen des FBI so wahrheitsgemäß wie möglich zu beantworten und nur das auszulassen, womit ich sicher davonkommen kann. Peter hat mir diesbezüglich keine Anweisungen gegeben, also muss er von mir erwarten, dass ich alles offenbare, und unternimmt wahrscheinlich bereits Schritte, um die Folgen abzumildern – das Team in einen anderen Unterschlupf bringen und so weiter. Was die Kents betrifft, bin ich ziemlich sicher, dass sie mit all ihrem Reichtum und ihren Verbindungen unantastbar sind, aber ich gehe immer noch auf Nummer sicher, indem ich ihre Namen nicht erwähne – es gibt keinen Grund für die Beamten, anzunehmen, dass solche Details mit mir, einer Gefangenen, geteilt wurden.

Das Wichtigste, was ich aber verbergen will, ist der aktuelle Stand meiner Beziehung zu Peter – und dass er bald wiederkommen wird.

»Irgendwelche Neuigkeiten von meiner Mutter?«, frage ich Agent Ryson, als er ein paar Minuten später in den Raum zurückkehrt, und er nickt und nimmt wieder mir gegenüber Platz.

»Die Operation ist gut verlaufen«, sagt er, und ein riesiger Knoten von der Anspannung löst sich zwischen meinen Schulterblättern. »Sie haben die Ursache der Blutung gefunden und sie behoben«, fährt er fort. »Es ist noch zu früh, um sie für stabil zu erklären, aber es sieht recht gut aus.«

Trotz meiner Entschlossenheit, stoisch zu bleiben, muss ich schnell blinzeln, um einen Strom der Tränen einzudämmen. »Danke.« Meine Stimme ist voll von kaum beherrschten Gefühlen. »Ich weiß das zu schätzen.«

Er rutscht unbehaglich in seinem Stuhl hin und her. »Natürlich«, sagt er schroff. »Wir sind keine Monster. Was uns zu meiner nächsten Frage bringt, Dr. Cobakis.« Er verschränkt seine Arme vor der Brust und starrt mich wieder an. »Wenn das, was Sie sagen, wahr ist – wenn Sokolov Sie verfolgt, bedroht und entführt hat, wenn er Sie all diese Monate gefangen gehalten hat – warum sollte er Sie jetzt zurückbringen?«

Ich schiebe alle Gedanken an meine Mutter beiseite und konzentriere mich darauf, dieses Verhör zu überstehen. Je eher ich Rysons Fragen beantworte, desto eher kann ich sie sehen.

»Sokolov war gelangweilt von mir«, sage ich, ohne zu blinzeln, nachdem ich die Lüge auf der Fahrt hierher im Kopf geübt habe. »Er hat versucht, mich dazu zu bringen, mich für ihn zu erwärmen, erlaubte Telefonate mit meiner Familie und behandelte mich im Allgemeinen ziemlich gut, aber ich lehnte seine Annäherungsversuche ab, und schließlich hatte er die Nase voll. Ich vermute, dass er eine andere unglückliche Frau gefunden hat, auf die er sich konzentrieren kann, aber das ist reine Spekulation meinerseits.«

»Genau.« Der Ton des Agents trieft vor Sarkasmus. »Sie langweilten ihn gerade dann, als Ihre Eltern Sie am meisten brauchten.«

»Nein, er hatte schon angefangen, kälter zu werden,

als das«, ich berühre die Narbe auf meiner Stirn, »passierte. Danach konnte er sich nicht einmal mehr dazu durchringen, mich zu berühren. Trotzdem hat er mich bei sich behalten, bis Mamas Unfall ihm eine Entschuldigung gab, mich loszuwerden.«

Rysons buschige Augenbrauen heben sich spöttisch. »Er brauchte einen Vorwand?«

»Sehen nicht alle Monster sich selbst gern als Engel?« Ich halte meinen Blick auf sein Gesicht gerichtet. »Selbst die schlimmsten Kriminellen halten sich gerne für gute Menschen und werden einfach missverstanden – gerade Sie sollten das wissen. Und Sokolov ist nicht anders, das kann ich Ihnen versichern. Er überzeugte sich selbst, dass er Gefühle für mich hätte, und als er sich mit seinem neuen Spielzeug langweilte, brauchte er eine Ausrede, um es wegzuwerfen. Mutters Unfall hat das ermöglicht, und hier bin ich, nur ein wenig abgenutzter.« Ich berühre die Narbe wieder, so als ob ich verbittert über die Verunstaltung wäre.

»Uh-huh.« Ryson starrt mich an, ohne etwas anderes zu sagen, und ich merke, dass er darauf wartet, dass ich etwas sage, um die immer unangenehmere Stille zu füllen.

Als ich ihn nur ruhig anschaue, steht er auf und lächelt mich steif an. »In Ordnung, Dr. Cobakis. Mein Kollege hat mich vorhin informiert, dass der Anwalt, den Ihre Familie engagiert hat, bereits hier ist und vor unserer Tür protestiert. Da wir Sie noch nicht formell angeklagt haben, können Sie gehen … vorerst. Wir werden Ihre Geschichte überprüfen, und wenn sich herausstellt, dass Sie lügen – und ich meine auch die *kleinste Lüge* – wird Sie kein schicker Anwalt retten können.«

»Ich verstehe.« Ich verstecke meine Erleichterung, als ich ihm aus dem Raum folge. Wie ich gehofft hatte, hat sich meine vorgetäuschte Kooperation ausgezahlt. Auf dem Weg hierher hatte ich überlegt, nach einem Anwalt zu verlangen, aber dann beschlossen, dass es das Beste ist, sich wie jemand zu verhalten, der nichts zu verbergen hat, selbst auf die Gefahr hin, mich ungewollt durch die Beantwortung von Fragen ohne Anwalt zu belasten. Diese Strategie mag immer noch ins Auge gehen, aber im Moment kann ich das tun, wofür ich hergekommen bin: Zeit mit meinen Eltern verbringen.

Ein großer Mann mit hellbraunen Haaren wartet auf uns, als wir den Verhörraum verlassen. Zu meinem Schrecken kenne ich ihn.

Es ist Joe Levinson, Agnes und Isaacs Sohn – und anscheinend mein Anwalt.

Mit einem Pokerface schüttele ich Joe die Hand und danke ihm für sein Kommen. Er lächelt Ryson höflich an, verspricht, dass ich die Stadt nicht verlassen werde, ohne sie zu benachrichtigen, und führt mich ruhig zum Aufzug. Erst als wir zusammen das Gebäude verlassen haben und in ein Taxi steigen, lasse ich mein Erstaunen zum Vorschein kommen.

»Ich dachte, du praktizierst Wirtschaftsrecht«, sage ich und starre den Mann an, der, wenn nicht gerade ein

Freund aus der Kindheit, doch ein sehr enger Bekannter ist. »Wie hast du …?«

»Ich habe gerade mit Kunden etwas in der Innenstadt getrunken, als mein Vater mich angerufen hat«, erklärt mir Joe grinsend. »Natürlich bin ich so schnell wie möglich hergekommen. Du erinnerst dich wahrscheinlich nicht daran, aber gleich nach dem Jurastudium habe ich zwei Jahre lang bei einer gemeinnützigen Menschenrechtsorganisation gearbeitet und das Recht von mutmaßlichen Terroristen auf einen Prozess und so weiter verteidigt. Die Bezahlung war scheiße, und offen gesagt haben viele der Klienten mir Angst gemacht, also bin ich zu Wirtschaftsrecht gewechselt. Aber die alten Fähigkeiten und Fachausdrücke sind immer noch da, also wenn du jemals beschuldigt wirst, einem verdächtigen Terroristen geholfen zu haben und einen Anwalt brauchst, bin ich dein Mann.«

Peter ist ein Mörder, kein Terrorist, aber ich will nicht darüber streiten. »Stimmt«, sage ich lächelnd. »Ich erinnere mich jetzt daran. Deine Eltern haben sich die ganze Zeit Sorgen um dich gemacht, als du dort gearbeitet hast.«

»Genau.« Sein Grinsen wird eine Sekunde lang breiter. Dann wird sein Gesichtsausdruck ernst, und er sagt leise: »Es tut mir leid wegen deiner Mutter. Sie ist eine fantastische Frau, und ich hoffe, sie kommt durch.«

»Danke, ich auch.« Meine Kehle zieht sich zusammen, und ich muss wieder blinzeln.

Joe lässt mich rücksichtsvoll aus dem Fenster schauen, bis ich mich wieder unter Kontrolle habe. Dann sagt er sanft: »Sara ... offensichtlich bin ich nicht wirklich dein Anwalt – dein Vater wird jemanden finden, der viel qualifizierter für deinen Fall ist – aber ich möchte, dass du weißt, dass du immer noch mit mir reden kannst, wenn du willst. Ich weiß nicht, was passiert ist, und es ist völlig in Ordnung, wenn du nicht darüber reden willst, aber ich will, dass du weißt, dass ich für dich da bin, okay?«

Ich schaue ihn an, sehe die Ernsthaftigkeit seiner blauen Augen, und zum ersten Mal wünschte ich, ich hätte im College eine andere Wahl getroffen. Dass ich, anstatt mich in eine verbindliche Beziehung mit George zu stürzen, als ich kaum achtzehn Jahre alt war, die Dinge langsamer angegangen wäre und dem Sohn der Freunde meiner Eltern mehr Aufmerksamkeit geschenkt hätte ... dem netten, ruhigen Menschen, der immer Teil meines Lebens war. Ich fand ihn zwar nie aufregend, aber vielleicht wäre die Anziehungskraft mit der Zeit gewachsen, wenn ich ihm eine Chance gegeben hätte.

Ich wuchs mit Geschichten über Joe auf, über seine Erfolge in der Schule und wie stolz seine Eltern auf ihn waren, aber ich habe ihm nie viel Aufmerksamkeit geschenkt. Er ist sieben Jahre älter, und dieser Altersunterschied schien unüberwindbar, als ich ein Teenager war. Als ich in den Zwanzigern war, war es nichts – aber da war ich bereits verheiratet.

Wir hatten nie eine Chance, zu erforschen, was

hätte sein können, und wir werden diese Chance jetzt sicherlich nicht bekommen – nicht mit einem russischen Attentäter, der mein Leben und mein Herz beherrscht.

»Danke, Joe. Ich weiß das zu schätzen.« Ich behalte einen unverfänglichen Tonfall bei und tue so, als ob das Angebot nichts bedeutete, als ob er nicht gerade die Bereitschaft gezeigt hätte, sich in das schreckliche Chaos, das mein Leben ist, einzubringen. Ich weiß nicht, was meine Eltern den Levinsons über meine Situation erzählt haben, aber zwischen dem »verdächtigen Terroristen«-Kommentar und der Notwendigkeit, mich vom FBI-Gebäude in der Innenstadt zu holen, muss Joe eine Vorstellung davon haben, was ihn erwartet.

Er versteht mein Schweigen richtig als eine Ablehnung und verstummt. Für den Rest der Fahrt ins Krankenhaus sprechen wir nicht, und das ist gut so.

Es gibt keinen Platz in meinem Leben für Joe, und es ist nicht sicher für ihn, etwas anderes zu denken.

12

eter

WIR KEHREN NICHT nach Japan zurück – mit Sara in den Klauen des FBI ist das zu riskant. Stattdessen fliegen wir nach Prag, wo unser Versteck in einem kleinen Dorf etwa zwanzig Kilometer von der Stadt entfernt liegt. Es hat über Nacht geschneit, und der Ort sieht bemerkenswert malerisch aus, mit einer unberührten weißen Schicht, die alle Dächer und kahlen Äste bedeckt.

»Warum konnten wir nicht an einen warmen Ort gehen?«, schimpft Anton, als er aus dem Auto in eine dicke Schneeschicht steigt. »Im Ernst, der Unterschlupf in Indien klingt im Moment verdammt gut.«

Hätte ich die Frau, die mein Leben ist, nicht gerade

gehen lassen, hätte ich über den angewiderten Blick in seinem Gesicht gelacht. Aber ich bin nicht in der Stimmung für Antons Schwachsinn, also sage ich nur kurz: »Weil Osteuropa der Ort ist, wo wir sein müssen.« Nicht, dass ich es sagen müsste – er weiß so gut wie ich, warum wir hier sind. Während des Fluges habe ich das Treffen mit Novak auf nächste Woche vorgezogen.

Henderson ist immer noch verschwunden, und wenn ich keine Zeit mit Sara verbringen kann, gibt es keinen Grund, das Treffen zu verzögern.

»Ich mag es hier«, sagt Ilya und schaut sich in der verschneiten Landschaft um. Wir haben hier nicht so viel Privatsphäre wie in Japan, aber das Haus ist weit genug von den Nachbarn entfernt, um uns zumindest die Illusion eines privaten Winterquartiers zu geben. »Es ist hübsch.«

»Ich stimme Anton zu. Ich habe die Kälte satt«, sagt Yan auf dem Weg zum Haus. »Wenigstens werden wir es bald warm haben. Ich habe gehört, Esguerras Anwesen im Dschungel ist hübsch und warm.« Er schaut mich an, als er das sagt, aber ich schlucke den Köder nicht.

Zu diesem Zeitpunkt muss niemand wissen, was ich wirklich plane.

So ist es für alle sicherer.

Erst als wir ausgepackt und in das neue Haus eingezogen sind, erlaube ich mir, an Sara zu denken und die quälende Leere zu spüren, die ihre Abwesenheit für mein Leben bedeutet. Es war erst ein

Tag, aber ich sehne mich schon nach ihr, will sie so sehr, dass es mich innerlich zerreißt. Die Amerikaner beobachten sie, also bekomme ich tägliche Berichte, aber das ist nicht genug. Ich will sie hier, an meiner Seite. Ich will sie halten, ihr Lächeln sehen und sie lachen hören. Sie ficken, bis sie zu heiser ist, um meinen Namen zu schreien und das rohe Brennen in meinen Adern nachlässt.

Bald verspreche ich mir, als ich das Gebiet erkunde und das Grundstücksende mit Alarmen absichere. Ich werde mein Ptichka bald wiederhaben.

Vorläufig kann sie ihr früheres Leben genießen.

13

Sara

»Mama!« Ich beugte mich über ihr Bett und lächele mit Tränen in den Augen. Ihre Augen sind von Schmerzmitteln benebelt, aber sie sind offen, und als ich meine Finger sanft um ihre unverletzte rechte Hand lege, bewegen sich ihre rissigen Lippen.

»S-Sara?«

»Ich bin's, Mama.« Die Tränen strömen unkontrolliert über mein Gesicht, und ich wische sie nicht weg. Ich bin zu erleichtert, zu überglücklich.

Nach einer ungewissen Nacht ist meine Mutter aufgewacht.

»Hier, trink.« Ich hebe einen Becher mit einem Strohhalm an ihre Lippen, und sie schafft einen Schluck, bevor sie ihre Augen wieder schließt.

Ich drücke ihre Hand und drehe mich zu meinem Vater um, der hinter mir aufgestanden ist. Seine Wangen sind nass, als er seine Frau anstarrt.

»Sie wird wieder gesund, oder?« Seine Augen sind rot umrandet, aber hoffnungsvoll, als er mich ansieht, und ich nicke, ohne meine Freude zu verbergen.

»Ihre Vitalfunktionen sind stabil, und das seit drei Stunden. Ohne eine Infektion kommt sie durch.«

Mamas Finger zucken in meiner Hand, und ich schaue zurück, um zu sehen, dass ihre Augen wieder offen sind.

»Sara, bist du wirklich ...?« Sie blinzelt und versucht, sich durch den anhaltenden Dunst der Anästhesie zu konzentrieren. »Liebling, bist du das wirklich, oder träume ich?«

»Ich bin wirklich hier, Mama.« Meine Stimme bricht. »Ich bin zu Hause.«

»Sie ist zurückgekommen, Lorna.« Papa legt einen Arm um meine Taille, und sein Lächeln ist zittrig, aber triumphierend. »Unsere kleine Sara ist zurückgekommen.«

»Was ...« Sie beginnt zu husten, und ich gebe ihr schnell noch einen Schluck Wasser. »Was ist passiert?« Ihr verwirrter Blick wandert von mir zu den Rollen, die den Gipsverband an ihren Beinen und ihrem linken Arm hochhalten, und dann wieder zurück zu mir.

Papa sinkt in einen Stuhl neben dem Bett, während ich mir die Tränen vom Gesicht wische und so ruhig wie ich kann sage: »Ein betrunkener Fahrer ist seitlich in dich hineingefahren, als du auf dem Weg zum

Supermarkt warst. Du hast gebrochene Rippen, deine Beine sind an mehreren Stellen gebrochen, und dein linker Arm ist im Grunde genommen zerquetscht. Du hattest auch innere Verletzungen, die drei Operationen dicht nacheinander erforderten.« Ich hätte es beschönigen können, aber Mama hasst das, wenn es um wichtige medizinische Dinge geht. Sie will immer das ganze Ausmaß des Problems so genau wie möglich wissen. Ich werde nie vergessen, wie sie hinter Vaters Ärzten her war, als er vor ein paar Jahren einen Herzinfarkt hatte.

Als Papa das Krankenhaus verließ, wusste sie mehr über seinen Zustand und seine Behandlungsmöglichkeiten als die meisten Kardiologen.

Ihre trockenen Lippen bewegen sich wieder. »Nein, ich meinte …« Sie kämpft um Worte. »Du bist hier. Wie bist du …?«

»Peter hat mich nach Hause gebracht, Mama«, sage ich leise und drücke ihre Hand wieder. »Sobald wir von dem Unfall hörten, brachte er mich nach Hause.«

Es ist ein gefährliches Spiel, das ich spiele – die Lüge – die jetzt die Wahrheit ist –, Peters Geliebte für meine Eltern zu sein, während ich es dem FBI gegenüber abstreite. Aber ich sehe keine andere Möglichkeit, damit umzugehen. Peter wird zu mir zurückkommen, und ich kann nicht zulassen, dass meine Eltern ihn für ein Monster halten, wenn er mich wieder mitnimmt. So riskant es auch ist, sie müssen glauben, dass wir uns lieben. Und gleichzeitig muss das

FBI glauben, dass ich Peters Opfer bin. Ich habe keine Ahnung, wie ich diesen Drahtseilakt bewältigen soll, aber ich werde mein Bestes geben.

Nicht, dass mein Vater mir wirklich glaubt. Während wir darauf gewartet haben, dass Mama aufwacht, hat er mich einem Verhör unterzogen, das das FBI im Vergleich dazu alt aussehen ließ. Sein Ziel war es, Löcher in das Märchen zu reißen, das ich ihnen all die Monate erzählt habe, und trotz meiner Bemühungen war er nicht ganz erfolglos.

Nein, ich wusste nicht, dass Peter ein gesuchter Mann war, als wir uns trafen und begannen, uns zu verabreden, habe ich meinem Vater erzählt, indem ich wiederholte, was ich vorhin gesagt hatte: Dass ich geglaubt hatte, dass mein neuer Freund ein Unternehmer war, der für verschiedene Firmen in den USA und im Ausland arbeitete. Nein, ich wusste nicht, dass er Probleme mit dem Gesetz hatte, als ich das Land mit ihm verließ, obwohl ich anfing, einige Verdachtsmomente zu haben. Nein, er ist nicht so gefährlich, wie man sagt; es ist alles ein großes Missverständnis. Er arbeitet in der Tat als unabhängiger Auftragnehmer für Sicherheitsberatung; es ist nur so, dass einige seiner Kunden nicht ganz gesetzestreu sind, und das ist es, was ihn in Schwierigkeiten mit dem FBI gebracht hat. Ja, wir trafen uns zum ersten Mal in einem Nachtklub in Chicago und verabredeten uns heimlich mehrere Wochen lang. Ja, er hat mein Haus durch eine Scheinfirma gekauft, wie das FBI gesagt hat. Warum?

Weil er dachte, ich würde es bereuen, es so impulsiv verkauft zu haben.

Einige Fragen waren schwieriger zu beantworten. Ich weiß, was das FBI meinen Eltern über Peters angebliche Verbrechen erzählt hat: fast nichts, mit dem Hinweis auf den geheimen Status seines Falles. Aber meine Eltern sind nicht dumm, und sie haben selbst ein paar Nachforschungen angestellt. Die »mutmaßlichen Terroristen« und »getöteten Menschen« stammen aus einem Gespräch zwischen den Beamten, das mein Vater mit anhörte, aber er verband meine Entführung auch irgendwie mit einer Verfolgungsjagd auf der I-294, bei der ein Polizeihubschrauber explodierte, was zu einem massiven Aufruhr und einem erneuten Aufschrei über Kriege zwischen Verbrecherbanden in Chicago führte.

»Sie geschah in der Nacht, als du verschwandst, und war wochenlang in den Nachrichten«, hat mein Vater mir erklärt. »Das FBI wollte es uns gegenüber nicht zugeben, aber ich weiß, dass er es war. Es musste so sein. Warum sollten sie sonst eine ganze Sondereinheit schicken, um dich zu holen? Der Mann ist gefährlich, und das FBI weiß das. Ich weiß nicht, ob er in Drogen oder Terrorismus verwickelt ist, aber er ist ein schlechter Mensch.«

Und egal, wie sehr ich versuchte, meinen Vater davon zu überzeugen, dass Peters angebliche Verbrechen einen wirtschaftskriminellen Hintergrund haben und dass ich nichts über diesen Zwischenfall weiß – was ich nicht tue, weil ich während meiner

Entführung betäubt war –, weigerte er sich, mir zu glauben.

»Erzähl mir von Marsha und den Levinsons«, habe ich ihn schließlich gebeten, weil ich verzweifelt das Thema wechseln wollte. »Wie kam es dazu, dass sie bei dir waren?«

Glücklicherweise hat das funktioniert, und in den nächsten Stunden haben wir über das Leben meiner Eltern in meiner Abwesenheit gesprochen und darüber, wie die Levinsons sich wirklich selbst übertroffen haben, als sie meinen Eltern auf verschiedene Art und Weise durch die Krise geholfen haben. Und auch Marsha – sie hat anscheinend jede Woche meine Eltern angerufen, sich nach ihnen erkundigt und nach mir gefragt.

»Sobald sie hörte, dass Lorna in die Notaufnahme gebracht wurde, tauchte sie auf, holte die besten Ärzte für ihren Fall und half uns, die Bürokratie zu bewältigen«, sagt mein Vater, und seine Augen funkeln mit Tränen. »Wenn sie nicht gewesen wäre, weiß ich nicht, ob deine Mutter es …« Er bricht ab, atmet zitternd ein, und ich umarme ihn, fühle das vertraute Brennen von Schuld und Scham, von Selbsthass, vermischt mit frisch entflammter Wut auf Peter.

Ja, mein Peiniger hat mich zurückgebracht, aber zuerst hat er mich gestohlen. Monatelang hat er mich von meiner Familie ferngehalten. Das kann ich nicht vergessen. *Ich* hätte für meine Eltern da sein sollen, nicht Marsha und ihre Freunde. *Ich* hätte diejenige sein sollen, die dafür sorgt, dass Mama die beste Pflege bekommt. Stattdessen war ich in Japan und verliebte mich in den Mörder meines Mannes … und ließ ihn in mein Herz und meinen Verstand eindringen, während ich meine Eltern immer wieder belog.

Ich möchte Peter dafür hassen – für alles – aber stattdessen hasse ich mich selbst. Ich hasse es, dass ich ihn schon vermisse, dass meine verzweifelte Sehnsucht nicht ein bisschen nachgelassen hat. Ich sehne mich so sehr nach ihm, dass es wie ein körperlicher Schmerz ist; meine Haut tut buchstäblich weh, wenn ich daran denke, wie sehr ich seine Berührung will.

Bald sage ich mir, als ich mich nach unten beuge, um meine Mutter zu küssen, die ihre Augen wieder geschlossen hat. Ich kenne Peter – er wird sich nicht lange von mir fernhalten. Ich sollte diese Zeit mit meiner Familie genießen, anstatt mich nach dem Mann zu sehnen, der mich von ihr wegnehmen wird.

Ich bin eine schreckliche Tochter, aber das müssen sie noch nicht wissen.

Sie werden es früh genug herausfinden.

14

ara

GEGEN MITTAG ÜBERZEUGE ich Papa endlich, nach
Hause zu gehen und sich auszuruhen, und ich bleibe
mit Mama im Krankenhaus, wobei ich abwechselnd
entweder ihr Gesellschaft leiste oder auf einem Beibett
schlafe, das die Schwestern in ihr Zimmer gebracht
haben. Immer wenn ich herauskomme, um einen
Kaffee oder einen Happen zu essen zu holen, folgen
mir mehrere verdächtig aussehende Männer. FBI-
Beamten höchstwahrscheinlich, obwohl sie auch
Polizisten in Zivil sein könnten – ich habe keine
Ahnung, wie ihre Gerichtsbarkeiten funktionieren. Ich
bin offensichtlich noch nicht vom Haken, aber im
Moment lassen sie mich mit meinem Leben
weitermachen, und dafür bin ich dankbar.

Ich will nicht die wenige Zeit, die ich hier habe, im Gefängnis verbringen.

Marsha kommt nach ihrer Schicht in Mutters Zimmer vorbei, und nachdem ich mich vergewissert habe, dass Mama tief schläft, lasse ich mich von Marsha überreden, zu Patty's zu gehen, damit wir uns auf den neuesten Stand bringen können.

»Also«, sagt sie, als wir uns an den Ecktisch setzen. »Du bist zurück.«

»Ich bin zurück«, bestätige ich und winke dem Kellner zu, damit er zu uns kommt. Ich habe fast keinen Schlaf bekommen und sehne mich nach etwas wirklich Fettigem und Ungesundem. Ich fühle mich generell, als würde ich auseinanderbrechen, mein ganzer Körper schmerzt vor Erschöpfung und mein unterer Rücken bringt mich um, weil ich die Nacht auf dem Krankenhausbett verbracht habe.

»Burger und Pommes, mit extra Käse und Gurken«, sage ich dem Kellner, als er kommt. »Und schnell, bitte. Ich bin am Verhungern.«

Marsha hebt die Augenbrauen an, kommentiert aber meine bevorstehende Fettorgie nicht. Stattdessen bestellt sie einen griechischen Salat und zwei Bier, eines für jeden von uns.

»Damit wir die Rückkehr der verlorenen Tochter feiern können«, sagt sie, und ich versuche, ihr Grinsen zu erwidern, während die Schuldgefühle erneut meine Brust überschwemmen.

»Danke, dass du dich um meine Eltern gekümmert hast, während ich weg war«, sage ich, als der Kellner geht. »Mein Vater hat mir gesagt, wie sehr du bei meiner Mutter geholfen hast, und ich bin sehr dankbar. Wenn es jemals etwas gibt, was ich für dich tun kann ...«

Sie winkt meinen Dank mit einer perfekt manikürten Hand ab. »Ach, bitte. Es war mir ein Vergnügen. Ich mag deine Eltern, und es tut mir wirklich leid, dass das deiner Mutter passiert ist. Ich hoffe, sie erholt sich bald.«

»Ich auch.« Ich versuche ein weiteres Lächeln. »Also ... was hast du so gemacht? Und Andy und Tonya? Ist Andy immer noch mit ...«

»Oh, nein, das wirst du nicht tun.« Marsha überschlägt ihre Unterarme auf dem Tisch, lehnt sich nach vorn und durchbohrt mich mit ihrem Blick. »Wir werden nicht darüber reden, bis du mir erzählt hast, wo zum Teufel du warst, mit wem du weggelaufen bist und warum ich keinen Piep über ihn gehört habe, bis du vom Erdboden verschwunden bist.«

»Ich bin nicht verschwunden. Ich habe meine Eltern die ganze Zeit über angerufen und ...«

Sie schneidet mich mit einem weiteren Winken ab. »Wortklaubereien. Du warst *weg*. Kein Wort zu irgendjemandem im Voraus, keine Mitteilung an deine Praxis, du hast alle deine Patienten hängen lassen – auch das Mädchen, das am nächsten Tag einen Kaiserschnitt brauchte, wohlgemerkt. Oh, und das FBI hat uns wochenlang deinetwegen belästigt. Wenn das kein Verschwinden ist, dann weiß ich es auch nicht ...«

»Okay, okay, in Ordnung. Du hast gewonnen.« Ich

schnappe mir mein Bier vom Kellner, als er sich dem Tisch nähert, aber ich trinke es nicht, sondern befeuchte nur meine Lippen. Nicht nur, dass ich unter Jetlag und Schlafentzug leide, sondern es besteht auch die Möglichkeit, dass ich schwanger bin.

Ich stelle das Glas ab, starre auf die braune Flüssigkeit und unterdrücke alle Gedanken an eine mögliche Schwangerschaft, damit ich mich konzentrieren kann. Ich weiß nicht, welche Version der Geschichte ich Marsha erzählen soll: die für das FBI, in der ich Peters Opfer bin, oder die, die ich meinen Eltern gegeben habe, in der ich in einen Mann verliebt bin, der in etwas Dubioses verwickelt ist, aber zum größten Teil zu Unrecht von den Behörden verfolgt wird.

»Du hältst mich hin«, sagt Marsha, und ich seufze und schaue vom Bier auf.

»Du hast recht: Ich bin verschwunden«, fange ich langsam an und versuche immer noch, zu entscheiden, was die beste Geschichte für Marsha ist. »Du hast doch mit meinen Eltern geredet, oder nicht? Sie müssen dir doch gesagt haben, was passiert ist.«

»Was sie wussten, und das war nicht viel.« Marsha nimmt ihr Bier hoch. »Es ergab auch keinen Sinn mit dem FBI, das wie Bombenspürhunde um uns herumschnüffelte.«

»Uh-huh.« Ich schaue mich instinktiv um und sehe zwei der Männer, die mir im Krankenhaus gefolgt sind, an einem Tisch auf der anderen Seite der Bar. Drei Tische weiter sind zwei weitere meiner Stalker, und ich bin mir ziemlich sicher, dass ich den Kerl an der Bar auch schon einmal gesehen habe.

Nun, das entscheidet es. Die »Bombenspürhunde« sind in vollem Einsatz, und ich habe keinen Zweifel, dass Marsha kurz nach unserem Gespräch befragt werden wird.

Tatsächlich gibt es keine Garantie, dass sie im Moment nicht mit ihnen arbeitet.

Sobald mir der Gedanke in den Sinn kommt, fühle ich mich wie eine schreckliche Freundin, aber das lässt den Verdacht nicht verschwinden. Es ergibt einfach zu viel Sinn. Wir kennen uns seit einigen Jahren – ich habe Marsha kennengelernt, als ich meine Assistenzzeit im Krankenhaus begann – aber wir waren immer mehr Arbeitsfreunde als alles andere. Zum einen war Marsha Dauersingle und auf Männerjagd, während ich verheiratet war und achtzig Stunden arbeitete. Ich konnte sie nie auf den Mädchenabenden, die sie liebt, begleiten, und sie fand ruhigere Aktivitäten wie Familienessen langweilig, so dass sich unsere Freundschaft eher um das Krankenhaus drehte und unsere Gespräche selten über Oberflächliches hinausgingen. Sie war nach Georges Unfall freundlich und fürsorglich, immer bereit, in den Kaffeepausen ein offenes Ohr zu haben, aber sie hat sich nie in die schwierigeren Aspekte meines Lebens eingemischt.

Marsha ist eine gute Freundin, eine Freundin zum Spaßhaben, aber nicht die Art von Freundin, die jede

Woche meine Eltern anrufen würde – zumindest nicht ohne einen Anstoß.

Ein Anstoß, der leicht vom FBI hätte kommen können.

Natürlich ist es genauso möglich, dass ich viel zu müde bin, um klar zu denken. Entweder das – oder das Zusammensein mit Peter hat mich viel zu paranoid gemacht. Dennoch, da die Chance besteht, dass mein Verdacht richtig ist – oder auf der weitaus vernünftigeren Annahme, dass ich nicht erwarten kann, dass Marsha das FBI für mich belügt –, entscheide ich mich für die Opferversion der Geschichte.

Leider bedeutet das, dass ich an den Anfang zurückgehen und das mit George erklären muss. Und da ich mir ziemlich sicher bin, dass das FBI nicht will, dass ich geheime Informationen preisgebe, muss ich auch hier kreativ werden.

Mein Kopf tut weh, wenn ich nur an all die Halbwahrheiten und Lügen denke, die ich aufrechterhalten muss.

Als ich mir den Anfang der Geschichte ausgedacht habe, sind Marshas Augen größer als der Burger, den ich verschlinge. »George war auf der Abschussliste dieses russischen Attentäters? Warum? Was hat er …«

»Ich habe nie alle Details herausgefunden, aber es hatte etwas mit einer Mafiageschichte zu tun, über die George schreiben wollte.« Ich beschließe, die ursprüngliche Lüge des FBI als Rechtfertigung für Peters Handlungen zu benutzen. »Jedenfalls ist er in mein Haus eingebrochen, hat mich gewaterboardet und betäubt, um Georges Aufenthaltsort herauszufinden, und dann hat er ihn getötet.«

Ich lasse Marsha das verdauen, während ich mir zwei Pommes in den Mund stopfe. Ich bin wirklich am Verhungern. Als ich sehe, dass sie dabei ist, weitere Fragen zu stellen, sage ich: »Ja, so haben wir uns wirklich getroffen. Du verstehst, warum ich das meinen Eltern nicht sagen konnte, oder?«

Sie nickt, ihr Gesicht sieht kränklich blass aus unter ihrem Make-up, und ihr Salat vor ihr ist vergessen.

»Gut«, fahre ich fort. »Ich brauchte eine Weile, um darüber hinwegzukommen, und dann hast du mich für eine Nacht mit Andy und Tonya eingeladen. Wir waren in dem Klub in der Innenstadt, erinnerst du dich? Der mit dem süßen Barkeeper, der später nach mir gefragt hat?«

Marsha nickt wieder, immer noch stumm.

»Dort kam er wieder auf mich zu«, sage ich ihr. »Genau dort in diesem Klub. Deshalb dachte Andy, dass ich mich seltsam benommen habe, als ich abgehauen bin: Ich war gerade vom Mörder meines Mannes angesprochen worden und sollte ihn am nächsten Tag bei Starbucks treffen. Und von da an ging es nur noch bergab. Er hatte Kameras im ganzen Haus installiert, er folgte mir überallhin, und als ich versuchte, in ein Hotel zu fliehen, tauchte er in meinem Zimmer auf und … na ja, das ist egal.« Ich lasse Marsha ihre eigenen Schlüsse ziehen – was nach dem

Entsetzen in ihrem Gesicht viel schlimmer zu sein scheint als das, was tatsächlich passiert ist.

Ich fühle mich schrecklich deswegen – ich will instinktiv meine Freundin vor dem gefährlichen Durcheinander in meinem Leben schützen, so wie ich meine Eltern abgeschirmt habe – aber das ist es, was ich dem FBI gesagt habe und ich muss dabei bleiben. Außerdem ist alles wahr, zumindest faktisch. Der einzige Teil, den ich zurückhalte, ist meine eigene Verwirrung über all das – meine unwillige Anziehungskraft auf den Mann, den ich nur hassen und verachten sollte.

Eine Attraktion, die so viel mehr geworden ist.

»Oh Gott, Sara …« Marsha sieht aus, als ob sie kurz davor ist, das bisschen Salat, das sie gegessen hat, wieder hochzuwürgen. »Es tut mir so, so leid, Süße. Ich hatte ja keine Ahnung. Und dieses … dieses *Monster* hat dich dann entführt?«

»Nach ein paar Wochen, als das FBI herausfand, dass er in der Gegend ist, ja. Davor ließ er mich mit meinem Leben weitermachen, und er war einfach … darin.« Ich winke dem Kellner für Wasser, da ich mein Bier nicht trinken kann. Ich bin durstig, und mir ist seltsam schwindelig, als hätte ich schon Alkohol getrunken.

Ich fühle mich generell schrecklich, die Schmerzen in meinem unteren Rücken verstärken sich unerträglich, und mein Magen rumort von der ganzen fettigen Nahrung. Mir ist auch unangenehm heiß, und ich habe das Gefühl, dass ich weinen will – das muss der ganze Stress sein, der mich einholt.

»Ich verstehe nicht«, sagt Marsha, während ich tief durchatme, um meinen Kopf frei zu bekommen. »Warum hat er das getan? Warum du? Ist das etwas, was er normalerweise tut, Frauen entführen? Hatte er einen ganzen Harem von Opfern an dem Ort – wo hat er dich überhaupt hingebracht?«

»Japan, und nein. Soweit ich weiß, bin ich die Einzige, der er das je angetan hat. Was das Warum betrifft, warum tun manche Männer etwas?« Ich schaffe ein wackeliges Lächeln. »Er war von mir besessen, schätze ich. Jedenfalls langweilte er sich schließlich, und hier bin ich.«

Marsha starrt auf die Narbe auf meiner Stirn. »Hat er dir das angetan?« Sie berührt ihre eigene Stirn, und ihre Stimme ist angespannt. »Hat er dir wehgetan?«

»Nein, diese Narbe ist von einem Autounfall, als ich versuchte zu fliehen und stattdessen verunglückte«, sage ich. »Er hat mir eigentlich nicht wirklich wehgetan. Abgesehen von der ganzen Entführung und Ermordung von George behandelte er mich ziemlich gut.«

»Okay. Das ist … das ist gut, schätze ich.« Marshas Stimme zittert, als sie nach ihrem Bier greift. Ich merke, dass auch ihre Hand zittert, und neue Schuldgefühle breiten sich in meinem Inneren aus. Ich wünschte, ich könnte ihr alles erzählen, sie verstehen lassen, wie kompliziert Peter ist, wie grausam und freundlich er gleichzeitig sein kann. Wie wunderbar und furchterregend es war, mit ihm zusammen zu sein, wie auf einer Achterbahn ohne Bremsen zu fahren.

Ich wünschte, ich könnte ihr die ganze schmutzige Wahrheit sagen, aber ich kann nicht, also klebe ich mir ein Plastiklächeln aufs Gesicht und entschuldige mich, um die Toilette zu benutzen. Mein Magen rumort so stark, dass er anfängt zu krampfen, und ich schwitze trotz des kalten Luftzuges, der von der offenen Tür in die Bar hineinströmt.

Als ich den kleinen, schmuddeligen Toilettenraum betrete, verstärkt sich das krampfende Gefühl, und ein plötzlicher Verdacht kommt auf, der meinen Atem zum Stillstand bringt.

Könnte es sein? Ist sie endlich da?

Als ich nachschaue, entdecke ich einen Blutfleck auf meiner Unterwäsche. Meine Periode – jetzt über eine Woche überfällig – hat endlich begonnen. Deshalb fühle ich mich so beschissen: Es ist der erste Tag, und alle Symptome sind da, von den Schmerzen im unteren Rücken und den Hitzewallungen bis hin zur Launenhaftigkeit und den Krämpfen.

Es ist offiziell.

Ich bin nicht schwanger.

Peter und ich bekommen kein Baby.

Es hätte eine Erleichterung sein sollen, aber als ich auf diesen rotbraunen Fleck starre, wächst er in meiner Vision und färbt meine Welt im gleichen blutigen Farbton. Zitternd halte ich mir die Faust an den Mund, aber ich kann weder den Schluchzer, der in meiner Kehle aufsteigt, noch den, der folgt, eindämmen. So verrückt es auch ist, ich fühle mich, als hätte ich etwas verloren, als hätte sich ein perverser Teil von mir nicht nur mit der Möglichkeit eines Kindes versöhnt, sondern sich auch darauf gefreut.

Dieses Baby – ich war mir so sicher, dass ich es nicht wollte – existierte nie außerhalb meiner Ängste, aber ich fühle seinen Verlust so scharf, als ob ich eine Fehlgeburt gehabt hätte.

»Bist du okay?«, fragt Marsha, als ich etwa zwanzig Minuten später aus der Toilette komme, und ich nicke, ohne meine geschwollenen Augen und mein fleckiges Gesicht zu verstecken, während ich mein jetzt warmes Bier hinunterschütte. Ich weiß, was sie denkt: dass das Erzählen der Geschichte meiner Entführung einen emotionalen Tribut gefordert hat und mich an das Trauma dessen erinnert, was ich durchgemacht habe. Und ich lasse sie das denken, weil es besser ist als die Wahrheit.

Es ist besser, als dass sie weiß, dass ich trotz allem, was Peter getan hat – trotz der schrecklichen Verbrechen, die er gegen mich und andere begangen hat –, genauso besessen von ihm bin wie er von mir.

Dass ich, so falsch es auch ist, jetzt ihm gehöre, mein Kopf, mein Körper und mein Herz.

15

eter

DIE WOCHE vor dem Treffen mit Novak gehört zu den längsten meines Lebens. Wir füllen unsere Vorräte auf, beschaffen mehr Waffen und intensivieren das tägliche Training, treiben uns an bis zur völligen Erschöpfung, aber es ist nicht genug, um die Stunden schneller vergehen zu lassen. Jeder Tag fühlt sich an wie ein Monat, jede Nacht ist ein endloser Kampf, Sara nicht an meiner Seite zu haben. Ohne die täglichen Berichte der Männer, die ich angeheuert habe, um sie zu beobachten, wäre ich schon im Flugzeug in die USA, und das Bedürfnis ihrer Eltern nach ihr und mein Plan wären verdammt.

Nicht, dass die Berichte so umfangreich wären. Das FBI ist an Sara dran, folgt ihr überallhin, und meine

Männer müssen aufpassen, dass sie nicht auffallen. Abgesehen von der offensichtlichen Gefahr für sie wäre es nicht gut für Sara, wenn das FBI wüsste, dass ich immer noch an ihr interessiert bin. Dank der Tatsache, dass unsere Hacker in Rysons Dateien eingedrungen sind, weiß ich, was Sara ihnen erzählt hat, und ich möchte keinen Aspekt ihrer Geschichte untergraben. Die Beamten müssen glauben, dass ich mich mit ihr langweilte und sie für immer gehen ließ, sonst verstecken sie sie und klagen sie wahrscheinlich wegen Beihilfe und Anstiftung an. Der einzige Grund, warum sie das nicht schon getan haben, sind die Verbindungen von Saras Familie. Zwischen den Medienkontakten ihres verstorbenen Mannes und den Anwaltsfreunden ihrer Eltern mit Beziehungen zu Washington hat dieser Fall das Potenzial, nationale Schlagzeilen zu machen – etwas, was viele hochgestellte Personen, einschließlich Henderson, verzweifelt vermeiden wollen.

Im Moment ist Sara in Sicherheit, aber das wird sie nicht mehr sein, wenn sie beim Lügen erwischt wird.

Während sie weg war, fand das FBI alle Kameras und Abhörgeräte, die ich in ihrem Haus platziert hatte, und nachdem sie so zufällig nach dem Unfall ihrer Mutter erschien, kam es ihnen in den Sinn, auch das Haus ihrer Eltern gründlich zu durchsuchen. Alles, was ich jetzt noch habe, sind die FBI-Notizen, die unsere Hacker mir schicken, und die allgemeinen Berichte über ihre Bewegungen von den Männern, die ich angeheuert habe, um ihr zu folgen. Es ist nicht annähernd genug, und es frisst mich auf, dieses Bedürfnis: zu wissen, was sie tut, wie sie sich fühlt, was sie denkt.

Wenn ich vorher von ihr besessen war, ist es jetzt, da ich sie all die Monate bei mir hatte, eher eine körperliche Abhängigkeit.

»Geh sie einfach holen, verdammt nochmal«, murmelt Anton und wischt sich das Blut von der Lippe, nachdem ich ihn für eine Trainingseinheit viel zu brutal geschlagen habe. »Oder nimm wenigstens eine Beruhigungspille. Ernsthaft, Mann, kannst du nicht ein paar Tage durchhalten, ohne deinen verdammten Druck loszuwerden?«

Dafür lande ich einen Treffer direkt auf seinen Solarplexus, und als er sich bückt und wie ein an Land gezogener Fisch keucht, schnappe ich mir einen Rucksack mit Gewichten und gehe laufen, um ihn nicht auf der Stelle zu töten. Ich weiß, dass mein Freund recht hat – mein Temperament war am Siedepunkt, und ich habe es an den Jungs ausgelassen – aber das mindert meine Wut und Frustration nicht. Ich habe keine ganze Nacht geschlafen … nun, seit Saras Unfall, wenn ich daran denke. Die Alpträume über den Tod meiner Familie – die dank Sara fast verschwunden waren – sind zurück. Erst jetzt werden sie von einem noch schrecklicheren Traum begleitet, in dem ich auch sie verliere.

Dies ist meine nächtliche Realität, und jedes Mal, wenn ich mit kaltem Schweiß bedeckt aufwache, greife ich nach dem neuesten Bericht über sie, lese ihn immer wieder, um mich zu vergewissern, dass es nur ein Traum war, dass mein Ptichka lebt und ohne mich gesund ist.

Angesichts dessen, was ich tun werde, ist sie zu Hause viel sicherer als an meiner Seite.

Es ist dieser letzte Gedanke, der es mir ermöglicht, weiterzumachen, dem Drang zu widerstehen, genau das zu tun, was Anton gesagt hat, und sie wieder unter der Nase des FBI zu stehlen. Ich kann es tun – ihre Beamten sind keine Gegner für mich und mein Team – aber Saras Mutter ist immer noch weit davon entfernt, gesund zu sein, und Sara würde mich hassen, wenn ich sie so schnell von ihrer Familie wegholen würde. Außerdem habe ich ein ganz anderes Ziel vor Augen, und um es zu erreichen, muss ich auf diesem Weg bleiben, egal wie schwierig er auch sein mag.

Ich muss daran glauben, dass sich letztendlich alles auszahlen wird.

Sara

Eine Woche ohne Peter.

Es fühlt sich unwirklich an, wie ein Traum, aus dem ich darauf warte, aufzuwachen. Oder vielleicht ist es die Tatsache, dass ich nicht richtig schlafe, die meinen Tagen diese seltsame, traumartige Qualität verleiht. In gewisser Weise ist es, als ob ich eine Zeitmaschine betreten hätte – ich bin in einem Krankenhaus und warte darauf, dass sich ein geliebter Mensch von einem lähmenden Autounfall erholt. Nur war damals der Patient George, und er hat es nie aus dem Koma geschafft.

Die Prognose meiner Mutter ist viel besser. Die Ärzte haben sie gut zusammengeflickt, und ihre Wunden haben sich nicht entzündet. Sie ist mit all den

Gipsverbänden immer noch ruhiggestellt, und sie wird ihren linken Arm vielleicht nie wieder voll nutzen können – zu viele Nerven und Sehnen wurden dort beschädigt – aber sobald ihre gebrochenen Beine verheilt sind, sollte sie mit ausreichender Physiotherapie wieder laufen können.

Mein Vater ist überglücklich, sowohl über Mamas Prognose als auch über die Tatsache, dass ich zu Hause bin. Jedes Mal, wenn er ihr Zimmer betritt und mich an ihrem Bett sitzen sieht, zittert sein Mund, als würde er weinen, aber stattdessen bricht er in ein strahlendes Lächeln aus.

»Ich denke immer noch, dass du jederzeit verschwinden wirst«, gesteht er, als wir in der Cafeteria des Krankenhauses zu Abend essen. »Dass du, wenn ich mich für eine Sekunde abwende, *verpuffst.*« Er öffnet seine Hände in einer Bewegung wie ein Zauberer. »In einem Moment hier, im nächsten weg.«

»Ach, Papa.« Ich verziehe mein Gesicht und schaue nach unten, während ich mit einer Plastikgabel in meiner Pasta herumstochere. Die Schuldgefühle fressen mich bei lebendigem Leibe auf, denn genau das wird in naher Zukunft passieren – sobald Peter meine Mutter für gesund genug hält. Mit Mühe schaffe ich es, nach oben zu schauen und meinen Vater anzulächeln. »Bitte, mach dir keine Sorgen. Alles ist in Ordnung, okay? Ich bin hier, und alles ist gut.«

Ich weiß, dass ich ausweichend klinge – mein Vater hat mir das die ganze Woche lang vorgehalten –, aber es ist schwer, überzeugend zu sein, während ich mit all den Lügen, Halbwahrheiten und Fakten jongliere, die ich an die verschiedenen Personen verfüttere. Die Geschichte für meine Eltern und ihre Freunde ist, dass Peter mein Liebhaber ist und dass er mich trotz seiner andauernden *Missverständnisse* mit dem FBI nach Hause gebracht hat, weil er mich liebt und will, dass ich für Mama da bin. Ich deute damit an, dass Peters rechtliche Probleme eines Tages vorbei sein werden und wir eine Chance haben, zusammen glücklich zu werden.

Im Gegensatz dazu ist das Bild, das ich für das FBI und alle anderen male, das eines Monsters, das mich aus einer Laune heraus entführt hat und schließlich gelangweilt genug war, um mich gehen zu lassen. Der einzige Grund, warum ich in der Lage bin, die beiden Geschichten zu verbreiten, ist, dass die Behörden nicht wollen, dass meine Eltern – oder überhaupt irgendjemand – von Georges Rolle in der ganzen Geschichte erfahren. Und das gilt doppelt für die Ereignisse, die Peter auf den Pfad der Rache geführt haben. Nachdem ich an jenem Tag in der Bar mit Marsha gesprochen hatte, brachte mich Ryson wieder in das Büro in der Innenstadt und befahl mir nicht sehr subtil, den Mund zu halten, was meinen Verdacht über Marshas Zusammenarbeit mit dem FBI bestätigt hat.

Es war zu laut an der Bar, als dass die Beamten unser Gespräch hätten mithören können, also konnte er nur deshalb genau wissen, was ich ihr gesagt habe, weil sie es ihm sofort gemeldet hat – oder vielleicht sogar einen Apparat zum Mithören trug.

Natürlich habe ich mich reuevoll verhalten und versprochen, diskreter zu sein. Und im Gegenzug habe ich ein Versprechen erhalten, dass die FBI-Beamten ihren Mund in der Nähe meiner Eltern halten und nichts tun werden, um das weniger besorgniserregende Paradigma zu zerstreuen, das ich für sie geschaffen habe.

»Wie Sie wissen, ist das Herz meines Vaters schwach, und er braucht nicht zu wissen, dass ich gezwungen war, sie alle diese Monate anzulügen, das würde ihn nur unnötig stressen«, habe ich Ryson gesagt, und dem Agent war das mehr als recht.

Ich schätze, er hat auch Marsha ein Schweigegelübde abgenommen, denn als ich Andy im Flur getroffen habe, wusste sie nicht mehr als das, was sie vorher bereits gehört haben musste.

»Was ist passiert?«, hatte sie mich gefragt und mich dabei mit unverblümter Neugier und Verwirrung angeschaut. »Du bist eines Tages einfach verschwunden, und das FBI war überall und hat alle befragt. Die Leute sagten, du hättest dich mit einem Kriminellen zusammengetan?«

»Das ist eine lange Geschichte«, sagte ich und schenkte ihr ein unangenehm berührtes Lächeln. »Vielleicht können wir uns bald mal treffen und reden? Im Moment wartet meine Mutter …«

»Oh, natürlich.« Sie versuchte, ihre offensichtliche Enttäuschung zu zügeln. »Marsha hat mir erzählt, was mit deiner Mutter passiert ist. Es tut mir so leid. Ich hoffe, sie erholt sich bald.«

»Das wird sie, danke. Wir sehen uns.« Ich hatte ihr zugewunken und war weitergegangen, während ich versuchte, nicht daran zu denken, wie fehl am Platz ich mich hier fühlte, in diesem Krankenhaus, das einst mein zweites Zuhause war.

Wie verloren und allein ich mich ohne Peter fühle.

Bald, sage ich mir. Er wird bald kommen, um mich zu holen. Ich muss nur warten.

Und ich schiebe die Schuldgefühle, die der Gedanke mit sich bringt, beiseite, setze ein strahlendes Lächeln auf und betrete Mamas Zimmer.

17

eter

WIR TREFFEN Danilo Novak in einem Café in Belgrad, einem modernen, stilvollen Ort, der vollständig mit den Männern des serbischen Waffenhändlers besetzt ist. Abgesehen von den beiden jungen Baristas hinter der glänzend weißen Theke ist jeder im Café bis auf die Zähne bewaffnet – und wahrscheinlich sind es auch die hübschen Teenager-Baristas.

Anton ist als Backup zurückgeblieben – eine Vorsichtsmaßnahme für den Fall, dass etwas schiefgeht – aber die Zwillinge sind bei mir.

Wir treten ein und bleiben dann stehen, um uns umzuschauen.

Novak sitzt an einem kleinen, runden Tisch in der Mitte des Cafés. Das ist ein Ort, an dem wir uns unwohl fühlen sollen, da wir von allen Seiten umzingelt sind, aber ich lächele den Waffenhändler einfach an, während wir zu ihm gehen.

»Nettes Café«, sage ich auf Russisch, da ich davon ausgehe, dass er eher meine Muttersprache spricht als Englisch. »Gehört es Ihnen?«

Novaks dünne Lippen biegen sich nach oben. »Das tut es. Schön, dass es Ihnen gefällt.« Sein Russisch ist akzentuiert, aber so fließend, wie ich vermutet habe. Natürlich könnte ich mit ihm auf Serbisch sprechen – ich beherrsche die meisten osteuropäischen Sprachen sowie Arabisch und einige andere – aber ich möchte lieber nicht verraten, dass ich seine Muttersprache verstehe.

Wenn man mit Männern wie Novak zu tun hat, zählt jeder kleine Vorteil.

Er lehnt sich zurück und betrachtet mich seltsam uninteressiert. Ein großer, dünner Mann Mitte vierzig, mit einem fliehenden Haaransatz und einer dicken Brille – Novak sieht aus wie eine Kreuzung zwischen einem Buchhalter und einem Mathematikprofessor. Nur seine Augen verraten, was er ist. Sie sind ausdruckslos und blass und sehen aus, als gehörten sie einer Eidechse … oder einem eiskalten Killer.

Es gibt überraschend wenig, was unsere Hacker über den Mann erfahren haben. Er erschien vor zehn Jahren, scheinbar aus dem Nichts, und hat seitdem ein illegales Waffenimperium in Osteuropa aufgebaut, das Rivalen mit einer Geschwindigkeit und Rücksichtslosigkeit eliminiert, die ich nur einmal zuvor gesehen habe – bei Julian Esguerra, dem Mann, von dem Novak will, dass wir ihn töten.

Der einzige Waffenhändler, dessen kriminelle Geschäfte die von Novak übertreffen.

»Also«, sagt Novak, als ich seinen distanzierten Blick erwidere, »Sie sind Sokolov.«

Ich nicke kühl und lasse nicht zu, dass sich mein Gesichtsausdruck verändert, und ich weiß, dass die Zwillinge genauso ruhig aussehen. Er wird uns mit diesen Spielen nicht beunruhigen, und das kann er genauso gut wissen.

»Setzen Sie sich.« Er deutet auf die zwei leeren Stühle an seinem Tisch.

Ich bewege mich nicht, und Yan und Ilya auch nicht. Das ist ein weiterer kleiner Test, um zu sehen, wer am wenigsten wichtig, am wenigsten wertvoll im Team ist. Drei von uns, zwei Stühle – diese Rechnung geht nicht auf, und er weiß es. Irgendjemand wird stehen müssen, das dritte Rad am Wagen sein, und das werde ich nicht zulassen.

Er wird keine Zwietracht unter uns säen. Ich werde ihn nicht lassen.

Seine starren Augen betrachten mich für ein paar lange Momente, dann winkt er einem der Schläger am anderen Tisch zu. »Victor. Noch einen Stuhl für unsere Gäste.«

Ich warte, bis Victor den Stuhl herüberbringt, und dann setze ich mich. Die Zwillinge folgen mir. Ilyas Gesicht ist wie versteinert, aber Yan sieht amüsiert aus. Er versteht die Bedeutung dieser kleinen

Dominanzspiele, weiß, wie wichtig es ist, frühzeitig den richtigen Ton vorzugeben.

Die Teenager-Baristas kommen vorbei, um unsere Bestellungen für Getränke entgegenzunehmen, aber ich lehne alles ab. Ilya und Yan tun dasselbe.

»Wir haben keinen Durst«, sage ich ruhig, und Novaks Mund lächelt wieder leicht.

»Ich habe keinen Grund, Sie zu vergiften«, sagt er, und ich zucke mit den Achseln und ignoriere seine Versicherung als den Mist, der sie ist. Es gibt viele Substanzen, die man verwenden kann, von bewusstseinsverändernden Drogen bis hin zu Giften, die so langsam wirken, dass sich die Symptome wochen- oder monatelang nicht zeigen. Er könnte leicht etwas Tödliches in meinen Drink geben, und ich würde hier hinausgehen, ohne es zu merken, bis ich den Job für ihn erledigt habe.

Bis ich ihm nicht mehr nützlich bin.

»Also«, sagt Novak, als er sieht, dass ich meine Meinung nicht ändern werde. »Esguerra.«

Ich verschränke meine Arme vor meiner Brust und schaue ihn an. Endlich kommen wir zum Kern dieses Treffens.

»Sie haben für ihn gearbeitet«, fährt Novak fort, als einer der Baristas seinen Drink bringt – einen High-End-Scotch, dem Geruch und der Farbe nach zu urteilen.

»Das habe ich«, bestätige ich. Ich habe erwartet, dass er das weiß, und das tut er auch. Er hat eindeutig seine Sorgfaltspflicht bei mir erfüllt. »Ist das ein Problem?«

»Ich weiß es nicht. Ist es das?« Seine blassen Augen durchbohren mich.

»Wir haben uns nicht im besten Einvernehmen getrennt. Er hat geschworen, mich zu töten, wenn ich ihm jemals wieder begegne. Aber das wissen Sie doch bereits, oder etwa nicht?« Ich schenke Novak ein kaltes Lächeln. »Ist das nicht der Grund, warum Sie mich überhaupt kontaktiert haben? Weil ich in der einzigartigen Position bin, einmal in Esguerras innerem Kreis gewesen zu sein?«

Novaks Blick bleibt ungerührt. »Ja. Ist das ein Irrtum von mir? Ist Ihr Team zu dem fähig, was ich verlange?«

»Das kommt darauf an.« Ich verschränke meine Arme und lehne mich nach vorn. »Was sind die Trümpfe, die Sie erwähnt haben? Die, die uns helfen würden, diesen Job zu erledigen?«

»Abgesehen von Ihnen und Ihrer Vertrautheit mit Esguerras Gelände?« Novaks Augen funkeln, als er auf die Zwillinge blickt, die bisher stoisch still geblieben sind. »Ich nehme an, man kann Ihren Männern trauen?«

Ich schaue ihn an, ohne mir die Mühe zu machen, das mit einer Antwort zu würdigen.

Ein Lächeln breitet sich erneut auf seinen dünnen Lippen aus. »In Ordnung. Ich habe vielleicht jemanden im Inneren. Sie müssen noch nicht wissen, wer das ist. Es genügt zu sagen, dass bestimmte Dinge in bestimmten Momenten arrangiert werden können, damit Sie Ihren Teil ausführen können.«

Ich bin verärgert. Er sagt mir nichts, was ich nicht schon vermutet habe. Mit unverändertem Gesichtsausdruck stehe ich auf. »In diesem Fall können Sie gerne ein anderes Team suchen«, sage ich, während Yan und Ilya meinem Beispiel folgen.

Ich wende mich dem Ausgang zu, nur um mit einer Mauer von Novaks Schlägern konfrontiert zu werden, deren Waffen gezogen und deren Gesichter wild entschlossen sind.

»Nicht so schnell«, sagt Novak leise. »Wir haben noch viel zu besprechen.«

Ich drehe mich um und ignoriere die Artillerie auf meinem Rücken. »Wir haben nichts zu besprechen«, sage ich ruhig. »Ich vertraue die Sicherheit meines Teams nicht vagen Zusicherungen von Hilfe aus unbekannten Quellen an. Wenn wir diesen Job annehmen sollen, müssen wir alles wissen, bis hin zum kleinsten Detail. So arbeiten wir, deshalb sind wir so erfolgreich. Wenn Sie unsere Dienste wollen, sagen Sie uns alles – oder wir gehen und Sie lassen das jemand anderes machen.«

Seine ausdruckslosen Gesichtszüge straffen sich. »Sie machen einen Fehler, Sokolov. Ich bin niemand, mit dem Sie sich anlegen wollen.«

Ich entblöße meine Zähne mit einem humorlosen Lächeln. »Das ist Esguerra auch nicht, aber trotzdem sind wir hier.«

Er starrt mich an, dann legt er seinen Kopf

ruckartig auf eine Seite. »Lasst sie vorbei«, befiehlt er, und als ich mich umdrehe, sehe ich, dass sich die Mauer aus Schlägern auflöst, sie ihre Waffen senken, aber ihre Haltung ist weiterhin angespannt. Er will nicht, dass es hässlich wird, und ich bin froh. Antons Scharfschützengewehr hätte wahrscheinlich drei oder vier von Novaks Männern ausgeschaltet, und wir drei hätten weitere sieben oder acht leicht erwischen können, aber fliegende Kugeln sind nie eine gute Sache. Die ultradünnen kugelsicheren Westen, die wir unter unserer Kleidung tragen, würden uns nicht vor einem Kopfschuss schützen, und so geschickt wir auch sind, wir sind nicht immun gegen Blei.

»Sie machen einen Fehler.« Novak hebt seine Stimme, als wir zum Ausgang gehen. »Merken Sie sich meine Worte, Sokolov. Sie machen einen großen Fehler.«

Ich antworte nicht, und wir gehen auf die belebte Straße hinaus und mischen uns unter die Fußgänger, als wir zu unserem Treffpunkt zurückkehren.

———

»Er wird nicht damit herausrücken«, sagt Anton, als wir ihm beim Abendessen in einem örtlichen Restaurant davon erzählen, was passiert ist. »Wir haben unsere Zeit verschwendet. Was auch immer sein Trumpf auf Esguerras Gelände ist muss echt sein, wenn er ihn so sorgfältig bewacht. Er wird uns nicht sagen, was es ist, also können wir es genauso gut vergessen. Du hast einige der anderen Angebote gesehen, die wir in letzter Zeit bekommen haben, oder? Sie sind auch nicht schlecht. Wir erledigen ein paar dieser Jobs, und schon haben wir unsere hundert Millionen. Wir brauchen Novak und seinen geheimnisvollen Scheiß nicht.«

Ich nicke, während ich in mein Steak schneide. »Ich stimme dir zu. Konzentrieren wir uns auf andere Jobs.«

Yan zieht die Augenbrauen hoch. »Wirklich? Einfach so?«

Ich begegne seinem Blick. »Wir werden diesen Auftrag nicht blind ausführen, und Novak wird nichts preisgeben, also sind wir hier fertig. Ist das ein Problem? Weil ich den Eindruck hatte, dass du nicht erfreut warst, als ich diesen Job annehmen wollte.«

Yan starrt mich an, und ich starre ihn an, mein Ausdruck ist ruhig. Ich spüre die wachsende Spannung zwischen uns, aber ich kann es mir nicht leisten, dieses Spiel nicht zu spielen.

Soweit ich sehen kann, gibt es nur einen Weg für mich und Sara, und das ist mein erfolgversprechendster Versuch.

»Ich denke, Peter und Anton haben recht«, sagt Ilya und bricht die unangenehme Stille. »Wir brauchen diesen Job nicht. Es ist zu riskant. Lass uns stattdessen ein paar zusätzliche Aufträge annehmen.«

Ich schiebe mir ein Stück Steak in den Mund, kaue und schlucke es herunter. »Dann ist es entschieden«, sage ich und nehme mein Wasser in die

Hand. »Wir sind hier fertig. Morgen früh fliegen wir nach Hause.«

———

Ich liege wach, lausche und warte, und um vier Uhr morgens höre ich es.

Das leise *Knarren* des Hotelzimmerschlosses und das Quietschen der Scharniere, als die Tür sich zu bewegen beginnt.

Ich reagiere sofort, und mein Körper schnellt nach oben wie eine Spiralfeder. Im Handumdrehen halte ich den Eindringling auf den Knien in einem Würgegriff fest, während ich mich hinter ihn hocke und eine Waffe an seine Schläfe halte.

Er keucht und windet sich, versucht zu entkommen, aber ihm fehlt die Kraft, mich zu schlagen oder mich abzuschütteln, und jede seiner Bewegungen verbraucht nur seine Atemreserven.

»Wer hat dich geschickt?«, frage ich, als seine erbitterte Gegenwehr nachlässt. »Warum bist du hier?«

Ich lockere meinen Griff gerade so weit, dass er etwas Luft bekommt. Er nimmt den Kampf wieder auf, also ziehe ich meinen Arm wieder fester und schneide seine Luftzufuhr komplett ab. Dieses Mal dauert es nur wenige Sekunden, und ich lockere meinen Griff, kurz bevor er in die Bewusstlosigkeit rutscht.

»Wer hat dich geschickt?«, wiederhole ich, und er ist endlich klug genug, um zu kooperieren.

»N-Novak«, keucht er heiser.

»Warum?«, frage ich weiter, ohne loszulassen. Ich weiß bereits, was er sagen wird, aber ich will es trotzdem von ihm hören.

»Er … will Sie sehen«, krächzt der Schlägertyp. »Nur Sie, niemand sonst.«

Ich festige meinen Griff, als ob ich verärgert wäre, aber dann lasse ich los und stehe auf, wobei ich ihn gleichzeitig nach vorne schiebe, um ihn mit dem Gesicht nach unten auf den Boden zu stoßen. Während er Luft einzieht und darum kämpft, auf allen vieren aufzustehen, mache ich das Licht an und ziehe meine Winterjacke und Stiefel an. Den Rest der Kleidung trage ich bereits, da ich genau so einen Besuch erwartet hatte.

»Du hast gewonnen«, sage ich dem Schläger, als er mich wütend anstarrt und sich nachtragend die Kehle reibt, während er mühsam aufsteht. »Geh vor.«

Meine Entscheidung, in einem Hotel in Belgrad zu übernachten, hat sich gelohnt. Es ist Zeit, zu sehen, welches Ass Novak im Ärmel hat.

18

eter

Eine schwarze Limousine wartet vor dem Hoteleingang auf uns, und als ich hineinklettere, finde ich im Inneren Novak vor.

»Das war nicht sehr einladend von Ihnen«, sagt er, als der Schläger neben uns einsteigt, immer noch seine Kehle reibt und mich anstarrt, als wolle er mich auf der Stelle verbrennen. »Victor wollte lediglich meine höfliche Einladung überbringen.«

»Indem er mitten in der Nacht in mein Zimmer einbricht?«

Der Waffenhändler zuckt mit den Schultern. »Er wollte nicht anklopfen und riskieren, Ihre Kollegen in den Nachbarzimmern zu wecken.«

»Ich verstehe.« Ich schenke ihm ein eiskaltes Lächeln. »Sehr aufmerksam von Victor.«

Novaks Antwortlächeln passt zu meinem. »Ich bin sicher, Sie waren nicht zu verstört, angesichts Ihres Berufes. Aber warum vergessen wir nicht die Art meiner Einladung und konzentrieren uns auf die eigentliche Sache?«

»In Ordnung.« Ich lehne mich zurück und strecke die Beine aus, um sie an den Knöcheln zu überkreuzen. »Nur zu.«

Novak betrachtet mich einige Augenblicke lang und sagt dann unverblümt: »Ich traue Ihren Männern nicht. Ich weiß, *Sie* haben eine Vergangenheit mit Esguerra, aber Ihre Leute haben keinen Grund, sich mit ihm anzulegen.«

»Außer hundert Millionen Euro, meinen Sie?«

»Das *ist* viel Geld«, räumt er ein. »Aber Ihr Team hat keine finanziellen Probleme, wie ich höre. Wie hatten Sie gesagt? Ein paar extra Aufträge, und Sie haben Ihre hundert?« Seine Eidechsenaugen leuchten im Licht der Straßenlaterne.

Ich behalte das Pokerface bei, das weder Überraschung noch Verärgerung zeigt. Das ist einfach, weil ich beides nicht fühle. Ich wusste, dass die Chance groß war, dass wir in diesem Restaurant belauscht werden würden, und ich habe diese Chancen genutzt und jedes einzelne Wort berechnet, um dieses genaue Ergebnis zu erreichen.

»Warum bin ich dann hier?«, frage ich, als Novak mich weiter anstarrt. »Wenn Sie uns oder unseren

Beweggründen nicht trauen, warum kommen Sie dann zu uns … und warum schleppen Sie mich mitten in der Nacht hierher?«

»Ich habe nicht gesagt, dass ich *Ihren* Beweggründen nicht traue.« Seine dünnen Lippen krümmen sich. »Ich kenne die ganze Geschichte Ihrer Anstellung bei Esguerra. Sie haben Ihren Job gut gemacht – haben sogar sein Leben gerettet –, und dafür sind Sie auf seiner Scheißliste gelandet. Das kann kein gutes Gefühl sein, da bin ich mir sicher. Und jetzt haben Sie die Chance, die Waage auszugleichen und dabei etwas Geld zu verdienen.«

Ich lasse meine Schultern leicht entspannen, so als ob ich mich entspannen würde. »Das ist sehr tiefgründig von Ihnen.«

Novaks Gesichtsausdruck ändert sich nicht, aber ich fühle seine Zufriedenheit. Er ist zweifellos stolz darauf, ein guter Menschenkenner zu sein, und gerade jetzt beglückwünscht er sich selbst dazu, dass er seine Sorgfaltspflicht erfüllt und die richtigen Schlüsse gezogen hat. Er könnte sogar von meinem Bruch mit Kent nach dem Vorfall mit Sara wissen, möglicherweise indem er jemanden in der Klinik bestochen hat, um mein Team zu belauschen, während wir dort waren. Das würde den günstigen Zeitpunkt seines Angebots erklären.

Er handelte, sobald er herausfand, dass meine letzte Verbindung zu Esguerras Organisation zerbrochen war.

Wenn seine Gründlichkeit so umfassend ist, weiß er

natürlich auch von Sara. Das beunruhigt mich, aber ich hoffe, er kauft mir die Geschichte, die Sara dem FBI erzählt, ab: dass ich sie satthatte, dass die Narbe auf ihrer Stirn sie irgendwie weniger attraktiv für mich gemacht hat. Sicherlich ist die Tatsache, dass ich sie gehen ließ und riskiere, sie nicht zurückholen zu können, nichts, was ein Mann in unserer Welt tun würde, wenn er immer noch an der Frau interessiert ist, die er entführt hat.

Meine erzwungene Beziehung zu Sara ist nicht so ungewöhnlich in Novaks Kreisen, aber sie gehen zu lassen, wenn ich sie noch will, *ist* es. Deshalb ist es sicherer für sie zu Hause.

Wenn Novak wüsste, was ich wirklich für Sara empfinde, würde er sie als Druckmittel benutzen, und das kann ich nicht zulassen.

»Also«, sagt er, als sich die Stille in eine unangenehme Minute ausdehnt. »Ich nehme an, Sie wollen den Job.«

Ich neige meinen Kopf. »Das tue ich, aber es spielt keine Rolle, was ich will. Ich werde das noch immer nicht blind tun. So arbeite ich nicht, und so sehr ich Esguerra tot sehen möchte, ich bin nicht bereit, Selbstmord zu begehen, damit es passiert.«

Novak betrachtet mich noch eine Minute lang und sagt dann: »In Ordnung. Hier ist, was ich Ihnen an dieser Stelle zu sagen bereit bin. Der Aktivposten, den ich vor Ort habe, kann noch nicht aktiviert werden. Es wird etwa acht Monate dauern, bis ich die entsprechenden Vorkehrungen getroffen habe. Zuerst müssen ein paar Dinge geregelt werden.«

»Acht Monate?« Nur mein Training ermöglicht es mir, meinen Gesichtsausdruck unverändert zu lassen, da sich meine Eingeweide vor Schock über seine Worte verdrehen.

Acht Monate, bis ich das beenden kann.

Acht qualvolle Monate ohne Sara.

Novak nickt. »Vielleicht etwas früher, aber dafür gibt es keine Garantie. Das gibt Ihnen und Ihrem Team auf jeden Fall genügend Zeit, Ihren Aktionsplan auszuarbeiten.«

Ich schlucke die Wut, die in meinem Hals brodelt, hinunter. »Es gibt keinen Plan, wenn wir nicht genau wissen, was wir wie vorhaben«, sage ich ruhig. »Wo ist Ihr Informant? Auf Esguerras Gelände oder anderswo? Was genau erwarten Sie von uns, was Ihr Spion nicht selbst tun kann? Wenn es jemand von innen ist, warum lassen Sie ihn den Job nicht ausführen? Ich nehme an, er hat Zugang zu Esguerra.«

»Noch nicht, aber das wird sie.« Novak registriert mein unfreiwilliges überraschtes Blinzeln mit offensichtlicher Freude. »Ja, das ist eine andere Sache, die ich Ihnen sagen will: mein Informant ist eine Frau. Sie wird Zugang zu Esguerra haben, aber weder die Fähigkeiten noch die Neigung, die Aufgabe auszuführen. Sie kann jedoch zu einem bestimmten Zeitpunkt am richtigen Ort sein, für Ablenkung sorgen, bestimmte Sicherheitsmaßnahmen deaktivieren, etc. Die Einzelheiten der Hilfe werden warten müssen, bis sie an Ort und Stelle ist und die Situation beurteilen kann, aber ich versichere Ihnen, Sie *werden* jemanden im Inneren haben.«

Ich starre ihn hin- und hergerissen an. Das ist immer noch nicht genug Information, aber ich habe das starke Gefühl, dass, wenn ich dieses Mal weggehe, Novak nicht noch einmal auf mich zukommen wird. Angesichts dessen, was er bisher enthüllt hat, könnte das, was er das nächste Mal zu mir schickt, eine Kugel und kein Schläger sein. Ich bin nicht allzu besorgt über diese Möglichkeit – ich bin es gewohnt, dass Leute auf mich schießen – aber Sara ist verletzlich, und ich kann nicht riskieren, dass Novak sie an meiner Stelle verfolgt.

Es ist unwahrscheinlich, angesichts des »er ist von mir gelangweilt«-Szenarios, das sie für das FBI entworfen hat, aber ich kann es nicht riskieren.

»Also lassen Sie mich das zusammenfassen«, sage ich und lehne mich nach vorn. »Sie werden eine Frau im Inneren haben, aber nicht viel früher als in acht Monaten. Sie ist nicht in der Lage, sich die Hände schmutzig zu machen, aber sie wird es uns erleichtern, dass wir unsere Arbeit machen können.« Als er nickt, frage ich: »Warum können Sie sie nicht früher in die richtige Position bringen? Was wird sich in den nächsten acht Monaten ändern?«

»Sie werden warten müssen, um das zu erfahren«, sagt Novak. »Im Moment besteht immer noch die Möglichkeit, dass ich das Objekt nicht wie erwartet platzieren kann. Wenn sich bestimmte Dinge nicht so entwickeln, wie sie sollten, müssen wir vielleicht auf eine andere Gelegenheit warten – das, oder Ihr Team geht ohne Unterstützung rein.« Er sieht mich erwartungsvoll an, und ich schüttele den Kopf.

»Nein. Das wird nicht passieren. Esguerra hat mehrere Ebenen von Sicherheitsvorkehrungen auf seinem Gelände. Ich weiß es, weil ich ihm geholfen habe, sie zu installieren. Und ja, obwohl ich von ihnen weiß, komme ich nicht an ihnen vorbei. Sie sind so konzipiert, dass sie undurchdringlich sind. Der einzige Weg hinein ist mit Hilfe von innen, und wenn man das nicht leisten kann …« Ich zucke mit den Schultern und zeige meine leeren Handflächen.

Novak nickt. »Okay. Das habe ich mir schon gedacht. Also verstehen Sie den Wert meines Trumpfs. Sobald sie in Position ist, *wird* Esguerra eine Lücke in seiner Sicherheit haben. Wie dem auch sei, es wird Zeit brauchen.«

»Es gibt keine Möglichkeit, diesen Prozess zu beschleunigen?« Ich denke, ich kenne die Antwort, aber ich muss trotzdem fragen.

»Nein. Ich habe versucht, an andere im Inneren heranzukommen, aber jeder ist zu loyal – oder hat zu viel Angst vor Esguerra. Sie ist die einzige, die vielversprechend ist. Der Zeitpunkt ist jedoch so, wie er ist.«

Ich verdaue das für einen Moment, dann frage ich: »Warum kommen Sie jetzt schon auf mich zu? Warum haben Sie nicht gewartet, bis Sie die Informantin an Ort und Stelle haben?«

»Wenn Sie nicht an Bord sind, muss ich andere Vorkehrungen treffen – und es braucht Zeit, um ein kompetentes Team zu finden und zu überprüfen. Und in diesem speziellen Fall, mit Esguerras Ruf ... Nun, ich bin sicher, Sie wissen, wie das ist.«

»Richtig.« Selbst mit dem Anreiz von hundert Millionen Euro wären nur wenige Menschen bereit, sich mit jemandem anzulegen, der so gefährlich ist wie Julian Esguerra. Fast jeder hat etwas zu verlieren, und Esguerra kennt keine Gnade, wenn es um seine Feinde geht. Ich weiß es, weil ich ihm geholfen habe, diejenigen zu dezimieren, die sich mit ihm angelegt haben, und dabei ganze Gemeinschaften ausgelöscht. Der kolumbianische Waffenhändler unterscheidet nicht zwischen Unschuldigen und Schuldigen; jeder, der eine Verbindung zu seinen Feinden hat, zahlt.

»So.« Novak lehnt sich nach vorn, und sein blasser Blick ist auf mein Gesicht gerichtet. »Kann ich auf Sie und Ihr Team zählen, wenn es so weit ist?«

Ich denke einen Moment lang darüber nach und nicke. »Ja, das können Sie.« Mein Tonfall ist ruhig, auch wenn ich innerlich immer noch nervös bin. Meine Trennung von Sara sollte ein paar Wochen dauern, höchstens ein paar Monate. Nicht fast ein Jahr. Es ist natürlich möglich, dass das, was ich brauche, früher als in acht Monaten zustande kommt, aber im Moment klingt es nicht sehr wahrscheinlich.

Novak wird die Identität seines Trumpfes nicht früher als nötig preisgeben.

»Gut.« Sein dünnlippiges Lächeln verströmt

Genugtuung. »Ich hatte gehofft, den richtigen Mann zu haben, und es klingt so, als hätte ich ihn. Nur noch eine Sache …«

Ich ziehe eine Augenbraue hoch. »Ja?«

»Ich hoffe, Sie verstehen, dass die Informationen, die ich heute mit Ihnen geteilt habe, sehr delikat und nur für Ihre Ohren bestimmt sind. Das bedeutet, dass Sie sie niemandem in Ihrem Team mitteilen dürfen.«

So viel hatte ich nach seiner Einleitung erwartet, also nicke ich. »Verstanden. Und auf unserer Seite verlangen wir eine Anzahlung. Normalerweise ist es die Hälfte im Voraus, aber angesichts des verlängerten Timings können wir jetzt 25 Millionen akzeptieren, und weitere 25 Millionen unmittelbar vor dem Job.«

Novak verzieht keine Miene. »Sie werden das Geld morgen auf Ihrem Konto haben.«

Wir schütteln uns die Hände, und während wir das tun, versuche ich, die quälende Leere zu ignorieren, die sich bei dem Gedanken an die kommenden Monate in meiner Brust ausbreitet. Jetzt, da ich diesen Weg eingeschlagen habe, habe ich keine Wahl mehr, nicht wirklich zumindest.

Ich muss das tun. Das ist der einzige Weg nach vorn.

Wenn ich Sara langfristig will, muss ich ihr das Leben geben, das sie verdient.

TEIL II

19

 ara

DER REST des Monats November vergeht mit Krankenhausbesuchen, zufälligen FBI-Verhören und Warten. Endlosem Warten. Ich bin ständig nervös, weil ich darauf warte, dass Peter auftaucht. Jedes Mal, wenn ich den Parkplatz des Krankenhauses überquere, die Straße entlanggehe oder in meinem alten Schlafzimmer im Haus meiner Eltern einschlafe – mein Haus wurde auf Grund der Zugehörigkeit zu einem gesuchten Verbrecher von der Regierung beschlagnahmt –, erwarte ich, abgefangen und mitgenommen zu werden. Wenn nicht von Peter, dann von einem der Männer, die er angeheuert hat.

Und sie beobachten mich ständig. Ich weiß es. Ich fühle es. Es ist das gleiche kribbelnde Gefühl wie vorher, das gleiche paranoide Gefühl von versteckten Augen, die mir folgen. Ein Teil davon ist darauf zurückzuführen, dass die FBI-Beamten jeden meiner Schritte verfolgen, aber nicht alles. Ich bin gut darin geworden, das FBI zu erkennen. Es ist immer das unscheinbare Auto auf der anderen Straßenseite, der Fußgänger, der nicht ganz dazugehört, der einsame Mann oder die Frau an der Bar.

Peters Männer sind anders. Ich sehe sie nie, ich spüre ihre Anwesenheit nur. Sie sind der Schatten um die Ecke, das Echo der Schritte auf dem Parkplatz, das Kribbeln zwischen meinen Schulterblättern. Sie sind immer da, aber nie nah genug, um von mir oder dem FBI entdeckt zu werden.

Natürlich ist es möglich, dass ich diesmal wirklich paranoid bin, aber ich glaube es nicht. Ich kenne Peter. Er würde mich nicht hierlassen, ohne mich im Auge zu behalten. Zumindest sage ich mir das immer wieder, während Woche für Woche ohne ein Wort von ihm vergeht … ohne einen Hinweis, dass er zu mir zurückkommt.

Ich versuche, mich auf die Tatsache zu konzentrieren, dass ich die ganze Zeit mit meinen Eltern verbringen kann, und ich bin froh darüber. Das bin ich wirklich. Mein Vater scheint seit meiner Rückkehr neue Lebenskraft gefunden zu haben und widmet sich voller Energie und Hingabe dem Schwimmen und seinen vom Arzt zugewiesenen Übungen. Meiner Mutter geht es jeden Tag besser, da ihre Knochen mit der Geschwindigkeit einer Frau heilen, die halb so alt ist wie sie. Sie ist noch immer an ihr Bett gefesselt – eine Tatsache, die sie in den Wahnsinn treibt –, aber die Ärzte versprechen, dass sie mit der Physiotherapie beginnen kann, sobald ihr Körper so weit ist, möglicherweise ab Mitte Januar.

Der November geht in den Dezember über, und trotzdem geht das unendliche Warten weiter. Es ist, als würde ich in einem Schwebezustand zwischen meinem alten Leben und dem, in das ich mich mit Peter eingelebt hatte, leben. Ich lebe in meinem Elternhaus, umgeben von meiner Familie und meinen Freunden, aber ich kann das Gefühl nicht loswerden, dass ich ein Gast bin, ein Besucher an einem Ort, zu dem ich nicht mehr gehöre.

Ich denke, meine Eltern spüren das, weil sie im Dezember anfangen, sich zu fragen, warum ich bestimmte Dinge nicht tue, wie zum Beispiel einen neuen Job zu suchen oder eine andere Wohnung zu finden. Ich wehre sie ab, indem ich sage, dass ich mich vorerst auf Mama konzentrieren will, aber da sich ihre Gesundheit weiter verbessert, klingt diese Entschuldigung immer hohler.

»Sara, Schatz … du musst nicht die ganze Zeit hier sein«, sagt meine Mutter, als ich sie an einem kühlen Dezembermorgen besuchen komme. »Dein Vater kann mich genauso gut unterhalten, und ich weiß, dass du Dinge hast, die du deswegen aufgeschoben hast.« Sie deutet mit ihrer unverletzten Hand auf die Gipsverbände, die sie unbeweglich halten.

Lächelnd schüttele ich den Kopf. »Es gibt nichts,

was nicht warten kann, Mama. Dank dem Verkauf des Hauses habe ich Geld auf der Bank, und ich lebe sehr gerne bei meinem Vater. Es sei denn, er hat es satt, mich ständig in der Nähe zu haben?«

»Natürlich nicht«, sagt meine Mutter sofort, so wie ich es mir gedacht habe. »Er liebt es, dich wieder zu Hause zu haben. Du hast keine Ahnung, was für eine Erleichterung es ist, dich zurückzuhaben. Wenn du für immer bei uns wohnen willst, bist du mehr als willkommen. Ich weiß nur, dass du immer unabhängig warst, und ich will nicht, dass du dich verpflichtet fühlst, dich um uns zu kümmern, anstatt dein Leben wieder auf den richtigen Weg zu bringen.«

Mein Leben wieder auf den richtigen Weg zu bringen. Ich widerstehe dem Drang, ihr zu sagen, dass ich nicht mehr weiß, was das bedeutet. Dass es für mich keinen »Weg« gibt, keinen geraden Weg, den ich sehen kann. Meine Zukunft, die einst so klar und geradlinig war, ist jetzt in Dunkelheit gehüllt, voller Wendungen, die ich nur erahnen kann.

»Keine Sorge, Mama«, sage ich und schüttele den düsteren Gedanken ab. »Ich bin froh, hier bei dir und Papa zu sein.«

Und lächelnd lenke ich das Gesprächsthema sanft von mir weg.

Weg von der Zukunft, die ich mir nicht mehr vorstellen kann.

———

WIR FEIERN Chanukka bei den Levinsons, und dann Weihnachten und Neujahr im Krankenhaus mit Mama. Bei den Feierlichkeiten lache und lächele ich, tausche Geschenke aus und tue so, als wäre ich für immer zurück. Ich sage meinem Vater, dass ich mir bald einen neuen Job suchen werde, und ich bespreche den Kauf eines neuen Hauses mit Joe Levinson. Er empfiehlt mir einen guten Immobilienmakler, und ich schreibe den Namen auf, so als ob es wichtig wäre.

Als ob irgendetwas davon wichtig wäre, wenn ich jeden Moment wieder verschwinden könnte.

Als sich Mitte Januar nähert, fordert das Warten und Vortäuschen, das ständige Jonglieren mit allen Halbwahrheiten und Lügen einen Tribut von mir. Peters Abwesenheit ist eine rohe Wunde in meinem Herzen, und egal wie sehr ich mich auf meine Familie und Freunde konzentriere, ich vermisse ihn die ganze Zeit. So sehr, dass er alles ist, woran ich den ganzen Tag lang denken kann. Ich weiß, wie falsch das ist, und ich trete mich selbst dafür in den Hintern, aber an diesem Punkt bin ich so sehr an die erstickende Schuld gewöhnt, dass es sich nicht mehr so schrecklich anfühlt wie früher.

Meinen Peiniger zu wollen fühlt sich nicht wie ein schwerer Verrat an.

Ich kann immer noch nicht vergessen, dass Peter George getötet und mich monatelang gefangen gehalten hat oder dass er Menschen für Geld ermordet, aber wenn ich an ihn denke, sind es die süßen, zärtlichen Momente, die mir in den Sinn kommen, all die kleinen Dinge, mit denen er täglich gezeigt hat, wie sehr er mich liebt. Ich ertappe mich beim Tagträumen darüber, wie er meine Füße massiert und mir Frühstück ans Bett bringt, wie er sich um mich kümmert, wenn es mir nicht gut geht.

Wie ich in seinen Armen anstatt in meinem kalten, leeren Bett einschlafe.

Die Nächte sind definitiv am schlimmsten. Das ist, wenn meine Sehnsucht nach ihm am akutesten ist, wenn mein Verlangen körperlich wird. Jeden Abend drehe ich mich hin und her und kämpfe darum, einzuschlafen, während mein Körper für einen Mann brennt, der Tausende von Kilometern entfernt ist. Ich versuche, mit Spielzeug zu spielen, erotische Geschichten zu lesen, sogar Pornos anzuschauen, aber nichts füllt diese schmerzhafte Leere in mir. Es ist wie damals, als Peter auf seinem Gig in Mexiko war, nur tausendmal schlimmer, denn damals, am Anfang unserer seltsamen Beziehung, war er noch ein angsteinflößender Fremder. Jetzt aber ist er ein Teil von mir, da er sich so sehr in mein Herz und meinen Verstand gezwängt hat, dass sich das Leben ohne ihn so leer anfühlt wie mein Bett.

Es ist so schlimm, dass ich überlege, dem Drängen meiner Eltern nachzugeben und wirklich nach einem Job zu suchen. Stattdessen beschließe ich, wieder ehrenamtlich in der Frauenklinik zu arbeiten.

Zu meiner Erleichterung sind sie mehr als glücklich, mich zurückzuhaben.

»Wir haben dich so sehr vermisst«, sagt Lydia, die

Empfangsdame. »Wir wussten nicht einmal, wie sehr wir dich brauchten, bis du weg warst. Ist jetzt alles in Ordnung? Das FBI tauchte auf, befragte uns alle, und …«

»Ja, alles ist in Ordnung. Es war nur ein Missverständnis wegen des Mannes, mit dem ich in den Urlaub gefahren bin«, sage ich, da ich hier nicht noch einmal alles erzählen möchte. »Jetzt ist alles geklärt, keine Sorge.«

Ich kann sehen, dass Lydia vor Neugierde stirbt, aber sie schweigt, da sie meine Abneigung spürt, das Thema weiter zu besprechen. Ich habe keine Ahnung, welche Gerüchte hier kursieren, aber zum Glück haben die Klinikmitarbeiter und Freiwilligen immer wieder mit sensiblen Situationen zu tun und wissen, wann sie nachfragen können und wann sie die Dinge ruhen lassen sollten. Nach einer Runde »Was ist passiert?« und »Wo warst du?« lassen mich alle in Ruhe, damit ich mich auf die Patienten konzentrieren kann – was ich in Vollzeit und noch ein wenig mehr mache.

Im Grunde genommen immer dann, wenn ich nicht bei meinen Eltern bin.

»Wie zum Teufel schaffst du es, dich zu überarbeiten, während du arbeitslos bist?«, beschwert sich Marsha einen Monat später, als ich anrufe, um einmal wieder ihre Einladung zum Ausgehen abzulehnen – und behaupte, ich sei erschöpft von einer Nachtschicht in der Klinik. »Ernsthaft, Süße, ich habe dich seit Wochen nicht außerhalb der

Krankenhausflure gesehen. Zuerst war es deine Mutter, die dich rund um die Uhr brauchte, jetzt ist es das. Wir sind nach dem einen Mal bei Patty's nicht mehr zusammen weggegangen.«

»Ich weiß, ich weiß.« Ich seufze in das Telefon und massiere meinen Nasenrücken. »Es tut mir leid, Marsha. Vielleicht wird es nächste Woche einfacher sein.«

Das wird es nicht sein – ich bin nächste Woche für über sechzig Stunden in der Klinik, inklusive zwei Nachtschichten – aber ich werde mir trotzdem Zeit für Marsha nehmen. Ich habe sie gemieden, nachdem ich von ihrer Zusammenarbeit mit dem FBI erfahren habe, und ich fange an, mich deswegen schlecht zu fühlen. Was sie getan hat, fühlte sich wie ein Verrat an, aber das ist keine völlig rationale Reaktion. Sie hat wahrscheinlich getan, was sie für das Beste hielt, vielleicht hat sie sogar gedacht, sie würde mir helfen. Auf jeden Fall ist die Zusammenarbeit mit dem FBI generell die richtige Strategie für einen durchschnittlichen, gesetzestreuen Bürger, für den ich mich nicht mehr halten kann.

Nicht, wenn ich meine wahren Gefühle für einen gesuchten Mörder verheimliche.

Ich glaube, Agent Ryson spürt, dass ich nicht die volle Wahrheit sage, weil er mich ständig ins FBI-Büro in der Innenstadt schleppt. Zu diesem Zeitpunkt habe ich mindestens zehn Verhöre überstanden, und jedes Mal habe ich mich an meine Geschichte gehalten und den Beamten nur das erzählt, was ich am Anfang offenbart habe, und nicht mehr. Es hilft, dass meine Herzfrequenz in die Höhe schnellt und mein Körper in einen ausgewachsenen Panikmodus verfällt, jedes Mal, wenn sie anfangen, tiefer zu bohren.

Es ist wie mein PTBS oder was auch immer für Peter spricht.

»Gehen Sie zu einem Therapeuten, Dr. Cobakis?«, fragt Ryson, nachdem sie Karen, eine Beamtin mit medizinischer Ausbildung, holen müssen, um mich nach einer besonders gründlichen Befragung zu beruhigen. »Wenn nicht, kann ich jemanden empfehlen.«

Meine Atmung ist immer noch flach und unruhig von der Panikattacke, aber ich schaffe es, den Kopf zu schütteln. »Ich habe jemanden, danke.«

Ich habe meinen Therapeuten, Dr. Evans, seit meiner Rückkehr nicht mehr gesehen, aber er ist gut. Er half mir damals, als ich die Alpträume und Ängste nach Peters Überfall in meiner Küche nicht verkraften konnte. Ich sollte ihn wiedersehen, aber ich kann mich nicht dazu bringen, in sein Behandlungszimmer zu gehen und ihn mit der gleichen verwirrenden Mischung aus Wahrheit und Lügen zu füttern, die ich für das FBI zusammengestellt habe.

Ich kümmere mich lieber allein um meine Probleme, während ich auf Peter warte.

Er wird jederzeit zu mir zurückkommen.

20

eter

ICH ZÄHLE die Tage in einem Kalender, markiere sie wie jemand, der darauf wartet, aus dem Gefängnis zu kommen. Mein Tag der Befreiung – der Tag, an dem ich mit Sara wiedervereinigt werde – kann nur geschätzt werden, also wähle ich ein Datum acht Monate nach meinem Treffen mit Novak und zähle bis dahin, denn die Einzelheiten von Novaks Trumpf herauszufinden ist der erste Schritt in Richtung meines Plans, mir eine echte Zukunft mit Sara zu sichern.

Da unser japanisches Versteck vermutlich kompromittiert ist, gehen wir von einem Versteck zum anderen und bleiben nie länger als ein paar Wochen an einem Ort. Währenddessen erledigen wir verschiedene Aufgaben, einige schwieriger als andere, aber keine so kompliziert oder gefährlich wie die, die wir mit Novak vereinbart haben.

Meine Teamkollegen – sogar Yan – akzeptieren meine Entscheidung, den Esguerra-Job anzunehmen, sowie die Tatsache, dass wir mehr über den Aktivposten erfahren werden, wenn die Zeit reif ist. Wie ich Novak versprochen habe, habe ich ihnen nichts von den Details erzählt, die wir besprochen haben. Das liegt zum Teil daran, dass es noch nichts zu besprechen gibt, aber vor allem daran, dass ich sicherstellen muss, dass Novak mir vertraut. Meine Jungs können so gut schauspielern wie Hollywoodstars, aber wenn man es mit jemandem mit Novaks riesigen Ressourcen zu tun hat, weiß man nie, wer wann zuhört. Unsere Unterkünfte sind sicher, aber wir wagen uns heraus, und ein parabolisches Mikrofon kann aus überraschenden Entfernungen benutzt werden.

Vor allem deshalb ist Sara kein Thema mehr zwischen uns. Soweit es alle in meinem Team betrifft, könnte sie genauso gut nicht existieren.

»Ich will weder ihren Namen noch das Pronomen *sie* hören«, sagte ich ihnen. »Erwähnt sie mir gegenüber nicht und sprecht nie wieder unter euch über sie. Sie ist weg, und das war's. Verstanden?«

Sie alle haben genickt und meine Bedenken verstanden, und ich habe die Sicherheit in meiner Kommunikation mit den Hackern und den Männern, die wir angeheuert haben, um Sara in den USA zu beobachten, erhöht. Ich kann nicht *nicht* auf mein

Ptichka aufpassen, aber zu ihrer Sicherheit darf niemand von meiner anhaltenden Besessenheit von ihr wissen.

Und ich *bin* besessen. Es ist eine Krankheit, die durch ihre Abwesenheit noch verschlimmert wurde. Ich träume jede Nacht von Sara. Manchmal geht es um etwas so Harmloses wie sie zu halten und ihr seidiges Haar zu bürsten, aber oft sind die Träume dunkel und gewalttätig. In einigen verliere ich sie, in anderen bin ich die Ursache ihres Schmerzes. Unser erstes Treffen, bei dem ich sie betäubt und gewaterboardet habe, hat mich in den letzten Wochen verfolgt, die Erinnerungen haben mich mit exquisiten, brutalen Details heimgesucht. Am schlimmsten ist, dass ich aus den Träumen, in denen ich sie verletze, mit einem harten und schmerzenden Schwanz aufwache, und ich weiß, dass, so sehr ich sie vermisse – so sehr ich sie auch liebe –, meine Gefühle für Sara niemals einfach und süß sein werden, unberührt von der Dunkelheit unserer Vergangenheit.

Durch die Dinge, die ich ihr angetan habe ... und vielleicht erneut tun werde.

Wenn die Nächte schlecht sind, sind die Tage noch schlimmer. Das Erste, was ich jeden Morgen tue, ist, die Berichte über Sara durchzugehen, sowohl die von den Hackern als auch die von den Amerikanern, die sie beobachten. Deshalb weiß ich, dass sie wieder freiwillig in der Klinik arbeitet und dass ihre Mutter eine Physiotherapie begonnen hat. Gelegentlich schaffen es die Amerikaner auch, aus der Ferne ein

Video von Sara zu bekommen, und an diesen Tagen schaue ich mir die Aufnahmen mehrmals vor dem Frühstück an, und dann noch ein Dutzend Mal am Abend, kurz bevor ich einschlafe. Dazwischen trainiere ich mit meinem Team und führe das Geschäft, aber bin in Gedanken nicht dabei.

Die sind bei ihr.

Bei meinem schönen Ptichka, das ich wie ein abgetrenntes Glied vermisse.

Ich denke ständig daran, sie zurückzuholen. Dank Saras Geschichte, dass ich mich mit ihr langweilte, hat das FBI nicht versucht, sie vor mir zu verstecken. Sie beobachten sie immer noch, falls ich zurückkehre, aber sie haben es nicht für notwendig gehalten, sie in ein Zeugenschutzprogramm oder irgendetwas in dieser Richtung aufzunehmen. Ich glaube, weil sie *hoffen*, dass ich zu ihr zurückkehre.

Sie ist ein Köder, obwohl sie es nicht zugeben wollen.

Und ich bin versucht. Scheiße, bin ich versucht. Jetzt, da ihre Eltern sie nicht mehr so sehr brauchen, träume ich täglich davon, sie zurückzubekommen, bis zu dem Punkt, dass ich die ganze Operation im Kopf habe. Ich weiß genau, wie wir die Luftkontrollen umgehen und wo wir landen würden, wie wir eine Ablenkung schaffen würden, um die FBI-Beamten von Sara wegzulocken und wie wir eine falsche Spur legen würden, um sie von unserer Fährte abzulenken, während wir fliehen.

Wir könnten es morgen machen, wenn wir wollten.

In etwa zwanzig Stunden könnte ich Sara im Arm halten.

Die meiste Zeit kann ich die Fantasie abschütteln, mir die Gründe, warum ich das tue, wiederholen und mich daran erinnern, dass sie sicherer dort ist, wo sie ist. Es gibt jedoch Tage, an denen die Fantasie alles ist, woran ich denken kann, und ich ertappe mich dabei, dass ich nur Sekunden davon entfernt bin, ihr nachzugeben und Anton zu befehlen, das Flugzeug vorzubereiten.

Um nicht meinen Verstand zu verlieren, verstärke ich die Suche nach Henderson, der letzten und am schwersten fassbaren Person auf meiner Liste. Die Tatsache, dass wir ihn und seine Familie noch nicht gefunden haben, bestätigt das Gerücht über seinen CIA-Hintergrund. Der Wichser ist gut darin – so gut wie jemand in meinem Beruf.

Es könnte an der Zeit sein, etwas nachzuhelfen.

»Wir fliegen nach North Carolina«, kündige ich am nächsten Morgen am Frühstückstisch an. »Wir werden Asheville aufmischen, mal sehen, ob wir das Arschloch auf die harte Tour herauslocken können.«

Meine Mannschaftskameraden mit identischen, nicht überraschten Gesichtsausdrücken schauen von ihrem Teller auf. Das war die ganze Zeit der Notfallplan. Wir würden lieber keine Unschuldigen einbeziehen – Freunde von Henderson und entfernte Familienmitglieder, die nichts mit dem Massaker von Daryevo zu tun hatten – aber angesichts der

Unauffindbarkeit unseres Ziels ist es die einzige Möglichkeit.

»Er erwartet uns«, sagt Anton und schiebt seinen Teller zur Seite. »Es ist höchstwahrscheinlich eine Falle.«

Ich lächele grimmig. »Ich weiß.«

Die Schwierigkeit dieser Operation ist das, worauf ich mich am meisten freue. Wir müssen nicht nur unbemerkt in das Land ein- und ausreisen, sondern Henderson wird zweifellos das FBI auf seine Freunde achten lassen. Logistisch gesehen wird das ähnlich sein wie Sara zurückzustehlen, nur anstatt eine Frau zu entführen, werden wir ein halbes Dutzend Leute verhören, die wahrscheinlich alle von Hendersons Freunden vom FBI und vielleicht sogar von der CIA beobachtet werden.

»Sollte spaßig werden«, sagt Yan, und seine grünen Augen funkeln. »Besser als hierzubleiben.« Er wedelt mit der Hand, um auf die rustikale Hütte zu zeigen, in der wir uns die letzte Woche aufgehalten haben – unser Unterschlupf in Ostpolen.

Ilya wirft ihm einen bösen Blick zu und isst weiter. Er ist seit einer Woche böse auf seinen Bruder, seit Yan eine Budapester Kellnerin gefickt hat, die Ilya auch wollte. Es ist nicht das erste Mal, dass sich diese Situation ergeben hat – die Zwillinge haben einen ähnlichen Geschmack bei Frauen – aber in der Vergangenheit haben sie einvernehmlich geteilt, entweder indem sie das Mädchen im Doppelpack genommen oder sich abgewechselt haben. Ich habe keine Ahnung, was bei dieser Kellnerin anders war, aber Ilya ist, seit wir hier sind, sauer auf Yan.

Ich werde mich nicht in diesen Streit einmischen, also tue ich einfach so, als würde ich die Spannung am Tisch nicht bemerken. »Macht euch bereit«, sage ich den Jungs. »Ich will noch vor Ende der Woche in Asheville sein, also müssen wir bis morgen einen brauchbaren Plan haben.«

Und ich stehe auf, um meinen US-Kontakten eine E-Mail zu schreiben.

21

———

 ara

ICH TREFFE Marsha in einem Klub in West Loop in Chicago. Er ist neu, trendy und so laut, dass meine Ohren von der Musik aus den Lautsprechern dröhnen. Marsha ist bereits auf der Tanzfläche, und reibt sich an zwei jungen Bankertypen, also mache ich mich auf den Weg zur Bar und bestelle mir einen Gin Tonic. Ich hoffe, dass der Alkohol den allgegenwärtigen Knoten in meinem Magen beruhigt.

Es kann jeden Moment passieren. Jeden Moment. Das sage ich mir schon seit Wochen, aber ich bin immer noch hier, immer noch in diesem beunruhigenden Schwebezustand. Vor fünf Tagen ging Mama die ganze Strecke von ihrem Bett bis zur Toilette mit Hilfe ihrer Krücken allein, aber trotzdem bin ich immer noch hier und lebe im Haus meiner Eltern, ohne zu wissen, wann oder ob Peter zu mir zurückkommt.

Könnte es sein? Könnten die Lügen, die ich dem FBI erzählt habe, die Wahrheit sein? Vielleicht wurde es meinem russischen Mörder langweilig mit mir. Vielleicht hat er das Interesse an mir verloren, weil ich mich in der Klinik an ihn geklammert habe. Ich weiß, er lebt von Gefahren und Herausforderungen aller Art, und vielleicht ist das alles, was ich für ihn war: eine Herausforderung. Denn was gibt es Größeres, als die Zuneigung der Witwe des Feindes zu gewinnen, einer Frau, die allen Grund hat, dich zu hassen?

Der Gedanke dringt immer wieder in meinen Kopf ein, und ich schiebe ihn immer wieder beiseite und erinnere mich an den Blick auf Peters Gesicht, als er geschworen hat, für mich zurückzukehren. »Solange noch ein Funken Leben in meinem Körper ist«, hat er gesagt, und ich habe nicht einen Moment lang an ihm gezweifelt – nicht nach den Anstrengungen, die er unternommen hat, um mich zu der seinen zu machen.

Ich zweifle immer noch nicht an ihm – nicht wirklich –, und das bedeutet nur eine Sache.

Wenn Peter nicht für mich zurückgekehrt ist, dann, weil er es nicht kann.

Weil etwas passiert ist.

Ich habe versucht, nicht darüber nachzudenken, die schreckliche Möglichkeit aus meinem Kopf zu verdrängen, aber ich kann sie nicht länger ignorieren. Peters Leben ist so, dass er genauso gut ein Soldat in einem Kriegsgebiet sein könnte. Zwischen den

Behörden, die ihn weltweit jagen, und den mächtigen Kriminellen, mit denen er die ganze Zeit zu tun hat, stellt er sich der Herausforderung, von Tag zu Tag zu überleben. Und wenn seine *Jobs* dazukommen, sind die Chancen nicht gering, dass er verletzt wird oder Schlimmeres passiert.

Im Moment habe ich einen permanenten Knoten im Magen.

Das Einzige, was mich tröstet, ist, dass ich immer noch beobachtet werde, sowohl vom FBI als auch von Peters schattenhaften Männern. Dieses kribbelnde Gefühl zwischen meinen Schulterblättern lässt nie nach, wenn ich in der Öffentlichkeit bin. In diesem Moment bin ich mir sicher, dass es zumindest ein paar meiner Stalker im Klub gibt – der unscheinbare FBI-Beamte, der mir gefolgt ist und ein Bier auf der anderen Seite der Bar trinkt, und jemand anderen, den ich nicht identifizieren kann, dessen Anwesenheit ich aber fühle.

Wenn Peter tot oder gefangen wäre und das FBI es wüsste, würden sie aufhören, mir zu folgen. Dasselbe gilt für diejenigen, die Peter angeheuert hat.

Es ist keine große Erleichterung – er könnte immer noch irgendwo schwer verletzt sein –, aber es ist immerhin etwas.

Das ist es, was mich jeden Morgen aufstehen und meinen Tag trotz des nagenden Lochs in meinem Magen überstehen lässt.

»Da bist du ja!« Marsha taucht neben mir auf und strahlt mit dem einzigartigen Leuchten, das nur das

Tanzen unter Alkoholeinfluss erzeugt. »Ich dachte schon, du kommst nicht mehr.«

»Ich bin hier«, versichere ich ihr, als der Barkeeper mir mein Getränk reicht. »Ich wurde nur in der Klinik aufgehalten – du weißt ja, wie das läuft.«

Sie nickt mitfühlend und sagt dem Barkeeper: »Ein Corona, bitte.«

Er gibt ihr die Flasche und sie stößt sie gegen mein Glas. »Darauf, dich endlich zum Ausgehen bewegt zu haben«, sagt sie, und ich lache, während meine Freundin einen großen Schluck nimmt.

»Also«, sagt sie, »wie geht es dir? Ich kann nicht glauben, dass es bald März ist und wir uns seit deiner ersten Woche nicht mehr gesehen haben.«

»Ja, ich weiß.« Ich setze einen entschuldigenden Gesichtsausdruck auf. »Das tut mir leid. Es ist nur, das mit meiner Mutter und allem anderen …«

Marsha schneidet mir das Wort ab, indem sie mit ihrem Bier winkt. »Sag nichts weiter. Ich verstehe es, wirklich. Sag mir nur eins …« Sie sieht sich um, lehnt sich dann näher zu mir und legt eine Hand auf meinen Unterarm. »Geht es dir gut, Süße?« Ihre Stimme ist trotz der dröhnenden Musik leise, und ihr Blick verweilt auf der nun verblassten Narbe auf meiner Stirn. »Wir haben nie wirklich darüber gesprochen … na ja, darüber, was passiert ist.«

Mein Hals wird enger. »Ich habe dir doch schon erzählt, was passiert ist.«

Sie nickt ernst. »Ich weiß. Davon rede ich nicht. Wie kommst du damit klar?«

»Ich bin« – *bis zum Äußersten angespannt, unfähig zu essen oder zu schlafen, habe Alpträume davon, dass Peter verletzt oder tot ist* – »okay.«

»Aha.« Marsha blickt auf meinen Unterarm, der unter ihren gebräunten, elegant manikürten Fingern besonders dünn und blass aussieht. »Deshalb imitierst du ein Anatomie-Laborskelett.«

Ich ziehe meinen Arm weg. »Ich bin auf Diät.«

Sie seufzt und lehnt sich zurück. »Ich verstehe.«

Ich schlürfe meinen Drink und wünschte, ich könnte ihr die Wahrheit sagen: dass ich nicht an einem psychologischen Trauma leide, sondern den Mann vermisse, der mir das angetan hat, dass ich darauf warte, dass er zurückkehrt und mich zurückfordert. Aber wenn ich das sage, kann ich genauso gut meine eigene Haftstrafe unterschreiben.

»Mir geht's gut«, wiederhole ich. Mit einem strahlenden Lächeln sage ich: »Wie wäre es, wenn wir aufhören, über deprimierende Dinge zu reden und einfach tanzen gehen?«

Marsha zögert, aber dann grinst sie. »In Ordnung. Gehen wir tanzen.«

Ich greife nach ihrer Hand, und wir machen uns auf den Weg zur überfüllten Tanzfläche. Sie beginnen gerade, einen von Nicki Minajs neuesten Hits zu spielen, und ich lache, als ich mich daran erinnere, dass ich den Jungs in Japan meine eigene Version dieses Songs präsentiert habe.

Marsha lacht auch, legt ihren Kopf in den Nacken, um ihr Bier zu trinken, und wir fangen an zu tanzen.

Ich singe mit, ersetze an wichtigen Stellen die Texte mit meinen eigenen, und schon bald haben wir wirklich Spaß. Der Beat vibriert durch meine Knochen, so dass sich meine Füße von selbst bewegen, und ich kichere, als ein wenig meines Getränks auf meine Hand schwappt.

»Warte«, sage ich zu Marsha und kippe den Rest meines Gin Tonics herunter, um einen weiteren Unfall zu vermeiden. Ich stelle das leere Glas auf einen nahegelegenen Tisch, schiebe mich durch die Menge zur Bar und bestelle eine Flasche Bier – viel tanzfreundlicher. Als ich zurückkehre, tanzt Marsha bereits mit ein paar neuen Jungs, und als ich mich nähere, greift sie nach meiner Hand und zieht mich zu ihnen.

»Das sind Bill und Rob«, schreit sie über die laute Musik, und ich lächele unangenehm berührt. Das hatte ich nicht im Sinn, als ich diesem Abend mit Marsha zugestimmt habe.

»Ich muss mal auf die Toilette«, sage ich und lehne mich vor, damit Marsha mich hören kann. »Ich bin gleich wieder da.«

»Warte, ich komme mit.« Marsha lässt ihre Begleiter ohne zu zögern stehen und folgt mir durch die Menge.

Es ist noch früh, also ist die Schlange zur Damentoilette noch nicht zu lang. Während wir warten, erzählt Marsha mir alles über den Klub, in den sie letztes Wochenende mit Tonya gegangen ist, und den heißen Kerl, den sie dort getroffen hat. Ich höre zu, lächele und nicke, und staune die ganze Zeit, wie anders das Leben meiner Freundin ist, wie geradlinig und unkompliziert. Wann war das letzte Mal meine größte Sorge, ob mich ein Mann anrufen wird? College, vielleicht? Als ich George traf, kam mein Dating-Leben zum Stillstand, und ich nahm es nach seinem Tod nicht wieder auf.

Peter hat mich schon beansprucht, bevor ich die Chance dazu hatte.

Endlich schaffen wir es auf die Toilette und kehren danach auf die Tanzfläche zurück. Jetzt ist sie noch überfüllter, und nach einer halben Stunde, in der wir herumgeschubst wurden und Getränke auf uns verschüttet wurden, schreit Marsha mir ins Ohr: »Verschwinden wir von hier.«

Ich folge ihr dankbar, und wir gehen in eine Lounge ein paar Straßenblöcke weiter, wo wir uns an die Bar setzen und einer Live-Band zuhören, die 80er-Jahre-Rock-Songs mit aktuellen Top-100-Hits vermischt spielt. »Du singst doch, oder?«, fragt Marsha, nachdem wir ein paar Drinks genommen haben, und ich nicke, wobei mein Kopf sich vom Alkohol dreht.

»Alles klar.« Marsha grinst. »Lass uns das machen.« Sie springt vom Barhocker, greift nach meinem Handgelenk und hebt meinen Arm in die Luft. »Hey, Leute«, schreit sie über die Musik hinweg. »Meine Freundin hier kann hervorragend singen. Wollt ihr alle mal hören?«

Ich will vor Scham im Boden versinken, aber ein

paar Leute in der Menge – meist angetrunkene Kerle – antworten im Chor: »Ja, klar.«

»Komm schon.« Marsha schiebt mich fast auf die Bühne, wo die Bandmitglieder nicht gerade erfreut aussehen, es mit einem Amateur zu tun zu haben.

Normalerweise würde ich mich davonschleichen und Marsha später anschreien, aber durch den Alkohol, der meine Hemmungen löst, und meine kleinen Auftritte für Peter und seine Männer in Japan finde ich irgendwie den Mut, auf der Bühne zu bleiben.

»Kennt ihr ›Karma‹ von Alicia Keys?«, frage ich den Gitarristen, in der Hoffnung, dass ich meine Worte nicht lalle.

Der Gitarrist – ein rotwangiger Typ mit einem fliehenden Haaransatz – sieht mich vorsichtig an. »Vielleicht. Du singst, während wir spielen?«

»Wenn du nichts dagegen hast?« Ich schenke ihm mein schönstes Lächeln. »Nur ein Lied, und ich bin wieder weg.«

Er tauscht einen Blick mit den anderen Musikern aus, drückt mir dann ein Mikro in die Hände und sagt: »Okay, was soll's. Dann los, Mädchen. Zeig uns, was du draufhast.«

Sie spielen die ersten Töne, und ich wende mich der Menge zu – und mein Puls wird schneller, als ich merke, auf was ich mich eingelassen habe. Das letzte Mal, als ich vor so vielen Leuten aufgetreten bin, war in der Mittelschule, als ich eine Hauptrolle in einem Schulmusical bekam. Und genau wie damals spüre ich einen Schwarm Schmetterlinge im Bauch, eine nervöse Aufregung.

Benutze sie, sage ich mir, atme tief durch und fange dann an zu singen, wobei ich meinen eigenen Text mit den vertrauten Worten des Liedes mische. Trotz der vielen Drinks ist meine Stimme stark und rein, so kraftvoll, dass ich die Schwingung der Töne spüren kann. Alle anderen Geräusche in der Lounge verstummen, und ich sehe sowohl Überraschung als auch Verwunderung auf den Gesichtern, die mich anschauen – einschließlich des verdeckten FBI-Beamten, der uns aus dem Klub gefolgt ist und jetzt einen Drink in der Ecke vor sich stehen hat.

Marsha sieht auch erstaunt aus, und mir wird klar, dass sie mich noch nie allein singen gehört hat. Wir haben als Gruppe »Happy Birthday« für ein paar Krankenschwestern gesungen, und sie hat mich wahrscheinlich vor ein paar Monaten bei diesem Klubausflug mitsingen hören, aber nie so.

Niemals als Vorführung … schon gar nicht mit meinen eigenen Texten.

Fast verschlucke ich mich bei diesem Gedanken. Ich habe meine Texte noch nie mit jemandem außer Peter und seinem Team geteilt. Aber ich schaffe es irgendwie, weiterzumachen, und während ich meine Version des Refrains singe, sehe ich, wie die Leute im Publikum anfangen, mitzusingen, ihre Handflächen auf die Tische zu schlagen und mit den Füßen im Takt zu klopfen. Die Schmetterlinge in mir dehnen sich aus und füllen jede Spalte in meiner Brust, bis ich das

Gefühl habe, auf ihren schlagenden Flügeln zu schweben, und ich singe weiter, während mein Körper anfängt, der Musik zu folgen, und mein Tanztraining die Führung übernimmt.

Ich bin mir nicht bewusst, dass ich mich fühle, als würde ich schweben, bis das Lied endet und donnernder Applaus ausbricht. Als ich von meinem Hoch herunterkomme, sehe ich Marsha in der ersten Reihe wie verrückt klatschen und schreien, und ich strahle, während ich mich umdrehe, um der Band zu danken. Aber sie klatscht auch, und es fühlt sich an wie ein Traum, wie etwas, was mein jugendliches Selbst in einem Tagtraum beschworen haben könnte.

»Das war unglaublich. Hast du noch mehr solche Lieder?«, fragt der Gitarrist, und ich nicke, obwohl die Schmetterlinge jetzt eher wie Kolibris in meiner Brust sind. In Japan habe ich Dutzende von Liedern komponiert und aufgenommen, einige zu existierenden Songs, andere zu meinen eigenen Mischungen, und ich habe sie für meine Entführer als Teil unseres Abendrituals aufgeführt. Peter hat mir immer gesagt, dass ich gut bin, aber ich habe es Schmeichelei und dem Mangel an anderer Unterhaltung zugeschrieben. Diese Menschen sind jedoch Fremde; es gibt keinen Grund für sie, mir zu schmeicheln.

Wenn überhaupt, sollten die Musiker mich von der Bühne scheuchen, damit sie zu ihrer Musik zurückkehren können.

»Ich habe noch dieses eine andere«, sage ich dem

Gitarristen atemlos, als sich der Traum nicht auflöst. »Kennst du die Melodie zu Bruno Mars' ›Just the way you are‹?«

Er grinst. »Natürlich. Alles klar, das spielen wir – wie heißt du?«

»Sara«, sage ich und bereue es sofort. Mein Name ist mehr als gewöhnlich, und diese Nacht verdient etwas anderes. Etwas wie Madonna oder Rihanna oder Sza.

»Ein Applaus für Sara«, ruft der Gitarrist, und ich vergesse meinen gewöhnlichen Namen, als die Leute im Publikum klatschen und schreien.

Die Band beginnt, *Just the way you are* zu spielen, und ich atme tief durch, um mich vorzubereiten. Anstatt des eigentlichen Textes benutze ich wieder meine eigene Version, und das hochfliegende Gefühl kehrt zurück, als ich die Reaktion des Publikums sehe. Sie lieben sie. Sie lieben sie wirklich.

Der Song ist viel zu schnell vorbei, und ich stürze wieder auf die Erde, nur um erneut aufzusteigen, als das Publikum einen weiteren Song verlangt, dann noch einen und noch einen. Ich führe sieben meiner besten Nummern hintereinander auf, und dann gibt meine Stimme nach.

»Das war's«, sage ich der Band und gebe dem Gitarristen das Mikro zurück. »Danke, dass ihr mich unterstützt habt.«

»Mädchen, du kannst jederzeit mit uns singen«, sagt er. »Eigentlich ...« Er dreht sich um, nimmt Blickkontakt mit seinen Bandkollegen auf und dreht sich dann wieder zu mir zurück. »Wir werden das ganze Wochenende hier auftreten, und wir würden uns freuen, wenn du dich uns anschließt.«

»Oh, ich ...«

»Wir würden die Einnahmen natürlich mit dir teilen«, sagt er, so als ob ich aus finanziellen Gründen ablehnen würde. »Es ist ein ziemlich netter Auftritt hier.«

»Ihr könnt sie euch nicht leisten«, sagt Marsha, und ich drehe mich um, um sie mit wiegenden Hüften auf die Bühne kommen zu sehen. »Sie ist Ärztin.«

»Ernsthaft?« Der Gitarrist betrachtet mich von oben bis unten. »Talentiert, hübsch *und* klug, was?«

Ich erröte, als Marsha sagt: »Darauf kannst du wetten. Also wenn du sie buchen willst, musst du zuerst mit mir reden. Hier.« Sie ergreift sein Handgelenk, zieht einen Stift hervor und kritzelt ihre Nummer auf seinen Unterarm, direkt neben ein Tattoo von einem Herz, das mit einem Pfeil durchbohrt ist. Mit einem Augenzwinkern fügt sie hinzu: »Ich bin jederzeit verfügbar.«

Ich lache, als ich begreife, was Marsha tut, und ziehe meine Freundin von der Bühne, bevor sie gleich auf der Stelle mit dem Musiker herummacht. Den Gerüchten im Krankenhaus zufolge hat sie schon verrücktere Dinge getan, wenn sie betrunken war.

Wir drängen uns durch das noch immer applaudierende Publikum und stürmen nach draußen, aber die frostige Februarluft tut wenig, um unsere Aufregung zu kühlen. Ich bin immer noch vom

Alkohol beschwipst und high von meinem Auftritt, und Marsha ist auch aufgedreht, lacht und redet darüber, was gerade passiert ist und wie sie meine Agentin sein wird, damit wir beide reich werden, wenn ich groß herauskommen sollte.

Wir haben so viel Spaß, dass ich für einen Moment vergesse, dass nichts davon real ist, dass mein Leben im Moment nur ein großes Warten ist. Aber als ich in ein Taxi einsteige, um nach Hause zu fahren, erinnere ich mich, und mein Hoch verschwindet spurlos.

Während ich gesungen und mich betrunken habe, ist ein weiterer Abend vergangen.

Ein weiterer Tag ist zu Ende gegangen, ohne dass Peter zurückgekommen ist.

22

eter

ICH DENKE DARÜBER NACH, Sara zu kontaktieren, als wir auf einem kleinen privaten Flughafen in den Ausläufern der Great Smoky Mountains landen, etwa neunzig Kilometer von Asheville und nur ein paar Staaten von ihr entfernt. Es ist mehr als verlockend, sie anzurufen, um ihre Stimme zu hören. Aber wenn ich das täte, würden die FBI-Beamten, die sie immer noch beobachten und ihre Anrufe abhören, sie erneut in die Mangel nehmen und an ihrer Geschichte zweifeln.

Es ist nicht das erste Mal, dass ich darüber nachdenke, sie zu kontaktieren. Ich denke ständig daran. So aufmerksam das FBI auch ist, ich könnte immer noch einen der Männer, die ich angeheuert habe, dazu bringen, ihr heimlich einen Brief

150

zukommen zu lassen. Es wäre riskant, aber ich könnte es tun.

Was mich davon abhält, ist nicht die Logistik, sondern dass ich mir nicht sicher bin, was ich sagen sollte – und wie Sara auf einen solchen Brief reagieren würde. So gerne ich glauben möchte, dass sie mich genauso sehr vermisst wie ich sie, weiß ich, dass es eine sehr reale Möglichkeit gibt, dass der zerbrechliche Bund, den wir gegen Ende ihrer Gefangenschaft aufgebaut haben, verschwunden ist und dass sie mich wieder hasst und fürchtet.

Sie könnte hoffen, dass ich für immer weg bin, und meinen Brief zu bekommen würde sie aufwühlen.

Außerdem, was kann ich ihr sagen, warum ich wegbleibe? Ich kann nichts über Novak und Esguerra verraten – das wäre zu gefährlich, falls der Brief abgefangen wird – und somit bliebe mir nur, dass ich ihr die Gewissheit geben könnte, dass ich noch am Leben bin und zu ihr zurückkomme.

Gewissheiten, die sie leicht als Bedrohung interpretieren könnte, falls sie glücklich ist, ohne mich zu Hause zu sein.

Ich kann sehen, dass meine Jungs darauf brennen, etwas zur Situation zu sagen, aber die Regel, nicht über Sara zu reden, bleibt bestehen, und sie wissen es besser, als sie zu brechen. Also schweigen sie, und ich konzentriere mich darauf, die Tage ohne Sara zu überstehen, indem ich mich auf die täglichen Berichte über sie verlasse, um meine Besessenheit zu nähren.

Vor ein paar Tagen ist sie mit ihrer Freundin

Marsha ausgegangen und hat in einer Lounge gesungen und einige ihrer eigenen Lieder öffentlich aufgeführt. Schon das Lesen darüber hat meine Brust mit einem warmen Glühen erfüllt, und ich habe die Amerikaner angewiesen, sie das nächste Mal aufzunehmen, damit ich ihr zuhören und die Reaktion des Publikums beobachten kann. Ich bin absurd stolz auf den Gedanken, dass mein kleines Singvögelchen sich auf diese Weise in Szene setzt, ihre Hemmungen abschüttelt und das Talent zeigt, von dem ich immer wusste, dass sie es hat.

Natürlich war Stolz nicht meine einzige Reaktion auf diesen Bericht. Der Gedanke, dass sie an Orte geht, an denen andere Männer sie anmachen könnten, ist wie ein glühendes Stück Kohle in meiner Seite. Sara gehört mir. Die physische Distanz zwischen uns ändert nichts daran. Bis jetzt haben die Berichte niemanden angedeutet, der sich ernsthaft für sie interessiert, aber das bedeutet nicht, dass es nicht passiert ist. Mit dem FBI, das Sara ständig verfolgt, müssen meine Männer besonders vorsichtig sein, und es gibt Momente, in denen sie einfach nicht nah genug herankommen können, um sicherzustellen, dass nicht irgendein Arschloch sie um ihre Telefonnummer bittet oder sie auf ein Getränk einlädt.

Wenn ich ein Abhörgerät an Sara anbringen könnte, würde ich es im Handumdrehen machen.

Ich würde ihr einen Chip ins Gehirn einpflanzen, wenn ich könnte.

»Bist du bereit?«, fragt Yan, und ich merke, dass ich in den letzten Minuten gedankenlos meine Waffe gereinigt habe, anstatt meine Tasche zu packen und aus dem Flugzeug zu steigen.

»Ja«, sage ich, setze die Waffe wieder zusammen und stecke sie in meinen Hosenbund. »Lasst uns loslegen.«

LYLE BOLTON, Wally Hendersons erster Cousin, besitzt einen kleinen Bioladen in Asheville. Laut seiner Freunde und Nachbarn ist er ein freundlicher, friedlicher Mann, mit den typischen zweieinhalb Kindern – zwei Vorschulkinder und ein Baby auf dem Weg. Seine schwangere Frau ist eine Hausfrau, und für Außenstehende scheinen sie das perfekte Vorstadt-Paar zu sein.

Schade, dass keiner von ihnen weiß, was unsere Hacker aufgedeckt haben.

Wir warten auf ihn in der Berghütte der Nutte, während unser SUV außer Sichtweite hinter dem Schuppen steht. Technisch gesehen ist das Mädchen ein Escort-Girl, aber Sex für Geld ist für mich alles das Gleiche. Bolton kommt jeden Dienstag und Donnerstag auf dem Rückweg von den lokalen Bauernhöfen, wo er Produkte für den Laden bekommt, hierher. Seine Frau ist völlig ahnungslos, und alle anderen in der Gemeinde auch.

Niemand würde sich vorstellen, dass der stille, gottesfürchtige Herr Bolton, der sich für den Tierschutz und die Umwelt einsetzt, ein kaum legales *Escort-Girl* dafür bezahlen würde, zweimal pro Woche seinen Darm auf ihr zu entleeren – nachdem er sie verprügelt hat.

Henderson lässt nur Boltons Haus und den Arbeitsplatz von seinen Freunden im Auge behalten, weshalb diese Hütte ein perfekter Ort ist, um den Wichser zu befragen. Seine schmutzige kleine Angewohnheit ist ein Geheimnis vor jedem, auch vor seinem Cousin, und dank all der Vorsichtsmaßnahmen, die er für diesen Zeitraum getroffen hat, wird niemand nach ihm suchen, bis er vier Stunden später im Laden auftaucht.

Wir können in vier Stunden viel tun.

Die Hütte ist bis auf uns leer. Yan hat die Nutte heute Morgen weggelockt, indem er vorgab, ein zahlungskräftiger Kunde zu sein. Sobald er sie in ein Hotelzimmer gebracht hatte, fesselte er sie und ließ sie dort zurück. Wenn wir Zeit haben, wird er sie heute noch losbinden; wenn nicht, wird das Reinigungspersonal sie morgen früh finden. So oder so, das Mädchen wird nicht zur Polizei gehen, besonders dann nicht, wenn sie die Bezahlung auf dem Nachttisch findet.

Lyle Bolton ist pünktlich wie immer und taucht um viertel vor zehn auf. Sein Truck rumpelt in die Schottereinfahrt, und ich gebe den Jungs ein Zeichen, sich bereitzuhalten.

Uns die Beute zu schnappen ist ein Kinderspiel. Er hat keine Ahnung, was auf ihn zukommt. Der Wichser kommt mit einem großen Scheißgrinsen auf seinem molligen Gesicht herein, und Ilya tritt hinter der Tür hervor und schlägt ihm in den Magen. Er macht es uns leicht – so leicht wie möglich für jemanden, der so massiv ist –, aber Bolton fällt trotzdem auf alle viere, keucht, schnauft und versucht wegzukommen.

Yan tritt ihm in die Rippen, und dann komme ich dazu und ziehe den Wichser an der Rückseite seines Hemdes hoch, als er anfängt zu brabbeln und um Gnade zu bitten.

»Dein Cousin«, sage ich ruhig und setze ihn auf einen Küchenstuhl, »wo ist er?«

Er starrt uns an, und ich sehe eine neue Art von Angst auf seinem Gesicht. Er erkennt jetzt, dass das kein Versehen ist, dass wir keine Einbrecher sind, die nur zufällig hier sind.

»I-Ich weiß es nicht«, stottert er hervor, und ich seufze, bevor ich meine Waffe ziehe.

»Noch eine letzte Chance«, sage ich und lege ihm den Lauf an die Stirn. »Wo zum Teufel ist Wally?«

Er pisst sich in die Hose. Ein dunkler Fleck breitet sich über den Schritt seiner Kordhose aus, und ich rieche den beißenden Geruch von Urin. Es irritiert mich fast so sehr wie die Tränen und der Rotz, die sein Gesicht herunterlaufen.

»Ich schwöre Ihnen, ich weiß es nicht!«, jammert er, und ich senke die Waffe und drücke zweimal in schneller Folge ab.

Seine Schreie sind ohrenbetäubend, als er vom Stuhl fällt und sich auf dem Boden zu einem kleinen Ball zusammenrollt. Ich habe ihm gerade zwei Kugeln verpasst – eine in jeden Fuß – und warte eine Minute, bis die Schreie verstummen, bevor ich wiederhole: »Wo ist dein scheiß Cousin?«

»Ich weiß es nicht, weiß es nicht, weiß es nicht!« Er ist jetzt hysterisch und hält seine blutenden Füße mit beiden Händen fest. »Bitte, ich schwöre, ich weiß es nicht. Er ist vor über zwei Jahren verschwunden, und seitdem habe ich nichts mehr gehört.«

»Nichts? Keine Anrufe, keine E-Mails, keine Briefe?«

Die Antwort darauf kenne ich schon von unseren Hackern, weshalb ich nicht überrascht bin, als der heulende Idiot seinen Kopf wie ein Aufziehspielzeug schüttelt. »Nein, nein, ich schwöre es! Nichts! Niemand hat von ihm gehört, seit er verschwunden ist.«

Ich drehe mich zu Yan. »Was denkst du?«, frage ich auf Russisch. »Du glaubst diesem Stück Scheiße?«

Er betrachtet ihn und nickt dann. »Ja, ich denke schon. Henderson ist zu vorsichtig, um ihn zu kontaktieren.«

»Also gut. Gehen wir.«

Ich beuge mich nach unten, nehme Boltons Handy aus seiner Tasche und lasse ihn blutend auf dem Boden zurück, während wir aus der Hütte gehen. Bevor wir gehen, mache ich seinen Wagen fahruntüchtig, um sicherzugehen, dass er eine Weile nicht von hier verschwinden kann.

Wir müssen noch fünf weitere Arschlöcher verhören, bevor das Schicksal dieses Mannes bekannt wird.

23

———

P eter

DIE NÄCHSTEN BEIDEN Leute auf unserer Liste stellen ungefähr so viel Herausforderung dar wie Bolton. Der Erste, Ian Wyles, ist ein pensionierter Lehrer, der Hendersons Onkel zweiten Grades ist. Die beiden tauschten regelmäßig E-Mails aus, bevor Henderson verschwand, und es ist möglich, dass Henderson immer noch irgendwie mit ihm in Kontakt geblieben ist.

Doch in der Minute, in der wir den alten Mann auf dem Heimweg von der Post schnappen, wird klar, dass er nichts weiß. Er ist so ahnungslos und verblüfft von unseren Fragen, dass wir ihn nicht einmal verprügeln. Wir fesseln ihn einfach und lassen ihn mit seinem Behindertenfahrzeug im Wald zurück, wo er in ein paar Stunden gefunden werden wird, wenn seine Frau nach Hause kommt und entdeckt, dass er verschwunden ist.

Die zweite Person, Jennifer Lows, ist eine Freundin von Hendersons Frau. Eine mollige Frau mittleren Alters, die sich förmlich in die Hose scheißt, als wir sie vor dem Pflegeheim ihrer Eltern ergreifen. Schon in der ersten Minute unseres Verhörs wird klar, dass auch sie ahnungslos ist, und wir lassen sie gefesselt, geknebelt und verängstigt, aber ansonsten unverletzt in einer Gasse zurück.

»Dreimal nichts«, merkt Anton an, als wir aus der Gasse herauskommen, aber ich zucke nur mit den Schultern. Das kommt nicht unerwartet. Wenn Henderson mit diesen Leuten in Kontakt geblieben wäre, hätten wir es wahrscheinlich schon entdeckt. Auch wären die Sicherheitsvorkehrungen um sie herum strenger gewesen. Die Tatsache, dass es relativ einfach war, an sie heranzukommen, sagt mir, dass sie nicht in Hendersons innerem Kreis sind.

Die Menschen, die ihm wichtig sind – seine Frau und seine Kinder – sind so gut verborgen wie ein Schatz.

Auf jeden Fall ist es nicht unser primäres Ziel, Informationen über den Verbleib von Henderson zu erhalten. Es geht darum, ihm zu sagen, dass niemand in seinem Leben – egal wie weit entfernt die Verbindung ist – sicher ist.

Wir wollen ihn erzürnen und erschrecken, weil wütende, verängstigte Männer Fehler machen.

Die nächste Person, hinter der wir her sind, ist ein ortsansässiger Polizist, der zufällig Hendersons Freund aus der Kindheit ist. Jimmy Gander, fünfundfünfzig Jahre alt, ist einer der ältesten Polizisten der Truppe, und als wir ihn vor seiner Lieblingsbar schnappen, schafft er es, Anton ins Gesicht zu schlagen, bevor wir ihn k. o. schlagen.

»Ich werde ihn umbringen«, murmelt Anton, als wir in den Wald fahren, wo wir unseren Gefangenen verhören wollen. »Der Bastard wird es zurückkriegen.«

»Kein unnötiges Töten«, erinnere ich ihn. »Wir werden ihm nur etwas einheizen, wenn er nicht kooperiert.«

Anton blickt finster. »Scheiße. Ich werde ein blaues Auge haben.«

»Du hättest dich nicht von dem Opa überwältigen lassen sollen«, sagt Yan grinsend. »Vielleicht sollten wir ihn deinen Platz im Team einnehmen lassen. Er scheint besser zu sein.«

»Haltet eure Klappe«, sage ich den beiden, als unser SUV auf einer Waldlichtung hält. »Ihr könnt das später nachholen.«

Wir ziehen den Polizisten heraus und warten, bis er zu sich kommt, bevor wir anfangen, ihn zu befragen. Wie die anderen scheint er wirklich von der Situation überrascht zu sein. Im Gegensatz zu unseren anderen Opfern heute weigert er sich jedoch zunächst, unsere Fragen zu beantworten. Zu Antons Freude müssen wir ihn einige Male schlagen, bevor wir das übliche »weiß nichts« und »habe nichts von ihm gehört« erfahren. Unter anderen Umständen würde ich Ganders Loyalität gegenüber seinem Freund bewundern, aber da wir nur noch weniger als zwei Stunden Zeit haben, um die beiden verbleibenden Personen auf unserer Liste zu befragen, frustriert mich die Verzögerung nur.

»Verpass ihm eine verdammte Kugel«, sage ich zu Anton, als der Bulle sich sträubt, uns von dem letzten Mal zu erzählen, als er Henderson sah. Anton gehorcht dem Befehl gerne und schießt Gander in die rechte Schulter.

Danach gibt es kein Zurückhalten von Antworten mehr: es sprudelt nur so aus ihm heraus, bevor er darum bittet, ins Krankenhaus gebracht zu werden.

»Lasst uns gehen«, sage ich den Jungs, sobald ich überzeugt bin, dass wir alles aus dem Polizisten rausbekommen haben. »Fesselt ihn und lasst ihn hier.«

Als wir wegfahren, behalte ich im Hinterkopf, den Notruf anzurufen und dort den Standort des Mannes mitzuteilen, sobald wir sicher in der Luft sind.

Hendersons Freund oder nicht, es gibt keinen Grund, den Polizisten sterben zu lassen.

———

Wir haben jetzt Zeitdruck, also beschleunigen wir den Prozess, indem wir unsere letzten beiden Ziele schnappen und sie zusammen verhören. Wir haben sie bis zum Schluss aufgehoben, weil sie noch weiter von Henderson entfernt sind, und wenn wir sie aus irgendeinem Grund nicht erwischt hätten, wäre das kein großer Verlust gewesen.

Der erste Typ ist der Ex-Freund von Hendersons Tochter, Bobby Carston. Er ist zwanzig, etwa drei Jahre älter als die Tochter, und laut unserer Akten haben sie sich getrennt, als er mit ihrer besten Freundin auf ihrem Abschlussball schlief. Ich kann Fremdgeher nicht ausstehen, also verprügeln wir das Kind ein wenig, während wir es befragen – ein Schritt, der sicherstellt, dass unser letzter Gefangener, der Lieblingslehrer von Hendersons Sohn, von Anfang an kooperativ ist.

Tatsächlich ist Sam Briars in seinen Antworten über Jimmy Henderson so ausführlich, dass wir etwas bekommen, was wir nicht erwartet haben.

Eine mögliche Spur.

»… und dann machten sie vor fünf Jahren Urlaub in Thailand, und Jimmy sagte, wie sehr sie die lokale Kultur und all die Früchte liebten und dass sie dort leben wollten. Es gab eine lokale Familie in Phuket, mit der sie sich wirklich angefreundet haben. Nicht in einer der touristischen Gegenden, wohlgemerkt, sondern tiefer im Landesinneren, abseits aller Menschenmassen. Jimmy hat allen seinen Freunden in der Klasse davon erzählt. Und dann war da noch Singapur, das Jimmys Mutter immer geliebt hat, weil es so sauber ist, und Island, wo Jimmys Eltern ihren Jahrestag feiern wollten, und da ist Maryland, wo Jimmys Schwester zur Schule gehen wollte, und ich kann mehr nachdenken, wenn Sie mir nur Zeit geben ...«

Der Lehrer spricht so schnell, dass er geradezu plappert, also lassen wir ihn reden und machen Notizen über die Orte, die er erwähnt, damit wir sie später überprüfen können. Wir haben uns die meisten dieser Orte schon einmal angesehen, einschließlich Thailand, aber die Hendersons sind herumgezogen, um nicht entdeckt zu werden, und wir wussten nichts von dieser lokalen Familie in Phuket.

Es ist sicherlich eine Spur, die es wert ist, erforscht zu werden.

Zehn Minuten vergehen, und der Lehrer zeigt keine Anzeichen davon, dass ihm der Dampf ausgeht. Seine Ausführlichkeit wird zweifellos durch das Wehklagen des verletzten Ex-Freundes angeheizt. An diesem Punkt wiederholt er sich nur, dreht sich im Kreis mit allem, was er über die Hendersons weiß, also nicke ich Ilya zu, und er klopft ihm leicht auf die Rippen.

»Genug«, sage ich, als Briars anfängt zu schreien, als ob ihm das sanfte Klopfen die Rippen gebrochen hätte. »Fesselt sie und lasst sie hier. Wir müssen los.«

Als wir zu unserem Flugzeug fahren, achte ich auf Anzeichen, dass wir verfolgt werden, aber wir schaffen es ohne Zwischenfälle.

Die Operation ist offiziell ein Erfolg: Wir haben Henderson eine Nachricht geschickt und eine mögliche Spur erhalten.

Ich sollte mich gut fühlen, aber als die Räder des

Flugzeugs vom Boden abheben, kann ich nur daran denken, dass ich nicht näher dran bin, das zu bekommen, was ich wirklich will.

Dass ich noch Monate davon entfernt bin, Sara zurückzuholen.

24

———

ara

»ER HAT WAS GETAN?« Ich starre Ryson an, meine Handflächen sind feucht vor Schweiß, und mein Herz hämmert. Meine erste Reaktion – Freude darüber, dass Peter noch lebt und wohlauf ist – wird schnell durch einen schmerzhaften Knoten in meinem Magen ersetzt.

»Er hat sechs Menschen in North Carolina überfallen«, wiederholt der Agent. »Zwei wurden mit Schusswunden ins Krankenhaus eingeliefert, die anderen vier wurden durch eine gewalttätige Befragung verletzt und traumatisiert. Alles unschuldige Bürger. Können Sie uns etwas über den Vorfall sagen?«

»Ich ... was?« Ich schüttele den Kopf, um ihn von

den grausamen Bildern zu befreien. »Warum sollte er das tun?«

»Den Opfern zufolge wollte er wissen, wo ein Bekannter von ihnen ist – ein Walter Henderson III. Er hat das Pech, auf derselben Liste zu stehen wie Ihr verstorbener Mann.« Ryson verschränkt seine kräftigen Arme. »Es scheint, dass Sokolov zu extremeren Maßnahmen greift, um an diesen Mann ranzukommen. Können Sie uns etwas darüber sagen? Über das, was er will?«

Ich schlucke die Galle, die in meinem Hals aufsteigt, herunter. In den letzten Monaten habe ich es irgendwie geschafft, die brutale Realität des Mannes zu vergessen, den ich vermisst habe, um die dunklen Stellen in meinen Erinnerungen zu verschönern. »Sie wissen es nicht?«

»Ich sagte doch, ein Großteil seiner Akte ist geschwärzt.« Ryson öffnet seine Arme und stützt sich auf sie, um sich nach vorn zu beugen. »Dr. Cobakis, Sie wissen so gut wie ich, dass dieser Mann tödlich ist. Er muss aufgehalten werden, bevor noch mehr Unschuldige verletzt werden. Es ist wichtig, dass Sie uns alles sagen, was Sie über ihn wissen, damit wir eine bessere Idee davon bekommen, wo er als Nächstes zuschlagen könnte.«

Ich starre ihn an und fühle mich abwechselnd heiß und kalt. »Er … hat mir nicht viel erzählt.« Das ist es, was ich den Beamten erzählt habe, und ich muss bei der Geschichte bleiben, egal wie krank ich mich fühle, weil ich weiß, dass Peter Unschuldige auf der Suche nach Rache verletzt.

Auf jeden Fall, selbst wenn Ryson von dem Massaker an Peters Frau und Sohn wüsste, würde das nichts ändern. Peter wird nicht aufhören, bis er Henderson findet und ihn von seiner Liste gestrichen hat, und wie er in North Carolina anschaulich demonstriert hat, ist das FBI immer noch kein Gegner für ihn und seine Crew.

Peter und seine Männer sind unbemerkt in die USA eingedrungen, haben sechs Bürger überfallen und sind wieder verschwunden.

Er war im selben Land wie ich, und wenn Ryson sich nicht entschieden hätte, mich zu befragen, hätte ich es nie erfahren.

Mein Magen zieht sich weiter zusammen, und zu meinem Entsetzen stelle ich fest, dass ich nicht nur über den Schmerz und das Leid, das er diesen Menschen zugefügt hat, aufgebracht bin.

Ich bin auch verletzt und sauer, dass Peter nicht zu mir gekommen ist.

Wir waren nur ein paar Staaten auseinander, und er kam nicht zu mir.

»Dr. Cobakis.« Ryson schaut mich aufmerksam an. »Geht es Ihnen gut?«

»Ich ... ja.« Ich balle meine Hände unter den Tisch und grabe meine Nägel in meine Handflächen. Der Hauch von Schmerz beruhigt mich, so dass ich in einem halbnormalen Ton sagen kann: »Es tut mir leid. Es ist nur eine Menge zu verarbeiten.«

Und das ist es auch. Es ist eigentlich zu viel. Bis zu diesem Moment habe ich nicht ganz verstanden, wie kaputt ich bin, wie diese Monate mit Peter mich verdreht und mein Empfinden von Richtig und Falsch verzerrt haben. Hier bin ich, nachdem ich gerade erfahren habe, dass der Mörder, von dem ich besessen bin, sechs unschuldige Menschen verletzt hat, und ich bin verärgert darüber, dass er sie über mich gestellt hat? Dass er mich nicht entführt hat, als er eindeutig die Chance dazu hatte?

Ich bin krank.

Das ist mir jetzt klar – ebenso wie die Tatsache, dass Peter vielleicht nie zu mir zurückkommt. Die ganze Zeit über war die Rache seine wahre Liebe, seine wahre Besessenheit, und was auch immer er für mich empfunden hat, war nicht von Dauer ... wenn es überhaupt jemals da gewesen ist. Ich weiß nicht einmal, warum ich immer noch beobachtet werde, oder ob ich es überhaupt noch werde – dieses kribbelnde Gefühl kann auch Paranoia sein – aber es ist klar, dass ich nicht länger seine Priorität bin.

Ich ertrage irgendwie den Rest von Rysons Verhör, beantworte seine Fragen wie ferngesteuert, und als ich nach Hause komme, nehme ich das Telefon und rufe Dr. Evans an, den Therapeuten, der mir schon einmal geholfen hat.

Es ist an der Zeit, mein zerbrochenes Leben wieder aufzubauen.

Es ist Zeit, zu akzeptieren, dass alles, was Peter und ich hatten, vorbei sein könnte.

TEIL III

eter

WIR VERBRINGEN die nächsten zwei Monate damit, der thailändischen Spur nachzugehen – es ist nicht einfach, herauszufinden, mit welcher lokalen Familie die Hendersons sich angefreundet haben – und als uns das nicht näher an unser Ziel bringt, nehmen wir einen Job in Russland an, wo ein Öl-Oligarch will, dass wir einen seiner Geschäftsrivalen eliminieren. Es ist nicht so lukrativ wie einige der anderen Jobs, aber die Lage ist es wert.

Wir waren seit Jahren nicht mehr in unserer Heimat.

»Fühlt sich das für dich genauso seltsam an wie für mich?«, fragt Anton, als wir am Roten Platz vorbeigehen, und ich nicke und weiß genau, was er meint. Diese Straßen entlangzugehen und die russische Sprache überall um uns herum zu hören ist wie eine Zeitreise in die Vergangenheit. Das letzte Mal war ich in Moskau, als ich meinen Vorgesetzten, Ivan Polonsky, für seine Mithilfe bei dem Massaker von Daryevo tötete.

»Vermisst du es?«, frage ich Anton, und er zuckt mit den Achseln.

»Nee. Ich meine, es macht nicht gerade Spaß, immer der Ausländer zu sein, aber ich habe mich daran gewöhnt. Und dank Sara hat sich mein Englisch verbessert, also …« Er bleibt stehen, und sein Blick wird vorsichtig, als er merkt, was er gerade gesagt hat. »Das heißt, während wir …«

»Genug.« Meine Nackenmuskeln sind schmerzhaft angespannt, und meine Hände sind zu Fäusten geballt, aber meine Stimme ist leise, sogar, als ich wiederhole: »Das ist genug.«

Anton hält weise den Mund, und wir gehen den Rest des Weges in Stille. Er weiß, dass es verboten ist, über sie zu reden, und es geht nicht mehr nur um ihre Sicherheit. Sara bestimmt momentan meine Gefühle, und zwar so sehr, dass die bloße Erwähnung ihres Namens ausreicht, um mich zum Mörder werden zu lassen. Die klaffende Wunde, die ihre Abwesenheit hinterlassen hat, heilt nicht, sie eitert.

Ich sehne mich jede Sekunde eines jeden Tages nach ihr, und ich hasse es verdammt nochmal.

Die täglichen Berichte machen es nur noch

schlimmer, denn es scheint, als hätte sie mich vergessen. Letzten Monat nahm sie einen anderen Job an, schloss sich zwei älteren Gynäkologen in deren Praxis an und zog aus dem Haus ihrer Eltern in eine neue Wohnung. Ich freue mich über all das – ich möchte, dass sie glücklich ist –, aber in den letzten sechs Wochen ist sie auch jedes Wochenende ausgegangen und hat mit ihren Freunden getrunken und getanzt. Darüber hinaus begann sie am Freitagabend, in einer Band zu singen – eine Entwicklung, die mir gefiel, bis ich eine Aufnahme von ihr in einem sexy Kleid sah und feststellte, dass jeder Mann im Publikum bei ihrem Anblick sabberte.

Sie beobachten sie wie ein Rudel Wölfe, das einen Hasen anschmachtet.

Wenn ich mit ihr dort gewesen wäre, hätte ich das verhindern können – wenn nötig, indem ich ein paar Gesichter neu arrangiert hätte – aber ich bin auf der anderen Seite der Welt, und es frisst mich auf. Mehr noch, es besteht die Möglichkeit, dass Sara mich so völlig vergessen hat, dass sie sich in einen anderen Mann verliebt … vielleicht sogar in einen der Idioten, die nach jedem Auftritt zu ihr kommen, um über sie herzufallen und um ihre Telefonnummer zu betteln.

Das Einzige, was mich davon abhält, einen Überfall auf diese Arschlöcher anzuordnen, ist, dass sie bisher mit keinem von ihnen ausgegangen ist.

Es ist allerdings nur eine Frage der Zeit. Das weiß ich. Je länger ich weg bin, desto wahrscheinlicher ist es. Und deshalb habe ich, kurz bevor wir diesen Job angenommen haben, endlich eine Nachricht an sie geschickt.

Sie sollte sie bald bekommen.

In der Zwischenzeit müssen wir einen sehr reichen und sehr korrupten Mann töten.

ara

»SARA! Sara! Sara!«

Die Rufe des Publikums in Verbindung mit dem ohrenbetäubenden Applaus sind wie ein Schuss Heroin in meine Adern. Ich bin so high, dass ich mich fühle, als würde ich fliegen, und ich verbeuge mich lachend, während sich die Rufe verstärken.

Meine Bandkollegen – Phil, Simon und Rory – verbeugen sich neben mir. Aber das Publikum scheint sich eher auf mich zu konzentrieren. Wahrscheinlich, weil die Jungs letzten Monat den Namen der Band von *The Rocker Boys* in *Sara & the Rocker Boys* geändert und meine Einwände völlig ignoriert haben. Aus irgendeinem Grund hat Phil entschieden, dass die Band mit mir als Leadsängerin viel marktfähiger ist, und jedes Plakat zeigt jetzt neben meinem Namen auch mein Gesicht. Letzte Woche hatte ich tatsächlich eine Patientin in der Klinik, die mich als »diese Sara« erkannte und um ein Autogramm bat – ein höchst peinlicher Vorfall, der dazu führte, dass mich das Klinikpersonal jetzt »VIP-Sara« nennt.

Das hier war das erste Mal, dass wir eine größere Freiluftveranstaltung gemacht haben, und ich war mir nicht sicher, ob wir es schaffen würden. Obwohl es fast Mai ist, ist das Wetter immer noch unberechenbar, und bis vor zwei Tagen wussten wir nicht, ob es zehn Grad und Regen oder zwanzig und sonnig sein würde. Letztendlich war es etwas irgendwo in der Mitte mit siebzehn Grad und teilweise bewölkt – und es kamen viele Leute. Unser Ziel war es gewesen, mindestens hundert Tickets zu verkaufen, um die Veranstaltungskosten zu decken, aber nach der Zahl der enthusiastisch klatschenden Zuschauer zu urteilen, haben wir fast viermal so viel verkauft.

Wir beenden die Verbeugung und spielen noch einen Song als Zugabe, bevor wir die Bühne verlassen. Wie immer nach einem erfolgreichen Auftritt ist es schwer, wieder runterzukommen, also gehen wir in eine nahegelegene Bar, um zu feiern und zu entspannen.

Wie ich machen meine Bandkollegen das als Hobby. Phil, unser Gitarrist, ist Mathematiklehrer, Simon, der Schlagzeuger, ist freier Autor und Rory, unser Bassist, arbeitet in einem Callcenter. Im Gegensatz zu mir möchten alle drei jedoch eine Musikkarriere machen, und wie so oft nach einem tollen Auftritt sprechen sie sofort davon, auf Tour zu gehen.

»Wir könnten in Seattle anfangen und dann die Westküste hinunterfahren«, sagt Phil und nimmt sein Bier in die Hand. Seine blauen Augen glitzern fiebrig in seinem rötlichen Gesicht. »Von dort aus könnten wir den ganzen Südwesten durchqueren und …«

»Scheiß auf Seattle.« Rory kippt einen Tequila und schiebt das Glas dem abgehetzten Barkeeper zu. »Wir fahren direkt nach Kalifornien. San Francisco, dann L. A. Es ist das Beste für Künstler wie uns, nicht zu vergessen das Wetter und die Kultur und das Essen …«

Er fährt fort, gestikuliert wild, während er spricht, und ich grinse, als ich mehrere Frauen sehe, die ihn offen anstarren. Mit seinem sommersprossigen Gesicht, den widerspenstigen roten Locken und dem Körperbau eines Bodybuilders sieht Rory wie eine Kreuzung aus Little Orphan Annie und einem Abercrombie-Model auf Steroiden aus. Es ist eine Kombination, die eigentlich nicht funktionieren sollte, aber sie funktioniert – und ich vermute, dass der Erfolg der Band sowohl seinem Aussehen als auch unserem gemeinsamen Talent zu verdanken ist.

Nicht, dass Phil und Simon schlecht aussehen. Besonders Simon erinnert mich an einen jungen Denzel Washington, nur mit einem Punk-Rock-Vibe. Phil ist etwas durchschnittlicher, mit einem schwindenden Haaransatz und einem leichten Bierbauch, aber seine kontaktfreudige Persönlichkeit gleicht die körperlichen Mängel mehr als aus. Alle drei meiner Bandkollegen sind auf ihre Weise attraktiv – und jeder hat irgendwann angedeutet, dass er mit mir ausgehen möchte.

Schade, dass alles, was ich heutzutage sehe, wenn ich einen Mann anschaue, ist, dass er nicht Peter ist.

Die Jungs wissen das natürlich nicht. Sie sind glücklicherweise ahnungslos, was das schreckliche Durcheinander in meiner Vergangenheit und die FBI-Beamten, die mir immer noch hartnäckig folgen, betrifft. Alles, was meine Bandkollegen wissen, ist, dass ich eine Witwe bin, und sie denken, dass die Trauer um meinen toten Mann der Grund ist, warum ich mich nicht verabrede.

»Wie lange ist es her?«, fragte Phil mitfühlend, als ich im Februar der Band beitrat, und ich erzählte ihm, dass mein Mann etwa anderthalb Jahre zuvor gestorben war, nachdem er nie aus dem Koma erwacht war, dass er sich bei einem Autounfall zugezogen hatte. Phil drückte sein Beileid aus und hat das Thema seitdem taktvoll gemieden, ebenso wie Simon und Rory.

Nachdem sie mich vorsichtig wissen ließen, dass sie interessiert sind, und ebenso vorsichtig abgelehnt wurden, haben sie sich komplett zurückgezogen und haben mich als eine Art heilige Figur behandelt, eine unberührbare Madonna, umhüllt von einer Trauerblase.

Sie sind nicht weit von der Wahrheit entfernt, nur dass der Verlust, um den ich trauere, nichts mit George zu tun hat, der jeden Tag mehr aus meinen

Erinnerungen verschwindet. Zu diesem Zeitpunkt ist es mehr als drei Jahre her, seit sein Unfall passiert ist, und noch länger, seit unsere Liebe unter dem Gewicht seiner Sucht erstickt wurde. Jedes Mal, wenn ich jetzt an ihn denke, erinnere ich mich nur daran, wie ich mich gefühlt habe, als ich von seinem Doppelleben als CIA-Agent erfuhr … von den Geheimnissen und den Lügen, die Peter mir offenbart hat.

Ich wünschte, ich könnte *ihn* auch vergessen, aber das ist unmöglich. Obwohl es fast sechs Monate her ist, seit mein Entführer mich nach Hause gebracht hat, denke ich jede Nacht an ihn, während ich in den Schlaf gleite. Manchmal bin ich davon überzeugt, dass ich ihn fühlen kann. Nicht neben mir, sondern irgendwo da draußen, über die Kontinente hinweg, um mich zu quälen, und seine Anziehungskraft ist sowohl magnetisch als auch tödlich, wie die Gravitationskraft der Sonne.

Ich träume auch von ihm. Von der zärtlichen Art, wie er mich festhält, wenn ich weine, und der brutalen Art, wie er mich fickt, von all den großen und kleinen Dingen, die den Widerspruch ausmachen, der Peter ist. Manchmal wache ich aus diesen Träumen erregt und frustriert auf, aber häufiger finde ich mein Kissen mit Tränen durchtränkt und meine Arme um meine Decke geschlungen, um die quälende Einsamkeit abzuwenden, die mich innerlich gefrieren lässt.

Ich muss nach vorne schauen, ich weiß. Und ich versuche es. Ich gehe jedes Wochenende mit Marsha und den Mädchen aus, und wenn ein besonders attraktiver Typ nach meiner Nummer fragt, gebe ich sie ihm meistens. Aber da endet es für mich. Ich kann den nächsten Schritt nicht machen und mich wirklich mit ihnen verabreden, wenn sie mich anrufen oder mir eine Nachricht schicken.

»Warum gibst du sie ihnen dann überhaupt?«, hat Marsha letzte Woche gefragt, als sie erfuhr, dass ich es schon wieder getan hatte. »Warum lehnst du nicht einfach ab?«

Ich habe mit den Achseln gezuckt, ohne zu wissen, was ich sagen soll, und sie hat das Thema fallen lassen, weil sie mich nicht stressen wollte. Wie die meisten meiner Bekannten, die die FBI-Version der Peter-Geschichte gehört haben, hat Marsha mich behandelt, als sei ich aus Kristall und könnte beim geringsten Druck zerbrechen. Ich denke, dass sie, genauso wie andere im Krankenhaus, denkt, dass meine Tortur noch schlimmer war, als ich zugebe. Einmal, als Mama noch im Krankenhaus war, hörte ich zwei Krankenschwestern darüber reden, wie ich einem »sexuellen Sklavenring« entkommen bin und noch immer mit den Folgen der »Zwangsprostitution« zu kämpfen habe.

Das ist unangenehm, aber der einzige Weg, diese Gerüchte auszuräumen, wäre, die Wahrheit zu sagen, und das werde ich nicht tun.

Glücklicherweise wissen meine neuen Mitarbeiter nicht mehr als meine Bandkollegen. Dr. Wendy und Bill Otterman, das Ehepaar, das die kleine gynäkologische Praxis besitzt, waren so beeindruckt von meinem Lebenslauf und meinen akademischen Zeugnissen, dass sie kaum Fragen über die neunmonatige Lücke in meiner Arbeitsgeschichte stellten. Ich habe ihnen erzählt, dass ich eine Pause gemacht habe, um um die Welt zu reisen, und sie haben mich auf der Stelle eingestellt, mit dem Vorbehalt, dass ich sofort anfange, damit sie eine lang erwartete Kreuzfahrt nach Alaska zu ihrem vierzigsten Hochzeitstag machen können.

Ich hätte nach besser bezahlten, prestigeträchtigeren Angeboten suchen können, aber ich nahm diesen Job sofort an und begann am nächsten Tag. Da meine Mutter gerade aus dem Krankenhaus gekommen war, wollte ich etwas relativ Anspruchsloses, damit ich sie und meinen Vater im Auge behalten konnte. Aber was den Deal wirklich interessant für mich machte, war die Lage der Praxis – eine fünfzehnminütige Autofahrt vom Haus meiner Eltern und ein kurzer Spaziergang zu Fuß von meiner neuen Wohnung entfernt.

»Erde an Rory.« Simon winkt mit seiner Bierflasche vor Rorys Gesicht und unterbricht damit seine Ansprache über die Wunder von Kalifornien. »Lasst uns einfach realistisch bleiben. Sara, gehst du mit uns auf Tour?«

Ich lächele und schüttele den Kopf. »Geht nicht, tut mir leid. Ich kann nicht so lange von der Arbeit wegbleiben.«

»Seht ihr?« Simon schaut triumphierend auf seine

Bandkollegen, als hätte er eine Wette gewonnen. »Sie wird nicht mitkommen. Es wird nicht passieren.«

»Ach, komm schon.« Phil schnappt sich das Bier von Simon und trinkt es mit zwei Schlucken aus, bevor er sich zum Barkeeper bewegt, um mehr zu holen. Er wendet sich mir zu und gibt mir die volle Dosis des berühmten Phil-Hudson-Charmes. »Sara, Schätzchen ...« Seine Stimme wird schmeichelnd. »Wir alle haben Arbeit und andere Verpflichtungen, aber solche Möglichkeiten gibt es nur einmal im Leben. Wir werden gerade richtig heiß, ich spüre es, und wir müssen die Gunst der Stunde nutzen. *Du* musst die Gunst der Stunde nutzen, weil ... weißt du, was morgen passiert?«

Ich schüttele grinsend den Kopf. Ich habe von ihm schon einige Versionen dieses Vortrags gehört, und er wird jedes Mal kreativer. »Nein, was?«

»Genau.« Er wedelt mit dem Zeigefinger wie ein Lehrer. »Du weißt es nicht, und auch sonst niemand. Das Leben ist nur eine Reihe von zufälligen Ereignissen, die ein Muster zu haben scheinen, es aber nicht haben. Du denkst vielleicht, dass du weißt, was morgen kommt, aber alles, was passieren muss, ist eine Änderung in einer einzigen Variablen, und bumm! Ab geht's in eine ganz andere Richtung.«

»Wie auf eine Tournee?«, frage ich trocken, und sowohl Rory als auch Simon lachen.

»Eine Tournee, ja, das wäre eine neue Variable«, sagt Phil, unbeirrt. »Aber es ist eine, die *du* einbringen würdest. Meistens kommen die neuen Variablen, wenn man sie am wenigsten erwartet, und dann gehen alle sorgfältig ausgearbeiteten Pläne schief – das ist doch scheiße.«

»Scheiße – ist das ein offizieller Algebra-Fachbegriff? Habe ich gerade Mathe gelernt?«, fragt Rory, kratzt sich am Kopf, und wir alle platzen vor Lachen, als Phil mit den Augen rollt und etwas über Ignoranten und betrunkene Arschlöcher murmelt.

»Ich muss los«, sage ich den Jungs entschuldigend, als das Gelächter nachlässt. »Ich muss morgen früh bei der Arbeit sein.«

»Keine Sorge, das wissen wir.« Simon klopft mir auf die Schulter. »Tu, was du tun musst, und lass diese Idioten vom Ruhm träumen.«

Ich lache und schüttele den Kopf, während ich aus der Bar und zum Parkplatz gehe. Ich hatte meine Zweifel, der Band beizutreten, aber es war die beste Entscheidung aller Zeiten. Ich habe nicht nur das Gefühl, dass ich jedes Mal, wenn ich auf der Bühne stehe, dazu geboren wurde, sondern meine Bandkollegen sind auch sehr lustig. Ich ziehe es tatsächlich vor, mit ihnen statt mit Marsha und den Mädchen abzuhängen; es ist irgendwie entspannter.

Ich bin gerade dabei, die Autotür zu öffnen, als ich es bemerke.

Ein Stück von etwas Dickem – vielleicht zusammengefaltetes Papier? –, das an die Innenseite des Türgriffs geklebt ist.

Meine erste Reaktion ist, es herauszuziehen und sofort einen Blick darauf zu werfen, aber irgendein sechster Sinn hält mich auf. Das kribbelnde Gefühl zwischen meinen Schulterblättern, das so allgegenwärtig ist, dass ich es kaum noch wahrnehme, ist plötzlich viel intensiver, und anstatt das Objekt herauszuziehen und es anzustarren, reiße ich es unauffällig los, halte es in meiner geschlossenen Faust fest und steige ins Auto.

Ich lasse das Objekt – es ist definitiv zusammengefaltetes Papier – in meine Jackentasche gleiten und fahre vom Parkplatz in Richtung meines Zuhauses. Hinter mir ist der unvermeidliche FBI-Verfolger, und während ich fahre, fühlt sich das Papier an, als würde es sich durch meine Tasche brennen.

Es kostet mich meine ganze Kraft, vor meinem Wohnhaus zu parken und ruhig und ohne Eile durch die Lobby zum Aufzug zu gehen. Es ist möglich, dass dies eine Werbung ist, die nur seltsam platziert ist, aber irgendwie bin ich mir sicher, dass es das nicht ist.

Ich betrete meine Wohnung, schließe die Tür ab und sehe mich um. Ich glaube nicht, dass es hier Kameras oder Abhörgeräte gibt; nach all der High-Tech-Ausrüstung, die in meinem alten Haus und dann Monate später im Haus meiner Eltern gefunden wurde, durchsuchen die Bundesbehörden meine Wohnung halbwegs regelmäßig, und sie selbst würden einen Haftbefehl brauchen, um diese Art von invasiver Überwachung durchzuführen. Aber um auf Nummer sicher zu gehen, streife ich meine Schuhe ab und gehe auf meinen Schlafzimmerschrank zu, wobei ich die ganze Zeit mein ruhiges Verhalten beibehalte.

Falls mich jemand beobachtet, werde ich ihm keinen Grund geben, Verdacht zu schöpfen.

Meine Ein-Zimmer-Wohnung ist ziemlich klein, mit einer winzigen Küche und einem engen Wohnzimmer, aber sie hat etwas Tolles zu bieten: einen geräumigen begehbaren Kleiderschrank im Schlafzimmer. Ich gehe hinein, so wie ich es normalerweise tun würde, um mich auszuziehen, aber sobald ich keine potenziellen Kameras mehr sehe, nehme ich das Papier aus meiner Tasche und entfalte es mit zittrigen Händen.

Es sind nur zwei Zeilen, die in scharfer, männlicher Handschrift auf das dicke Papier gekritzelt sind.

Vergiss nicht, Ptichka. Solange wir beide leben.

27

P eter

DER JOB in Moskau läuft reibungslos – wir eliminieren unser Ziel in einer kurzen Woche – und dann sind wir wieder auf der Jagd nach Henderson, während wir auf Nachrichten von Novak warten. Letzten Monat bestätigte der serbische Waffenhändler, dass alles wie geplant im achtmonatigen Zeitrahmen verläuft, aber er schweigt sich immer noch über seinen Trumpf in Esguerras Organisation aus – die wichtigste Information, die ich brauche, um meinen Plan umzusetzen.

Leider bleibt Henderson nach wie vor verschwunden, so dass wir im Laufe des Monats Mai eine weitere Runde bei seinen Bekannten wegen irgendwelcher Spuren machen. Dieses Mal konzentrieren wir uns auf die Verbindungen seiner Frau in ihrer Heimatstadt Charleston, nur um etwas zu verändern.

»Wieder nichts«, sagt Ilya angewidert, als wir das Flugzeug besteigen, nachdem wir unsere fünf Zielpersonen verhört haben. »Die Idioten wussten nichts.«

Ich zucke mit den Schultern und setze mich. »Das war zu erwarten.«

Ich betrachte die Operation trotzdem als Erfolg. Wir kamen ohne eine Verfolgungsjagd davon und zeigten Henderson erneut, dass niemand in seinem Leben, egal wie weit entfernt eine Verbindung ist, sicher ist. Früher oder später wird es wirken, und dann wird er einen Fehler machen. Vielleicht macht sich seine Frau Sorgen um eine Freundin und kontaktiert sie, um zu wissen, wie es ihr geht, oder die Teenager-Tochter flippt aus und ruft ihren Ex an.

Egal, was passiert, sobald sie es vermasseln, sind wir bereit, und meine tote Frau und mein Sohn werden gerächt.

———

ES IST ANFANG JUNI, als es endlich passiert.

Ich bekomme eine E-Mail von Novak, dass er sich nächsten Mittwoch mit mir treffen will.

Nur Sie, steht in der E-Mail. *Niemand sonst.*

Ich unterdrücke eine Welle wilder Freude und beginne, die Vorbereitungen zu treffen.

IN DEN LETZTEN zwei Wochen haben wir in unserem polnischen Unterschlupf gewartet, bis Novak uns kontaktiert, also lasse ich mich am Mittwochmorgen von den Jungs in Belgrad absetzen, mit dem Auftrag, ihre Positionen einzunehmen.

Sie werden nicht bei mir sein, aber sie werden mit Sicherheit in der Nähe sein.

Ich treffe Novak im selben Café wie damals. Als ich hereinkomme, bemerke ich, dass seine Schläger seltsamerweise abwesend sind – so wie die hübschen Baristas. Novak selbst sitzt am kleinen Tisch in der Mitte des Cafés, mit nichts als einer braunen Ledermappe vor sich.

»Ganz allein?«, frage ich und versuche, meine Überraschung nicht zu zeigen, und Novaks dünne Lippen formen ein leichtes Lächeln, als er aufsteht und um den Tisch kommt, um mich zu begrüßen.

»Ich dachte, wir könnten auf den ganzen Mist verzichten.« Seine blassen Augen leuchten, als er mir die Hand schüttelt. »Wir brauchen einander, und ich denke, es ist an der Zeit, dass wir etwas Vertrauen aufbauen.«

Ich bin sicher, dass *das* Bullshit ist – seine Männer sind wahrscheinlich so strategisch positioniert wie meine – aber ich schwäche meinen steinigen Ausdruck etwas ab, als ich seine Hand loslasse. »Ich könnte nicht mehr zustimmen.«

»Gut.« Er setzt sich wieder an den Tisch und fordert mich mit einer Geste auch dazu auf. »Bitte.«

Ich setze mich und nehme einen neutralen Gesichtsausdruck an. »Also, ist der Spion an Ort und Stelle?«

Novak nickt und behält sein selbstgefälliges Lächeln bei. »Sie ist gerade auf dem Weg zu Esguerras Anwesen.«

Mein Puls beschleunigt sich. Zeit und Datum der Beförderung des Spions – das ist bereits etwas, was ich verwenden kann. »Herzlichen Glückwunsch. Das ist eine große Leistung«, sage ich und behalte den ruhigen Tonfall bei.

Novak nimmt das Lob über seine Leistung an. »Danke. Es hat viel Arbeit gekostet, aber ich habe es geschafft.«

»Also erzählen Sie mir von ihr, Ihrem geheimnisvollen Trumpf«, sage ich.

Er trommelt einige Sekunden lang mit den bleichen Fingern auf den Tisch und sagt dann: »Sind Sie mit der Finanzstruktur von Esguerras Organisation vertraut?«

Ich starre ihn an. »Nein. Nicht wirklich. Ich war sein Sicherheitsberater, nicht sein Finanzberater.« Ich hatte nicht erwartet, dass Novak in diese Richtung geht. Könnte der Trumpf jemand sein, der mit Esguerras Portfoliomanager verbunden ist? Ich weiß, der Typ wohnt irgendwo in Chicago, aber ich kann nicht recht folgen.

»Sie wissen also nicht, dass Esguerras Frau seine

Geschäftspartnerin ist und im Falle seines Todes alles erben wird?«

»Nein, aber es würde mich nicht überraschen«, sage ich langsam. Schon damals, als ich noch für Esguerra arbeitete, zeigte Nora, das amerikanische Mädchen, das er entführte und dann heiratete, eine ungewöhnliche Begabung für das Geschäft ihres Mannes.

Novak lächelt wieder und öffnet den Ordner vor ihm. »Ja. Die junge Frau Esguerra ist schon etwas Besonderes, nicht wahr? Sie hat Stanford als Klassenbeste beendet.« Er nimmt ein Foto heraus und legt es mir vor. Es zeigt Nora in einem voluminösen Abschlusskleid, die ein Diplom von einem Universitätsangehörigen entgegennimmt. Ihr lächelndes Gesicht ist halb weggedreht, da sie woandershin schaut, aber selbst aus diesem Blickwinkel ist es offensichtlich, dass sie ekstatisch ist.

»Wann wurde das aufgenommen?«, frage ich erstaunt. Wenn Novaks Leute nah genug dran waren, um das Foto zu machen, müssen sie auch in der Nähe von Esguerra selbst gewesen sein.

Der kolumbianische Waffenhändler würde seine Frau nicht länger als eine Minute aus den Augen lassen.

»Vor ein paar Monaten, bei der Abschlussfeier im Frühjahr«, antwortet Novak. »Hübsch, nicht wahr? So klein und doch so stark …«

Seine Stimme ist ungewöhnlich weich, als er das sagt, und seine Berührung streichelt das Bild fast, als er es zurücknimmt und in den Ordner legt. Ich ziehe die Augenbrauen hoch, während ich darauf warte, zu erfahren, worauf er hinauswill. Hat er irgendwie eine Vorliebe für Esguerras zierliche Frau entwickelt?

Das wäre merkwürdig, aber es sind schon merkwürdigere Dinge passiert.

Beim Schließen der Mappe schaut er nach oben. »Ich weiß, was Sie denken«, sagt er. »Warum habe ich ihn nicht gleich bei der Zeremonie ausschalten lassen? Warum sollte ich mir die Mühe mit Ihnen machen, wenn ich damals eine Chance hatte, auf ihn zu schießen, und zwar ganz allein?«

Ich neige meinen Kopf. »Die Frage kam mir in den Sinn, aber ich nahm an, dass Esguerras Sicherheitsvorkehrungen strenger waren, als Ihr Besitz dieses Fotos vermuten lässt.«

Novaks Lippen verformen sich in einem weiteren dünnen Lächeln. »Sie haben recht, die Sicherheitsmaßnahmen waren beeindruckend. Trotzdem, wenn ich es wirklich gewollt hätte, hätte ich es versuchen können. Ich hätte schwere Verluste erlitten, aber es bestand eine kleine Chance, dass ich es geschafft hätte.«

»Aber Sie wollten es nicht riskieren?«

»Oh, ich hätte es riskiert ... wenn Esguerras Tod alles wäre, was ich will.«

Jetzt kommen wir zum Kern des Problems. »Sie wollen auch sie.« Ich nicke zum Ordner. »Gehört das auch dazu?«

Novaks blasser Blick verhärtet sich. »Ja ... aber

nicht so, wie Sie denken. Sehen Sie, Nora Esguerra ist nicht nur ein hübsches Gesicht – sie besitzt außerdem die Schlüssel zu Esguerras Königreich. Wenn ich ihn töte, übernimmt sie einfach die Führung – und ich habe einen neuen Feind zu bekämpfen, einen mit fast unbegrenzten Mitteln und einem sehr persönlichen Groll gegen mich.«

Das wird immer interessanter. »Also wollen Sie beide eliminieren?«

»Das war mein ursprünglicher Gedanke, aber nein. Sehen Sie, Esguerra ist schlau – viel schlauer als die meisten in unserem Geschäft. Fast alle seine Unternehmen werden rechtlich einwandfrei geführt, und alles ist unter Schichten über Schichten von Briefkastenfirmen vergraben. Wenn beide Esguerras getötet werden, werde ich Jahre brauchen, um das Chaos zu entwirren, und obwohl ich die Eliminierung eines Rivalen erreicht habe, werde ich keinen Zugang zu dem haben, was ich wirklich will.«

»Seine Geschäftsanteile.«

»Ja. Das stimmt genau.« Er beugt sich vor. »Ich will nicht nur, dass Esguerra verschwindet – ich will das, was er hat … seine Frau eingeschlossen.«

Ich lege meinen Kopf auf die Seite. »Sie wollen also, dass Julian Esguerra getötet, aber seine Frau entführt wird?«

»Ja, und nicht nur seine Frau.« Sein Lächeln ist frostig. »Sehen Sie, sie ist nutzlos für mich ohne irgendein Druckmittel.«

»Druckmittel? Sie meinen so etwas wie ein Familienmitglied?«

»Ja, genau. Und nicht irgendein Familienmitglied. Ich brauche jemanden, für den sie alles tun würde … sogar den Mörder ihres Mannes mit offenen Armen aufzunehmen.«

Mein Gesicht bleibt unverändert, aber mein Blut verwandelt sich in eisigen Schlamm. Ist das ein Hinweis darauf, dass er von meiner Besessenheit von Sara weiß? Wenn dem so ist, töte ich ihn auf der Stelle, ich scheiß auf seine versteckten Schläger. Wenn er sie auch nur bedroht, häute ich ihn und …

»Sehen Sie«, fährt Novak fort, ohne meine aufsteigende Wut zu bemerken, »Ich brauche Nora, und ich brauche sie völlig unter meiner Kontrolle. Ich habe darüber nachgedacht, ihre Eltern dafür zu benutzen, aber das könnte nicht genug sein. Schließlich opfern sich Eltern für ihre Kinder, nicht umgekehrt.«

Ich zügele meine blutrünstigen Gedanken. »Was schwebt Ihnen vor?« Er redet vielleicht gar nicht von Sara; zumindest sollte er es verdammt nochmal besser nicht tun. Ich gehe davon aus, dass er nicht dumm genug ist, mich so unverblümt zu bedrohen, deshalb beschließe ich, ihn für bare Münze zu nehmen und zu sagen: »Soweit ich weiß, hat Nora außer ihren Eltern keine …«

»Ganz genau. Soweit Sie wissen.« Novak lehnt sich zurück und genießt seinen Moment der Überlegenheit. »Sie und der Rest der Welt, einige wenige Menschen ausgeschlossen.«

Ich starre ihn an, und meine Gedanken springen von einer Tatsache zur nächsten. »Ihr Informant«, sage ich langsam. »Die achtmonatige Wartezeit ... Wollen Sie damit sagen, dass Esguerra ein ...«

»Kind hat? Ja.« Sein blasses Gesicht wird lebhaft. »Eine Tochter, die letzten Dienstag in der Schweiz geboren wurde, zwei Wochen früher als geplant. Elizabeth Esguerra – Kurzform: Lizzie. Hübscher Name, nicht wahr?«

»Ja, sehr«, gelingt es mir zu sagen. Mein Herz droht aus meinem Brustkorb auszubrechen, und unter dem Tisch formen sich meine Hände zu Fäusten.

Ein Baby. Ein verdammtes Neugeborenes. Das ist sein Plan, sein Vorteil. Er hat recht damit, dass es der perfekte Weg wäre, Nora zu kontrollieren. Eine Mutter würde alles für ihr Kind tun; sie würde ein Imperium und ihr eigenes Leben aufgeben, wenn nötig.

Es sollte für mich keine Rolle spielen, da Esguerra kein Freund von mir ist, aber aus irgendeinem Grund macht die Beteiligung eines Kindes Novaks Plan für mich geradezu obszön.

Ich bin froh, dass ich den Wichser schon die ganze Zeit hintergehen wollte.

Aber Moment mal. Er erwähnte, dass sein Spion in der Lage sein würde, bei dem Anschlag zu helfen. Das heißt, dass das Kind es nicht ist. Wie auch immer – »Ist es ein Kindermädchen?«, frage ich ruhig. »Ihre Informantin – sie ist mit dem Kind verbunden, nicht wahr?«

Novak nickt, und seine Hand krümmt sich auf dem

Tisch vor ihm. »Ja, aber kein Kindermädchen«, sagt er, und sein Gesichtsausdruck glättet sich. »Eine Kinderärztin, die Esguerra von den Schweizer Klinikärzten sehr empfohlen wurde.«

Natürlich. Ich vermutete, dass Novak eine Verbindung zu diesem Ort haben könnte. »Sie haben das Klinikpersonal bestochen?«

»Ich habe es versucht, aber leider nein.« Er seufzt. »Sie haben solche Angst vor ihren Patienten, dass sie fast unmöglich zu bestechen sind. Ich musste mich stattdessen in ihre Computer hacken.«

»Ich verstehe.« Alle Teile passen jetzt zusammen. »Deshalb wussten Sie so früh von Noras Schwangerschaft.«

Er nickt. »Esguerra brachte sie zur Untersuchung dorthin, sobald sie ihre Periode einmal nicht bekommen hatte. Und sobald sie es wussten, wusste ich es – und ich habe mich an Sie gewandt.«

Ich unterdrücke den Drang, über den Tisch zu greifen und ihm das Genick zu brechen. Vielleicht liegt es daran, dass ich Nora kenne, oder vielleicht daran, dass ich mir meinen Sohn in diesem Alter vorstelle, aber von der bloßen Vorstellung, dass ein Neugeborenes so benutzt wird, wird mir schlecht.

Ich sage: »Sie wollen also, dass ich Esguerra töte, Nora und ihr Baby entführe und sie zu Ihnen bringe, damit Sie auf einen Schlag Ihren größten Rivalen eliminieren und die Kontrolle über seine Besitztümer erlangen.«

Novak lächelt so breit, dass alle seine Zähne zu sehen sind. »Genau.«

»Das ist sehr clever.« Ich gebe meiner Stimme eine bewundernde Note. »Wenn Sie nur Nora und das Kind nehmen würden, um Esguerra zu kontrollieren, würde er einen Weg finden, Sie auszutricksen, um sie zurückzubekommen – das hat er schon mal gemacht. Aber seine Frau – seine Witwe, sollte ich sagen – wird leichter zu handhaben sein, besonders mit einem Baby, um sie zu kontrollieren. Haben Sie vor, ihre Beziehung zu ihr zu formalisieren?«

»Ja, natürlich. Die Ehe ist der einfachste Weg, all diese lästigen Eigentumshürden zu umgehen. Ich werde auch die Tochter adoptieren.«

»Und sie als Ihre eigene aufziehen?«

Er zuckt mit den Schultern. »Mehr oder weniger. Alle Kinder, die ich mit Nora zeugen werde, werden natürlich Vorrang haben, aber solange sich seine Mutter benimmt, habe ich nicht die Absicht, dem Kind zu schaden.«

»Sehr großzügig von Ihnen.«

Entweder hört er den Sarkasmus in meiner Stimme nicht – oder er ignoriert ihn. »Ja. Ich denke, auf lange Sicht werden wir alle davon profitieren – genau wie Sie. Hundert Millionen werden Ihnen sehr bei Ihrer kleinen Vendetta helfen.«

Ich bin nicht im Geringsten überrascht, dass er davon weiß. »Ja, das werden sie«, sage ich, ohne zu blinzeln.

»Gut. Haben Sie schon eine Idee, wie Sie auf Esguerras Gelände kommen?«

»Ja«, sage ich und schaue ihm direkt in die Augen. »Ich werde mich an Lucas Kent wenden und ihn bitten, mich zu Esguerra zu bringen. Ich werde ihm sagen, dass ich das Kriegsbeil begraben will und dass ich bereit bin, einen Verräter zu entlarven, damit das geschieht.«

28

ICH SCHLAFE die ganze Nacht nicht mehr, und am Morgen bin ich so erschöpft, dass ich zum Kaffee in die Küche krieche. Wenn heute ein Arbeitstag wäre, hätte ich mich krankmelden müssen. Aber es ist trotzdem ein seltsamer Tag.

Ein Samstag, an dem ich absolut nichts vorhabe.

Wenn es ein Tag vor Peters Nachricht gewesen wäre, wäre ich vielleicht für ein paar Stunden in die Klinik gegangen, um zu helfen, oder ich hätte meine Eltern überrascht, indem ich zum Frühstück gekommen wäre. Es ist aber ein Tag danach, und durch den Schlafmangel und das ständige unruhige Warten ist alles, was ich tun kann, auf die Couch zu plumpsen und eine Kochshow einzuschalten.

Ich habe in letzter Zeit eine Menge davon gesehen. Sie erinnern mich an Peter.

Wie immer, wenn ich an ihn denke, fängt mein Verstand an, sich im Kreis zu drehen. Es ist jetzt acht Monate her, seit er mich nach Hause gebracht hat – acht Monate, in denen mein einziges Wort von ihm diese Nachricht war. Vor zwei Monaten, also vor dieser Nachricht, war ich mehr oder weniger davon überzeugt gewesen, dass seine Besessenheit von mir nachgelassen hat und dass er trotz seines Schwurs vielleicht nie für mich zurückkommen würde. Aber jetzt weiß ich nicht, was ich denken soll.

Wenn er mich noch will, warum bin ich dann hier?

Worauf wartet er noch?

Meiner Mutter geht es jetzt sehr gut oder zumindest so gut, wie es ihr jemals wieder gehen wird. Ihr linker Arm ist noch schwach, aber sie kann ihre Finger bewegen und mit dieser Hand leichte Gegenstände greifen – ein viel besseres Ergebnis als zunächst angenommen. Sie läuft auch ohne fremde Hilfe und hat, seit sich das Wetter gebessert hat, viel Zeit in ihrem Garten verbracht. Papa ist begeistert von ihrer Genesung, und beide freuen sich auf ihre Kreuzfahrt zum Hochzeitstag im September – ein Geschenk, das ich ihnen endlich machen konnte.

Als sich der Gesundheitszustand meiner Mutter gebessert hatte und die Aufregung über meine Rückkehr nachließ, gingen meine Besuche bei ihnen von einem täglichen zu einem wöchentlichen Ereignis über. Meine Eltern freuen sich natürlich immer, mich zu sehen, aber sie schätzen auch ihre Unabhängigkeit. Vor allem mein Vater ist stolz darauf, selbstständig zu sein, und ich will es ihm nicht wegnehmen, indem ich ständig wie ein Kindermädchen über ihnen schwebe.

Meine Eltern lieben mich, aber sie brauchen mich nicht mehr so sehr, wie ich einst dachte - zumindest sage ich mir das, um die Schuldgefühle zu lindern, die unweigerlich mit meinem Verlangen nach Peter einhergehen.

Mein perverser Wunsch, dass er kommt und mich holt.

Ich habe so oft darüber nachgedacht, dass ich es mir wie einen Film in meinem Kopf vorstellen kann. Eines Tages werde ich meine Wohnung betreten, und er wird da sein, groß und gefährlich, so tödlich und schön wie immer. Er wird dort sein, trotz der Polizeistreifen draußen, trotz aller Vorsichtsmaßnahmen des FBI.

Er wird darauf warten, mich zu stehlen, und nichts, was ich sage, wird wichtig sein.

Das ist wahrscheinlich der schändlichste Teil dieser Fantasien: dass ich nie eine Wahl habe … und dass mir das gefällt. Ich will, dass Peter mich entführt und sich über meine Einwände hinwegsetzt. Dann, und nur dann, werde ich mit dem Wissen leben können, dass ich wieder einmal aus dem Leben der Menschen verschwunden bin, die mich lieben und brauchen, dass ich meine Familie, meine Patienten, meine Bandkollegen und meine Freunde verlassen habe.

Peter muss böse für mich sein, damit ich wenigstens ein wenig gut sein kann.

Ich muss ihn hassen, um ihn zu lieben.

Ich fange an, das über mich selbst zu verstehen, diese perverse Seite in mir zu erkennen, aber was ich nicht verstehe, ist, warum ich immer noch hier bin, wenn er mich will. Es kann nicht mehr um meine Eltern gehen, also muss es um etwas anderes gehen – etwas, was er mir nicht erzählt hat.

Ich habe mir den Kopf über das, was es sein könnte, zerbrochen, und das Beste, was mir eingefallen ist, ist etwas, was er sagte, als wir uns trennten. Ich fragte ihn, ob ich zu Hause sein werde, bis Mama sich erholt hat, und er fing an zu sagen, dass er auch zuerst etwas erledigen müsse. Er hat aber nicht verraten, was es war, und auch nicht angedeutet, wie lange es dauern würde. Das Einzige, was ich mir vorstellen kann, ist scine Rache, aber ich weiß nicht, warum ihn das so lange von mir fernhalten würde.

Er hat Henderson gejagt, als wir zusammen waren, und laut FBI macht er das immer noch.

Vor zwei Monaten, direkt nachdem ich Peters Nachricht bekommen hatte, ließ mich Ryson wieder in sein Büro in der Innenstadt bringen. Ich hatte fast eine Panikattacke, weil ich dachte, dass das FBI irgendwie von der Nachricht erfahren hatte, aber wie sich herausstellte, wollte Ryson mich befragen, weil Peter und seine Männer wieder zugeschlagen und fünf weitere US-Bürger *verhört* hatten, um Hendersons Aufenthaltsort aufzudecken.

»Sie waren alle in Charleston, South Carolina«, sagte Ryson. »Wieder einmal kam Sokolov unbemerkt rein und raus. Wir müssen wissen, wie er es macht, damit wir ihn davon abhalten können, Menschenleben zu zerstören.«

»Tut mir leid, ich weiß nichts darüber«, hatte ich ehrlich geantwortet. Peter hat nie viel über seine Verbindungen gesprochen oder darüber, wie er die unmöglichen Dinge tut, die er tut. So schrecklich wie ich mich wegen der Menschen fühle, die er verängstigt und gefoltert hat, weiß ich nichts, was den FBI-Beamten helfen könnte.

Vorausgesetzt, ich würde ihnen helfen wollen. Wenn Peter nicht mehr in die USA kommen könnte, würde er keine weiteren Menschen hier verletzen. Aber er wäre auch nicht in der Lage, mich zurückzuholen, und dieser perverse, widersprüchliche Teil von mir – derjenige, der mich nachts wachhält und mit einer Mischung aus Freude und Angst an diese Nachricht denkt – kann diese Möglichkeit nicht ertragen.

Ich brauche ihn.

Ich sehne mich so sehr nach ihm, dass es wehtut.

Vor dieser Nachricht konnte ich den Schmerz in mir halten, um stark zu sein, während ich mir sagte, dass es vorbei sei, aber von Peter zu hören, dass er zurückkommen würde, hat meine zerbrechlichen neuen Abwehrsysteme zerstört und mich in diesen endlosen Wartemodus zurückversetzt.

»Komm zurück«, flüstere ich und umarme ein Kissen an meiner Brust, während ich auf den

Fernseher starre. »Bitte, Peter, ich brauche dich. Komm zurück und bring mich nach Hause.«

29

eter

»Du hast was?« Yan starrt mich an, als wenn mir ein Paar Tentakel gewachsen wären.

»Ich habe Lucas Kent kontaktiert, um ein Treffen mit Esguerra zu arrangieren«, wiederhole ich, während ich die Nudelsauce umrühre. »Gibst du mir bitte das Basilikum?«

Yan bewegt sich nicht, also schiebt Ilya das gehackte Basilikum schweigend auf mich zu, und ich streue es großzügig über die Sauce. Ich mache heute Abend italienisches Essen – nicht gerade die Lieblingsküche meiner Männer, aber Sara liebt sie.

Für dich, Ptichka. Damit ich das Gefühl habe, dass du hier bei mir bist.

Ich habe diese Woche damit angefangen, mit ihr in

Gedanken zu reden. Es ist wahrscheinlich nicht gesund, aber ich fühle mich ihr dadurch näher, so als wäre sie hier bei mir und nicht einen Ozean entfernt.

Vielleicht, weil ich weiß, dass ich sie bald wiedersehen könnte, aber ich vermisse sie noch mehr als sonst. Jeder Tag ohne sie ist eine verdammte Qual.

»Ich dachte, du wolltest Kent töten«, sagt Yan verwirrt. »Dafür, dass er Sara verunglücken ließ.«

»Und das könnte ich immer noch, nur nicht zu diesem Zeitpunkt.« Ich tauche einen langen Löffel in die Sauce und schmecke sie ab, bevor ich eine Prise mehr Salz hinzufüge. »Er muss mich auf Esguerras Anwesen bringen.«

Anton stellt sich neben Yan. »Das ist also dein großartiger Plan? Dass Kent dich auf einem Silbertablett an Esguerra übergibt? Du erinnerst dich doch daran, dass der Kerl geschworen hat, dich umzubringen, oder?«

Ich sehe ihn ruhig an. »Er wird mich nicht töten, wenn er den Namen von Novaks Agenten will.«

»Ah.« Yans Gesichtsausdruck entspannt sich. »Also wirst du so tun, als würdest du Novak hintergehen, um Zugang zu Esguerras Gelände zu bekommen.«

»Genau.« *Und dann werde ich ihn wirklich hintergehen,* denke ich, aber ich sage es nicht. So sehr ich meinen Jungs auch vertraue, ich muss davon ausgehen, dass Novak immer Augen und Ohren auf uns hat. Es ist sehr unwahrscheinlich in der Privatsphäre dieses Verstecks, aber ich kann es mir nicht leisten, es zu riskieren.

Ich konnte den Serben ohnehin kaum davon überzeugen, meinem Plan zu folgen.

»Sie werden *was* tun?« Er stand auf und warf beinahe den Tisch dabei um, als ich ihn im Café über meine Absichten informierte. Im Handumdrehen tauchten seine Schläger aus ihrem Versteck im Hintergrund auf und umgaben ihn wie eine menschliche Mauer, wobei ihre M16s auf mich zeigten.

»So viel zum Aufbau von Vertrauen«, hatte ich amüsiert gesagt, und Novak warf mir einen düsteren Blick zu, bevor er ihnen befahl, sich zurückzuziehen.

Ich hatte mich hingesetzt und darauf gewartet, dass er das Gleiche tat, bevor ich ihm das Kernstück meines Plans erklärte. Es dauerte eine Weile, aber schließlich hatte er verstanden, warum das die einzige Möglichkeit war ... warum wir selbst mit seinem Spion nicht gewaltsam auf Esguerras Gelände gelangen konnten.

»Selbst wenn Ihre Kinderärztin eine Technikexpertin wäre, die es schaffen würde, die Drohnen und die elektrischen Zäune, die das Gelände schützen, zu deaktivieren, hätten wir immer noch mit den Wachtürmen zu kämpfen. Was für mein Team kein Problem wäre, wenn Esguerra nicht Generatoren und Backup-Drohnen hätte, die innerhalb einer Minute nach der Deaktivierung der Hauptdrohnen online gehen würden. Und dann, während wir es mit den Drohnen zu tun hätten, die vom Himmel auf uns schießen, würden Esguerras Ersatzwachen – über hundert von ihnen – auftauchen und uns ausschalten.

Der einzige Weg, sie zu überwinden, wäre mit einer noch größeren Truppe – etwa ein paar hundert Söldnern wie wir selbst –, aber eine Gruppe dieser Größe hat keine Chance, sich dem Gelände unentdeckt zu nähern. Wir könnten nicht einmal nach Kolumbien einreisen, ohne dass Esguerra davon erfahren und uns abfangen würde, lange bevor wir in seine Nähe kommen.«

»Also planen Sie, meinen Trumpf zu opfern, um Esguerras Vertrauen zu gewinnen?«, hatte Novak stirnrunzelnd gefragt, und ich hatte genickt und ihm erklärt, dass, wenn ich einmal drin wäre, es nicht allzu schwer sein würde, in greifbare Nähe von Nora zu kommen – und dass ich, sobald ich sie als Geisel hätte, ein Druckmittel gegen Esguerra haben würde.

Er würde sein Leben geben, um sie zu retten.

»Meine Männer werden außerhalb des Geländes warten, also werde ich, sobald ich Nora und das Baby habe, die Verteidigung selbst deaktivieren und die Verwirrung über Esguerras Tod nutzen, um zu entkommen«, hatte ich Novak gesagt. »Es wird nicht einfach, aber es ist die einzige Chance, die wir haben.«

Die Nudelsauce ist endlich fertig, und als wir uns zum Abendessen hinsetzen, gebe ich denselben Plan an die Jungs weiter.

»Auf gar keinen Fall«, sagt Anton, als ich fertig bin. »Geiseln oder nicht, du wirst das Gelände nie lebend verlassen. Du sprichst von einer Selbstmordmission.«

»Nicht unbedingt«, sagt Yan leise und wickelt Pasta auf seine Gabel. Seine grünen Augen leuchten seltsam.

»Esguerra hat jetzt eine Schwäche: seine Frau und seine Tochter. Und wir werden sie ausnutzen. Ist es nicht so?«

»Ja, ganz genau«, antworte ich und erinnere mich daran, Yan während dieser Mission im Auge zu behalten.

Da alles so heikel ausbalanciert ist, könnte das kleinste unvorhergesehene Element – wie das doppelte Spiel einer meiner Männer – alles zum Einsturz bringen.

eter

DIE ANTWORT von Lucas Kent kommt fast sofort. Er ist bereit, sich mit mir zu treffen, was der erste Schritt in Richtung Esguerra ist.

Er schlägt das neue Restaurant seiner Frau in London als möglichen Treffpunkt vor. Es ist nicht gerade neutraler Boden, aber ich stimme zu. Ich weiß, was er denkt: Dass das ein Trick sein könnte, um ihn herauszulocken, damit ich ihn und seine Frau dafür bestrafen kann, dass sie die Sache mit Sara versaut haben.

Unter anderen Umständen hätte er sich nicht geirrt. Das Bild von meinem Ptichka in diesem Krankenhaus, ihr zartes Gesicht blass und gequetscht, taucht immer noch in meinen Alpträumen auf. Eines

Tages *wird* Kent dafür bezahlen, dass er sie entkommen und abstürzen hat lassen, aber im Moment brauche ich ihn.

Er ist meine beste Möglichkeit, Esguerra zu erreichen.

Natürlich hätte ich einen Notfallplan gehabt, wenn er abgelehnt hätte. Ich kenne Nora Esguerras E-Mail-Adresse, da ich in der Vergangenheit mit ihr wegen meiner Liste kommuniziert habe. Allerdings ist Esguerra nicht gerade rational, was seine kleine Frau angeht, und könnte es falsch verstehen, wenn ich sie nach all den Jahren kontaktiere.

Es ist besser, über Kent zu gehen – Esguerra könnte in diesem Fall eher bereit sein, zuzuhören.

———

KENTS FRAU, die schöne Yulia, ist nirgendwo zu sehen, als ich das stilvolle Restaurant betrete und mich auf den Weg zu einem separaten Tisch mache, wo Kents blonder Kopf über der Trennwand sichtbar ist.

Er steht auf, um mich zu begrüßen, und sein hartes Gesicht ist misstrauisch, als er seine Hand ausstreckt. »Sokolov.«

Ich schüttele seine Hand und drücke seine Finger mit etwas zu viel Kraft. »Kent.«

Seine Augen verengen sich, aber er lässt meine Hand los, ohne sich zu revanchieren. »Ich habe nicht erwartet, wieder von dir zu hören«, sagt er, als wir uns setzen und die Speisekarten öffnen. »Wie geht es deiner Sara?«

»Wer? Oh, das.« Ich fange den Kellner ab und sage ihm, dass er mir eine ungeöffnete Flasche Guinness und einen Öffner bringen soll. Kent bestellt eine Tasse Earl Grey für sich selbst. Ich warte darauf, dass der Kellner geht, bevor ich Kent sage: »Ich habe keine Ahnung, wie es ihr geht. Ich habe sie letztes Jahr gehen lassen und habe sie seitdem nicht mehr gesehen.«

Seine Augenbrauen heben sich. »Wirklich?«

Ich zucke mit den Schultern. »Was soll ich sagen? Es wurde Zeit.«

»Okay.« Er scheint mir nicht zu glauben, aber er richtet seine Aufmerksamkeit auf das Menü und betrachtet es, bevor er aufschaut und fragt: »Weißt du, was du willst?«

»Ich habe keinen Hunger, danke.« Angesichts dessen, was mit Sara passiert ist und was ich ihm sagen werde, vertraue ich Kent oder dem Essen im Restaurant seiner Frau nicht mehr.

Sein Mund verzieht sich zu einem trockenen Lächeln. »Ich verstehe.« Er schließt die Speisekarte und wartet darauf, dass der Kellner unsere Getränke auf den Tisch stellt, bevor er fragt: »Warum willst du Esguerra treffen? Er hat dir den Vorfall mit Nora immer noch nicht vergeben.«

»Ja, das weiß ich.« Ich benutzte seine Frau als Köder und ließ es zu, dass sie entführt wurde, um herauszufinden, wo eine Terrorgruppe ihn damals festhielt. Damals wusste ich, dass er wegen Noras

Beteiligung sauer sein würde, aber seine Wut ergab für mich wirklich überhaupt keinen Sinn – schließlich war es der einzige Weg, sein Leben zu retten.

Aber jetzt verstehe ich seine Reaktion besser. Wenn jemand Sara so in Gefahr bringen würde, würde ich mich auch nicht für die Gründe dafür interessieren.

Mein Leben für ihr Leben wäre nie ein faires Geschäft.

»Ich habe ein sehr lukratives Angebot bekommen«, sage ich Kent und öffne mein Guinness. »Infolgedessen bin ich in den Besitz einiger Informationen gekommen, die Esguerra vielleicht zu schätzen weiß.«

Kent runzelt die Stirn und hebt seine Tasse Tee an. »Oh? Und was für Informationen sind das?«

»Es gibt einen Verräter auf seinem Gelände«, sage ich und nehme einen großen Schluck, während sich Kents Stirnrunzeln vertieft. »Ein Verräter, der mir bei meinem Auftrag helfen soll.«

Kent stellt seinen Tee ab. »Jemand hat dich angeheuert, um einen Anschlag auf Esguerra durchzuführen?« Als ich bestätigend nicke, fragt er scharf: »Wer?«

Ich öffne meinen Mund, um es ihm zu sagen, aber er kommt von selbst zum richtigen Schluss.

»Novak«, spuckt er aus und schiebt den Tee beiseite. Sein Kiefer bewegt sich heftig. »Natürlich. Wer sonst würde es wagen?«

Ich nehme noch einen Schluck von meinem Bier. »Hundert Millionen Euro ist sein Angebot, aber ich bin bereit, Esguerra damit gleichziehen zu lassen – wenn du mich nach Kolumbien bringst, um mit ihm zu reden.« Ich will, dass die Vergangenheit Vergangenheit ist. Das und hundert Millionen«, verdeutliche ich, damit er nicht denkt, dass es mir nur darum geht, Frieden zu schließen.

Kent starrt mich an, und seine Augen verengen sich. »Du weißt, dass er es vielleicht nicht machen wird, oder? Jetzt, da wir wissen, dass es einen Verräter gibt, werden wir herausfinden, wer das ist. Es ist nur eine Frage der Zeit.«

»Sicher. Aber Zeit ist wichtig – besonders, wenn ein verletzliches Neugeborenes im Spiel ist.«

Kents Gesicht verwandelt sich zu Stein. »Was zum Teufel weißt du über Neugeborene?« Seine Stimme ist gefährlich leise. »Denn wenn du versuchst, anzudeuten …«

»Dass Lizzie in Gefahr ist? Ich deute nichts an, ich sage es dir. Novak weiß alles über den jüngsten Zuwachs in Esguerras Familie, und er hat Pläne mit ihm.« Ich gehe das Risiko ein, zu viel zu enthüllen, denn ich kann es mir nicht leisten, alles aufs Spiel zu setzen.

Ich muss Esguerra dazu bringen, mir zuzuhören.

Meine Zukunft mit Sara hängt davon ab.

Der Kellner kommt, um unsere Bestellung entgegenzunehmen, aber Kent schickt ihn mit einer kurzen Handbewegung weg. »Was, wenn Esguerra dir die hundert Millionen überweist?«, fragt er und zieht seinen Tee wieder zu sich. »Hundert Millionen für einen Namen, alles ohne Risiko für dich.«

»Auf gar keinen Fall«, sage ich und trinke mein Bier aus. »Ich muss nicht den Rest meines Lebens über meine Schulter schauen und darauf warten, dass Esguerra Rache an mir nimmt. Entweder hört er mich persönlich an, oder ich nehme den Job an. Das liegt an ihm.«

Ich stehe auf und gehe aus dem Restaurant, obwohl mein Magen wegen der köstlichen Gerüche, die aus der Küche kommen, knurrt.

Wenn alles gut geht, esse ich hier eines Tages richtig … mit Sara an meiner Seite.

eter

ICH MUSS NICHT LANGE auf Esguerras Antwort warten. Seine E-Mail ist in meinem Posteingang, als ich wieder im Hotel ankomme.

Heute Abend um sieben, steht da. *Lucas wird dich abholen.*

Sieben Uhr ist bereits in einer halben Stunde, also benachrichtige ich meine Jungs und mache mich bereit.

Kent taucht um Punkt sieben in meinem Hotelzimmer auf. Ich bin nicht überrascht, dass er weiß, wo ich wohne; ich wusste, dass ich von dem Moment an verfolgt wurde, als ich das Restaurant verließ.

Kents Gesicht könnte genauso gut aus Granit

gemeißelt sein. »Keine Waffen«, sagt er, und ich hebe meine Arme und lasse mich von Kopf bis Fuß filzen.

Er findet das Messer in meinem Stiefel, die beiden Messer in meinen Taschen und den kleinen Revolver in der Innentasche meiner Lederjacke. Allerdings bemerkt er die Rasierklinge im Saum meiner Jeans und die in meinen Jackenkragen eingenähte Drahtrolle nicht.

Camp Larko hat mich gut ausgebildet.

»Gehen wir«, sagt er, als er sich davon überzeugt hat, dass ich clean bin, und ich folge ihm aus dem Hotel in eine gepanzerte Limousine.

Die Fahrt zum Flughafen verläuft schweigend. Ich erwarte, dass Kent mich zu Esguerras Privatflugzeug bringt und es abhebt, aber er steigt mit mir ein.

»Du fliegst mit?«, frage ich, und er nickt kurz.

»Esguerra hat darum gebeten, dass ich dich selbst bringe.«

Er klingt nicht sehr erfreut darüber, und ich lächele, als ich auf der cremefarbenen Ledercouch in der Kabine Platz nehme. Dass Kent wegen der Störung seiner Routine angepisst ist, ist für mich ein Bonus.

Ich kann ihn noch nicht töten, weil er Sara verunglücken ließ, aber ich kann es mit Sicherheit genießen, seine Pläne zu vermasseln.

———

ICH VERBRINGE einen Teil des elfstündigen Fluges mit einem Nickerchen, und den Rest damit, mit meinem

Team E-Mails auszutauschen. Sie sind auch auf dem Weg nach Kolumbien und werden außerhalb des Geländes auf mich warten, wie in unserem von Novak genehmigten Plan vorgesehen. Wenn alles gut geht, werde ich sie nicht brauchen, aber wenn es schiefgeht, können sie mir vielleicht helfen.

Angenommen, ich bin noch am Leben, um herauszukommen.

Esguerras riesiges Anwesen liegt im Südosten Kolumbiens, direkt am Rande des Amazonas-Regenwaldes. Es ist Nacht, als wir auf der kleinen Landebahn innerhalb des Geländes landen, und die feuchte Luft ist warm und völlig ruhig, als wir aus dem Flugzeug steigen.

Ich erkenne den Fahrer des Autos, der auf uns wartet. Er war einer der Wächter hier, als ich bei Esguerra beschäftigt war.

»Hey, Diego«, begrüße ich ihn, und er grinst, wobei seine weißen Zähne aufblitzen.

»Sokolov. Ich hätte nie gedacht, dass ich dich wiedersehe, Mann.« Sein spanischer Akzent ist nicht so stark, wie ich ihn in Erinnerung habe, aber dennoch sehr auffällig. »Was hast du so gemacht?« Dann bemerkt er den blonden Mann an meiner Seite. »Hey, Lucas. Wo ist Yu...«

»Fahr einfach«, schnappt Kent, steigt ins Auto, und ich folge ihm.

Sieht so aus, als würden wir auf die Nettigkeiten verzichten. Nun ja.

Anstatt mich zu der Villa zu bringen, in der

Esguerra und seine Frau wohnen, bringt uns Diego zu einem Schuppen am äußeren Rand des Geländes. Ich erkenne den Ort – dort habe ich Esguerra einst geholfen, seine Feinde zu befragen – und ein kalter Schauer läuft mir über den Rücken.

Nichts kann den kolumbianischen Waffenhändler daran hindern, mich aufzuhängen und den Namen des Verräters aus mir herauszuquetschen.

Nichts außer der Tatsache, dass Esguerra mich kennt – und hoffentlich weiß, dass ich nicht leicht zu knacken sein werde.

Er tritt aus dem Schuppen, als Kent und ich aus dem Auto steigen, und als die Scheinwerfer des Autos sein Gesicht erhellen, sehe ich, dass er immer noch seinen Filmstar-Look hat, sogar mit dem künstlichen Auge, das das von seinen Feinden ausgestochene ersetzt. Ich habe ihn seit dieser Zeit nicht mehr gesehen – ich wusste, dass er über die Methode seiner Rettung erzürnt sein würde, also ging ich, bevor er mich töten lassen konnte – aber er ist derselbe, an den ich mich erinnere.

Immer noch verdammt gefährlich und ohne Einfühlungsvermögen … außer, wenn es um seine Frau geht.

Und jetzt möglicherweise seine kleine Tochter.

»Sie haben Eier«, sagt er leise und bleibt vor mir stehen. Sein Englisch ist amerikanisch, ohne eine Spur von einem spanischen Akzent. Seine Mutter war Amerikanerin, erinnere ich mich – ein Model.

»Ich wollte an einem sicheren Ort mit Ihnen

reden«, sage ich und erwidere seinen durchdringenden blauen Blick, ohne zu zucken. Ich habe keine Angst, auch wenn ich sie wahrscheinlich haben sollte. Julian Esguerra ist einer der grausamsten Männer, die ich kenne, ein wahrer Sadist. Ich habe ihn gesehen, wie er Männer bei lebendigem Leib gehäutet und es genossen hat, und ich habe mich oft gefragt, wie seine junge Frau mit diesem Aspekt der Natur ihres Mannes umgeht.

Er liebt sie, aber ich bezweifle, dass er sie verschont.

»Warum?«, fragt er mit der gleichen tödlich leisen Stimme. »Warum sollten Sie ausgerechnet hierherkommen wollen?«

»Weil ich einen Deal mit Ihnen machen will«, sage ich ruhig, während Kent zu Esguerra geht und sich neben ihn stellt. »Und ich bin mir sicher, dass Novak hier keine Augen und Ohren hat.« Während ich das sage, weiß ich, dass Diego im Auto sitzt und der Motor noch läuft – wahrscheinlich, um genug Lärm zu erzeugen, damit er unser Gespräch nicht hören kann.

Es sieht so aus, als ob Kent die einzige Person ist, der mein ehemaliger Arbeitgeber voll und ganz vertraut.

»Denken Sie, Novak weiß nicht, dass Sie auf Lucas zugegangen sind?«, sagt Esguerra, und sein Mund verzieht sich höhnisch. »Dass er nicht benachrichtigt wurde, als mein Flugzeug mit Ihnen abflog?«

»Oh, mit Sicherheit.« Ich lächele kalt. »Er wusste die ganze Zeit von meinem Plan.«

Weder Kent noch Esguerra blinzeln, aber ich spüre ihre Überraschung. »Er wusste, dass Sie ihn hintergehen würden?«, fragt Kent und runzelt die Stirn.

»Ja. Das habe ich ihm gesagt, als er mir den Namen des Spions genannt hat.«

Esguerras Kiefer spannt sich an. »Sie haben ihm gesagt, dass Sie ihn verraten werden?«

»Nicht ganz. Ich sagte ihm, ich würde so tun, als würde ich ihn verraten, um Zugang zu Ihrem Gelände zu bekommen. Er weiß von dem Deal, den ich Kent vorgeschlagen habe: Frieden mit Ihnen und 100 Millionen für den Namen von Novaks Spion.«

Kents Stirnrunzeln vertieft sich, aber Esguerra neigt seinen Kopf und betrachtet mich nachdenklich. »Der Deal, von dem Sie Kent erzählt haben, dass Sie ihn machen wollen«, sagt er langsam. »Ich nehme an, das ist nicht der eigentliche Deal, hinter dem Sie her sind.«

»Richtig.« Ich werde mir schmerzhafter Verspannungen in Nacken und Schultern bewusst und entspanne diese Muskeln. »Oder zumindest ist es nicht der ganze Deal.«

Esguerra verschränkt seine Arme vor der Brust. »Was ist dann der komplette Deal?«

»Ich liefere Ihnen Novaks Informanten auf Ihrem Gelände ... und ich werde Ihnen Novak persönlich übergeben, damit Sie sich nie wieder um ihn sorgen müssen.«

Esguerras Augen verengen sich. »Im Austausch für was?«

»Den Frieden und die hundert Millionen, die ich bereits erwähnt habe – und noch eine Sache.«

»Was für eine Sache?«, fragt Kent, ohne seine Neugier zu verstecken.

»Amnestie«, sage ich und schaue vom kolumbianischen Waffenhändler zu seinem Partner und wieder zurück. »Ich will eine weltweite Amnestie für alle Verbrechen, die mir vorgeworfen werden, sowie Immunität vor weiterer Verfolgung. Ich will von allen Fahndungslisten gestrichen werden – und ich will, dass Sie es möglich machen.«

32

Sara

IN DIESER NACHT träume ich wieder von ihm. Er kommt zu mir wie ein Phantom, umhüllt mich in seiner Dunkelheit, hält mich fest, während ich weine und kämpfe, um mich zu befreien. Ich weiß nicht, ob ich gegen ihn oder mein eigenes Verlangen kämpfe, aber so oder so verliere ich.

Ich verschmelze mit ihm, lasse mich von seiner Dunkelheit umgeben und verjage jede Einsamkeit und jedes Licht.

Dann nimmt er mich, stößt mit strafender Wut in mich hinein, und ich umarme ihn und schreie seinen Namen, während mein Körper vor glühender Lust krampft, mich mit so qualvoller und erlesener Glückseligkeit erfüllt, dass es mich zu zerreißen droht.

Wir lieben uns immer und immer wieder, bis ich ausgelaugt und wund bin.

Bis ich nichts mehr zu geben habe und er geht.

Er geht, weil er mich nicht mehr will.

Weil er von mir gelangweilt ist.

Ich wache auf, und mein Kissen ist von Tränen durchtränkt und mein Geschlecht ist feucht und pocht vor Verlangen. Ich weiß, dass der Traum nur eine Manifestation meiner Ängste war, dass nichts davon real ist, aber ich fühle mich trotzdem erschüttert und zerstört durch Peters Zurückweisung.

Durch die Rückkehr der schrecklichen Einsamkeit, die nachts mein Begleiter ist.

Als ich aufstehe, suche ich meine Handtasche und fische den Zettel heraus, den Peter mir hinterlassen hat. Er verschleißt an den Rändern, also glätte ich ihn, während ich ihn öffne, die Worte lese, und sie immer wieder wiederhole.

Vergiss nicht, Ptichka. Solange wir beide leben.

Ich nehme die Nachricht mit und lege sie unter mein Kissen, bevor ich wieder einschlafe.

Peter wird kommen. Daran muss ich glauben.

Irgendwie wird er zu mir zurückkommen.

33

eter

ESGUERRA STARRT MICH AN, als ob er seinen Ohren nicht trauen könnte, und lacht dann schallend. »Amnestie und Immunität? Für Sie?«

Kent an seiner Seite schweigt, aber ich sehe das Verständnis in seinem Blick.

Er weiß, worum es hier geht.

Er und Yulia haben mich mit Sara gesehen.

»Eigentlich für mich und meine Jungs«, sage ich Esguerra. »Sie sind nicht so beliebt bei den Strafverfolgungsbehörden, aber sie stehen trotzdem auf ihren Abschusslisten. Sie bringen Ihre CIA-Freunde dazu, uns von diesen Listen zu entfernen, und Sie können Novak für immer vergessen.«

»Wirklich?«, sagt er, immer noch lachend.

»Angenommen, ich könnte dieses Wunder für Sie vollbringen, seit wann interessiert es Sie, ob Sie gesucht werden?«

Kent könnte das beantworten, aber zu meiner Erleichterung hält er seinen Mund, während ich sage: »Das geht Sie nichts an. Das ist der Deal, den ich anbiete. Nehmen Sie ihn an oder lassen Sie es.«

Alle Spuren von Humor verschwinden aus Esguerras Gesicht. »Scheiß drauf. Sie werden mir sagen, wer der Verräter ist, und Sie werden es jetzt tun.«

Jetzt lache ich. »Und im Gegenzug gewähren Sie mir einen schnellen, barmherzigen Tod?«

Esguerras Lächeln ist messerscharf. »Das ist der beste Deal, den Sie kriegen werden. Sie wissen, dass ich den Namen so oder so von Ihnen bekomme.«

»Ich weiß, dass Sie es versuchen werden, und vielleicht werden Sie es sogar schaffen. Aber es wird Sie was kosten.«

Seine Augen verengen sich. »Warum?«

»Lange bevor Sie diesen Namen aus mir herausbekommen«, sage ich leise, »wird mein Team den Spion aktivieren. Vielleicht gelingt es ihnen, den Auftrag ohne mich auszuführen, oder vielleicht auch nicht, aber das ist ein Risiko, das Sie eingehen werden. Wie alt ist Lizzie jetzt? Acht, zehn Tage? Vielleicht hängen Sie noch nicht so sehr an ihr, aber Novak hat auch Pläne für Nora. Große Pläne …«

Esguerra ist auf mir, bevor ich zu Ende sprechen kann, und seine perfekten Gesichtszüge sind zu einer wilden Maske der Wut verzerrt. Er trainiert oft mit seinen Wachen, also ist er schnell und tödlich, aber ich habe den Angriff erwartet. Im letzten Moment drehe ich mich, und seine Faust streift meinen Wangenknochen, anstatt meine Nase zu zerquetschen. Es gibt jedoch keine Möglichkeit, seiner anderen Faust auszuweichen, und der Schlag dröhnt durch meinen Solarplexus und treibt mir die Luft aus der Lunge.

Wenn ich nicht dafür trainiert hätte, würde ich keuchend zusammensacken. Aber ich weiß, wie man den Schmerz überwindet. Anstatt um Atem zu ringen, wie es mein Körper verlangt, schalte ich jedes Bewusstsein für das Unbehagen aus und greife ihn mit meinen eigenen Schlägen an.

Wir sind gleich groß und stark, und er ist gut darin – vielleicht genauso gut wie meine Jungs. Aber ich habe den kühleren Kopf in diesem Kampf. Jeder meiner Schläge ist so berechnet, dass er schadet und abwehrt, während er aus Instinkt handelt und sich von seiner Wut leiten lässt.

Ich weiche den meisten seiner Schläge aus, aber die wenigen, die treffen, tun höllisch weh. Ich ignoriere den Schmerz, schlage zurück, und nach einer Minute schaffe ich es, ihn von seinen Füßen zu reißen. Der Wichser gibt aber nicht auf. Anstatt zu versuchen aufzustehen, schnappt er sich meinen Fuß und reißt daran, so dass ich auf ihn falle.

In letzter Sekunde drehe ich mich, so dass mein Ellenbogen auf seinem Brustkorb landet. Mein Arm explodiert vor Schmerz, aber er grunzt, also muss ich ihm eine Rippe gebrochen haben. Im nächsten Moment jedoch blinkt etwas Glänzendes in meinem peripheren Sehen, und ich reagiere instinktiv, indem ich nach seinem Handgelenk greife, um die Klinge abzufangen, die auf mich zukommt. Er nutzt den Moment, in dem ich abgelenkt werde, um einen Schlag auf einer Seite meines Gesichts zu landen, aber ich konzentriere mich auf das Messer und drehe das Handgelenk, entschlossen, um …

»Das reicht.« Starke Hände ergreifen mich von hinten und ziehen mich von Esguerra weg, bevor ich ihm das Handgelenk brechen kann. Ich möchte mich instinktiv auf den neuen Angreifer stürzen, aber ich habe genug Geistesgegenwart, um nicht zu kämpfen.

Kent oder Esguerra zu töten wäre kontraproduktiv für mein Ziel.

Esguerra ist auf den Beinen, bevor Kent mich freilässt, aber er greift nicht wieder an. Stattdessen wischt er sich das Blut, das von seiner Nase tropft, ab und sagt mit kehliger Stimme: »Was für verdammte Pläne?«

Natürlich. Er will die Einzelheiten der Bedrohung für Nora wissen.

»Novak will sie benutzen, um Ihr ganzes Vermögen zu kontrollieren«, sage ich, als Kent mich gehen lässt und sich neben Esguerra stellt. Mein Gesicht und mein Ellenbogen pochen höllisch, und mein Mund schmeckt nach Kupfer, aber ich ignoriere es.

Mit dem Messer, das Esguerra aus dem Nichts gezogen hat, hätte es viel schlimmer kommen können.

»Wie?«, verlangt Esguerra zu wissen, und ich freue mich, zu sehen, dass eine Seite seines Gesichts bereits anschwillt. »Wie zum Teufel glaubt er, wird er das schaffen?«

»Indem er sie heiratet. Wie sonst?« Ich spucke das Blut unter meiner Zunge aus. »Er hat gewartet, bis Ihre Tochter geboren wurde, damit er ein sicheres Druckmittel gegen Nora hat. Er will sie beide, Ihre Frau für sich und Ihre Tochter als Werkzeug, um Ihre Frau zu kontrollieren. Die zu diesem Zeitpunkt *seine* Frau sein würde, aber das haben Sie ja bereits verstanden.«

Einen Moment lang bin ich überzeugt, dass Esguerra mich wieder angreifen wird, aber diesmal hält er sich zurück. Gerade so. Nicht, dass ich es ihm verübeln kann.

Wenn jemand versuchen würde, mir Sara wegzunehmen, würde ich seine Eier in kleine Stücke hacken und sie an die einheimische Tierwelt verfüttern.

Ich vermute stark, dass Esguerra versucht ist, genau das mit mir zu tun, also sage ich: »Ich kann Novak für Sie holen, und ich kann es schnell tun. Ich weiß, dass Sie in der Lage sind, allein mit ihm fertigzuwerden, aber es wird Zeit vergehen, bis Sie ihn aufspüren und durch seine Verteidigung an ihn herankommen – genau wie es Zeit brauchen wird, bis Sie den Namen seines Helfers von mir bekommen ... vorausgesetzt, Sie würden das überhaupt schaffen. In der Zwischenzeit sind Ihre Frau und Ihre Tochter in

Gefahr. Wenn mein Team scheitert, wird Novak jemand anderen finden, der hinter Ihnen her ist, einen anderen Weg, um zu Nora und dem Baby zu kommen. Ich habe diesen Kerl getroffen – er wird nicht aufhören. Er will, was Sie haben – alles, was Sie haben, Nora eingeschlossen – und er wird immer wieder kommen, bis Sie ihn töten. Oder bis ich es für Sie tue – etwas, was schon Ende dieser Woche passieren könnte.«

Esguerra vibriert vor Wut, aber er muss die Weisheit dessen sehen, was ich sage, denn er bleibt an seinem Platz, auch wenn seine Hände sich an seinen Seiten verkrampfen. Ich spüre seinen inneren Kampf, aber schließlich sagt er knapp: »Fünfzig Millionen. Und ich will, dass Novak lebendig zu mir gebracht wird.«

Mein Puls explodiert, aber ich behalte eine ruhige Stimme. »Fünfundsiebzig. Das ist mein letztes Angebot.«

Eigentlich würde ich sogar null Dollar annehmen – Saras Glück ist es mir wert –, aber zumindest kann ich so meine Teamkollegen für die bevorstehende Auflösung unseres Geschäfts entschädigen.

Sobald ich nicht mehr auf der Flucht bin, werden wir keine Anschläge mehr durchführen.

»Abgemacht«, sagt Esguerra mit zusammengebissenen Zähnen. »Fünfundsiebzig Millionen, und ich tue mein Bestes, um Ihnen und Ihren Männern Immunität zu verschaffen, im Austausch für Novak und den Verräter.«

»Sie verschaffen uns Immunität«, korrigiere ich. »Keine Immunität, kein Deal.«

»Sie sind seit Jahren auf einer verdammten globalen Mordserie. Ich kann nicht garantieren ...«

»Doch, das können Sie. Unsere Verbrechen sind nicht schlimmer als das, was Sie und Kent«, ich nicke dem blonden Mann zu, der das Geschehen schweigend beobachtet, »jeden Tag tun, und niemand kommt zu Ihnen. Machen Sie es möglich, Julian. Bitten Sie um alle Gefallen, die Sie noch irgendwo offen haben, und ich serviere Ihnen Novak auf einem Silbertablett.«

Esguerra starrt mich an, und seine Finger zucken immer noch. »In Ordnung«, sagt er nach einem Moment, und sein Ton ist deutlich ruhiger. »Sie haben Ihren Deal bekommen. Jetzt sagen Sie mir, wer der Verräter ist.«

Ich betrachte seinen Gesichtsausdruck und treffe eine sekundenschnelle Entscheidung. »Bringen Sie mich zu Nora, und ich werde es tun.«

Esguerras Gesicht verhärtet sich, und Kent spannt sich merklich an – wahrscheinlich macht er sich bereit, ihn notfalls zurückzuhalten.

»Warum?«, knirscht Esguerra. »Was zum Teufel hat sie damit zu tun?«

»Nichts ... außer, dass sie es vielleicht wissen möchte«, sage ich ruhig. »Und sobald sie es weiß, wird sie ein Problem damit haben, dass Sie mich, trotz des Deals, den wir gerade gemacht haben, umbringen.«

Seine Nasenlöcher beben. »Sie nennen mich einen Lügner?«

Ich zucke mit den Schultern. »Sie würden alles tun, um Ihre Familie zu schützen, so wie ich meine. Auf jeden Fall habe ich nicht vergessen, dass es Ihre Frau war, die mir meine Liste geschickt hat, nicht Sie. Bringen Sie mich zu Nora, und ich sage Ihnen beiden, was ich weiß. Darauf haben Sie mein Wort.«

Und ich warte mit angespannten Muskeln, während Esguerra seine Entscheidung trifft.

34

eter

ICH WERDE NOCH fünf weitere Male von Kopf bis Fuß durchsucht, zweimal von Kent und Diego und einmal von Esguerra selbst. Bei der dritten Suche finden sie die Rasierklinge und die Schnur, also bin ich wirklich unbewaffnet – wenn man meinen Körper und seine Fähigkeiten ignoriert.

Die Fahrt zu Esguerras Villa verläuft in explosiver Stille, und ich weiß, dass der kleinste Funke meinen Gastgeber zum Explodieren bringen würde. Er ist so nervös, wie ich ihn noch nie gesehen habe, die Gewalt in ihm steht kurz vor dem Überkochen.

Ein Kontingent von zwanzig Wächtern trifft uns an der weißen Villa im Kolonialstil und folgt uns in das geschmackvoll eingerichtete Wohnzimmer. Esguerra lässt mich und Kent bei ihnen und verschwindet nach oben – vermutlich um seine Frau, die frischgebackene Mutter, zu wecken.

Mit einem Verräter auf freiem Fuß konnte er nicht bis zum Morgen warten.

Für ein paar Minuten höre ich nur, dass die Wachen atmen und ihr Gewicht von einem Fuß auf den anderen verlagern. Dann durchdringt der Schrei eines Babys die Stille, der Klang ist stark und süß und so vertraut, dass das Herz in meiner Brust brennt.

Pascha hat als Säugling immer so geschrien. Es war sein Hungergeschrei – eine Forderung nach Nahrung, die immer innerhalb von Minuten erfüllt wurde.

Die Trauer, die mich trifft, ist so scharf wie am Anfang, in jenen dunklen Tagen, als Wut das Einzige war, was mich am Leben hielt. Eine Sekunde lang kann ich vor Schmerzen nicht atmen, wegen der Qualen, die so akut sind, dass sie sich wie eine Klinge durch meine Wirbelsäule schneiden.

Mein Sohn. Mein kleiner Junge, der nie die Chance hatte aufzuwachsen, von einem Spielzeugauto zu einem echten zu wechseln.

Wenn ich Bedenken über das gehabt hätte, was ich tue, würden sie sich in diesem Moment verflüchtigen. Ich verrate einen Kunden, aber das ist es wert. Selbst ohne den Deal mit Esguerra würde ich dem hilflosen Baby nie wehtun.

Nicht mit Paschas Gesicht in meinem Kopf.

Es dauert ein paar Minuten, bis das Weinen aufhört, und fast eine halbe Stunde, bevor Esguerra zurückkehrt und seinen Arm um ein zierliches, dunkelhaariges Mädchen gelegt hat, das in einem dicken Frotteebademantel gehüllt ist, der es von Kopf bis Fuß bedeckt.

Esguerras eigene Besessenheit.

Nora, seine Frau.

Ihr kleines Gesicht erstrahlt, als sie mich sieht. Im Gegensatz zu ihrem Mann trägt sie mir die Rettung, die sie gefährdet hat, nicht nach – was sie auch nicht sollte, denn es war ihre Idee.

»Peter!« Sie macht den Eindruck, als würde sie zu mir kommen wollen, um mich zu begrüßen, aber der besitzergreifende Griff ihres Mannes hält sie zurück. Verlegen bleibt sie stehen und lächelt mich stattdessen an. »Wie geht es Ihnen?«

»Gut, danke.« Trotz der Wachen um uns herum und der Tatsache, dass sich mein Gesicht von Esguerras Schlägen wie ein riesiger blauer Fleck anfühlt, kann ich nicht anders, als zurückzulächeln. Es ist schwer zu glauben, dass jemand, der so jung und zart aussieht, eine Mutter sein kann – oder jemanden so skrupelloses wie Esguerra überlebt. »Herzlichen Glückwunsch zum jüngsten Familienzuwachs.«

Ihr Lächeln breitet sich aus. »Danke. Ich würde sie Ihnen gern vorstellen, aber Sie wissen ja …« Sie blickt auf ihren Mann, dessen wütender Gesichtsausdruck während unseres Austausches noch düsterer wurde.

Seine Geduld ist definitiv am Ende. Er drückt seine kleine Frau enger an seine Seite und fragt mit tödlicher Sanftheit: »Wirst du mir sagen, wer es ist, oder nicht?«

Das war er. Der Zeitpunkt für mich, meine Trumpfkarte aufzugeben. Trotz Noras Anwesenheit und dem Deal, den wir gemacht haben, könnte er mich immer noch töten lassen, sobald er den Namen erfährt.

Nun ja. Kein Risiko, keine Belohnung.

Ich begegne Esguerras eisigem Blick und sage ruhig: »Ich kenne ihren Namen nicht, aber es ist eure Kinderärztin. Sie ist Novaks Informantin.«

35

ara

»Weißt du, Joe hat nach dir gefragt«, sagt Mama und schmiert den Honig, den ich vom Bauernmarkt mitgebracht habe, auf ihren Toast. »Du hast in letzter Zeit nichts von ihm gehört, oder?«

»Mama, bitte.« Ich bekämpfe den Drang, mit den Augen zu rollen wie ein übergroßer Teenager. Aus welchem Grund auch immer taucht dieses Thema beim Frühstück am Samstagmorgen zwangsläufig auf. »Er ist nur nett, das ist alles. Da ist nichts zwischen uns, versprochen.«

»Aber warum nicht, Liebling?« Sorgenfalten kräuseln Mamas Stirn, während Papa in seinen Kaffee seufzt. »Du bist seit fast neun Monaten zurück und hattest noch kein einziges Date mit jemandem. Du schuldest dem Verbrecher nichts. Das weißt du doch, oder? Offensichtlich ist alles, was ihr beide hattet, vorbei, und du musst weitermachen. Er wird nicht zurückkommen.«

Das wird er, seiner Nachricht nach zu urteilen, aber das kann ich meinen Eltern nicht sagen. Trotz meiner Bemühungen, sie davon zu überzeugen, dass ich freiwillig bei meinem Entführer war und die ganze FBI-Fahndung ein großes Missverständnis ist, wird Peter für sie immer »dieser Verbrecher« sein. Ich weiß nicht, ob es daran liegt, dass sie irgendwie Wind von meiner offiziellen Geschichte für das FBI bekommen haben oder ob sie einfach ein normales Misstrauen gesetzestreuer Bürger gegenüber den Behörden haben, aber sie sind überzeugt davon, dass Peter böse ist und dass die Gefühle, die ich für ihn hatte, das Stockholm-Syndrom waren.

Nicht, dass sie so falsch damit liegen – zumindest hätten sie sich vor neun Monaten nicht geirrt. Peters Anziehungskraft auf mich *war* unnatürlich und giftig, und ich habe mit allem, was ich hatte, dagegen gekämpft. Ich habe bis zum Ende gekämpft, als ich fast mein Leben bei dem Unfall verloren hätte.

Nein. Das stimmt nicht ganz.

Das war, bis er meine Bedürfnisse über seine eigenen stellte und mich gehen ließ. Das war der wahre Wendepunkt für mich, obwohl ich mir erst vor kurzem erlaubt habe, darüber nachzudenken ... über die Tatsache, dass ich es irgendwie geschafft habe, die Gefühle, die ich für den Mörder meines Mannes entwickelt habe, zu akzeptieren, dass er, wenn ich jetzt an ihn denke, in meinem Kopf »Peter« ist.

Der Mann, der mich liebt, nicht der Mann, der George ermordet hat.

Meine Eltern wissen nichts von dem letzten Teil, zumindest hoffe ich, dass sie es nicht wissen, aber sie hassen Peter immer noch dafür, dass er mich so lange von ihnen ferngehalten hat. Sie denken, er ist so gefährlich, wie das FBI sagt, und es macht mich krank, daran zu denken, wie wütend sie sein werden, wenn Peter mich wieder entführt.

Trotzdem kann ich mich nicht davon abhalten, es zu wollen.

Ihn zu wollen und alles, was er ist.

»Ich bin einfach nicht bereit, Mama«, sage ich ihr und stehe auf, um mir mehr Kaffee einzuschenken. »Bitte versteh das. Ich bin immer noch in Peter verliebt, und wenn alles geklärt ist, *wird* er zurückkommen. Du wirst schon sehen.«

Und damit wechsele ich das Thema und beginne, ihnen von meinem letzten Auftritt mit meiner Band zu erzählen.

Es ist besser, als weiter zu lügen. Nichts wird jemals gelöst werden, weil es kein Missverständnis gibt.

Peter *ist* ein Verbrecher, und wenn er zurückkommt, wird es sein, um mich mitzunehmen.

Um mich für immer mitzunehmen.

eter

ICH VERBRINGE die Nacht im Schuppen, wo Esguerra seine Gefangenen hält, und mein Knöchel ist mit einem Metallring an eine Kette gefesselt, die im Boden verankert ist.

»Nur eine Vorsichtsmaßnahme«, erklärte Kent, als die Wachen die Kette verschlossen haben. »Nicht, dass wir dir nicht trauen ...«

»Genau.« Die Kette ist etwa zwei Meter lang, was bedeutet, dass ich mich auf die Liege legen kann, die die Wachen in den Schuppen geschleppt haben. Alles in allem ist es also nicht so schlimm. Ich wäre natürlich lieber nicht angekettet, aber wenn man bedenkt, was Esguerra gerade mit der Kinderärztin gemacht hat, beklage ich mich nicht.

Es wird eine Weile dauern, bis mir die Schreie der Frau aus dem Kopf gehen.

Sie brach sofort zusammen, als die Esguerras, begleitet von mir und den Wachen, ihr Zimmer betraten. Ich weiß nicht, was sie erwartet hatte – Brownie-Punkte für ihre Ehrlichkeit? –, aber sie gab ihre Schuld sofort zu und entschuldigte sich bei Esguerra und seiner Frau, wobei sie schwor, dass sie wirklich keinen Schaden anrichten wollte und dass sie sie oder Lizzie nicht wirklich kannte, als sie die Bestechung annahm.

Es ist, als ob sie dachte, dass wenn sie einmal gestanden hätte, alles vergeben und vergessen wäre, dass es das Schlimmste wäre, wenn sie ohne ein Arbeitszeugnis gefeuert werden würde.

Vielleicht, weil ich Esguerra buchstäblich dabei zugesehen habe, wie er die Idiotin buchstäblich filetiert hat, als Nora gegangen ist, um das Baby zu füttern, oder weil ich so nah an meinem Ziel bin, aber mein Schlaf ist wieder ruhelos und voller Alpträume. Zweimal träume ich davon, den Körper meines Sohnes in einem Haufen Leichen zu finden, und mindestens weitere zwei Male entpuppt sich dieser Körper als der von Sara.

Trotzdem bin ich am Morgen müde, aber vorsichtig optimistisch. Die Tatsache, dass ich noch am Leben bin, ist ermutigend – ein Zeichen, dass Esguerra sich an seinen Teil der Abmachung halten könnte. Es gibt natürlich keine Garantien, aber ich vermute, dass Nora mittlerweile eine Menge Einfluss auf ihren

Mann hat – plus er schuldet mir etwas für die Kinderärztin.

Auf jeden Fall bin ich nicht überrascht, als Esguerra und Kent zusammen auftauchen und mich losketten.

»Was ist Ihr Plan?«, fragt Esguerra, als Kent meine Knöchelfesseln aufschließt. »Wie wollen Sie an ihn rankommen? Ihnen ist klar, dass, sobald Sie ohne Nora und das Baby im Schlepptau auftauchen, er weiß, dass Sie ihn hintergangen haben. Das, oder Sie sind gescheitert – so oder so, er wird nicht erfreut sein.«

Ich atme tief durch. Hier kommt ein weiterer kniffliger Teil. »Ja. Das weiß ich. Und deshalb muss ich mir Ihre Frau für diesen Teil der Operation ausleihen. Sie wird absolut nicht …«

»Auf keinen Fall.« Esguerras Kiefer zuckt. »Nora wird keinen Fuß von diesem Gelände setzen.«

Enttäuschend, aber nicht unerwartet. »Okay, denken Sie dann, dass Sie jemanden finden können, der wie Nora aussieht? Wenigstens ein bisschen?«

Esguerra runzelt die Stirn, und ich spüre, dass er im Begriff ist, Nein zu sagen, als Kent sagt: »Es gibt niemanden auf dem Anwesen, aber ich kann die Wachen die umliegenden Siedlungen nach einer potenziellen Kandidatin absuchen lassen. Es sollte nicht allzu schwer sein, ein dunkelhaariges Mädchen in Noras Größe zu finden. Ihre Haut- und Haarfarbe ist hier nicht gerade ungewöhnlich.«

Das stimmt. Wenn wir ein Körperdouble für Kents blonde, blauäugige Frau bräuchten, wären wir in Schwierigkeiten, aber Nora ist teilweise Mexikanerin, mit dunklen Augen und einem braunen Teint. »Sie sollten vielleicht nach jemandem suchen, der wirklich jung ist«, schlage ich vor. »Vielleicht ein Schulmädchen, um Noras Körperbau zu entsprechen. Wie ich sagen wollte, wird sie in keinerlei Gefahr sein – ich muss nur dafür sorgen, dass Novak erfährt, dass ich mit einer Frau, die wie Nora aussieht, und ihrem Kind im Schlepptau aus dem Flugzeug gestiegen bin. Eine Puppe reicht für Letzteres; das Mädchen muss sie nur fest eingewickelt halten.«

Kent schaut Esguerra an, und der nickt. »Tu es. Und, wenn möglich, finde auch ein Kind. Wir wollen nicht, dass es wegen einer Puppe scheitert.«

Ich öffne meinen Mund, um das abzuwenden, aber dann entscheide ich mich dagegen.

Ich habe nicht über die Ungefährlichkeit für *Nora* gelogen, also können wir auch ein richtiges Kind benutzen.

Was auch immer nötig ist, um einen Köder für die Falle zu finden und Novak für immer zu vernichten.

———

ACHT STUNDEN später verlasse ich das Gelände zu Fuß, bewaffnet mit einer M16, die ich einer Wache *gestohlen* habe, und mit einer verängstigten Sechzehnjährigen und ihrer zwei Monate alten Schwester im Schlepptau. Die Familie der Mädchen wird für ihren Auftritt gut entschädigt, aber die Aussicht auf hübsche Kleidung und Schulgeld für das

College reicht nicht aus, um die Sechzehnjährige zu beruhigen.

Sie hat schreckliche Angst, und das ist perfekt.

Die echte Nora hätte das auch.

Kents Wachen haben einen Teenager gefunden, der Mrs. Esguerra unheimlich ähnlich sieht – zumindest von hinten und von der Seite. Von vorn ist das Gesicht des Mädchens runder, mit einer dickeren Nase und kleineren, tief sitzenden Augen, also haben wir Make-up benutzt, um diese Gesichtszüge zu verändern.

Dank gekonnt aufgetragenem Lidschatten, Rouge, Lippenstift und dunkler Grundierung hat Noras Doppelgängerin jetzt zwei blaue Augen, eine aufgeplatzte Lippe und mehrere gelbliche Prellungen, die die kindliche Fülle ihrer Wangen verbergen.

Sie spricht auch ein wenig Englisch, aber ihr Akzent ist sehr stark, also haben wir ihr gesagt, dass sie unter keinen Umständen sprechen soll. »Du kannst entweder weinen oder schweigen«, hat Esguerra sie angewiesen, und das Mädchen hat mit zitterndem Kinn genickt.

»Sí, Señor. Ich werde schweigen.«

Bis jetzt hat sie Wort gehalten. Wir schleppen uns seit über zwei Stunden durch den Dschungel, und sie hält ihre schreiende kleine Schwester die ganze Zeit, ohne dass sie eine einzige Beschwerde geäußert hat – obwohl es viel zu beklagen gibt.

Es hat heute noch nicht geregnet, und die feuchte Hitze ist erstickend, die Luft so dick, dass sie sich wie eine nasse Decke auf der Haut anfühlt. Wir haben dem

Mädchen eines von Noras üblichen Outfits angezogen – ein legeres weißes Sommerkleid und ein Paar flache Sandalen – und ich kann die schmerzhaften Beulen an ihren Füßen sehen, die sie von einem Ameisenhaufen hat, in den sie vor einigen Kilometern getreten ist. Wir sind beide schweißgebadet, und winzige Mücken summen um uns herum und übersehen jeden Zentimeter unseres freiliegenden Fleisches mit Stichen.

Sie sieht elendig aus, und das ist eine gute Sache.

So wirkt es viel authentischer.

Nach einer weiteren quälenden Stunde treffen wir uns mit meinen Jungs am vorgesehenen Treffpunkt. Ich kann den Schock auf ihren Gesichtern sehen, als ich das Mädchen nach vorne schiebe, wobei sie das schreiende Kind fest an ihre Brust drückt.

»Du hast es geschafft.« Yans ungläubiger Blick wandert von mir zu meiner Geisel und zurück. »Du hast es tatsächlich getan.«

»Ja. War nicht einfach, aber hier sind wir.«

Mein Nora-Ersatz schweigt und gibt eine gute Imitation einer traumatisierten, verängstigten Gefangenen ab. Ihr wasserfestes Make-up ist während unserer Reise ein wenig verschmiert worden, aber sie sieht immer noch glaubhaft zerschunden und verprügelt aus, ihre dunklen Augen wirken durch die Dehydrierung und Erschöpfung matt. Keiner meiner Jungs hat die echte Mrs. Esguerra jemals gesehen, nur Bilder von ihr, also haben sie keinen Grund, an ihrer Echtheit zu zweifeln.

Die *Prellungen* erfüllen ihre Aufgabe.

Das Baby weint weiter, und ich behalte im Hinterkopf, dass ich ihr die Flasche mit der Babynahrung gebe, die ich meine Jungs für das Flugzeug kaufen ließ, nur für den Fall, dass *Nora* Probleme beim Stillen hat. Wir haben auch Windeln im Flugzeug, zusammen mit anderen Babyutensilien.

»Ist er tot?«, fragt Anton auf Russisch, und ich nicke und schaue das Mädchen an, so als ob ich über ihre Reaktion besorgt wäre.

»Ja, ich habe den Bastard erwischt. Das weiß sie vielleicht noch nicht, also haltet euch bedeckt. Sie hat wie eine Furie für das Baby gekämpft.«

Ilya sieht angewidert aus, sagt aber nichts, als wir zum Flugzeug gehen. Er mag nicht, was ich tue, und ich kann es ihm nicht verübeln. Ein Neugeborenes und seine frischgebackene Mutter zu entführen fühlt sich falsch an, selbst für erbarmungslose Killer wie uns. Und genau darauf zähle ich. Die subtile Missbilligung, die von meinen Männern ausgeht, wird dieser Operation den authentischen Charakter verleihen, den sie braucht.

Ich will, dass Novak die Unstimmigkeit unter uns spürt.

Ich möchte, dass er die Abneigung meiner Jungs spürt, eine traumatisierte junge Frau und ihr Baby in seine grausamen, gierigen Krallen zu geben.

Peter

ICH GEBE dem Mädchen die Flasche mit der Babynahrung, sobald wir im Flugzeug sitzen, und sie füttert ihre kleine Schwester, wobei sie uns die ganze Zeit ängstliche Blicke zuwirft. Sie übertreibt es ein bisschen – die echte Mrs. Esguerra würde ihre Angst nicht zeigen – aber da meine Jungs Nora und alles, was sie durchgemacht hat, nicht kennen, funktioniert es.

»Wie hast du das gemacht?«, fragt Yan leise, als das Baby endlich einschläft und das Mädchen sich genug beruhigt hat, um aus dem Fenster zu schauen anstatt auf die Couch, auf der ich mit den Zwillingen sitze. »Wie hast du Esguerra getötet?«

»Ich habe ihn erschossen.« Meine Antwort ist knapp und sachlich, aber ich werde mir dafür keine ausführliche Geschichte ausdenken. »Ich habe ihm den Kopf weggepustet.«

»Hast du den Beweis?«, fragt Ilya und runzelt die Stirn. »Denn Novak braucht …«

»Hier.« Ich ziehe ein Telefon hervor, das ich auch einer Wache *gestohlen* habe, und zeige ein Bild eines dunkelhaarigen Mannes, der in einer Blutlache auf dem Boden liegt. Die Hälfte seines Schädels scheint zu fehlen, aber die andere Hälfte ist unverkennbar Esguerra.

Es dauerte eine Stunde, um ein so gutes Foto zu machen; obwohl er aussieht wie ein männliches Model, ist mein ehemaliger Arbeitgeber schlecht im Posieren.

Yan schaut mich an, dann auf das Bild und zurück zu mir. Ich starre ihn mit versteinertem Gesicht an. Kann er erkennen, dass das *Blut* Ketchup mit viel Dreck vermischt ist oder dass die fehlende Schädelhälfte Noras geschicktes Photoshopping ist? Ich weiß, dass das Bild gefälscht ist, also ist es schwer für mich, objektiv zu sein.

Zu meiner Erleichterung gibt mir Yan das Telefon zurück, ohne etwas zu sagen, und Ilya wendet sich ab und konzentriert sich darauf, das Bestechungsgeld auf das Privatkonto des serbischen Fluglotsen in der Schweiz zu überweisen. So kommen wir in dieses Land hinein und wieder heraus – und in viele andere, auch in die USA.

Ich bin versucht, mit meinen Leuten zu reden und ihnen den wirklichen Plan zu erzählen, aber ich unterlasse es. Ich kann es nicht riskieren, dass er in letzter Minute scheitert. Wir haben ein lukratives Geschäft auf der Grundlage unseres guten Rufs aufgebaut, und was ich jetzt tun werde – einen zahlenden Kunden zu hintergehen –, stellt mehr oder weniger sicher, dass es keine weiteren Aufträge geben wird.

Wir haben darüber gesprochen, uns eines Tages zur Ruhe zu setzen, aber ich weiß nicht, ob sie schon für diesen Tag bereit sind.

Auf jeden Fall wird mein Team, wenn alles gut geht, finanziell nicht darunter leiden. Zusätzlich zu Novaks hundert Millionen, von denen die Hälfte bereits auf unseren Bankkonten liegt, werden wir die fünfundsiebzig Millionen von Esguerra erhalten. Selbst wenn wir die andere Hälfte von Novak nicht bekommen, bevor ich ihn schnappe, haben wir genug für den Rest unseres Lebens.

Alles, was wir tun müssen, ist, das zu überleben.

Noch ein paar Tage, und ich werde Sara wiederhaben.

Ich kann es kaum erwarten.

———

Ilya und ich treffen Novak in seinem Lagerhaus vor den Toren Belgrads – wie von ihm gewünscht. Wie üblich kommt er mit einem vollen Kontingent an Söldnern und genug Feuerkraft, um ein kleines Gebäude dem Boden gleichzumachen.

»Wo sind sie?«, fragt er, sobald er uns dort stehen

sieht. »Du hast gesagt, du hättest sie. Wo sind sie?«

»Sicher und geborgen bei meinem Team«, sage ich und hole das Telefon des Wächters heraus, um ihm die Fotos zu zeigen, die wir vor einer Stunde gemacht haben. Sie sind von Noras zerbrechlicher und verletzter Stellvertreterin und ihrem Kind, umgeben von meinen Männern.

Er schnappt mir das Telefon aus der Hand und beobachtet das Display mit unverhohlener Lust, bevor er mich ansieht. »Ist Esguerra …«

»Hier.« Ich nehme ihm das Telefon ab und blättere durch die Fotos von *Nora* bis zu dem von Esguerra in einer Ketchuplache. »Kopf weggeblasen.«

Novaks blasse Augen funkeln. »Gute Arbeit. Ich wusste, dass ich auf Sie zählen kann. Jetzt bringen Sie mich zu Nora und dem Kind.«

Ich verschränke meine Arme vor der Brust. »Zuerst die Bezahlung.«

Diese fünfzig Millionen sind streng genommen vielleicht nicht notwendig, aber es wäre auf jeden Fall schön, sie zu haben.

Novaks Mund wird dünner, aber er nimmt sein Telefon und ruft seinen Buchhalter an. »Mach die Überweisung«, befiehlt er auf Serbisch, und ich warte, bis er mir zunickt, bevor ich das Konto auf meinem Handy überprüfe.

»In Ordnung«, sage ich ihm und schaue zu Ilya, dessen eigentlich ausdrucksloser Gesichtsausdruck trotzdem Missbilligung ausdrückt.

Novak muss es auch bemerken, denn er lächelt

wieder. Er mag die Vorstellung, dass wir Meinungsverschiedenheiten haben; er denkt, das macht uns verwundbar und leichter zu kontrollieren.

»Gehen wir«, sage ich ihm und gebe vor, die ganzen Gefahrenpunkte zu übersehen. »Ich bringe Sie zu Nora und dem Baby.«

Ilya und ich gehen zügig zum Ausgang, und Novak beeilt sich, uns einzuholen. Seine Wachen beeilen sich ebenfalls, um ihren üblichen Schutzkreis um ihn zu formen, aber wir drei gehen zuerst nach draußen.

Das dauert nur einige wenige Sekunden, aber mehr Zeit brauche ich nicht.

Ich ergreife Novak am Arm, rufe »Ducken Sie sich!« und springe hinter einen Müllcontainer, wobei ich Ilya vor mir mitreiße.

Wir schlagen hart auf dem Asphalt auf, während Esguerras Männer das Feuer eröffnen und das Lagerhaus und alle Wachen von Novak mit Hunderten von Maschinengewehren durchlöchern.

38

eter

DER REST des Einsatzes erfolgt blitzschnell. Innerhalb weniger Augenblicke sind wir von drei Dutzend von Esguerras Männern umgeben, und ich sage dem verblüfften Ilya, dass er seine Waffen fallen lassen soll, wie ich es auch tue. Novak ist mit seinem Kopf gegen den Müllcontainer gestoßen, und er sieht benommen aus, als ich ihn auf die Füße ziehe, während unsere Angreifer ihm Handschellen anlegen und ihn systematisch abtasten.

Als ich ihnen Novak überlasse, steht Ilya neben mir auf. Sein ungläubiger Blick schweift von mir zu den Männern, die Novak wegschleifen, und zurück zu mir. »Hast du gerade …«

»Ja. Ich werde gleich alles erklären. Ruf erst mal Yan

an und sag ihm, dass wir kommen. Sorg dafür, dass er und Anton sich zurückhalten – wir wollen nicht, dass jemand verletzt wird.«

Ilya zögert, offensichtlich hin- und hergerissen, und holt dann sein Telefon heraus. Ich lasse ihn allein und folge Novak zu einem schwarzen SUV.

Der Serbe erwacht aus seiner Benommenheit und beginnt zu begreifen, was passiert ist. Sein Blick richtet sich mit dämmerndem Verständnis auf mich, und dann verzerrt die Wut sein blasses Gesicht. »Sie verdammter …«

Der Wächter, der ihm am nächsten steht, schlägt ihm auf den Mund. »Halt die Klappe, *pendejo*«, knurrt er auf Englisch mit einem spanischen Akzent.

Ich schaue auf seinen mit einem Helm bedeckten Kopf. »Diego?«

Der Helm bewegt sich. »Hey, Peter. Wie geht es dir?« Während er spricht, schiebt er den jetzt wieder frisch benommenen Novak ins Auto und schließt die Tür.

»Einfach toll«, sage ich trocken, als Ilya sich nähert. »Alles in allem war es ein erfolgreicher Arbeitstag.«

Mein Teamkollege sieht nicht erfreut aus – wahrscheinlich, weil wir beide immer noch unbewaffnet sind. »Sie warten«, sagt er knapp. »Und sie werden sich zurückhalten.«

»Gut.« Ich klopfe ihm auf die Schulter. »Gehen wir.«

———

YAN UND ANTON sind auf einer Baustelle in der Nähe und bewachen die Ersatz-Nora und ihre kleine Schwester. Ihre Waffen halten sie nicht im Anschlag, als wir uns mit Esguerras Wachen nähern, aber ihre Augen sind scharf und wachsam.

»Du hast einiges zu erklären«, sagt Anton, als die Wachen an uns vorbeigehen, um *Nora* und das Baby zu holen. »Viel zu erklären sogar.«

»Ich weiß.« Ilya und ich beobachten, wie die Wachen das Mädchen, das immer noch wie versteinert aussieht, zu einem anderen schwarzen SUV führen. »Ich werde alles erklären.«

»Was gibt es da zu erklären?«, fragt Yan und stellt sich zu uns. Seine grünen Augen glänzen mit einem kühlen, spöttischen Licht. »Das ist nicht die echte Nora, oder?«

»Nein«, sage ich und erwidere seinen Blick. »Esguerra würde seine Frau oder sein Kind nie derart in Gefahr bringen – nicht, dass sie wirklich in Gefahr waren.«

»Richtig.« Yans Lächeln fehlt der geringste Hauch von Humor. »War das also der Plan von Anfang an? Novak an den Haken zu nehmen, herauszufinden, was sein Vorteil ist, und dann zu Esguerra zu gehen?«

Ich neige meinen Kopf. »Du hast es verstanden.«

Antons schwarze Brauen ziehen sich zusammen. »Ich verstehe das nicht. Warum würdest du das tun – und warum hast du es uns nicht gesagt?«

»Weil er uns nicht ganz vertraut.« Yans Stimme ist

trügerisch sanft. »Nicht wahr, Peter? Was das Warum angeht …«

Ich unterbreche ihn mit einer scharfen Handbewegung. »Ich vertraue euch dreien mit meinem Leben. Aber das war eine sehr heikle Operation, die sich über viele Monate hinzog. Ich musste mir das Vertrauen von Novak verdienen, und dafür mussten alle unsere Reaktionen und Interaktionen so echt wie möglich sein. Er ist nicht dumm. Wenn er irgendetwas gespürt hätte – nur den kleinsten Hinweis, dass wir ihn betrügen –, wäre das alles umsonst gewesen.«

»Es ist ihretwegen, nicht wahr?« Ilya spricht zum ersten Mal. Ich öffne meinen Mund, um zu antworten, als er sagt: »Egal. Natürlich ist es das. Was willst du von Esguerra? Mehr Geld, damit du für immer mit ihr verschwinden kannst?«

»Nein«, sagt Yan zu seinem Bruder. »Das ist es nicht.« Er sieht mich an. »Stimmt's, Peter?«

»Nein, obwohl das zusätzliche Geld ein Pluspunkt ist«, sage ich und schaue von einem zum anderen. »Euer Anteil wird in diesem Moment auf eure Konten eingezahlt.« Ich wende mich Anton zu. »Deiner auch.«

»Sag's uns endlich«, knurrt Anton. »Im Ernst, hör auf damit, ein Geheimnis daraus zu machen. Was hat Esguerra dir dafür versprochen?«

»Ein Leben«, sage ich und schaue auf die SUVs, die vom Bordstein wegfahren. »Die Art von Leben, die Menschen wie wir nicht bekommen.«

»Ah.« Antons Stirnrunzeln verschwindet. »Amnestie.«

Ich nicke. »Und Immunität vor weiterer Verfolgung. Für uns alle.«

Ilyas Gesicht hellt sich auf, aber Yan verschränkt seine Arme vor der Brust. »Wer hat gesagt, dass wir das wollen? Denkst du, wir haben Speznas verlassen und uns mit dir zusammengetan, damit wir Wirtschaftsprüfer und Lehrer werden können?«

»Nein, ich glaube, du hast es getan, damit du stinkreich wirst«, sage ich, passend zu seinem spöttischen Ton. »Was du jetzt bist, Glückwunsch. Oh, und falls ich es noch nicht erwähnt habe, wir haben zusätzliche fünfundsiebzig Millionen von Esguerra bekommen.«

Anton pfeift leise. »Verdammt.«

Yan starrt mich an. »Ein Hundertfünfundsiebzig-Millionen-Gig? Alles für uns?«

»Das und die Freiheit, zu tun, was immer du willst. Wenn ihr mit dem Geschäft weitermachen wollt, dann tut es – auch wenn ihr vielleicht unter neuen Identitäten neu anfangen wollt, falls das alles«, ich kreise mit meinem Zeigefinger in der Luft, »rauskommt. Alternativ könnt ihr auch legal arbeiten und eine Sicherheitsfirma oder so etwas eröffnen.«

»Was ist mit dir?«, fragt Ilya und neigt seinen Kopf. »Was wirst du tun, Peter?«

»Sobald ich die Entwarnung habe, gehe ich in die Staaten«, sage ich und grinse über ihre Gesichtsausdrücke. »Ja, das stimmt, zu Sara. Diesmal spielen wir wirklich Zuhause.«

39

eter

ESGUERRA WILL mich wieder auf seinem Gelände haben, so dass ich, nachdem ich meine Männer auf den neuesten Stand gebracht habe, an Bord seiner Boeing C-17 gehe und Novak und die Wachen nach Kolumbien begleite. Ilya, Yan und Anton fliegen mit unserem Flugzeug. Ich traue meinem ehemaligen Arbeitgeber immer noch nicht ganz, also haben meine Teamkollegen zugestimmt, mir zur Seite zu stehen, falls in letzter Minute etwas schiefläuft. Ich erwarte an dieser Stelle kein doppeltes Spiel von Esguerra – die fünfundsiebzig Millionen sind bereits auf unseren Konten – aber es schadet nicht, vorsichtig zu sein.

Ich habe mein Team auch dazu gebracht, mir weiterhin bei der Suche nach Henderson zu helfen. Als letzter Name auf meiner Liste ist er ein unerledigtes Geschäft, und ich habe die Absicht, mich zu gegebener Zeit mit ihm zu befassen.

Aber zuerst muss ich zu Sara.

Sie ist wichtiger als alles andere.

———

ESGUERRA BEGRÜSST UNS PERSÖNLICH, nachdem wir gelandet sind, und sein Gesicht wird hart und wild, als er dabei zusieht, wie die Wachen Novak aus dem Flugzeug zerren. Der Serbe kann kaum noch laufen – sie haben ihn weder verpflegt noch seine Verletzungen auf dem Flug behandelt – aber das spielt keine Rolle. Er hat nicht mehr viel Zeit auf dieser Erde.

Esguerra wird ihn nicht einfach töten, er wird ihn auseinandernehmen.

Ganz langsam.

Stück für Stück.

Ich würde mich schlecht fühlen, aber er hat sich das selbst zuzuschreiben. Hätte er sich darauf beschränken können, in Esguerras Geschäft einzudringen, hätte er viel länger gelebt – mindestens noch ein oder zwei Jahre. Aber er war hinter Esguerras Familie her … hinter Nora und ihrem Kind.

Esguerra und ich sind alles andere als Freunde, aber ich mag Nora.

»Wo ist Kent?«, frage ich, als Esguerra zu mir kommt, nachdem er den Wächtern befohlen hat,

Novak in den Schuppen zu bringen. »Ist er nach Zypern zurückgekehrt?«

Er nickt. »Er ist gleich nach Ihnen abgereist.« Er erklärt es nicht, und ich entscheide mich dagegen, weiter nachzuforschen. Ich habe Kent immer noch nicht verziehen, was mit Sara passiert ist, aber im Moment habe ich wichtigere Dinge zu erledigen.

»Haben Sie sie erreicht?« Ich begebe mich neben Esguerra, als wir auf eine wartende Limousine zugehen. »Ihre CIA-Kontakte?«

Er wirft einen Seitenblick auf mich. »Das habe ich.«

»Und?« Ich trete vor ihn und zwinge ihn, stehen zu bleiben. »Haben sie zugestimmt?«

Sein Kiefer spannt sich an. »Lass Sie uns im Auto darüber reden.«

Scheiße. Das klingt nicht gut. »Sprechen wir jetzt darüber.«

Seine Augen funkeln gefährlich. »Schön. Hier ist der Deal – der einzige Deal, den sie machen werden. Sie und Ihr Team, Sie erhalten Amnestie für Ihre Verbrechen und Immunität vor weiterer Verfolgung, sofern keine weiteren Verbrechen begangen werden. Wer einen Fehler macht, wird verhaftet und für *alle* Verbrechen der Vergangenheit und Gegenwart verfolgt.«

Ich denke darüber nach und nicke. »Klingt fair.« Ich bin mir fast sicher, dass ich als gesetzestreuer Bürger leben oder zumindest den Anschein erwecken kann. Wir müssen aufpassen, dass wir nicht erwischt werden, wenn wir Henderson finden, aber ich bin sicher, dass ich nicht der einzige Feind des ehemaligen Generals bin. Alternativ können wir es wie einen Unfall aussehen lassen; es gibt alle möglichen Möglichkeiten, einen Anschlag durchzuführen, ohne dass es so aussieht –

»Und da wäre noch etwas«, sagt Esguerra. »Eine weitere Bedingung, die nicht verhandelbar ist.«

»Was?«, frage ich, und mein Bauch spannt sich mit einer Vorahnung an, während sich meine Hände an meinen Seiten zu Fäusten ballen. Das ist besser nicht das, was …

»Dieser pensionierte General, den Sie jagen«, sagt Esguerra und bestätigt meine Vermutung. »Sie müssen ihn aufgeben. Für immer. Ihre Immunität hängt von seiner Gesundheit und seinem Wohlbefinden ab. Wenn er oder jemand, der ihm nahesteht, auch nur eine Lebensmittelvergiftung bekommt, ist der Deal geplatzt, und Sie vier werden wieder auf der Liste der meistgesuchten Verbrecher stehen.«

Fuck. Fuck, fuck, fuck!

Ich nehme an, ich hätte wissen müssen, dass das eine Möglichkeit ist, wenn man Hendersons Verbindungen betrachtet, aber ich habe es irgendwie aus meinem Kopf verdrängt. Ich war so darauf fokussiert, das Haupthindernis für ein Leben mit Sara zu beseitigen – meinen Flüchtlingsstatus –, dass ich nicht einmal daran gedacht habe, dass es einen Preis haben könnte.

Nun, ein Preis, abgesehen vom Ende meines Geschäfts und dem Risiko, das ich eingegangen bin, als ich mich Esguerra näherte. Die Kosten, die ich kannte und zu tragen bereit war. Aber das? Von allen auf meiner Liste ist Henderson derjenige, der am direktesten für die Tragödie verantwortlich ist, die meiner Frau und meinem Sohn widerfahren ist. Er ist derjenige, der die Befehle gab, die zu dem Dorfmassaker führten.

Wenn es jemand verdient, für den Tod von Tamila und Pascha zu zahlen, dann Henderson.

Er darf nicht wieder sein normales, glückliches Leben führen, nach dem, was er getan hat.

»Ich kann diesen Deal nicht annehmen.« Meine Stimme ist hart und kehlig. »Sie wissen, dass ich das nicht kann.«

Zum ersten Mal erwärmt der Anschein menschlicher Emotionen das blaue Eis von Esguerras Blick. »Ich weiß«, sagt er leise. »Das habe ich mir gedacht. Aber sie werden nicht nachgeben, Peter. Ich habe es versucht.«

Ich drehe mich auf den Fersen um und gehe auf die Limousine zu, wobei die Wut und Trauer, von denen ich dachte, dass ich sie vergraben hätte, wie Magma in meiner Kehle brodeln. Ich atme ein, versuche mich zu beruhigen, aber statt tropischer Vegetation rieche ich Tod und Asche, verkohltes Fleisch und abgestandenes Blut. Ich schmecke Metall auf meiner Zunge und sehe einen Haufen Leichen, zwei Meter hoch aufgetürmte Körperteile.

Und diese kleine Hand, die um ein Spielzeugauto geschlungen ist.

Ich erinnere mich kaum an die ersten Tage nach dem Massaker. Ich weiß, dass ich den Soldaten der Spezialeinheit entkommen bin, die mich aus dem Dorf gezerrt haben, aber ich kann mich nicht erinnern, wie oder wann – oder ob – ich jemanden verletzt habe, als ich geflohen bin. Ich nehme an, dass ich das tat, denn meine eigenen Leute begannen kurz darauf, mich zu jagen, noch bevor ich meine Vorgesetzten tötete, weil sie die Untersuchung innerhalb von Wochen beendet hatten.

Die Rache war alles, was mich in jenen Tagen und in den folgenden Monaten und Jahren am Leben hielt. Ich habe meinem toten Sohn und meiner Frau versprochen, dass ich ihre Mörder mit ihrem Leben bezahlen lassen würde, und ich habe dieses Versprechen gehalten.

Ich habe sie alle bekommen, außer Henderson.

»Du könntest sie einfach wieder entführen«, sagt Esguerra, als er mich einholt, und ich schaue ihn an, ohne überrascht zu sein, dass er jetzt von Sara weiß. Kent muss ihm von ihr erzählt haben, oder er hat von seinen CIA-Quellen von der Entführung gehört. Und sobald er das wusste, war es eine einfache Sache, zwei und zwei zusammenzählen.

Trotzdem ist mein erster Instinkt, ihn und alles, was ihm lieb ist, zu bedrohen, wenn er auch nur in ihre Richtung atmet. Aber wenn er weiß, dass Sara meine Schwäche ist, dann muss er wissen, was ich tun würde, wenn jemand hinter ihr her wäre.

Es ist dasselbe, was er tun würde, wenn jemand hinter Nora her wäre.

Das, was er gleich mit Novak machen wird, sozusagen.

»Sie hat dort ein Leben«, antworte ich stattdessen »Eltern, Karriere, Freunde.«

Er zuckt mit den Schultern. »Sie würde sich anpassen. Nora hat es getan.«

Ich steige hinten in die Limousine, und er setzt sich mir gegenüber hin.

»Sara ist nicht Nora«, sage ich, als sich die Limousine in Bewegung setzt. »Ihre Wurzeln gehen zu tief. Sie würde so nicht glücklich sein.« Ich weiß nicht, ob ich versuche, Esguerra oder mich selbst zu überzeugen – oder den dunklen, herzlosen Teil von mir, der das schon seit Monaten will.

Der hat mir gesagt, dass ich diesen verrückten Plan vergessen und mir zurücknehmen soll, was mir gehört.

»Und du wirst es sein?« Esguerra neigt seinen Kopf und betrachtet mich mit eigenartiger Neugierde. »Denkst du, du wirst dieses eingeschränkte Leben genießen? Im Käfig all dieser Regeln und Gesetze gedeihen?«

Ich zucke mit den Schultern. »Vielleicht.« Ich mache mir keine Sorgen, aber wenn es jemals zu einem Problem wird, werde ich mich darum kümmern.

Eine Sache nach der anderen.

»Und was dann?«, fragt Esguerra, als ich weiterhin schweige. »Wirst du sie für immer gehen lassen? Oder den Deal annehmen?«

»Ich werde sie nicht gehen lassen.« Die Worte sind instinktiv, automatisch. Leben ohne Sara – das ist nicht einmal eine Möglichkeit in meinem Kopf. Die letzten acht Monate waren die Hölle, fast so schlimm wie die dunklen Wochen nach dem Tod meiner Familie.

Lieber würde ich sterben, als mein Ptichka für immer gehen zu lassen.

Sie gehört mir und wird die Meine bleiben.

Ein spöttisches Lächeln krümmt Esguerras Mund. »Na dann«, sagt er leise. »Es scheint so, als hättest du keine andere Wahl.«

Es erstickt mich, es zuzugeben, aber er hat recht.

Entweder nehme ich Sara – oder ich akzeptiere den Deal. Ihr Glück oder meine Rache.

Ich kann nicht beides haben.

TEIL IV

40

S ara

ZUM ERSTEN MAL SPÜRE ICH, dass etwas nicht stimmt, als ich nach meiner Abendschicht in der Klinik allein nach Hause fahre.

Kein Regierungsfahrzeug folgt mir nach Hause, und niemand beobachtet mich heimlich, während ich mein Auto vor meinem Wohnhaus parke und hineingehe.

Ich sage mir, dass ich verrückt bin, dass ich einfach nur müde bin und Dinge nicht richtig registriere. Ich dusche und falle ins Bett. Es hat keinen Sinn, sich darüber Gedanken zu machen. Wenn ich nicht irgendeine merkwürdige umgekehrte Paranoia habe, haben sich die FBI-Beamten vielleicht die Nacht zum Babysitten ihrer Kinder freigenommen oder so. Es ist seit meiner Rückkehr nicht passiert, aber das bedeutet nicht, dass es unmöglich ist.

FBI-Beamte sind auch nur Menschen.

Trotzdem drehe ich mich hin und her und kann trotz meiner völligen Erschöpfung nicht einschlafen. Ich versuche, mich daran zu erinnern, ob ich mich heute überhaupt beobachtet gefühlt habe, aber ich kann es nicht sagen. Entweder sind meine unsichtbaren Stalker noch besser geworden oder ich habe mich so an ihre Anwesenheit gewöhnt, dass ich sie nicht mehr bemerke.

Das letzte Mal, als ich dieses Kribbeln wirklich erlebt habe, war, als ich Peters Nachricht vor ein paar Monaten bekam.

Könnte es sein?

Werde ich überhaupt nicht mehr beobachtet?

Mein Magen zieht sich plötzlich zusammen. In Anbetracht von Peters Nachricht gibt es nur einen Grund, warum ich plötzlich sowohl für das FBI als auch für Peters Leute nicht mehr von Interesse wäre.

Nein. Ich verschließe mich vor diesem schrecklichen Gedanken.

Peter ist nicht tot oder gefangen.

Das kann nicht sein.

Ich schließe die Augen und zwinge mich, langsam und tief zu atmen. Eine Nacht hat nichts zu sagen, und es gibt gute Chancen, dass, wenn ich am nächsten Morgen aufwache, um zur Arbeit zu gehen – in weniger als fünf Stunden –, die Feds in ihrer grauen Limousine Runden um meinen Block fahren werden.

Ich muss einfach daran glauben.

———

ABER DIE BUNDESBEAMTEN sind nicht da, als ich zur Arbeit fahre, und so sehr ich es auch versuche, ich kann nicht herausfinden, ob ich überhaupt von irgendjemandem beobachtet werde.

Ich durchlebe meinen Tag in einem Zustand kaum unterdrückter Panik. Glücklicherweise habe ich heute nur Termine mit Patienten, und da wir Doppelbuchungen haben, habe ich nicht viel Zeit zum Nachdenken. Ich hetze einfach von Patient zu Patient, führe Untersuchungen durch, schreibe Rezepte zur Empfängnisverhütung und bespreche die pränatale Betreuung – und erinnere mich dabei daran, weiterzuatmen, ruhig zu bleiben und die Tatsache zu ignorieren, dass das FBI weg ist.

Dass ich zum ersten Mal seit meiner Rückkehr allein bin.

Gerade als ich nach Hause gehen will, ruft mich Phil, unser Gitarrist, an, um mich über einen bevorstehenden Auftritt zu informieren, und ich frage ihn spontan, ob er etwas trinken gehen möchte und auch den Jungs Bescheid sagt. Es ist Dienstagabend, und ich habe morgen einen vollen Arbeitstag und eine Klinikschicht, aber ich will nicht mit meinen Gedanken allein sein.

Zu meiner Erleichterung stimmt Phil zu, und wir treffen uns in einer Bar in Uptown Chicago. Nur Rory kann mitkommen – Simon nimmt an einer lokalen Buchsignierung teil – aber nachdem wir ein Bier bestellt haben, wird es genauso gemütlich wie immer, und Phil beginnt mit seiner wöchentlichen Überzeugungsrede.

»Willst du nie einfach alles wegwerfen?«, fragt er und schwingt sein Bier. »Um mehr aus dem Leben zu machen? Etwas Belebendes und Aufregendes?«

»Alter, du klingst wie eine Werbesendung«, sagt Rory, und wir lachen alle. Ich kann die verzweifelte Schärfe meines Lachens hören, aber zu meiner Erleichterung scheine ich die Einzige zu sein. Meine Bandkollegen sind sich meiner wachsenden Unruhe nicht bewusst, scherzen und machen weiter, als würde die Welt nicht untergehen.

So, als sei es nur ein weiterer Dienstagabend.

Und für sie ist es die Art von normaler, vorhersehbarer Dienstagnacht, der Phil entkommen will. Solche, die ich seit langem nicht mehr hatte, denn von dem Moment an, als ich Peter traf, war nichts in meinem Leben normal oder vorhersehbar.

Ich frage mich, was Phil denken würde, wenn er davon erfahren würde – davon, wie der Mörder meines Mannes mich dazu zwang, *alles aufzugeben*, indem er mich in Japan gefangen hielt. Würde er meine zögerliche Liebesgeschichte mit einem Attentäter aufregend finden? Belebend auf eine verdrehte Art und Weise?

Dieses Ausgehen sollte eine Ablenkung von meinen ängstlichen Überlegungen sein, aber ich kann nicht aufhören, an Peter zu denken, und ich bemerke, dass meine Augen diese eine Person suchen, die nicht hierher passt … nach irgendeinem Hinweis, dass ich immer noch von Interesse für das FBI bin.

»Wartest du auf jemanden?«, fragt Rory, als er mein andauerndes Umherschauen bemerkt.

Ich zwinge mich dazu, zu lächeln und mich nicht mehr wie ein Idiot umzusehen. »Nein, tut mir leid. Ich dachte nur, ich hätte gerade einen alten Freund gesehen.«

Phil wird sofort hellhörig. »Oho, ein alter Freund. Männlich oder weiblich? Weil ich sagen muss, dass deine Freundin Marsha *mmmhhh* ist!« Er küsst dramatisch seine Fingerspitzen, und wir alle lachen wieder.

Marsha, Andy und Tonya kamen vor ein paar Wochen zu einem unserer Auftritte, und wir sind danach alle zusammen ausgegangen. Natürlich hat sich Marsha mit meinen Bandkollegen gut verstanden, wie immer mit Männern.

Eines Tages würde ich gerne einen Kerl treffen, der sich nicht Hals über Kopf in ihr blondes Sexbomben-Aussehen verknallt – oder zumindest nicht sofort versucht, sie aufzureißen.

»Deine Tonya ist auch nicht übel«, sagt Rory, als das Lachen teilweise nachlässt. »Ist sie Single?«

Ich grinse. »Ja, ziemlich sicher.« Ich kenne die junge Krankenschwester nicht so gut, aber ich denke nicht, dass sie einen Freund hat – oder wenn sie es tut, ist er damit einverstanden, dass sie von der

Dämmerung bis zum Morgengrauen mit Marsha feiern geht.

»Alter, bist du sicher, dass du die Rothaarige nicht willst?«, sagt Phil mit einem ernsten Gesicht. »Stell dir nur vor, wie hübsch eure Kinder wären. Karottenköpfe in Hülle und Fülle.«

»Fuck off. Du bist nur eifersüchtig, dass ich das hier noch habe.« Rory lockert seine volle Haarpracht auf, und ich ersticke fast an meinem Bier, als Phil instinktiv seinen zurückweichenden Haaransatz berührt, bevor er Rory den Mittelfinger zeigt.

»Das reicht, Leute«, keuche ich hervor, als ich aufhören kann zu lachen. »Andy ist sowieso schon vergeben, und …«

Ich versteinere, und die Worte bleiben in meiner Kehle stecken, als ich den Mann hinter Phil sehe.

Ich blinzele, weil ich meinen Augen nicht traue, aber die Erscheinung geht nicht weg.

Stattdessen formt sich ein magnetisches Lächeln auf seinen gemeißelten Lippen. »Hallo, Sara«, sagt er mit der tiefen Stimme und dem schwachen Akzent aus meinen Träumen. »Willst du mich nicht deinen Freunden vorstellen?«

41

eter

SARAS HERZFÖRMIGES GESICHT verliert seine Farbe. Sie sieht nicht so aus, als ob sie bald sprechen könnte, also wende ich mich an die beiden Männer, die mich anstarren.

»Peter Garin«, sage ich, da ich meine neue Identität benutze, und strecke meine Hand aus. »Und ihr beiden seid …?«

Ich weiß natürlich, wer sie sind, aber wenn ich mich für immer in Saras Leben integrieren will, muss ich mich wie ein normaler Bürger verhalten, nicht wie jemand, der jede Person, die meinem Ptichka nahesteht, gründlich überprüft. Das bedeutet auch, dass ich meine Klinge nicht an ihre Kehlen legen und

273

tief genug schneiden kann, damit sie nie wieder feuchte Träume von ihr haben.

Zumindest nicht mitten in der Bar.

Der Pausbäckige erholt sich zuerst und streckt seinen Arm aus, um mir die Hand zu schütteln. »Hi. Ich bin Phil Hudson.«

»Schön, dich kennenzulernen«, sage ich und widerstehe dem Drang, die Knochen in dieser lächerlich weichen Hand zu zerquetschen.

»Rory O'Rourke.« Der Griff des Rothaarigen ist fester und seine Hand fast so schwielig wie meine – allerdings aus ganz anderen Gründen.

Er hebt Gewichte im Fitnessstudio, um Trophäen zu gewinnen, während ich trainiere, um am Leben zu bleiben.

Trainiert habe, um am Leben zu bleiben, korrigiere ich mich selbst. Wenn alles nach Plan läuft, muss ich das nicht mehr so oft tun.

Sara berührt meinen Arm und lenkt meine Aufmerksamkeit auf sich. »Was ...« Ihre melodiöse Stimme bricht. »Was tust du hier, Peter?«

Ich habe es bewusst vermieden, sie direkt anzuschauen, denn ihr so nah zu sein, ohne sie zu packen und auf der Stelle zu ficken, ist eine besondere Art von Folter. Ihre Berührung meines Armes, so leicht sie auch ist, ist wie ein Schuss mit einem Taser. Mein ganzer Körper vibriert vor Bewusstsein über ihre Nähe, und alle meine Sinne sind überdreht. Sie ist einen halben Meter von mir entfernt, und wir sind beide vollständig angezogen, doch ich kann sie so intensiv spüren, als ob sie nackt gegen mich gedrückt ist.

Mein Schwanz ist überzeugt davon, dass wir nackt sein sollten, und tut sein Bestes, um aus meiner plötzlich zu engen Jeans zu platzen.

Ich hätte wahrscheinlich in ihrer Wohnung auf sie warten sollen, wo wir bei diesem Treffen allein gewesen wären, aber ich war zu ungeduldig. Nach einem Monat voller bürokratischem Mist bekam ich endlich die Freigabe von der US-Regierung, zusammen mit meinen neuen Identitäts- und Staatsbürgerschaftspapieren, und ich bin sofort ins Flugzeug gesprungen, nur um dann festzustellen, dass Sara, anstatt nach Hause zu kommen, beschlossen hat, auszugehen.

Mit zwei Männern, die sie ständig anschmachten.

Ich atme tief durch und erinnere mich daran, dass Integration das Thema ist. Das ist es, wofür ich all die Monate gearbeitet habe, der Grund, warum ich zugestimmt habe, Henderson leben zu lassen – ein Versprechen, das meinen Hals immer noch mit Galle füllt. Es wäre dumm, alles zu vermasseln, nur weil Sara mich mit diesen haselnussbraunen Augen anstarrt und so herzzerreißend schön aussieht, dass ich sie in einen Kartoffelsack wickeln und in mein Versteck tragen will – nachdem ich zuerst jedem Mann, der es auch nur wagt, in ihre Richtung zu sehen, die Eier abgerissen habe.

»Ich bekam die Chance, früher nach Hause zu kommen«, antworte ich ihr, und trotz meiner

Bemühungen ist meine Stimme viel zu heiser für die Öffentlichkeit. »Um ehrlich zu sein, habe ich meinen Job gekündigt.«

»Du hast *was*?« Ihre Augen werden riesig. »Wie kannst du …?«

»Das ist eine lange Geschichte, Ptichka.« Ich kämpfe gegen den Drang, sie an mich zu ziehen. »Lass uns nach Hause gehen, und ich erkläre dir alles.«

Der Rotschopf – Rory – räuspert sich. »Seid ihr zwei … zusammen?« Sowohl er als auch Phil starren mich ungläubig an – und mehr als nur ein wenig neidisch.

Die Arschlöcher haben riesiges Glück, dass ich mich jetzt an das Gesetz halte.

»Ja«, sage ich ihnen, und etwas in meiner Stimme lässt sie dennoch erblassen. »Das sind wir.« Ich wende mich an Sara. »Bereit, nach Hause zu gehen, mein Liebling? Wir haben viel zu besprechen.«

Und damit ergreife ich fest ihre zarte Hand, führe sie nach draußen und lasse ihre fassungslosen Bandkollegen in der Bar zurück.

Sara

ICH FÜHLE mich wie in einem Traum. Oder vielleicht einem Alptraum – ich kann mich nicht entscheiden. Peter und ich gehen zusammen auf einer überfüllten Straße, ohne dass er auch nur die geringste Spur von Unruhe zeigt. Er ist irgendwie noch größer, als ich ihn in Erinnerung habe, durch seine breiten Schultern spannen die Nähte seines weich aussehenden schwarzen T-Shirts und seine kräftigen Beine bewegen sich in der Enge seiner abgetragenen Jeans. Sein dunkles Haar ist länger als vorher, weht leicht in der warmen Abendbrise, und meine Finger jucken, um sich in dieser weichen, dicken Masse zu vergraben, eine Handvoll davon zu fassen, während er sich auf mich stürzt und seine geschickte Zunge mich zum Höhepunkt bringt.

Ein glühend heißes Kribbeln durchdringt mich bei diesem Gedanken und verstärkt das Feuer unter meiner Haut. Mein Herz schlägt so heftig, dass es explodieren könnte, und mir ist nicht mehr kalt. Ich bin nicht länger innerlich erfroren. Mein Körper wurde in dem Moment lebendig, in dem er sprach, und seitdem summt er vor Verlangen … auch wenn ich völlig verwirrt bin.

»Entführst du mich?« Meine Stimme ist dünn und viel zu hoch, aber ich habe Probleme, das zu verarbeiten … was auch immer *das* ist. Wie kann er nach mehr als neun Monaten einfach aus heiterem Himmel auftauchen und sich meinen Freunden wie ein lang verlorener Freund vorstellen? Bei allen Möglichkeiten, wie ich mir meine zweite Entführung vorgestellt habe, war dieses Szenario, in dem er einfach in eine Bar spaziert und mich an der Hand herausführt, niemals dabei. Ich war vorbereitet auf eine Spritze im Nacken oder eine Kapuze über dem Kopf oder zumindest ein ruppiges Wecken mitten in der Nacht. Aber keinen zwanglosen Spaziergang über den North Broadway in Uptown Chicago. Wie kann er sich so frei in der Öffentlichkeit bewegen? Er hat an der Bar einen anderen Namen benutzt, aber sein Gesicht ist unverändert. Wo ist das FBI? Nach all den Monaten, in denen sie jede meiner Bewegungen beobachtet haben, haben sie plötzlich …

»Ich entführe dich nicht. Ich bringe dich nach

Hause.« Seine Hand festigt ihren Griff um meine, umgibt sie mit ihrer Hitze so stark und unnachgiebig wie eine Naturgewalt.

Ich schüttele den Kopf in einem vergeblichen Versuch, ihn klar zu bekommen. »Nach Hause?« Meint er Japan? Denn wenn ja, muss ich ihm sagen, dass …

»Deine Wohnung.« Seine metallischen Augen glänzen, als er meinen Blick erwidert. »Zumindest für den Moment, da du all deine Sachen dort hast. Später können wir zurück ins Haus ziehen, wenn du willst – oder ein neues in der Nähe deiner Arbeit kaufen.«

Ich fühle mich entweder komplett betrunken oder völlig bekifft. War da etwas in dem Bier, das ich gerade getrunken habe? »Wovon redest du?«

Er bleibt stehen, und ich bemerke, dass wir neben meinem Auto angekommen sind. Er lässt meine Hand los, legt seine große, raue Handfläche auf meine Wange und sagt zärtlich: »Uns, mein Liebling. Ich rede von uns.«

Und er nimmt mir meine Tasche ab, kramt in ihr herum, zieht den Autoschlüssel heraus und entriegelt das Auto.

43

S ara

PETER FÄHRT, und ich bin froh darüber. Ich glaube nicht, dass ich das jetzt könnte, zumindest nicht, ohne einen Unfall zu bauen.

Diese Sorgen mache ich mir bei Peter nicht. Er handhabt das Auto wie alles andere: mit ruhiger, tödlicher Kompetenz. Als ich ihn aus dem Parkplatz herausfahren sehe, fällt mir ein, dass ich ihn noch nie zuvor hinter dem Lenkrad gesehen habe. Immer, wenn wir in einem Fahrzeug saßen, fuhr jemand anderes und Peter war mit mir auf der Rückbank. Was mich zu einer anderen Frage bringt: Wo sind Peters Teamkollegen? Warum ist er allein hier?

Und was meinte er mit »habe meinen Job gekündigt«?

Mein Verstand rast im Einklang mit meinem hämmernden Puls, aber ich sammele meine Gedanken und versuche, mich auf eine Sache nach der anderen zu konzentrieren. »Was meinst du mit ›uns‹?«, frage ich und betrachte sein stark ausgeprägtes Profil. Oder genauer gesagt verschlinge ich es mit meinem Blick. Ich hatte vergessen, wie auffallend männlich seine Gesichtszüge sind, wie schön auf diese gefährlich magnetische Weise. Sein Gesicht ist immer noch so schlank wie damals, als wir die Klinik verließen – was auch immer er danach getan hat, hatte nichts mit Ruhe und Entspannung zu tun – , seine hohen Wangenknochen sind wie Doppelklingen, und sein mit Stoppeln bedeckter Kiefer ist so hart, dass er aus Marmor gemeißelt sein könnte.

Ich sehe seinen silbernen Blick und die Narbe auf seiner linken Augenbraue, als er mich kurz ansieht, bevor er seine Aufmerksamkeit wieder auf die Straße richtet. »Ich meine, dass ich endgültig hierbleibe«, sagt er ruhig. »Ich habe volle Amnestie und Immunität für mich und den Rest meines Teams bekommen.«

Mir stockt der Atem. »Amnestie und Immunität? Meinst du …«

»Ich bin kein Flüchtling mehr, ja.«

Ich verliere einfach so den Boden unter den Füßen. Er wird nicht länger gesucht? »Wie? Was hast du gemacht? Wie ist das überhaupt …?«

»Das ist eine lange Geschichte, aber kurz gesagt habe ich einem ehemaligen Arbeitgeber einen Gefallen getan – erinnerst du dich an Julian Esguerra, Kents Partner?«

Ich atme scharf ein. »Derjenige, der dich töten wollte, weil du seine Frau in Gefahr gebracht hast?«

»Genau der«, bestätigt Peter, als wir auf die Autobahn fahren und einen langsam fahrenden Lastwagen überholen. »Jedenfalls hat Esguerra seinen Einfluss bei verschiedenen Regierungen genutzt, um uns die Jagdhunde vom Leib zu halten.«

Ich starre ihn sprachlos an. Ich hatte keine Ahnung, dass illegale Waffenhändler diese Art von Einfluss haben, obwohl ich es wohl hätte ahnen müssen. Lucas Kent sprach sogar über einen CIA-Kontakt von ihnen – John, Jeff Irgendwer –, als wir alle in seiner Villa auf Zypern zu Abend gegessen haben.

»Wow. Das muss ein mehr als dicker Gefallen gewesen sein«, schaffe ich endlich zu sagen, und Peter nickt, wobei er weiterhin geradeaus schaut.

»Das war er.« Er sagt nichts weiter dazu, und ich dränge ihn nicht. Ich muss mich zuerst um wichtigere Dinge kümmern.

Mit meinen feuchten Handflächen auf dem Schoß versuche ich, beiläufig zu klingen. »Also, wenn du sagst, dass du für immer hier bist, was genau meinst du damit?«

Sein Mundwinkel hebt sich leicht an. »Was glaubst du, was ich meine, mein Liebling? Du wolltest einen Hund hinter einem Holzzaun? Grillen und Kinder im Park? Nun, das kann ich dir jetzt geben – oder besser gesagt: Peter Garin kann es.« Er wechselt auf die rechte

Spur und nimmt die Ausfahrt. »Diese andere Welt, die du wolltest, dieses andere Leben – es ist deins, Ptichka … und ich auch.«

Mein Herz klopft in der Brust. »Du willst mit mir ausgehen? Hier? Wie ein ganz normales Paar?«

»Nein, Ptichka. Ich will nicht mit dir ausgehen.« Er fährt eine Rechtskurve und steuert eine nahegelegene Tankstelle an – und erst dann merke ich, dass der Tank fast leer ist.

»Ich bin gleich wieder da«, sagt er, macht den Motor aus und steigt aus. Ich sehe wie betäubt dabei zu, wie er meinen Toyota volltankt und an der Säule mit einer schicken schwarzen Kreditkarte bezahlt.

Mein russischer Mörder hat eine Kreditkarte, mit der er mein Benzin bezahlt.

Die schiere Unwahrscheinlichkeit, dass Peter plötzlich hier ist und etwas so völlig Alltägliches tut, verstärkt das Gefühl der Unwirklichkeit, gegen das ich ankämpfe, seit wir die Bar verlassen haben. Ich kann das Gefühl nicht loswerden, dass ich in einem bizarren Traum bin und jeden Moment aufwachen werde, kalt und allein in meinem Bett.

Aber nein. Die Fahrertür öffnet sich und bringt eine Welle feuchter Sommerluft und stechenden Benzingeruchs mit sich, als Peter wieder ins Auto steigt und seinen massigen Körper hinter das Lenkrad zwängt.

Wenn es ein Traum ist, ist es der realistischste, den ich je gehabt habe.

»Was meinst du damit, dass du nicht mit mir

ausgehen willst?«, frage ich, als wir von der Tankstelle weiterfahren und auf eine zweispurige Straße abbiegen. »Was *willst* du dann?«

Er hält an einer roten Ampel und schaut mich an. »Ich will alles, Sara.« Seine tiefe Stimme ist leise und sanft, und seine grauen Augen reflektieren die Straßenlaternen um uns herum. »Ich will deine Tage und Nächte, deine Stunden und Minuten. Ich möchte deine Freuden und Sorgen, deine Freude und deine Enttäuschung teilen. Ich möchte jede Nacht mit dir in meinen Armen einschlafen und jeden Morgen aufwachen und deine Haare auf meinem Kissen riechen. Ich will *dich*, Ptichka – für immer bei mir, auf alle Arten und Weisen.«

Ich starre ihn an, und mein Brustkorb zieht sich mit jedem Wort, das er spricht, zusammen. »Was …« Ich schlucke, um meine trockene Kehle anzufeuchten. »Wie meinst du das, Peter?«

Die Ampel muss auf Grün gewechselt sein, weil er seine Aufmerksamkeit wieder auf die Straße richtet und weiterfährt.

Zu meiner Überraschung bleiben wir einige Augenblicke später schon wieder stehen, und ich merke, dass er am Straßenrand angehalten hat. Ruhig stellt er das Auto auf »Parken« und wendet sich mir zu.

Ich blinzele, und mein Puls beschleunigt sich, als er seinen Sicherheitsgurt löst und in seine vordere Hosentasche greift, um eine kleine Samttasche herauszuziehen.

»Das hier meine ich«, sagt er leise, und ich höre auf zu atmen, als er den Beutel öffnet, um einen Diamantring herauszunehmen – ein exquisit geschnittener Solitär, der mindestens ein paar Karat groß zu sein scheint. In einem zarten Kreis aus Weißgold oder Platin ist er schlicht und doch auffällig – genau das, was ich gewählt hätte, wenn ich hundert Riesen übrig gehabt hätte.

Überwältigt hebe ich meinen Kopf, um ihm in die Augen zu schauen. »Peter …«

»Ich will dich zu meiner Frau nehmen, Sara«, sagt er leise und greift nach meiner linken Hand. Seine Finger fühlen sich warm und trocken auf meiner kühlen Haut an, und sein Gesicht liegt im dunklen Innenraum des Autos im Schatten. Es ist, als wären wir ganz allein in der Dunkelheit, als ob der Rest der Welt nicht mehr existierte, als er den Ring auf meinen linken Ringfinger schiebt und das kühle, metallische Gewicht sich wie eine Fessel um mein Herz legt.

Ich atme zittrig aus.

Oh Gott. Das hier passiert gerade.

Es passiert wirklich.

Reflexartig versuche ich, meine Hand zurückzuziehen, aber er festigt seinen Griff und weigert sich, mich loszulassen.

»Ich will dich besitzen, legal und auf jede andere Weise«, fährt er fort, und diesmal höre ich den Stahl hinter der Weichheit, spüre den Stacheldraht, der in Seide gehüllt ist. »Du gehörst mir schon, Ptichka, und ich will es offiziell machen«, sagt er, und seine Lippen formen ein dunkles Lächeln. »Ich will, dass du mich heiratest, und zwar bald.«

44

———

DEN REST der Fahrt verbringe ich wie in einem Nebel, und der Ring an meinem Finger fühlt sich gleichzeitig heiß und eisig auf meiner Haut an. Ich habe nicht auf Peters Heiratsantrag geantwortet – ich konnte nicht –, und Gott sei Dank hat er mich nicht unter Druck gesetzt.

Er ist einfach weitergefahren.

Als wir vor dem Haus, in dem ich wohne, parken, geht Peter um das Auto herum, um mir die Tür zu öffnen, und nimmt meine Hand, um mir aus dem Auto zu helfen. Sein Griff ist sowohl fürsorglich als auch besitzergreifend, und sein Blick schweift mit einem Hunger über mich hinweg, der meinen Puls beflügelt und Alarmglocken in meinem Kopf auslöst.

Er wird nicht warten, um mich zu nehmen.

Er wird auf mir sein – und in mir –, sobald wir drin sind.

»Warte«, sage ich, plötzlich, weil ich die Dinge unbedingt verlangsamen will. So sehr ich ihn auch will – so sehr ich ihn auch körperlich vermisst habe –, ich bin nicht bereit dafür. Es ist zu lange her, und es gibt zu viele unbeantwortete Fragen.

Ich ziehe meine Hand aus seinem Griff und trete zurück, bis ich mit dem Rücken gegen das Auto stoße.

Sein Kiefer spannt sich an, und er kommt nach vorn, um mich zwischen seinen muskulösen Armen festzuhalten. »Denkst du, ich habe nicht gewartet?« Er lehnt sich über mich, seine silbernen Augen glänzen, und obwohl wir uns nicht berühren, spüre ich die Hitze, die von seinem mächtigen Körper ausgeht. »Denkst du, ich war all die verdammten Monate nicht geduldig?«

Mein Puls schießt durch die kaum gedämpfte Wut in seiner Stimme in die Höhe, und als Antwort explodiert meine eigene Wut, die sich in seiner Abwesenheit langsam in mir aufgebaut hat. All diese Monate voller Sorgen und Warten auf die Entführung, nicht zu wissen, ob er verletzt ist oder gefangen genommen wurde, all die Lügen und Halbwahrheiten und schlaflosen Nächte, und er spaziert einfach in eine Bar, so als sei nichts passiert? Schiebt mir einen Ring auf den Finger, so als ob nach Folter und Entführung die Ehe der nächste natürliche Schritt wäre?

Mit zusammengebissenen Zähnen schlage ich mit

den Handballen auf seine Schultern. »Wo zum Teufel warst du überhaupt?«, rufe ich, und er weicht von meinem Ausbruch überrascht zurück. »Warum hat es so lange gedauert? Ich habe verdammt nochmal auch gewartet und gewartet und gewartet und gewartet ...«

Seine Lippen prallen gegen meine, und seine Hände ergreifen mein Gesicht, während er mich gegen das Auto drückt. Es ist kein Kuss, sondern eine Übernahme, seine Zunge dringt rücksichtslos und gnadenlos in meinen Mund ein. Ich schmecke Blut, wo meine Zähne in meine Lippe schneiden, aber es wird von seinem vertrauten Geschmack überlagert, von der dunklen Hitze und der Gewalt seines Begehrens.

Es hätte zu viel sein sollen, aber mein Körper wird lebendig und antwortet heftig, meine Hände klammern sich an sein Hemd, während ich seinen Kuss erwidere, an dieser invasiven Zunge sauge und seine Invasion mit meiner eigenen vergelte. Genau das ist es, wovon ich all die Nächte geträumt habe, wonach mein Körper gebrannt hat.

Weswegen ich nicht in der Lage war, einen anderen Mann anzusehen, geschweige denn, mir das mit ihm vorzustellen.

Nach einer Minute werden seine Lippen weich, und seine Hände geben mein Gesicht frei, um über den Rest von mir zu fahren, und eine große Handfläche drückt meine Brust, während die andere meinen Po ergreift. Trotz des jetzt sanfteren Kusses ist seine Berührung hemmungslos, kompromisslos besitzergreifend, wie ein König, der sein Geburtsrecht einfordert. Ich spüre die dicke Wölbung in seiner Jeans, die gegen meinen Bauch drückt, und Hitzewellen pulsieren durch meinen Körper, als sein Mund zu meinem Hals wandert und mich mit heißen Küssen und Bissen brandmarkt, während seine Hand meinen Po verlässt, um sich meine Haare zu greifen.

»Du gehörst mir«, knurrt er in mein Ohr und wölbt meinen Kopf zurück. Ich erschaudere, und auf meinen Armen bildet sich Gänsehaut, als er an meinem Ohrläppchen knabbert und sein Knie zwischen meine Beine schiebt, so dass sie sich auf seinem muskulösen Oberschenkel spreizen. Trotz unserer Jeanshosen ist der Druck auf mein Geschlecht plötzlich und intensiv, und als er meine Brust erneut zusammendrückt und den Stoff meines BHs an meiner harten Brustwarze reibt, bewegt sich die pulsierende Hitze zu meinem Kitzler hinunter, und eine vertraute Anspannung baut sich tief in meinem Unterleib auf. Während ich hilflos auf seinem Bein reite, bin ich mir seines starken männlichen Dufts und Geschmacks bewusst, der starken Größe und Härte seines Körpers, und als seine Hand unter mein Shirt gleitet und seine raue, warme Handfläche über meine nackte Haut fährt, steigt die Anspannung ins Unermessliche.

Mit einem erstickten Schrei komme ich, als das aufgestaute Verlangen explodiert und sich mein Körper verkrampft und zusammenzieht, bis sich durch die Ekstase meine Zehen krümmen. Benommen nehme ich in der Ferne ein Lachen wahr, und dann befinde ich mich plötzlich in der Horizontalen und werde in unglaublich starken Armen getragen.

Erschrocken öffne ich die Augen und schlinge meine Arme um Peters Hals. Er geht schnell, und wir sind schon auf halbem Weg über den Parkplatz, aber ich sehe immer noch die drei Teenager auf der anderen Seite. Sie müssen uns gesehen haben, dämmert mir, als sich der durch den Orgasmus hervorgerufene Nebel in meinem Kopf auflöst.

»Peter, sie …«

»Ich weiß.« Sein Kiefer ist angespannt, als er den Bürgersteig mit langen, sicheren Schritten entlanggeht und mich so leicht trägt, als sei ich ein Kind. »Wir sollten schnell reingehen.«

Das Pfeifen und die Rufe der Teenager erreichen meine Ohren erneut, und ich drücke mich gegen seine Schultern. »Lass mich runter. Bitte, ich kann laufen.«

Das Letzte, was ich brauche, ist, wie eine Braut ohne Brautkleid durch die Lobby getragen zu werden.

Zu meiner Erleichterung hört Peter auf mich und stellt mich hin, als wir den Eingang meines Hauses erreichen. Gerade noch rechtzeitig. Wir haben keinen Türsteher, aber ich sehe meine Nachbarinnen – zwei junge Frauen, die sich für eine Nacht herausgeputzt haben. Sie kommen gerade scheraus, als wir hineingehen, und ihre neugierigen Blicke wandern von mir zu Peter, der meinen Arm besitzergreifend festhält.

Ich kenne sie nicht so gut, wir haben nur einmal Smalltalk über das Wetter gehalten, also lächele ich ungeschickt und wünsche ihnen einen schönen Abend.

»Euch auch«, sagt eine der Frauen und starrt Peter unverhohlen an, während ihre Mitbewohnerin anfängt zu kichern wie ein Schulmädchen. »Einen wirklich schönen Abend noch.«

Mein Gesicht errötet stärker, als sie weitergehen und dabei mit zusammengesteckten Köpfen flüstern und kichern, und zum ersten Mal bin ich froh, dass die Bewohner meines Gebäudes nicht viel Kontakt untereinander haben. Es gibt viele Mieter wie mich, und durch die häufigen Ein- und Auszüge machen sich die Leute nicht die Mühe, ihre Nachbarn kennenzulernen – oder über sie zu tratschen.

»Freundinnen von dir?«, fragt Peter, während er meinen Arm loslässt, um den Fahrstuhlknopf zu drücken, und ich schüttele den Kopf.

»Nicht wirklich.« Ich schaue zu ihm auf und runzele die Stirn. »Weißt du das nicht? Hast du mich nicht verfolgen lassen?«

Seine grauen Augen strahlen vor dunkler Belustigung. »Natürlich. Aber sie konnten nicht so nah an dich herankommen, da das FBI jeden deiner Schritte beobachtet und regelmäßig nach Unstimmigkeiten gesucht hat.«

»Oh.« Das ergibt Sinn – und erklärt, warum ich immer nur das FBI gesehen habe.

Die Türen des Fahrstuhls gleiten auf, und er führt mich hinein, wobei seine Hand auf meinem unteren Rücken warm und sanft und dabei unflexibel wie Stahl ist. Mein Herz setzt einen Schlag aus, bevor es beginnt, in einen schweren, hämmernden Rhythmus zu verfallen.

Er treibt mich hinein.

Er treibt mich buchstäblich wie ein Schäferhund in meine Wohnung, damit wir ficken können.

»Du dachtest doch nicht wirklich, dass ich dich in Ruhe lassen würde, oder?«, fragt er leise, als sich der Aufzug in Bewegung setzt, und ich schüttele wieder den Kopf und weiche seinem durchdringenden Blick aus. Mein Blick fällt auf die große Beule in seiner Jeans, und die Hitze in meinen Wangen verstärkt sich.

Hat er diese Erektion die ganze Zeit gehabt?

Kein Wunder, dass meine Nachbarinnen eine Östrogenüberlastung hatten.

Ich zwinge mich, nach oben und zur Seite zu schauen, aber auch das ist eine Katastrophe. Das Innere des Aufzugs ist auf zwei Seiten verspiegelt, und der Anblick meines Spiegelbildes lässt mich im Boden versinken. Dank unseres spontanen Zwischenspiels auf dem Parkplatz ist nicht nur meine Unterwäsche feucht, sondern meine Unterlippe ist auch doppelt so groß wie normal, meine Wangen sind knallrot und mein Haar steht auf einer Seite ab.

Ich sehe aus, als käme ich von einer Orgie nach Hause.

Verzweifelt schaue ich weg und begegne erneut Peters Blick. »Was du mir noch nicht gesagt hast … Warum hast du so lange gebraucht, um zu mir zurückzukehren?«

Sein Kiefer spannt sich an. »Weil der Gefallen, den

ich Esguerra getan habe, lange gedauert hat. Ich wollte dich früher holen, Ptichka, glaub mir.« Er blickt mich fest an. »Hast du mich vermisst? Hast du gehofft, dass ich wiederkommen würde?«

Ich schlucke und schaue weg, während sich die Fahrstuhltüren öffnen, was mir die Antwort erspart. Ich dachte, ich hätte mich mit meinen widersprüchlichen Gefühlen für Peter versöhnt, hätte mich damit abgefunden, dass der Mörder meines Mannes es geschafft hatte, mein Herz zu stehlen, aber plötzlich bin ich mir nicht mehr so sicher. Dieser Peter hier, in meinem normalen Leben, ist zu unerwartet, zu erschreckend echt. Ich kann die Auswirkungen, die schiere Menge an Komplikationen, die mit dem Versuch einer normalen Beziehung verbunden sind – *einer Ehe* –, mit einem ehemaligen Attentäter, der mich einst gefoltert und entführt hat, nicht auf einen Schlag begreifen. Wenn das wirklich passiert, was soll ich dann meinen Eltern sagen, die ihn immer noch als »diesen Verbrecher« ansehen? Oder Marsha, die nicht nur die offizielle FBI-Geschichte kennt, die Peter als Monster malt, sondern auch weiß, dass er George getötet hat? Und wird das FBI uns wirklich in Ruhe lassen? Wie können sie das, wenn der Mann, der mit mir im Aufzug steht, einer der gefährlichsten Menschen sein muss, den sie kennen?

Wann immer ich uns zusammen vorgestellt habe, war es woanders, mit mir als seiner jetzt willigen Gefangenen. Ich war bereit, meinen Peiniger als mein

Schicksal zu akzeptieren, aber ich war nicht bereit für das hier.

Der Ring liegt kalt und schwer um meinem Finger, als wir aus dem Aufzug steigen und Peter mich den Flur entlang zu meiner Wohnung führt. Er war noch nie zuvor in diesem Gebäude – zumindest nehme ich das an –, aber es gibt keine Spur eines Zögerns in seinen Bewegungen, kein Anzeichen dafür, dass er in irgendeiner Weise verloren oder unsicher ist. Er bewegt sich genauso sicher in einem unbekannten Flur, wie er alles andere tut, und ich komme nicht umhin, ihn zu beneiden.

Ich selbst fühle mich, als würde ich unkontrolliert treiben, wie ein ruderloses Schiff im Sturm.

Wir erreichen meine Tür, und ich suche nach den Wohnungsschlüsseln in meiner Handtasche, wobei ich mir Peters Blick auf mir genau bewusst bin. Er sieht nicht ungeduldig aus, aber ich spüre es in ihm, fühle das gewaltige Begehren, das er im Zaum hält. Meine Atmung wird flach, und meine Handflächen werden feucht, als ich das schwer zu findende Objekt endlich zu fassen bekomme.

»Hier, lass mich.« Er nimmt mir die Schlüssel ab, findet zielsicher den richtigen und öffnet die Tür beim ersten Versuch.

Wir treten ein, und er schließt die Tür hinter uns, während ich das Licht im Wohnzimmer anmache. Ich höre das Klicken des Schlosses und drehe mich mit klopfendem Herzen zu ihm um. »Peter …«

Er ist auf mir, bevor ich noch ein Wort sagen kann.

Seine großen Hände umrahmen mein Gesicht, als er mich gegen das Sofa drückt, sein Mund sich gierig auf meinen stürzt und wir als ein Gewirr aus Gliedmaßen und ungehemmter Lust auf die weichen Kissen fallen.

Welche Zweifel ich auch gehabt haben mag, sie sind wie weggefegt, ertränkt von einer Welle der Lust, die so intensiv ist, dass sie sich wie Feuer in meinen Adern anfühlt. Der Orgasmus auf dem Parkplatz hat meinen Appetit geweckt, und mein Geschlecht ist so empfindlich und geschwollen, dass es verzweifelt nach mehr verlangt. Meine Brustwarzen sind quälend hart, und zwischen meinen Beinen pocht es, als er mein Shirt zerreißt und sich bewegt, um meinen Reißverschluss zu öffnen. Seine Hände sind vor Verlangen rau, da er den gleichen Hunger verspürt, der mich seit Monaten quält.

Ich erwidere seine Küsse, und meine Hände reißen an seinem Hemd, während er mir die Jeans vom Leib reißt und vor Frustration knurrt, als sie an meinen Ballerinas hängen bleiben. Ich schaffe es, sie zusammen mit der Jeans von meinen Füßen zu schieben, während er meinen BH öffnet und ich nackt unter ihm auf dem Sofa liege, während er nach seinem Reißverschluss greift.

Es gibt keine schönen Worte, keine süßen Liebkosungen – nur animalische Lust, als er gnadenlos in mich eindringt, sein Gesicht vor Begehren verzerrt ist und seine Augen dunkel funkeln, während er meine Handgelenke umfasst und sie über meinem Kopf festhält. Bei diesem schonungslosen Eindringen muss ich tief einatmen, da meine inneren Muskeln zittern und kämpfen, um sich an seine unglaubliche Dicke anzupassen, mein Fleisch sich ausdehnt, um ihn aufzunehmen. Mein Körper hatte diesen Teil irgendwie vergessen, und es fühlt sich wieder an wie unser erstes Mal, nur dass die Scham und die Schuldgefühle jetzt nur noch dunkle Schatten in meinem Kopf sind.

Ich brauche das – ich brauche *ihn* –, und ich kann es nicht leugnen.

Als er ganz in mir ist, hält er inne, gibt mir einen Moment Zeit, mich an ihn zu gewöhnen, und ich sehe, wie er um die Kontrolle kämpft und diesen wilden Teil von sich kontrolliert, damit er mir nicht wehtut.

»Es ist okay«, flüstere ich und ziehe meine Beckenmuskeln um seinen dicken Schwanz zusammen. »Es ist okay, Peter … ich kann ihn ganz in mir haben.«

Ich will ihn ganz in mir haben.

Seine Pupillen weiten sich, und in den Tiefen seiner metallischen Augen sehe ich die Monsteroberfläche. Mit einem tiefen, kehligen Knurren dringt er tiefer in mich ein, und ich schreie und wölbe mich auf, als er einen wilden Rhythmus vorgibt.

Er nimmt mich heftig, hämmert gnadenlos in mich hinein, und meine Schreie werden lauter, als sich der Schmerz und die Lust vermischen, was meinen Verstand mit weißem Rauschen benebelt und das unaufhörliche Summen meiner Gedanken zum Schweigen bringt. Es gibt keinen Raum für Schuldgefühle oder Sorgen, keinen Raum für Zweifel und Fragen. Es gibt nur das, nur uns, und als die Spannung in mir sich spiralförmig steigert, schreie ich seinen Namen, bemerke nichts als die Qual und die Ekstase, die mich explodieren lassen.

Er kommt fast zur gleichen Zeit, und sein kraftvoller Nacken spannt sich an, während er seinen Kopf nach hinten krümmt und die Hüften an mir reibt. Der Druck löst in mir eine Welle von Nachbeben aus, und ich schreie erneut, weil meine inneren Muskeln sich zusammenziehen und ich jeden harten Zentimeter in mir spüre, als er aufstöhnt und mich mit seinem Samen überschwemmt.

———

VIELLEICHT HABE ich danach abgeschaltet oder die Augen geschlossen, denn das Nächste, was ich weiß, ist, dass ich wieder getragen werde, diesmal in mein Badezimmer.

Ich blinzele und schlinge instinktiv meine Arme um Peters Hals, als er in die Wanne tritt, wo er mich absetzt.

»Geht es dir gut?«, murmelt er, während er mich stützt, als ich loslasse, und ich nicke nur, weil ich immer noch zu überwältigt bin, um zu sprechen.

»Ja.«

Er steigt aus der Wanne und zieht die Kleidung aus, die er noch anhatte. Gierig verschlinge ich seine Nacktheit, nehme die kraftvollen Linien seines großen, breiten Körpers auf, während er zu mir in die

Wanne tritt, den Vorhang zuzieht und den Wasserhahn aufdreht. Jeder gemeißelte Muskel in seinem Rücken spannt sich an, und sein Hintern ist fest und rund, als er sich nach vorne beugt, um die Temperatur des Wassers zu testen. Seine Eier schwingen schwer zwischen seinen Beinen, sein großer Schwanz ist noch halb hart, und Wärme zieht über meinen Hals, als ich die schimmernde Nässe unserer vereinigten Körperflüssigkeiten auf seiner Haut bemerke.

Wieder kein Kondom. Aus irgendeinem Grund bin ich nicht besonders entsetzt oder überrascht. Wenn Peter das wirklich vorhat, sich mit mir hier niederzulassen, wo wir ein normales Leben führen können, dann sind Kinder nicht wirklich eine verrückte Idee. Da er zugegeben hat, dass er mich schwängern möchte, sollte ich in Zukunft überhaupt keine Kondome erwarten. Wir sind beide gesund, außer …

»Hast du mit jemandem geschlafen?«, platze ich, entsetzt über die Möglichkeit, die mir gerade in den Kopf gekommen ist, heraus. »Als du weg warst, meine ich?«

Ich bin überrascht, dass mir das nicht schon früher eingefallen ist. Peter ist ein sehr sexueller Mann in seiner Blütezeit, mit der Art von Aussehen und der tödlichen Anziehungskraft, die Höschen feucht werden lassen. So haben zum Beispiel meine Nachbarinnen – beides Frauen Mitte bis Ende zwanzig – wie Achtklässlerinnen gekichert. Es gibt keinen Grund, anzunehmen, dass er mir die ganze Zeit über treu war. Neun Monate Zölibat für jemanden wie Peter ist …

»Was?« Er dreht sich zu mir, und seine dunklen Augenbrauen ziehen sich tief über seinen Augen zusammen. »Ist das dein Ernst?«

Ich zucke mit den Schultern und versuche, zwanglos zu klingen, so als ob mir nicht schon bei der bloßen Vorstellung, dass er eine andere Frau berührt, schlecht wird. »Neun Monate sind eine lange Zeit, und es ist nicht so, dass wir …«

»Dass wir was?« Seine Stimme ist gefährlich leise, als er meine Arme ergreift. »Dass wir was, Sara?«

Mein Mund wird durch den Ausdruck in seinen metallischen Augen trocken. »Du weißt schon …« Ich schlucke belegt. »In einer festen Beziehung wären.«

»Willst du mir sagen, dass du mit jemand anderem geschlafen hast?« Seine Finger bohren sich in meine Haut, als ein winziger Muskel in seiner Schläfe zu zucken beginnt. »Dass du jemand anderen …«

»Nein!« Wie kann er das überhaupt denken? »Natürlich nicht! Außerdem bin ich sicher, deine Spione hätten es dir gesagt. Du hast gesagt, sie konnten nicht so nah rankommen, aber *das* wäre ihnen nicht entgangen.«

Sein strafender Griff um meine Arme lässt etwas nach. »Nein, das wäre es wahrscheinlich nicht«, stimmt er nach kurzem Überlegen zu. Er lässt mich los und dreht sich um, um den Regler zu bewegen, der das Wasser vom Wasserhahn zum Duschkopf leitet.

Ich blinzele, um das Wasser aus den Augen zu

bekommen, und beobachte, wie er den Sprühstrahl so einstellt, dass er tiefer fällt. Dann wendet er sich wieder mir zu und blockiert den Großteil des Wassers mit seinem Rücken.

»Ich habe nichts anderes als meine Faust gefickt, seit ich dich hier abgesetzt habe«, sagt er ruhig. »Seit wir uns getroffen haben, habe ich Frauen nur noch ungewollt in Menschenmengen gestreift. Du bist alles für mich, Ptichka – alles, was ich will, jetzt und für immer. In den letzten neun Monaten lag ich jede Nacht im Bett, hatte einen so harten Schwanz, dass es wehtat, und dachte an dich. Nur an dich. Du bist jeder feuchte Traum von mir, jede Fantasie und jeder Tagtraum. Ich will dich die ganze Zeit ficken, egal wo wir sind oder was wir tun. Selbst wenn wir Ozeane getrennt sind, bist *du* die Einzige, die ich will – die Einzige, die ich jemals haben will.«

Mein Hals verengt sich und schließt die Luft in meinen Lungen ein. Ich glaube ihm. Wieso sollte ich das auch nicht tun? Er hat mich nie angelogen, nie versucht, seine Gefühle zu verbergen. Von Anfang an kannte ich die Tiefe seiner Besessenheit von mir, und während es mich früher erschreckte, ist es jetzt pervers beruhigend.

Solange wir beide leben.

Etwas macht klick in mir, wie ein Licht, das angeht und sich durch den Nebel des Schocks und der Benommenheit nach dem Sex schneidet. »Peter ...« Meine Stimme zittert, als ich seine Hand zwischen meine Handflächen nehme. »Hast du es für mich getan?«

Er legt seinen Kopf schief, und seine grauen Augen blicken mich fragend an. »Was habe ich getan, Ptichka?«

»Dieser Gefallen für Esguerra, damit er dich von den Fahndungslisten streichen lässt ... die Sache, für die du so lange wegbleiben musstest«. Ich drücke seine Hand und lege sie an meine Brust, wo eine seltsame Enge mein schlagendes Herz umgibt. »Bin ich der Grund? Hast du es getan, damit du hier bei mir sein kannst?«

Er runzelt die Stirn und bedeckt meine verschlungenen Handflächen mit seiner anderen Hand. »Natürlich, Ptichka. Ist es nicht das, was du wolltest? Ein Leben, in dem ich kein Flüchtling bin, in dem wir zusammen sein könnten, ohne dass du deine Familie und deine Karriere verlierst?«

Ich starre ihn an und begreife endlich, wie gewaltig das ist, was er getan hat. Es *ist* das, was ich wollte, wonach ich mich in den tiefsten Tiefen meines Herzens gesehnt habe. Es ist meine dunkelste, schändlichste Fantasie – ein wirkliches Leben mit meinem Peiniger – und er hat sie Wirklichkeit werden lassen.

Er hat das Unmögliche geschafft, hat Gott weiß wie viele Fäden gezogen – und alles für mich.

Der Dampf, der das Badezimmer füllt, lässt meine Augen brennen, und der Schraubstock um mein Herz drückt sich fester zusammen.

Peter liebt mich.

Er liebt mich wirklich.

Es ist nicht mehr theoretisch, was er für mich tun würde.

Es ist echt. Er hat es schon getan.

»Ist es nicht das, was du wolltest, Sara?«, wiederholt er, runzelt die Stirn, und ich nicke wie eine Marionette, da ich immer noch nicht sprechen kann.

»Gut.« Er zieht seine Hand sanft aus meinem Griff und dreht sich zur Seite, so dass ich unter dem Wasserstrahl stehe. Er nimmt mein Shampoo, gießt es in seine Handfläche und fängt an, es auf meinem Kopf zu verteilen, so als ob es das wäre, was man nach dieser Art von Offenbarung tut.

Als ob das alles wäre, was es zu sagen gibt.

Und vielleicht stimmt das ja. Vielleicht sollten wir dieses Gespräch noch einmal aufgreifen, wenn ich mich nicht so blind fühle, so überwältigt von seiner plötzlichen Rückkehr und all dem, was dazugehört. Weil ich immer noch nicht weiß, was ich ihm sagen soll, wie ich meine Gefühle erklären soll.

Wie kann ich ihm sagen, dass ich zwar überglücklich bin, ihn hier zu haben, aber genauso verängstigt bin.

Er wäscht mein Haar gründlich, seine starken Finger massieren meine Kopfhaut und meinen Hals, und dann trägt er die Spülung auf und lässt sie einwirken, während er den Rest von mir wäscht, wobei seine seifigen, mit Hornhaut überzogenen Hände über meinen ganzen Körper gleiten und meine Haut mit genau dem richtigen Maß an Zärtlichkeit und Rauheit streicheln und liebkosen.

Es fühlt sich fantastisch an, wie eine exklusive Spa-Behandlung, und als er endlich die Seife von mir abspült, beginne ich, ihn zu waschen, genieße das Gefühl seiner glatten, behaarten Haut, während ich meine Hände über seinen großen, muskulösen Körper bewege.

Er hat sich immer um mich gekümmert, mich wie eine Prinzessin verwöhnt, aber ich habe das nie für ihn getan. Die Zuneigung meines Peinigers zurückzugeben hat sich immer wie ein Verrat an George und allem anderen, was wichtig war, angefühlt, und während ich mir im Bett nicht helfen konnte, blieb ich zu anderen Zeiten distanziert und nahm Peters Fürsorge an, ohne sie zu erwidern.

Ich fühle immer noch etwas von dieser Schuld, diesem Gefühl, dass das falsch ist, aber es ist nicht mehr der erstickende Druck, der es einmal war. Als Monate vergangen waren und der Schock über Georges gewaltsamen Tod verblasste, konnte ich rationaler darüber nachdenken und die Ereignisse aus einer anderen Perspektive analysieren.

Zum einen war George nicht wirklich am Leben, als Peter ihm eine Kugel in den Kopf jagte. Er lag seit achtzehn Monaten im Koma, und angesichts des Ausmaßes der Schädigung seines Gehirns gab es fast keine Chance, dass er jemals aus dem Koma erwachen würde. Irgendwann hätte ich die entsetzliche Entscheidung treffen müssen, die lebenserhaltenden

Maßnahmen abzusetzen – etwas, woran ich nicht gedacht hatte, zumal ich davon überzeugt war, dass Georges Unfall teilweise meine Schuld war.

In gewisser Weise hat Peter diese schreckliche Verantwortung von mir genommen – etwas, was ich erst kürzlich in Betracht gezogen habe.

Da ist auch die Tatsache, dass George *mich* hintergangen hat. Das Trinken, das unsere Ehe zerstört hat, war schlimm genug, aber die ganze Zeit über hat er auch ein Doppelleben geführt, hatte eine Karriere als Spion, von der ich nichts wusste. Es hat mich viel Zeit gekostet, das Ganze vollständig aufzunehmen, aber jetzt sehe ich Georges Taten als den schweren Verrat, der sie waren, und die Liebe, die ich für ihn empfand, wirkt jetzt wie ein Hirngespinst.

Nicht, dass irgendetwas davon Peters Handeln rechtfertigt – bei weitem nicht. Er ist immer noch der amoralische Mörder, der mehr Menschen getötet hat, als ich mir vorstellen kann, immer noch der Mann, der mich einst gefoltert, verfolgt und entführt hat. Aber jetzt ist er auch der Mann, der mich liebt, der auf die klarste Weise gezeigt hat, dass ich ihm wichtig bin.

Dass er bereit ist, alles zu tun, nicht nur, um mich zu haben, sondern um mich glücklich zu machen.

Als Letztes wasche ich seine Achselhöhlen und die Oberseite seiner breiten Schultern und massiere dann die dicken, schweren Muskeln um seinen Hals mit meinen seifigen Händen. Er scheint es zu genießen und schmiegt sich wie eine große Katze in meine Berührung, so dass ich den Bereich noch etwas knete, bevor ich mich hinhocke und seine Beine wasche. Seine Oberschenkel sind wie aus Stahl, die kraftvollen Muskeln geben keinen Millimeter nach, und seine Gesäßmuskeln sind so rund und hart wie die eines Bodybuilders. Ich kann mich nicht davon abhalten, diese festen Backen zu drücken, und als ich nach oben schaue und wegen des Wasserstrahls blinzeln muss, sehe ich, dass er seine Augen geschlossen und seinen Kopf in rein männlicher Glückseligkeit in den Nacken gelegt hat.

Ihm gefällt, was ich tue. Er mag es sogar sehr, der schnellen Verhärtung seines Schwanzes nach zu urteilen.

Impulsiv lege ich meine Seifenfaust um die sich verhärtende Säule und umschließe seine Eier mit der anderen Hand, bevor ich wieder durch den Wasserstrahl nach oben schaue. Er starrt mich jetzt an, und der verzückte Blick ist einem räuberischen Hunger gewichen.

»Mach weiter damit«, sagt er heiser und schiebt seine Hand in mein Haar. »Und nimm ihn in den Mund.« Seine Faust schließt sich um die nassen Strähnen, und er führt mein Gesicht mit sanftem aber unausweichlichem Druck zu seiner Leiste.

Gehorsam schließe ich meine Lippen um seinen nun voll aufgerichteten Schwanz und schmecke das Wasser und die leichten Seifenreste, während ich auf die Knie gehe. Trotz meiner vorangegangenen Orgasmen baut sich tief in meinem Unterleib Hitze auf, und mein Geschlecht beginnt erneut zu pulsieren.

Ich habe es diesmal vielleicht angefangen, aber er übernimmt die Führung, so wie immer. Ungebeten kommt mir die Erinnerung an die Zeit, als er mich bestraft hat, in den Sinn, und meine inneren Muskeln ziehen sich vor Verlangen zusammen. Die Bilder in meinem Kopf sind erotischer als jeder Porno.

Damals hat er meinen Mund gefickt. Er hatte mir die Hände hinter dem Rücken gefesselt und nahm mich gnadenlos, kontrollierte meinen Atem, mein Leben. Es war brutal gewesen, zerstörerisch, aber es hat mich mit der gleichen quälenden Erregung schmerzen lassen wie jetzt, hat mich noch mehr nach der Dunkelheit verlangen lassen.

Ich verstehe nicht ganz, warum mich seine Rauheit so anmacht, warum ich es genieße, so in seiner Gewalt zu sein. Bevor ich Peter traf, waren meine sexuellen Fantasien selten mit Gewalt oder Zwang verbunden; Kuschelsex war meine Komfortzone, sogar in meinem Kopf. Könnte mich das Trauma von unserer ersten Begegnung in meiner Küche irgendwie verändert haben? Vielleicht hatte ich in der Folgezeit eine Art Kurzschluss im Kopf, der dazu führte, dass ich die Gewalt, die ich durch seine Hände erlebte, mit Lust assoziierte?

Was auch immer der Grund ist, ich brenne, als er seinen Schwanz tiefer in meinen Mund drückt, so tief, dass ich fast würgen muss. Reflexartig klammere ich mich an seine stählernen Schenkel, aber ich kämpfe nicht gegen ihn an, auch nicht, als er beginnt, seine Hüften zu bewegen und mit zunehmender Wildheit in meinen Mund zu stoßen. Ich starre ihn nur an, blinzele den Wasserstrahl weg, und als der pulsierende Schmerz zwischen meinen Schenkeln unerträglich wird, schiebe ich eine Hand dorthin, reibe meinen Kitzler und lasse seine Stöße die Bewegungen meiner Finger lenken.

Als er es bemerkt, spannen sich seine harten Züge an, und sein Raubtierblick verstärkt sich. »Ja, genau so, Ptichka.« Seine Stimme ist ein leises, belegtes Grollen, als er sich tief in meinen Hals drückt und mir die Luft abschneidet. »Mach weiter so. Lass mich sehen, wie du kommst.«

Ich gehorche mit tränenden Augen und reibe meine Klitoris schneller, während ich seinen Blick erwidere. Meine andere Hand klammert sich an seinen Oberschenkel, und meine Herzfrequenz steigt an, als mein Körper den Luftmangel bemerkt.

Ich atme nicht.

Ich atme nicht, und ich habe Wasser im Gesicht.

Mein ganzer Körper erstarrt, ich kneife meine Augen fest zusammen, und meine Muskeln verkrampfen sich, als in meinem Kopf Erinnerungen an die Folter in meiner Küche aufflackern, an damals, als er mich in der Spüle gewaterboardet hat. Ich bekomme eine Gänsehaut, aber das Feuer in meinem Unterleib kühlt sich nicht ab. Irgendwie verstärkt die Angst das Ganze und erhöht die Anspannung, und selbst als ich mich in Panik in Peters Oberschenkel kralle, arbeitet meine andere Hand verzweifelt an meiner Klitoris.

Ich komme so stark, dass ich Lichtexplosionen hinter meinen fest geschlossenen Augenlidern sehe. Die Zuckungen erschüttern meinen Körper und lassen mich schreien, und erst als ich gegen Peters Beine sacke, merke ich, dass mein Mund frei ist und ich atme.

Benommen schaue ich auf und sehe, wie er mit einem wilden Gesichtsausdruck seinen Schwanz mit der Hand bearbeitet. Dann kommt er mit einem harten Stöhnen und spritzt mir Sperma über Gesicht und Haare. Ich blinzele ihn an, wische es mir mit einer zitternden Hand von der Stirn, und er hilft mir mit einem festen Griff auf die Füße, obwohl er sich auch noch von seinem Orgasmus erholen muss.

Wir schweigen, während er mir zum zweiten Mal die Haare wäscht. Erst als wir aus der Dusche kommen und er mich abtrocknet, spricht er.

»Du hast mir nie eine Antwort gegeben.« Sein Ton ist ruhig, aber ich sehe Funken der Dunkelheit im kühlen Grau seines Blickes, als er das Handtuch um mich wickelt und dann zur Seite greift, um eines für sich zu nehmen.

Ich blinzele und greife nach den Rändern des Handtuchs. »Welche Frage?«

Ich weiß natürlich, wovon er spricht – der Ring liegt immer noch schwer um meinem Finger – aber ich bin noch lange nicht bereit für diese Unterhaltung. Ich dachte nicht einmal, dass diese Unterhaltung stattfinden würde. Er hat mich nicht gefragt, ob ich ihn heiraten will; er hat mir gesagt, dass das geschehen wird. Also ist es nicht so, dass ich …

»Nicht, Sara.« Er lässt das Handtuch fallen und tritt dicht an mich heran, um mich gegen den Waschtisch zu drücken. »Spiel keine Spielchen mit mir.« Sein Kiefer spannt sich an, als er den glatten Stein auf beiden Seiten neben mir berührt und sich nach vorn beugt. »Willst du mich heiraten?«

Ich starre ihn wie versteinert an, unfähig, zu sprechen oder zu denken. Ich habe nicht erwartet, dass er eine Antwort verlangt. Dass er überhaupt eine Antwort will. Von Anfang an hat er alle Entscheidungen in unserer seltsamen Beziehung getroffen, und es ist schwer zu glauben, dass er mir eine Wahl lässt.

Dass er mir die Möglichkeit gibt, ihn nicht zu heiraten.

»Was, wenn …« Ich schlucke und umgreife das Handtuch fester. »Was, wenn ich nicht will?«

Sein Gesicht spannt sich an. »Ist das ein Nein?«

Ja. Nein. Ich weiß es nicht. Wie kann ich antworten, wenn mein Gehirn von seiner plötzlichen Rückkehr und all den Orgasmen, die er meinem Körper abgerungen hat, überfordert ist? Ich möchte mich davonschleichen, unter meine Decke kriechen und schlafen, damit ich mit magischer Klarheit aufwachen kann, aber selbst in diesem benebelten Zustand weiß ich, dass das nie geschehen wird. Es wird nie ein klares Ja oder Nein geben, wenn es um Peter geht, nie eine einfache Entscheidung. Was wir zusammen haben, ist der feuchte Traum eines Seelenklempners, und ich könnte eine Woche lang durchschlafen, ohne einen

Einblick in unseren gegenseitigen Wahnsinn zu bekommen.

Ja oder nein. Heirate ich den Mörder, der mich einst gefoltert hat? Er liebt mich, und ich bin mir fast sicher, dass ich ihn liebe. Das »fast« ist da, weil ein winziger Teil von mir immer noch entsetzt zurückschreckt, in einem giftigen Schlamm aus Schuldgefühlen, Selbsthass und Scham versinkt. Auch wenn ich ihm irgendwann Georges Tod verzeihen sollte, kann ich nie vergessen, dass er ein Mörder ist – im Namen der Rache hat er massives Leid und Schmerz zugefügt.

Dass er selbst mehr gelitten hat, als ich nachvollziehen kann.

Ich schaue ihn an und spüre, wie die Temperatur im feuchten Badezimmer fällt, als ich die wachsende Dunkelheit in seinem stählernen Blick sehe. »Ja. Es ist ein Ja.« Die Worte verlassen meine Lippen wie von selbst, so als habe ein Dämon meine Zunge bewegt. Doch sobald ich sie sage, fühlt es sich richtig an.

Es fühlt sich an, als wäre es Schicksal.

Die gefährliche Anspannung verlässt sein Gesicht, obwohl ich immer noch die Bedrohung tief in seinem Inneren spüre. »Gut«, sagt er leise und stößt sich vom Waschtisch ab. Er dreht sich um und geht aus dem Badezimmer, und ich sinke über das Waschbecken und atme tief durch, um meinen aufgewühlten Magen zu beruhigen.

Ich habe Ja gesagt.

Ich habe zugestimmt, meinen Peiniger zu heiraten.

Oh mein Gott. Was habe ich getan?

45

eter

ICH BETRACHTE meine schöne Verlobte im Schlaf und fühle abwechselnd Freude und dunkle Zufriedenheit. Ihr feines Gesicht ist besonders niedlich und zart, wenn sie schläft und dabei eine schlanke Hand in einer halboffenen Faust unter der Wange liegt und ihr voller Mund leicht geöffnet ist.

Ich sollte wahrscheinlich das Licht ausschalten und auch schlafen gehen, aber das würde bedeuten, das hier zu verpassen. Irgendein irrationaler Teil von mir hat Angst, dass, wenn ich die Augen schließe, alles ein Traum wird, eine Fantasie wie die, die mich all diese Monate genährt hat.

Meine Sara.

Endlich habe ich sie.

Sie gehört mir, und bald wird es die ganze Welt wissen.

Sie war völlig erschöpft, als ich sie endlich ins Bett gebracht habe, so müde, dass sie sofort einschlief. Ich habe sie etwa eine Stunde lang im Arm gehalten, das erneute Begehren meines Körpers ignoriert, und dann bin ich zu ihrem Laptop gegangen, um die entsprechenden Vorkehrungen zu treffen.

Sie hat zugestimmt, mich zu heiraten. Die Freude, die ich bei dem Gedanken empfinde, ist beinahe erdrückend. Ich war bereit, härtere Maßnahmen zu ergreifen, um sie zu überzeugen, aber das musste ich nicht.

Sie hat Ja gesagt.

Sie trägt immer noch meinen Ring an ihrer linken Hand, die gerade unter der Decke liegt. Ich bin versucht, die Decke wegzuziehen, damit ich ihn mir noch einmal ansehen kann, aber das könnte sie wecken, und ich möchte, dass sie gut schläft.

Immerhin findet an diesem Samstag unsere Hochzeit statt.

Während ich im letzten Monat darauf gewartet habe, dass die Bürokraten ihren Papierkram in Ordnung bringen, hatte ich Zeit, alles zu planen und alle erforderlichen Hände zu schmieren. Also, wenn Sara nicht gerade hasst, was ich ausgesucht habe, sind wir, was Ort, Kleidung, Blumen, Fotografen und fast alles andere anbelangt, was mit einer kleinen, privaten Hochzeit einhergeht, auf alles vorbereitet. Es gibt noch ein paar kleinere Entscheidungen zu treffen – wie die, wer die Trauung durchführen wird –, aber ich möchte, dass Sara und hoffentlich auch ihre Eltern dabei mitreden.

Es hilft wirklich, dass sie zugestimmt hat.

Ich atme tief durch, klettere zu ihr ins Bett und mache das Licht aus, bevor ich meinen Körper von hinten um sie lege und sie festhalte, während sie im Schlaf etwas murmelt.

Mein Ptichka.

Sie ist keine Fantasie mehr.

Das ist so real, wie es nur geht, und wenn ich aufwache, wird sie immer noch hier sein.

Das sollte sie besser.

46

ara

ICH WACHE von einem Geruch von Eiern, Speck und etwas Süßem auf. Pancakes? Oder vielleicht Kekse?

Bin ich wieder bei meinen Eltern eingeschlafen?

Ich öffne meine schweren Augenlider, rolle mich auf den Rücken und blicke an die Decke.

Das ist die schlichte weiße Decke meiner Wohnung.

Sofort stürmen die Erinnerungen auf mich ein, und ich setze mich keuchend hin und werfe meine Decke von mir.

War die letzte Nacht echt? Ist Peter hier?

Ein heller Glanz zieht meine Aufmerksamkeit auf sich, und ich schaue auf meine linke Hand, wo ein riesiger Diamant in dem kaum vorhandenen

Sonnenlicht funkelt, das durch die heruntergelassenen Jalousien sickert.

Heilige Scheiße. Es *ist* echt.

Peter ist hier.

Ich bin offiziell mit ihm verlobt.

Ich werfe mir einen Bademantel über und renne in die Küche, wo ich den brutzelnden Speck nicht nur riechen, sondern auch hören kann.

Der Anblick, der mich erwartet, lässt mich stoppen.

Mit nichts als einer dunklen Jeans bekleidet steht Peter am Herd und dreht gekonnt ein Omelett um. In einer anderen Pfanne befinden sich Speckstreifen, und auf einem Teller neben dem Ofen ein Stapel Pancakes. Die Muskeln in seinem breiten Rücken bewegen sich, die Jeans sitzt tief auf seinen schmalen Hüften, und ich muss buchstäblich meine Spucke hinunterschlucken, als er sich umdreht, um mir ins Gesicht zu sehen, wobei er einen soliden Eightpack und eine kräftig gebaute, mit dunklem Haar übersäte Brust zeigt.

Die wenigen Pfunde, die er abgenommen hat, betonen seinen unglaublichen Körperbau, machen ihn noch härter und gefährlicher.

»Guten Morgen, Ptichka.« Seine tiefe Stimme ist wie das Schnurren eines Tigers, während er mich ansieht und sein Blick von meinen nackten Zehen bis zu den Spitzen meiner vom Schlaf verwuschelten Haare fährt. Die Tätowierungen auf seinem linken Arm spannen sich an, als er den Pfannenwender auf den Tresen legt und auf mich zukommt.

»Oh, ähm ... guten Morgen.« Ich ziehe mich

zurück, weil mir auffällt, dass ich mir nicht einmal das Gesicht gewaschen habe. »Ich bin gleich wieder da.«

Ich flitze ins Bad, bevor er mich aufhalten kann. Schnell putze ich mir die Zähne und springe dann unter die Dusche, um mich schnell zu waschen. Mein Herz galoppiert in meiner Brust, und meine Atmung ist schnell und flach.

Peter ist *hier*.

In meiner Küche ... und kocht ein leckeres Frühstück.

Ich sollte mir wohl einen Moment Zeit nehmen, um mich zu beruhigen, aber ich will nicht, dass all das köstliche Essen kalt wird.

Immerhin hat mein *Verlobter* es für mich gemacht.

Mein Magen rumort, meine Herzfrequenz beschleunigt sich weiter, und ich zwinge mich, tief durchzuatmen, während ich das Handtuch ablege und den Morgenmantel wieder anziehe.

Dann richte ich mich auf, schiebe meine Schultern nach hinten, und gehe zurück in die Küche.

ara

»WANN MUSST du bei der Arbeit sein?«, fragt Peter und serviert mir einen kunstvoll arrangierten Teller mit Gemüseomelette, Speckstreifen und Pfannkuchen.

Ich schaue auf die Uhr an der Wand. »In etwa vierzig Minuten.« Ich bin froh, dass ich aufgewacht bin, als ich aufgewacht bin, weil ich gestern Abend vergessen hatte, den Wecker zu stellen.

Wahrscheinlich stehe ich immer noch neben mir, weil ich zwar äußerlich ruhig bin, aber innerlich ein hyperventilierendes Durcheinander.

Peter ist *hier*.

Er ist hier, und wir sind *verlobt*.

»Ich bringe dich zu deiner Praxis«, sagt er und setzt

sich mir gegenüber mit seinem eigenen Teller hin. »Oder nimmst du das Auto?«

Ich spieße vorsichtig ein Stück Pfannkuchen mit meiner Gabel auf. »Ich wollte von dort aus direkt in die Klinik fahren, also ja …«

Er blinzelt nicht. »Okay. Ich fahre mit dir mit und gehe dann einkaufen. Dein Kühlschrank ist fast leer. Wie lange wirst du in der Klinik bleiben?« Er beginnt, sein Omelett mit offensichtlichem Hunger zu verzehren.

»Ich bin bis zehn Uhr eingeplant, aber wenn es einen Notfall gibt, könnte es auch später werden«, sage ich und beobachte ihn vorsichtig. Wird er etwas dagegen haben? Versuchen, diesen Teil meines Lebens zu kontrollieren? George hatte Verständnis für meine langen Arbeitszeiten, da er selbst oft bis spät arbeitete und viel für die Arbeit reisen musste, aber ich weiß nicht, was Peter davon hält. Er hat mich bisher nicht davon abgehalten, viel zu arbeiten, aber das war etwas anderes.

Damals hat er nur seine Zeit abgesessen, bevor er mich entführte.

»Okay. Ich hole dich dort ab.« Er steht auf und geht zum Tresen, wo meine Handtasche liegt. Er greift hinein, fischt mein Handy heraus und fängt an, auf ihm zu tippen.

»Was tust du da?«, frage ich überrascht.

»Ich gebe dir meine Nummer.« Als er seine Aufgabe erledigt hat, schiebt er mein Handy wieder in meine Tasche und kehrt an den Tisch zurück. »Damit du mich anrufen kannst, wenn du kurz davor bist, in der Klinik fertig zu werden. Ich will nicht, dass du nachts allein in dieser Gegend bist.«

»Du lässt mich nicht mehr überwachen?«

»Das tue ich, aber sie halten Abstand – und das werde ich auch nicht ändern.« Er schneidet sich ein Stück Speck ab und schaut dann wieder nach oben. »Es ist zu deiner Sicherheit, Ptichka.«

Seine Stimme ist sanft, aber fest, völlig unnachgiebig. Er wird keine Kompromisse eingehen, und aus irgendeinem Grund bin ich damit einverstanden. Anstatt mich eingeschränkt und kontrolliert zu fühlen, erfüllt mich sein krankhaftes Bedürfnis, mich zu schützen, mit einer Art sprudelnder Wärme. Ich werde nie vergessen, wie es sich angefühlt hat, als die beiden Meth-Abhängigen versucht haben, mich vor der Klinik auszurauben, und so traumatisch es auch war, dass Peter sie getötet hat, im Nachhinein bin ich dankbar dafür, dass er da war. Außerdem …

»Erwartest du Schwierigkeiten?«, frage ich, als mir der Gedanke in den Sinn kommt. »Ich meine, du musst einige Feinde haben, mit deinem früheren Beruf und allem …«

Er legt seine Gabel nieder und blickt mir in die Augen. »Sie sind immer möglich, Ptichka, das kann ich nicht leugnen. Deshalb werde ich das Sicherheitsteam nicht von dir abziehen – und deshalb habe ich eine neue Identität erschaffen, bevor ich hierherkam. Ich wollte nicht, dass jemand in meinem früheren Leben Peter Garin in einem Vorort von Chicago mit dem

Attentäter Peter Sokolov verbindet. Ein Teil des Abkommens, das ich mit den Behörden geschlossen habe, ist, dass Peter Sokolov nicht mehr existiert. Er ist in den Aufzeichnungen von FBI, CIA und Interpol als verstorben aufgeführt, ebenso wie Yan und Ilya Ivanov und Anton Rezov. Der Amnestie-Deal selbst ist streng geheim, und nur wenige hochrangige Personen im FBI und bei der CIA sind mit allen Bedingungen vertraut. Den anderen, wie Agent Ryson, wurde gesagt, sie sollen sich einfach zurückziehen und den Mund halten. Natürlich wissen Esguerra und Kent, wer ich bin, und es besteht immer die Möglichkeit, dass ich von einem ehemaligen Kunden entdeckt und identifiziert werde. Aber im Gegensatz zu meinem Namen war mein Gesicht nicht sehr bekannt, und generell ist die Wahrscheinlichkeit einer zufälligen Begegnung mit jemandem aus meinem früheren Leben gering – besonders in diesem Teil der Welt.«

»Oh. Wow.« Bis zu diesem Zeitpunkt war mir nicht klar, was für ein unmögliches Geschäft er gemacht hat. »Wie hast du sie dazu gebracht, all dem zuzustimmen? Ich meine, ich weiß, dass du gesagt hast, dass dieser Esguerra etwas in der Hinterhand hat ...« Ich spreche nicht weiter, als Peters Ausdruck sich merklich verdunkelt.

»Deine Regierung hatte ihre eigenen Bedingungen für mich«, sagt er angespannt. »Aber es ist nichts, was dich beunruhigen muss, Ptichka. Kurz gesagt ist das US-Militär einer der größten Kunden von Esguerra, und sie wollen diese freundschaftliche Beziehung aufrechterhalten, sowohl weil sie die Waffen wollen, die er produziert, als auch weil sie diese Waffen von anderen fernhalten wollen.«

»Indem sie sie selbst aufkaufen?«

Peter nickt und isst weiter. »Genau.«

Sein Gesichtsausdruck ist grimmig, und so sehr ich auch gern mehr wüsste, ich weiß, dass ich mich zurückziehen muss. Während ich ihm dabei zuschaue, wie er sein Essen beendet, habe ich das beunruhigende Gefühl, dass ein wildes Tier in meine enge Küche eingedrungen ist, ein Raubtier, das in den Dschungel gehört. Ich habe ihn schon einmal im häuslichen Umfeld gesehen, aber diesmal fühlt es sich anders an, weil ich weiß, dass er für immer hier ist, dass dieser große, tödliche Mann Teil meines normalen Lebens sein wird … Teil meiner Familie.

Mein Kopf beginnt erneut, sich zu drehen, und ich schiebe meinen fast leeren Teller weg. »Peter … wie soll das funktionieren?« Bei seinem fragenden Blick erkläre ich: »Was soll ich meinen Eltern sagen? Das FBI hat ihnen wahrscheinlich irgendwann ein Bild von dir gezeigt. Selbst wenn ich dich als Peter Garin vorstelle, werden sie vermuten, wer du wirklich bist – besonders, weil ich immer gesagt habe, dass du zurückkommen wirst, wenn das Missverständnis mit dem FBI gelöst ist.«

Der grimmige Blick verschwindet aus seinem Gesicht und wird von einer dunklen Belustigung ersetzt. »Nun, dann ist das doch perfekt, oder?« Er greift über den Tisch und bedeckt meine Hand mit seiner Handfläche. »Du kannst ihnen einfach sagen, dass das Missverständnis endlich aufgeklärt wurde und dass ich dabei einen neuen Nachnamen bekommen habe.«

»Aha. Und was ist mit ihren Freunden, die eine Version der gleichen Geschichte gehört haben, und was ist mit *meinen* Freunden, denen eine ganz andere Version erzählt wurde – eine, in der du nichts weiter bist als mein Entführer? Was werden sie alle denken, wenn ich *damit* auftauche«, ich hebe meine linke Hand, zeige meinen Ring, »so ganz aus heiterem Himmel und ihnen einen russischen Verlobten namens Peter vorstelle, der verdächtig nach einem Bild aussieht, das FBI-Beamte herumgereicht haben könnten, als ich verschwunden bin?«

Er drückt meine Hand. »Mach dir deshalb keine Sorgen, Ptichka. Ihre Meinung spielt keine Rolle. Sag ihnen einfach, dass ich jemand bin, mit dem du dich seit ein paar Monaten heimlich verabredest, und lass sie ihre eigenen Schlüsse ziehen.«

»Welche Schlüsse? Dass ich durchgeknallt bin? Oder dass ich einen Fetisch für russische Männer habe, die das gleiche düstere Aussehen haben und zufällig Peter heißen?«

Er grinst, steht auf und nimmt seinen und meinen Teller. »Beides funktioniert. Bestätige einfach nichts. Lass sie denken, ich sei in einer Art Zeugenschutzprogramm und du könntest nicht wirklich darüber reden.«

Das ist eigentlich keine schlechte Idee. Marsha und

jeder andere, der Peters wahre Identität vermutet, wird denken, dass ich völlig verrückt bin, aber solange ich ihren Verdacht nicht bestätige, wird es Raum für Zweifel geben. Wie verrückt ist es denn, dass der Mann, der George ermordet und mich entführt hat, Amnestie erhalten hat und mich jetzt heiraten wird? Meine Freunde könnten genauso gut denken, dass ich masochistische Tendenzen habe und deshalb beschlossen habe, mich mit einem Mann zu treffen, der viele der Eigenschaften meines Peinigers teilt.

Es ist sicherlich die einfachere Erklärung.

»Also sagen wir meinen Eltern die Wahrheit und halten uns bei allen anderen an die Peter-Garin-Geschichte«, sage ich und stehe auf, um ihm zu helfen, den Tisch abzuräumen.

»Das wäre meiner Meinung nach das Sinnvollste«, sagt er und schaut auf die Uhr. »Du solltest dich anziehen und losfahren, Ptichka. Sonst wirst du zu spät kommen.«

Richtig. Meine Arbeit. Die hätte ich fast vergessen.

»Lass mich helfen«, sage ich und gehe hinüber, um die Reste wegzuräumen, aber er winkt ab.

»Ich mache das schon, keine Sorge. Mach dich einfach fertig für die Arbeit.« Und mit einem kurzen Kuss auf meine Stirn fängt er an, den Geschirrspüler zu beladen.

eter

ICH FAHRE Sara in ihre Praxis und lasse das Auto bei ihr stehen, damit sie nach der Arbeit wie geplant in die Klinik fahren kann. Es sind nur zehn Minuten zu Fuß von ihrer Praxis bis zu ihrer Wohnung, und der Supermarkt liegt auf dem Weg, also gehe ich hinein, um alles zu kaufen, was ich für unser Abendessen brauche. Es ist nicht viel, so dass ich alles leicht in einer Hand tragen kann – ich möchte meine Waffenhand immer frei haben – und ich merke mir, dass wir ein zweites Auto brauchen, so wie alle anderen in den Vororten.

Das ist auch nicht das Einzige, was wir brauchen. Der Kühlschrank in Saras kleiner Küche ist nur einen Meter hoch, und die Küche selbst ist kaum nutzbar. Ich habe meine prägenden Jahre in einer eiskalten, zerfallenden Zelle in Sibirien verbracht, also bin ich nicht wählerisch, aber ich sehe keinen Grund, warum wir weiterhin in einer Wohnung leben sollten, die eindeutig für einen einzigen Bewohner konzipiert ist.

Heute Abend, wenn Sara zurückkommt, werden wir über die Wohnverhältnisse und unsere bevorstehende Hochzeit am Samstag sprechen.

Natürlich weiß ich, warum ich an Autos, Wohnungen und Hochzeitsdetails denke. Über organisatorische Dinge nachzudenken lenkt mich von meinem Drang ab, Sara zu schnappen und in mein Schlafzimmer zu sperren, damit ich sie den ganzen Tag lang ficken kann. Und dann die ganze Nacht. Und danach eine Woche lang.

Eigentlich will ich sie an mein Bett ketten und sie für immer dortbehalten.

Ich weiß nicht, was ich bei meiner Rückkehr erwartet hatte, aber auf jeden Fall nicht das. Ich hatte nicht erwartet, dass es mir nach unserem Leben in Japan so schwerfallen würde, Sara wieder in ihren Alltag zurückkehren zu lassen. Damals wollte ich sie auch die ganze Zeit bei mir haben, aber sie zur Arbeit gehen zu lassen hat mich nicht so zerrissen, hat nicht dieses verrückte Bedürfnis ausgelöst, sie einzusperren und den Schlüssel wegzuwerfen. Ich konnte mich heute Morgen kaum noch normal verhalten und sie auf die Stirn küssen und im Büro absetzen wie ein guter Ehemann, statt wie ein Wilder, der sie nur in seine Höhle zerren will.

Es ist die einzige Variable, die ich in meiner Planung nicht berücksichtigt habe.

Meine zunehmende Besessenheit von Sara – die eine Sache, die alles vermasseln kann.

Ich hoffe, es ist eine vorübergehende Situation, dass ich so empfinde, weil wir gerade neun Monate getrennt waren und ich sie so sehr vermisst habe. Dass mit der Zeit, wenn die Erinnerung an diese höllischen Monate verblasst, die Trennung von ihr für ein paar Stunden besser und einfacher wird … sich weniger wie Folter anfühlt.

Die andere Möglichkeit – dass ich mich in Japan daran gewöhnt habe, Sara rund um die Uhr bei mir zu haben und mich vielleicht nicht mehr an die alte Routine anpassen kann – ist unendlich schlimmer. Der Grund, warum ich das alles getan habe, ist, Sara glücklich zu machen, ihr die Möglichkeit zu geben, ihre Karriere, ihre Beziehungen zu ihrer Familie und ihren Freunden zu behalten. Das war unmöglich, als ich auf der Flucht war, aber jetzt kann ich ein Teil ihres Lebens sein, ohne ihr alles wegzunehmen.

Ich kann ihr alles geben – wenn ich nur mein egoistisches Bedürfnis überwinden kann, sie für mich allein zu behalten.

Sara

ICH VERBRINGE den größten Teil meines Arbeitstages damit, zwischen herzzerreißender Freude und Panikschüben zu schwanken.

Peter lebt.

Er ist zurück und wir sind zusammen – ohne dass ich entführt wurde.

Ungeachtet dessen, was Peter über seinen Deal sagte, erwarte ich teilweise, dass das FBI auftaucht und mich wegen Beihilfe und Anstiftung anklagt. Aber niemand kommt. Alles ist normal – oder so normal, wie es sein kann, wenn man mit einem ehemaligen Attentäter verlobt ist.

Ich bin nicht bereit, die Fragen meiner Mitarbeiter zu beantworten, also habe ich meine Hand in der

Tasche versteckt und den Ring abgenommen, sobald ich einen Moment Privatsphäre hatte. Jetzt liegt der riesige Diamant auf dem Boden meiner Handtasche und zwingt mich, die Tasche überallhin mitzunehmen.

Ich weiß nicht, wie viel der Ring gekostet hat, aber ich vermute, der Betrag war gut sechsstellig.

Hat Peter ihn gekauft oder gestohlen? Es ist wahrscheinlich Ersteres – er ist reich genug, um es sich leisten zu können – aber ich werde ihn fragen, um sicher zu sein. Ich bezweifle, dass er beleidigt sein wird; er hat definitiv viel Schlimmeres getan.

Dass ich überhaupt darüber nachdenke und mich frage, ob mein millionenschwerer Verlobter meinen Verlobungsring gestohlen haben könnte, hätte jeder normalen Person zu denken gegeben. Ich bin aber nicht mehr im *normalen* Lager. Verglichen mit der Ermordung meines Mannes ist ein Diamantenraub nichts anderes als eine kleine Verfehlung, die ich Peter leicht verzeihen kann. Jetzt, da ich Zeit hatte, mich vom Schock seines Auftauchens zu erholen, ist die sporadische Panik, die mich bei dem Gedanken, ihn zu heiraten, überfällt, weniger intensiv, fast überschaubar. Gegen Abend, als ich in das Auto steige, um zur Klinik zu fahren, fange ich sogar an zu denken, dass wir meine Eltern dieses Wochenende besuchen könnten, und ihnen je nach ihrer Reaktion sagen, dass wir bald heiraten werden.

Vielleicht schon diesen Winter.

Mein Herz fängt wieder an zu rasen, und ich muss zur Beruhigung tief einatmen, bevor ich aus dem Auto aussteige. Nein, Winter ist definitiv zu früh, es gibt viel zu viel zu planen für so eine kurze Zeit. Nächster Frühling wäre besser ... vielleicht sogar nächster Sommer.

Sommerhochzeiten sind immer beliebt.

Ja, das ist es, beschließe ich auf dem Weg in die Klinik. Eine einjährige Verlobung wäre perfekt. Wir hätten die Chance, uns aneinander zu gewöhnen und uns in ein geregeltes Leben einzufinden. Ich habe keine Ahnung, ob Peter überhaupt in der Lage ist, so zu leben, ohne das Adrenalin und die Gefahr seiner Missionen. Er hat mir einmal eingestanden, dass er gerne tötet, dass er die Macht und Kontrolle genießt, die mit dem Töten einhergeht. Er hat es eine Sucht genannt, und ich wusste damals, dass er es nie aufgeben würde.

Dass die Dunkelheit ein Teil von ihm ist, der nie ausgelöscht werden kann.

Aber er hat es für mich aufgegeben. Er hat seinen Job aufgegeben, hat er gesagt. Ich hatte noch keine Gelegenheit, genauer nachzufragen, aber es gibt nur einen Weg, das zu interpretieren, was er gesagt hat.

Er wird gesetzestreu leben.

Für mich.

Damit ich nicht alles für ihn aufgeben muss.

Meine Augen brennen, und ich kann Lydia nur anlächeln und ihr zuwinken, während ich in den Raum eile, in dem die Patientin bereits auf mich wartet. Sie ist ein sechzehnjähriges Mädchen, das hier mit ihrer Mutter ihren ersten Pap-Abstrich macht, und ich zwinge mich, meine Emotionen beiseitezuschieben und mich zu konzentrieren, um der Patientin die Aufmerksamkeit zu schenken, die sie verdient.

Glücklicherweise zeigt ihre Prüfung nichts Ungewöhnliches, aber als die Mutter den Raum verlässt, gibt das Mädchen zu, seit letztem Jahr sexuell aktiv zu sein. Ich gebe ihr heimlich eine Packung Kondome, und als die Mutter zurückkehrt, empfehle ich eine Spirale, um die schmerzhaften Perioden der Tochter zu regulieren und sie vor ungeplanten Schwangerschaften zu schützen, falls sie in Zukunft sexuell aktiv werden sollte.

»Meine Tochter ist doch keine Schlampe«, schnauzt mich die Frau an und schleppt das Mädchen fort, so dass ich froh bin, dass ich ihrer Tochter wenigstens die Kondome gegeben habe.

Solche Eltern können die schlimmsten Feinde ihrer Kinder sein.

Meine nächste Patientin ist eine schwangere Frau in den Dreißigern. Sie hat eine Vorgeschichte von Fehlgeburten und keine Krankenversicherung. Nach ihr kommt ein weiteres Teenagermädchen – sie hat Chlamydien –, und dann ist es Zeit für die letzte Patientin.

Endlich.

Zum ersten Mal seit Ewigkeiten möchte ich nach Hause gehen.

Ich hole mein Telefon hervor, suche Peters neue Nummer – *Peter Garin* steht in meinen Kontakten – und schreibe ihm, dass ich in etwa zwanzig Minuten abfahrbereit bin, falls er mich von der Klinik abholen will. Ich weiß nicht, wie er das machen will, da ich diejenige bin, die das Auto hat, aber wie ich Peter kenne, wird er es schaffen.

Ich lege das Telefon weg und stecke meinen Kopf aus dem Behandlungszimmer, um Lydia zu sagen, dass ich bereit für meine nächste Patientin bin.

Ich schreibe ein paar Notizen über das Mädchen mit Chlamydien, als sich die Tür öffnet und die letzte Patientin hereinkommt.

Ich schaue auf und erstarre vor Schreck.

Ich kenne dieses Mädchen.

Es ist Monica Jackson, die Siebzehnjährige, der ich geholfen habe, nachdem ihr Stiefvater sie vergewaltigt hatte.

Ihr kleines, rundes Gesicht ist mit violetten Flecken übersät, und ihre geschwollenen Lippen sind an einem Mundwinkel mit Blut verkrustet. »Hallo, Dr. Cobakis«, sagt sie zitternd, und bevor ich antworten kann, bricht sie weinend zusammen.

Ich brauche ganze fünfzehn Minuten, um sie zu beruhigen und zu erfahren, dass ihr Stiefvater letzte Woche aus dem Gefängnis gekommen ist. »Er sollte sieben Jahre weg sein«, sagt sie mit zitternder Stimme. »Und uns ging es so gut. Mit dem Geld, das Sie uns gegeben haben, haben wir eine neue Wohnung bekommen, ich habe meinen Abschluss gemacht und Vollzeit gearbeitet, und Bobby – das ist mein kleiner Bruder – hat mit der Schule angefangen, in einer wirklich guten, wo sie Computer und alles haben. Und

Mama ... es ging ihr auch besser, sie hat nur morgens ein wenig getrunken. Ich dachte, wir hätten endlich alles im Griff, und dann kam *er* wegen eines Formfehlers raus und ...«

Sie fängt wieder an zu weinen, und ich warte, bis sie sich ein wenig beruhigt hat, bevor ich vorsichtig frage: »Hat er dir das angetan? Hat er dich verletzt?«

Sie nickt und wischt sich die Tränen mit ihrer kleinen Faust vom Gesicht. »Mama ist auf eine Sauftour gegangen, sobald sie gehört hat, dass er draußen ist, und als ich vorgestern nach Hause kam, war er da, mit ihr zu Hause, und sie haben zusammen getrunken, so wie in alten Zeiten. Ich habe mich mit ihm gestritten, ihm gesagt, er soll verschwinden ...« Sie bricht ab, und ihre Schultern beginnen wieder zu zittern.

Ich brauche mein ganzes Training, um die für einen Arzt notwendige Distanz zu halten, anstatt sie zu umarmen. »Hast du das der Polizei gemeldet?«, frage ich sanft, als sie sich wieder etwas beruhigt hat, und sie schüttelt den Kopf und schaut auf den Boden.

»Er sagte, er würde Mama auf das Sorgerecht für Bobby verklagen, wenn ich etwas sage, und er hat jetzt Verbindungen. Deshalb kam er so früh raus. Ein befreundeter Drogendealer hat ein paar Strippen gezogen.«

»Selbst wenn er klagen sollte, heißt das nicht, dass er gewinnt«, sage ich, aber Monica schüttelt unerbittlich den Kopf.

»Vielleicht würde er nicht gewinnen, aber er würde

sie durch den Dreck ziehen«, sagt sie und schaut zu mir hoch. »Sie hat auch Vorstrafen wegen Trinkens in der Öffentlichkeit und Prostitution, also würde das Jugendamt eingeschaltet werden. Ich bin jetzt achtzehn, also könnte ich auch auf das Sorgerecht klagen, aber in meinem Job bekomme ich den Mindestlohn, und es gibt keine Garantie, dass ich gewinnen würde. Und wenn nicht, wird Bobby in einer Pflegefamilie enden.« In ihren braunen Augen entflammt ein starker Beschützerinstinkt. »Das kann ich nicht zulassen, Dr. Cobakis. Das habe ich schon durchgemacht, und ich will das nicht für meinen Bruder. Er hat besondere Bedürfnisse und würde das System nicht überleben. Das Risiko kann ich nicht eingehen, glauben Sie mir.«

Es bricht mir das Herz. Ich finde immer noch, dass sie zur Polizei gehen sollte, aber ich weiß, dass ich sie nicht davon überzeugen kann. Und dieses Mal kann ich ihr keinen Scheck ausstellen und das Problem verschwinden lassen.

Fünftausend Dollar werden das nicht in Ordnung bringen, und ich verstehe endlich, wie es ist, jemanden genug zu hassen, um ihm den Tod zu wünschen.

Wenn morgen ein Auto ihren Bastard von einem Stiefvater überfahren würde, wäre ich die Erste, die jubelt.

Ich schlucke meine Wut hinunter und konzentriere mich, um tief in mir die nötige Distanz zu finden, um meine Arbeit zu tun. »Okay, Monica, ich verstehe. Steig bitte auf den Stuhl und lass uns sicherstellen, dass du keine inneren Verletzungen hast.«

Sie folgt meiner Bitte, wischt die Reste ihrer Tränen weg, und ich untersuche sie sorgfältig. Obwohl der Übergriff vor zwei Tagen stattfand, gibt es immer noch Anzeichen von vaginalen Blutergüssen und Rissen, also nehme ich ein Vergewaltigungsset, damit es DNA-Beweise gibt, falls sie ihre Meinung ändert und doch zur Polizei gehen will. Ich gebe ihr auch eine Notfallverhütung und überprüfe sie auf Geschlechtskrankheiten, nachdem sie zugegeben hat, dass ihr Vergewaltiger kein Kondom benutzt hat.

»Kannst du mir bitte auch so ein Kupferding geben?«, fragt sie, als ich fertig bin. »Ich will noch lange nicht schwanger werden.«

»Natürlich.«

Sie ist achtzehn, also ist das einfach. Ich plane sie nächste Woche für das Einsetzen einer Spirale ein, um ihr Zeit für den Heilungsverlauf zu geben.

»Kannst du irgendwo bleiben? Außer bei deiner Mutter?«, frage ich, als sie sich darauf vorbereitet, zu gehen.

Sie sollte besser nicht nach Hause zu ihrem Stiefvater gehen.

»Ich wohne jetzt bei einem Freund«, sagt sie zu meiner Erleichterung. »Er hat eine Couch, auf der ich schlafen kann.«

»Was ist mit deinem Bruder?«

Ihre schmalen Schultern sind angespannt. »Bei meinem Freund ist kein Platz für Bobby. Ich hole ihn morgens ab, um ihn zur Schule zu bringen, und bringe ihn danach wieder nach Hause.«

»Zu deiner Mutter, die betrunken ist? Ist dein Stiefvater da, wenn du Bobby zurückbringst?«

Sie schaut weg. »Ich muss gehen, Dr. Cobakis. Danke für alles.«

Und bevor ich ihr weitere Fragen stellen kann, eilt sie aus dem Zimmer.

50

S ara

ICH DACHTE, ich hätte meine verschmierte Wimperntusche gut ausgebessert, bevor ich die Klinik verließ, aber sobald ich nach draußen trete und auf Peters große, breitschultrige Gestalt schaue, verschwindet das Lächeln auf seinem harten Gesicht.

»Was ist los?«, fragt er scharf und tritt vor, um meine Hände zu ergreifen. »Hat dir jemand wehgetan?«

Ich versuche zu lächeln. »Nein, natürlich nicht. Es ist alles in Ordnung.«

Seine Augen verengen sich gefährlich. »Lüg mich nicht an. Du hast geweint.« Sein Blick fällt auf meine linke Hand. »Wo ist dein Ring?«

»Ich … wollte ihn nicht erklären müssen.« Trotz meiner Bemühungen ist meine Stimme zu belegt, und ich sehe, wie sich sein Ausdruck weiter verdunkelt.

»Hat jemand etwas gesagt?«, fragt er, und ich schüttele den Kopf, ziehe meine Hände aus seinem Griff und trete einen halben Schritt zurück.

»Nein, es ist nichts dergleichen.« Ich schaue mich um, aber die Straße ist dunkel und ruhig, verlassen bis auf einen SUV, der am gegenüberliegenden Straßenrand steht. Seine Mitfahrgelegenheit vielleicht? Als ich nach oben schaue, begegne ich Peters Augen. »Ich habe mich nur wegen einer Patientin aufgeregt, das ist alles.«

Sein harter Gesichtsausdruck entspannt sich etwas. »Verstehe. Das tut mir leid, Ptichka. Wurde jemand verletzt?«

Ich schlucke frisch aufwallende Tränen herunter. »Das ist eine lange Geschichte. Lass uns einfach nach Hause gehen.« Ich wende mich meinem geparkten Auto zu, aber er hält meinen Arm fest.

»Ich lasse es nach Hause bringen, mach dir keine Gedanken«, sagt er und führt mich zu dem am Straßenrand abgestellten Auto – einem schwarzen Geländewagen von Mercedes mit verdächtig dicken getönten Scheiben.

Der Fahrer rollt sein Fenster herunter, als wir uns nähern.

»Bring ihr Auto nach Hause«, befiehlt Peter, und ein großer, kräftig aussehender Mann steigt aus dem Fahrzeug und übergibt Peter die Schlüssel.

Ich blinzele, als er vorbeigeht, ohne mir auch nur zuzunicken. »Ist das …?«

»Einer der Sicherheitsexperten, die dich beobachtet haben? Ja.« Peter führt mich um das Auto herum auf die Beifahrerseite, öffnet mir die Tür und hilft mir, hineinzuklettern, bevor er zurück zum Fahrersitz geht.

»Ich habe beschlossen, anstatt uns ein anderes Auto zu besorgen, dass Danny dein Fahrer sein wird«, sagt er, als er das Auto startet und losfährt. »Ich werde dich immer noch die meiste Zeit abholen, aber wenn ich nicht rechtzeitig ankomme oder du sofort gehen musst, weiß ich, dass du in Sicherheit bist.«

Ich öffne meinen Mund, um zu protestieren, aber dann halte ich inne. Ich habe im Moment nicht die Energie dafür – nicht mit dem gebrochenen Herzen wegen Monicas tragischer Geschichte.

Nicht, wenn ich weiß, dass sie morgen früh ihren Bruder abholen und dabei ihrem Vergewaltiger gegenübertreten wird.

»Was ist passiert, Ptichka?« Peters große, warme Handfläche bedeckt meinen Oberschenkel und massiert den angespannten Muskel, bevor er sich zurückzieht. »Was hat dich so aufgeregt?«

Ich zögere einen Moment, dann kapituliere ich. Es ist doch egal, ob Peter die ganze Geschichte kennt. Also erzähle ich ihm alles, von Monicas Besuch in der Klinik vor meiner Entführung bis zu dem, was heute passiert ist.

Peter hört ausdruckslos zu, bis ich fertig bin. Dann fragt er leise: »Dieses Mädchen ist der Grund, warum du in jener Nacht in dieser Gasse angegriffen wurdest?«

Ich setze mich gerade hin, weil ich plötzlich Angst habe. »Es ist nicht ihre Schuld!« Das Letzte, was ich brauche, ist, dass mein überfürsorglicher Attentäter Monica die Schuld für die Meth-Abhängigen gibt, die versucht haben, mich auszurauben.

»Ich sage nicht, dass sie es ist.« Er nimmt die Ausfahrt von der Autobahn und hält an einer roten Ampel. »Ich will nur sichergehen, dass ich alle Fakten verstanden habe.«

Mein Herz setzt einen Schlag aus. Das geht nicht in die Richtung, die ich erwartet hatte.

»Warum?«, frage ich und starre auf sein kantiges Profil. »Wozu brauchst du das?«

Er sieht mich nicht an. »Mach dir keine Sorgen, mein Liebling. Deiner Patientin wird nichts passieren, ich verspreche es.«

Mein Mund wird trocken. Sagt er das, von dem ich denke, dass er es sagt? Ich habe ihm Monicas Namen nicht gesagt, aber es wäre nicht schwer für jemanden mit Peters Talent, Leute zu finden, die herausfinden, wer sie ist.

»Peter …«

Das Ampellicht wechselt zu Grün, und er drückt auf das Gas, ohne mich anzuschauen.

Mein Puls beschleunigt sich weiter. »Peter, bitte sag mir, dass du nicht …«

»Was nicht?« Er biegt in meine Straße ein. »Ich

habe dir doch gesagt, dass du dir keine Sorgen machen musst. Dem Mädchen, dem du geholfen hast, wird nichts passieren. Du musst dir keine Sorgen um sie machen.«

Ihr wird nichts passieren … aber was ist mit ihrem Stiefvater?

Ich möchte ihn das fragen, aber ich kann meinen Mund nicht dazu bringen, die Worte zu formen. Wenn ich es laut ausspreche, wird es real, anstatt nur eine erschreckende Möglichkeit in meinem Kopf zu sein.

Es wird mich mitschuldig machen.

Wir fahren auf den Parkplatz meines Gebäudes, und ich verlasse das Auto, bevor Peter die Möglichkeit hat, herumzugehen und die Tür für mich zu öffnen. Mein Herz hämmert in einem hörbaren Rhythmus, und meine Handflächen schwitzen, obwohl ich mir sage, dass ich die Situation wahrscheinlich falsch interpretiere.

Vielleicht will mich Peter nur beruhigen und sagt mir deshalb Dinge, von denen er denkt, dass sie den gewünschten Effekt haben.

Ich will das glauben, und bei jedem anderen Mann *würde* ich es glauben. Wenn das Joe Levinson oder einer meiner Bandkollegen wäre, würde ich diese Worte nur als eine leere Beruhigung betrachten, als eine Art *alles wird gut*. Aber das ist Peter, und deshalb kann ich solche Dinge nicht einfach annehmen.

Ich muss …

»Wann besuchen wir deine Eltern?«, fragt Peter,

und ich schaue erschrocken nach oben, um überrascht festzustellen, dass er neben mir steht. Er nimmt meine Hand in seine große Handfläche, führt mich zum Gebäude und sagt: »Wir müssen die Vorbereitungen für diesen Samstag mit ihnen besprechen.«

Ich starre ihn verwirrt an. Habe ich ihm schon von meiner Idee erzählt, meine Eltern dieses Wochenende zu besuchen? Aber nein, daran habe ich bei der Arbeit gedacht, und ... »Diesen Samstag?«

Er nickt und schaut mich mit einem Lächeln an. »Da habe ich alles für unsere Hochzeit gebucht. Wir müssen nur ein paar kleine Details besprechen, und dann sind wir bereit.«

Ich bleibe abrupt stehen. »Was?«

Hat er gerade *unsere Hochzeit* gesagt?

Er lässt meine Hand los und dreht sich zu mir um. »Wenn du sie heute Abend anrufst, können wir vielleicht morgen Abend mit ihnen essen. Auf diese Weise haben sie die Chance, ein paar Freunde einzuladen. Und du kannst schon mit deinen Arbeitskollegen reden und allen anderen, die du dabeihaben willst. Wir sollten es aus Sicherheitsgründen klein halten, aber der Veranstaltungsort bietet Platz für bis zu hundert Personen.«

Meine Zunge löst sich von meinem Gaumen. »Du willst, dass wir diesen Samstag heiraten? In drei Tagen?«

Er neigt seinen Kopf. »Ist das ein Problem? Ich wollte es früher machen, aber ich dachte, das

Wochenende ist besser als die Wochenmitte, um deine Freunde einzuladen.«

Ich starre ihn an, als wäre ich von einem Güterzug überfahren worden. »Nächstes *Jahr* wäre besser«, schaffe ich endlich herauszupressen. »Dieses Wochenende ist einfach ... Es ist unmöglich.«

»Warum?« Er nimmt meine Hand wieder und geht weiter, als ob wir darüber reden, was wir zum Abendbrot essen sollen, und nicht über unsere verdammte Hochzeit.

Eine Hochzeit, die er in *drei Tagen* haben will.

»Weil ... weil wir nicht können.« Ich suche verzweifelt nach Wegen, ihn zu überzeugen. »Was ist mit Einladungen? Wir haben keine Zeit, sie zu schicken und ...«

»Du kannst diejenigen, die du einladen willst, einfach anrufen. Das ist sowieso persönlicher.«

»Was ist mit dem Essen? Und dem Fotografen? Und dem Kleid?«

»Alles erledigt. Ich habe ein ausgezeichnetes Catering-Unternehmen und einen sehr empfehlenswerten Floristen engagiert, und der Fotograf ist für den ganzen Samstag gebucht, genauso wie der Videofilmer. Für das Kleid werden sie morgen in deine Praxis kommen, um Maß zu nehmen, und du kannst ein Design aus ihrem Katalog auswählen, das dir gefällt. Sie haben mir versprochen, dass es nicht länger als eine halbe Stunde dauert, damit du es in deiner Mittagspause machen kannst. Die Hair- und Make-up-Artists werden gleich am Samstagmorgen in unsere Wohnung kommen, und für die Musik habe ich eine Band engagiert, die derzeit in Chicago auf Tour ist – die C-Zone Boys, glaube ich, heißen sie. Ich meine, ich habe dich ihre Lieder singen hören?«

Wäre mein Kiefer nicht angewachsen, müsste ich ihn jetzt vom Boden aufheben. Er hat die C-Zone Boys für unsere spontane Hochzeit angeheuert? Die Band, deren Singles seit zwei Jahren die Charts anführen?

»Warum nicht Rihanna oder The Black-Eyed Peas?«, frage ich, als ich wieder sprechen kann, und er wirft mir einen Seitenblick zu, als wir die Lobby betreten.

»Willst du das?« Ich kann sehen, ob wir …«

»Nein! Ich …« Ich schüttele den Kopf und finde nicht einmal die Worte, um es zu erklären. »Vergiss es. C-Zone ist perfekt. Wo findet die Veranstaltung statt?«

»Im Silver Lake Country Club im Orland Park. Das Wetter sollte perfekt sein, so dass wir sowohl die Zeremonie als auch den Empfang im Freien, direkt am See, haben werden. Es sei denn, du willst es drinnen machen? Es ist nicht zu spät, das zu ändern.«

»Nein, das ist … der See ist toll.«

Er führt mich in den Aufzug, und ich drücke wie betäubt den Knopf für meine Etage, während ich das Gefühl habe, dass ein Güterzug mich mit wahnsinniger Geschwindigkeit mitschleift. Wie konnte er das alles tun? Wann? Und warum hat er mich nicht gefragt?

Wird unser gemeinsames Leben immer so sein?

Bevor ich dieses heikle Thema anspreche, muss ich noch ein letztes vernünftiges Argument vorbringen.

»Was, wenn niemand kommt?«, frage ich beim Verlassen des Aufzugs. »Es ist schon Mittwoch. Die meisten Leute haben Pläne für das Wochenende, und …«

»Sie werden sie ändern.« Er greift in seine Tasche und holt einen Schlüsselbund heraus, den er heute gemacht haben muss, da ich meinen in der Tasche habe. Er öffnet die Tür, lässt mich hinein und schließt sie hinter uns.

Ich ziehe meine Sandalen aus. »Und wenn sie es nicht können?«

»Dann werden sie etwas verpassen.« Er zieht seine eigenen Schuhe aus und dreht sich zu mir um. »Ist dir das wirklich wichtig, Ptichka? Deine Eltern werden da sein, und du, und ich auch. Wen brauchst du noch?«

Niemanden – nicht wirklich –, aber das ist nicht der Punkt.

»Peter …« Ich atme tief durch. »Ich kann dich nicht dieses Wochenende heiraten. Das ist einfach zu früh.«

Sein Blick wird hart. »Wie, zu früh? Ich habe dir doch gesagt, dass alles organisiert ist.«

»Es geht nicht um die Organisation!« Meine Stimme wird lauter, und ich atme erneut tief ein, um die Kontrolle wiederzuerlangen. Ich bemühe mich um einen ruhigeren Ton und sage: »Ich habe dich seit über neun Monaten nicht gesehen, und davor hatten wir keine normale Beziehung.«

»Na und?« Seine Augen verengen sich. »Die haben wir jetzt.«

»Du treibst mich in die Ehe und triffst alle

Entscheidungen zu unserer Hochzeit, das ist nicht normal, Peter. Bei weitem nicht.« Ich bin stolz auf meine bisherige Fassung. »Wir brauchen Zeit, um uns in *dieser* Situation kennenzulernen, um zu sehen, ob wir das schaffen können ...« Ich breche ab, als ich sehe, wie sich ein Sturm im reflektierenden Silber seines Blickes zusammenbraut.

»Warum sollten wir es nicht schaffen?« Seine Stimme ist gefährlich leise, als er auf mich zukommt. »Das ist kein Probelauf, keine Wir-schauen-mal-Sache mit einem Mitbewohner in der Uni. Denkst du wirklich, wenn wir uns über das Geschirr streiten, lasse ich dich gehen?«

Mein Puls beginnt erneut zu rasen. Natürlich würde er das nicht. Nicht nach allem, was er getan hat, um uns hierherzubekommen. Dennoch muss er erkennen, dass es nicht der richtige Weg ist, mich an *diesem Wochenende* zu heiraten – und mir keine Wahl zu lassen –, nach einer neunmonatigen Abwesenheit, der eine Zwangsbeziehung mit Mord, Folter und Entführung vorausgingen.

»Wie wäre es mit einer Winterhochzeit?«, frage ich verzweifelt. »Wir könnten es gleich an den Dezemberfeiertagen machen, dann wird die Weihnachtszeit für uns immer besonders festlich sein. Wir könnten auch eine Hochzeitsreise in dieser Zeit planen. Ich kann ein oder zwei Wochen Urlaub nehmen, und ...«

»Wir können die Flitterwochen jederzeit machen.« Er greift nach mir, schiebt seine Hände unter meine

Bluse und legt seine warmen Handflächen auf meine nackte Taille. Sein metallischer Blick bekommt einen erhitzten Glanz, während seine Daumen über die empfindliche Haut unter meinem Brustkorb fahren und hin und her streichen. »Wenn du nächste Woche keinen Urlaub nehmen kannst oder willst, musst du das auch nicht. Ich kann bis zum Winter auf die Flitterwochen warten.«

»Warum dann nicht mit der Hochzeit?« Ich erwidere seinen Blick und versuche, mich auf das Thema zu konzentrieren, anstatt auf die Art und Weise, wie das langsame, hypnotische Streicheln dieser Daumen meine Haut erhitzt und meinen Unterleib zum Zittern bringt. »Was ist so schlimm daran, wenn wir dann auch heiraten?«

Sein Mund nimmt eine sinnliche Wölbung an, und er beugt seinen Kopf nach unten und atmet tief ein, so als ob er meinen Duft aufnimmt. »Du meinst, abgesehen von all meinen Planungen, die umsonst gewesen wären?«, murmelt er, und seine Lippen streichen über mein Ohr.

»J-Ja.« Ich schließe die Augen, als er mich an sich zieht und über die Seite meines Halses fährt, während mein Kopf instinktiv zurückfällt, um ihm einen besseren Zugang zu gewähren. Meine Atmung beschleunigt sich, und ich schmelze dahin, während sein erregtes Geschlecht gegen meinen Bauch drückt und mich auf eine schmerzende Leere in mir aufmerksam macht.

»Nun ...« Er beißt mir leicht in den Hals und

lindert danach den leichten Schmerz, indem er über die Stelle leckt. »Zum einen will ich dich zu meiner Frau, und ich will es heute, nicht morgen oder in drei Tagen.« Sein nach Minze duftender Atem ist warm auf meiner Haut und schickt ein elektrisches Kribbeln durch meinen Körper. »Ich will, dass du meinen Ring immer und überall trägst, damit jeder weiß, dass du mir gehörst.« Er beißt und leckt mich erneut hinter mein Ohr, während seine Stimme noch tiefer wird, als er murmelt: »Das ist nicht rational, Ptichka, aber ich brauche dich. Und ich kann nicht warten. Nicht, nachdem ich so lange von dir getrennt war.«

»Was ist mit …« Es wird immer schwieriger, meine Gedanken zu sammeln, während er mich weiterhin auf Nacken und Schultern mit diesen sinnlichen kleinen Bissen übersät. Mit monumentaler Anstrengung zwinge ich mich dazu, mich zu konzentrieren. »Was ist mit Kindern? Und wo werden wir wohnen? Und was …« Ich keuche, als er meinen Reißverschluss aufmacht und seine Hand in mein nasses Höschen schiebt. »Was ist mit …«, ich fange an zu keuchen, als seine Finger meine Klitoris finden und sie mit treffsicherem Geschick bearbeiten, »… deinem Job?«.

»Ich habe dir doch gesagt, dass ich aufgehört habe.« Seine Atmung ist genauso abgehackt wie meine, als er einen langen Finger in mir versenkt und dann mit der Feuchtigkeit Kreise auf meiner pochenden Klitoris malt. »Es ist vorbei.«

»Aber … oh, Gott.« Meine Hüften bewegen sich nun im Kreis und jagen der Bewegung seines verspielten Fingers hinterher. Die Anspannung baut sich so schnell in mir auf, dass ich keinen einzigen Gedanken mehr formen kann. »Oh, Gott, Peter, ich …«

Mit einem erstickten Schrei explodiere ich, und jeder Muskel in meinem Körper spannt sich durch die heftige Lustwelle an, die durch meinen Körper jagt. Der Orgasmus ist so stark, dass mein Kopf leer wird, da er von rein körperlichen Empfindungen überflutet wird. Ich bemerke kaum, dass ich bewegt werde, dass meine Hose und Unterwäsche meine Beine heruntergeschoben werden, und dann bin ich über das Sofa gebeugt und er dringt in mich ein, schiebt seinen großen Schwanz mit einem harten Stoß tief in mich.

Der Schock erschüttert mich bis auf die Knochen, und meine noch zitternden Muskeln spannen sich an, um die Invasion aufzuhalten. Aber das macht ihn nur dicker, massiver in mir, und ich bemerke, dass ich wieder keuche, als er meine Hüften greift und anfängt zuzustoßen, wobei sein Becken mit jedem erbarmungslosen Stoß gegen meinen Arsch knallt.

»Peter …« Ich spüre, wie sich die Welle wieder sammelt und droht, mich mit glühend heißer Lust zu überschwemmen. »Peter, warte …«

Er wird nicht langsamer; wenn überhaupt, beschleunigen sich seine strafenden Stöße. »Komm mit mir«, befiehlt er heiser. »Ich will fühlen, wie du meinen Schwanz melkst.«

Ich bin da, bevor er zu Ende spricht, und die Welle überkommt mich mit der Kraft eines Tsunami. Die Lust erschüttert meine Sinne, und die letzten Fetzen meines Widerstands verschwinden. Ich weiß nicht, ob ich schreie oder ob es das Blut in meinen Ohren ist, aber alle anderen Geräusche verstummen.

Alles, was ich höre, fühle und spüre, sind die Ekstase und er.

eter

MEIN PTICHKA IST STILL, als ich sie ins Badezimmer trage und in das Schaumbad setze, das ich vorbereitet hatte, bevor ich sie geholt habe. Die Wanne ist zu klein für uns beide, also benutze ich das Waschbecken, um mich zu waschen, und setze mich dann auf den Wannenrand, um ihre rosigen Brustwarzen zu betrachten, die ab und an aus dem Schaum ragen. Mit ihrem Kopf auf dem Rand der Wanne, ihren geschlossenen Augen und ihrem zarten, geröteten Gesicht mit dem post-orgastischen Leuchten, sieht sie so verlockend aus, dass ich sie schon wieder nehmen möchte.

Heute Nacht, sage ich mir.

Sobald Sara mit ihrem Bad fertig ist, werden wir essen, und dann gehört sie mir die ganze Nacht.

Sie spürt meinen Blick auf sich und öffnet die Augen. »Danke für das Bad«, murmelt sie und bewegt eine anmutige Hand durch den Schaum. »Ich kann mich nicht erinnern, wann ich das das letzte Mal gemacht habe.«

Ich bekämpfe den Drang, nach vorn zu greifen und diese Hand einzufangen, sie an mich zu ziehen, damit ich spüren kann, wie sich ihr seifenglatter Körper gegen meinen reibt. »Du wirst mich am Samstag heiraten«, sage ich, und mein Ton ist strenger, als ich wollte. »Das ist nicht verhandelbar.«

Sie versteift sichtbar und setzt sich auf. »Peter, das ist nicht …«

»Oder sie kann heute Abend stattfinden. Ich bin nicht abgeneigt, nach dem Essen mit dir nach Vegas zu fliegen.« Ich tue mein Bestes, um meine Augen von den weichen, weißen Brüsten über dem Wasser fernzuhalten.

Das ist zu wichtig, als dass ich mich von meiner Lust ablenken lassen dürfte.

Als ob sie meine Gedanken spürt, versinkt Sara wieder im Wasser und schützt die verführerischen Brüste mit Schaum vor meinem Blick. »Hast du ein Flugzeug bereitstehen?«

»Mehr oder weniger.« Ich lasse meine Teamkollegen vorerst unser Flugzeug behalten, aber ich kann einen Privatjet mit nur wenigen Stunden Vorankündigung chartern.

Mit genug Geld ist alles möglich.

»Peter ...« Sie setzt sich wieder auf, wobei sie diesmal ihre Brüste mit einem ihrer schlanken Arme bedeckt. »Wir müssen darüber reden – über alles eigentlich. Du bist erst gestern zurückgekommen, und ich weiß immer noch nicht wirklich, wo du gewesen bist oder was du getan hast. Wo sind Anton und die Zwillinge? Sind sie hier bei dir?«

»Nein.« Ich atme tief durch und unterdrücke den Instinkt, der verlangt, dass ich sie noch in dieser Sekunde nach Vegas bringe. Sara hat recht, es gibt vieles, was wir noch nicht besprochen haben. »Sie sind in Europa, aber sie werden zu unserer Hochzeit einfliegen«, erkläre ich und stehe auf.

Sie folgt meinem Beispiel, und ich wickele ein Handtuch um sie, als sie aus der Wanne steigt. Sie sieht so unglaublich klein aus, mit gebeugtem Kopf und dem dicken Handtuch, das um ihren schlanken Körper gewickelt ist.

Es macht mir bewusst, wie wehrlos sie ist, wie zerbrechlich.

Es erinnert mich daran, dass ich sie einmal bestrafen wollte ... und dass ich das immer noch manchmal will.

»Lass uns essen und reden«, sage ich und zügele den dunklen Impuls. »Ich werde dir alles erzählen.«

Nichts davon wird jedoch etwas daran ändern, was passieren wird.

Vor Ende dieser Woche wird Sara auf jeden Fall meine Frau sein.

52

UNSER ABENDESSEN IST eine Mischung aus russischer und asiatischer Küche, mit saftigen *Pelmeni* – russische, mit Fleisch gefüllte Teigtaschen –, serviert mit saurer Sahne als Vorspeise und einer Gemüsepfanne mit in Chili mariniertem Tofu als Hauptgericht.

Das Mittagessen ist schon ewig her, und der intensive Sex in Verbindung mit dem heißen Bad hat meinen Energiespeicher aufgebraucht. Ich bin so ausgehungert, dass ich sofort, als Peter das Essen auf den Tisch stellt, anfange und fünf große Teigtaschen und zwei Portionen der würzigen Pfanne verschlinge, bevor ich von meinem Teller aufblicke.

»Hungrig?«, fragt Peter amüsiert, als ich die dritte Portion nehme, und ich erröte, als ich merke, dass ich mich so auf das Essen konzentriert habe, dass ich kaum ein Wort gesagt habe.

»Das ist wirklich gut«, sage ich entschuldigend, und er grinst, wobei seine metallischen Augen so warm sind, wie ich sie noch nie gesehen habe.

»Lass es dir schmecken, Ptichka. Ich liebe es, dich das essen zu sehen, was ich gekocht habe.«

»Du bist ein fantastischer Koch«, sage ich ihm ehrlich, und sein Lächeln breitet sich weiter aus.

»Ich freue mich, dass du das findest, mein Liebling.«

»Warum machst du nicht ein Restaurant auf?«, frage ich spontan. »Du weißt schon, so wie Yulia. Oder ein Café?«

Er lacht wieder und schüttelt den Kopf. »Nein, Ptichka. Das ist nichts für mich. Aber ich werde, wann immer du möchtest, für dich kochen.«

»Nein, aber ernsthaft … was *wirst* du hier tun?« Ich lege meine Gabel weg und betrachte ihn aufmerksam. »Hast du eine Vorstellung davon, was du beruflich machen möchtest? Du hast gesagt, du hast deinen Job aufgegeben. Ich nehme an, das bedeutet, du bist nicht länger ein … ähm …«

Aus irgendeinem Grund bleibt mir das Wort im Hals stecken, und er zieht seine Augenbrauen hoch und sieht zutiefst belustigt aus.

»Ein Attentäter? Nein, Ptichka. Dieser Teil meines Lebens ist vorbei.« Er spießt ein Stück Pak Choi mit seiner Gabel auf. »Ich bin jetzt ein gesetzestreuer Bürger.«

»Wirklich?« Ich blicke ihn gleichzeitig hoffnungsvoll und ungläubig an. Ich dachte anfangs, dass er vielleicht gesetzestreu leben wird, aber dann hatten wir dieses Gespräch über Monica. Heißt das, ich habe es missverstanden? Ich hätte schwören können, dass es ein unausgesprochenes Versprechen gab, dem Stiefvater etwas anzutun, aber wenn Peter sagt, dass er nichts Kriminelles mehr tut, dann waren das vielleicht nur leere, beruhigende Worte, die jeder hätte sagen könnte, um seine Freundin zu beruhigen.

Der Gedanke an Monica trübt sofort meine Stimmung und verdirbt mir den restlichen Appetit, also schiebe ich meinen Teller weg, während Peter grinst und sagt: »Wirklich! Das ist eine der Bedingungen der Abmachung: keine weiteren Verbrechen mehr.«

»Oh. Gut.«

Seine Augenbrauen heben sich wieder. »Du klingst nicht sehr enthusiastisch.«

»Was? Nein!« Ich unterdrücke das schwere Gefühl in meine Brust wegen Monica und lächele strahlend. »Ich bin begeistert, dass du jetzt gesetzestreu bist. Wie könnte ich das nicht sein?«

Ich meine es auch so, selbst wenn ich den winzigen Keim meiner mit Schuldgefühlen vermischten Hoffnung auf eine dauerhafte Lösung für Monicas Dilemma zerquetschen muss.

Auf keinen Fall wollte ich das.

Ich weigere mich, das zu glauben.

»Ich weiß nicht, Ptichka.« Peter legt den Kopf auf

die Seite und betrachtet mich nachdenklich. »Gibt es etwas, das dich daran beunruhigt?«

»Alles beunruhigt mich«, sage ich unverblümt. »Wie willst du mit dieser Art von Leben zurechtkommen? Was wirst du mit deiner Zeit anfangen? Du sagst, du willst mich diesen Samstag heiraten, aber was dann? Und was ist mit deiner Rache? Hast du den Letzten gefunden?«

»Es ist vorbei.« Sein Ton ist schneidend scharf, und sein Gesicht verdunkelt sich abrupt. »Daran gibt es nichts zu diskutieren.«

Ich starre ihn an, das Essen, das ich gegessen habe, verwandelt sich in meinem Magen in einen Stein. »Was ist passiert?«

Er steht auf und nimmt zuerst seinen halbleeren Teller, dann meinen. »Nichts.« Er geht zur Spüle, stellt das Geschirr so hart ab, dass es klirrt, und kehrt dann zum Tisch zurück, um mehr zu holen.

Ich stehe auch auf, und meine Nerven sind angespannt, als ich ihn mit kaum kontrollierter Wut durch die Küche streifen sehe. »Peter ...« Ich nehme meinen ganzen Mut zusammen und ergreife sein Handgelenk, als er das nächste Mal an mir vorbeigeht. »Was ist passiert?«, wiederhole ich leise und schaue auf, um seinem stählernen Blick zu begegnen.

Die Sehnen in seinem kräftigen Handgelenk spannen sich an, und ich weiß, dass es ein Kinderspiel für ihn wäre, meinem Griff zu entkommen. »Nichts«, antwortet er stattdessen, und diesmal höre ich einen

Unterton von bitterer Trauer und Wut heraus. »Absolut gar nichts.«

Ich befeuchte meine trockenen Lippen. »Was bedeutet das? Du hast ihn nicht gefunden?«

Sein Mund verzieht sich, und er löst sich vorsichtig aus meinem Griff. »Lass uns das Thema wechseln, Ptichka.«

Ich möchte, aber ich kann nicht. Nicht, wenn wir ein gemeinsames Leben aufbauen wollen.

Ich werde keinen weiteren Mann heiraten, dessen Geheimnisse uns zerstören könnten.

»Bitte, Peter.« Ich nehme seine Hand erneut und drücke sie zwischen meinen Handflächen. Ich schaue ihm in die Augen und sage ruhig: »Sag mir einfach die Wahrheit.«

Seine Finger bewegen sich zwischen meinen, und er schließt seine Augen, während er tief durchatmet. Als er sie öffnet, ist die bittere Wut verschwunden, da sie von Ausdruckslosigkeit verschleiert wird. »Ich habe es dir gesagt, nichts ist passiert«, sagt er ruhig. »Und nichts wird passieren. Henderson wird in sein normales Leben zurückkehren, sicher und gesund, denn das ist Teil des Deals, den ich gemacht habe.« Und als ich ihn wie betäubt anstarre, sagt er: »Es ist vorbei, Sara. Es gibt nichts mehr zu sagen.«

Ich fange an zu sprechen und breche ab, weil ich keine richtigen Worte finde. Eigentlich gar keine Worte. Mein Herz fühlt sich an, als würde es in Stücke zerfallen, und meine Brust ist so eng, dass ich keinen Atemzug machen kann.

Er hat die Chance aufgegeben, seine Familie zu rächen.

Für mich.

Er hat das alles für mich getan.

»Nicht«, sagt er fest, und ich bemerke ein nasses Rinnsal auf meinem Gesicht. Der wässrige Nebel vor meinen Augen müssen Tränen sein.

»Das tut mir leid.« Ich lasse seine Hand los und wische mir mit den Handrücken über die Wangen. »Ich bin nur … Es ist alles in Ordnung.«

Er starrt mich an, dann dreht er sich um und fährt damit fort, die Küche aufzuräumen, so als wäre nichts passiert.

Als hätte er mir nicht gerade mein Herz aus der Brust gerissen und es in seine Tasche gesteckt.

Ich gebe mir ein paar Minuten, um mich zu beruhigen, und dann gehe ich zu meiner Tasche und nehme mein Telefon heraus.

»Was machst du da?«, fragt Peter, während ich die Nummer meiner Eltern tippe, und ich halte meinen Finger in der Geste für Schweigen an meine Lippen.

»Hallo, Mama«, sage ich, als ich die vertraute Stimme höre. »Wie geht es dir? Wie fühlst du dich?«

»Mir geht es gut, Schatz.« Sie klingt überrascht. »Was ist los? Ist alles in Ordnung?«

Ich schaue auf die Uhr und zucke zusammen, als ich sehe, dass es nach zehn ist. »Ja, es ist alles in Ordnung. Tut mir leid, dass ich so spät anrufe – ich hatte eine Schicht in der Klinik und habe die Zeit vergessen. Ich habe dich nicht aufgeweckt, oder?«

»Mich? Nein. Ich habe gerade noch gelesen, bevor ich gleich ins Bett gehe. Dein Vater schläft allerdings schon. Wolltest du mit ihm reden? Ich kann ihn aufwecken, wenn du …«

»Nein, nein, schon gut. Lass ihn schlafen.« Ich atme tief durch. »Mama, was macht ihr morgen Abend? Habt ihr Lust auf ein gemeinsames Abendessen?«

Aus dem Augenwinkel sehe ich, wie Peter aufhört, sich zu bewegen, bevor er den Geschirrspüler weiter belädt.

»Nun, wir haben daran gedacht, zur Bingo-Nacht zu gehen, aber das müssen wir nicht«, antwortet meine Mutter. »Warum, Süße? Arbeitest du morgen nicht?«

»Ich habe einen leichten Arbeitstag«, sage ich, und das stimmt auch beinahe. Ich habe morgen keinen Bereitschaftsdienst und keine chirurgischen Eingriffe. Und was meine Klinikschicht angeht, werde ich sie auf einen anderen Tag verschieben. »Wollt ihr zum Essen vorbeikommen?«

Sie schweigt einen Moment lang, bevor sie fragt: »Zu dir nach Hause?«

»Ja. Es gibt jemanden, den ich euch vorstellen möchte«, sage ich, während Peter sich umdreht und mich ansieht.

Das ist erst das zweite Mal, dass meine Eltern in meine neue Wohnung kommen. Ich war noch nie eine besonders gute Gastgeberin, also komme ich entweder zu ihnen nach Hause oder wir gehen zum Mittagessen oder Brunch auswärts essen. Mit Peter denke ich allerdings, dass es das Beste ist, wenn wir bei mir sind.

Auf diese Art werden meine Eltern sich eher beherrschen können.

»Oh.« Mamas Stimme füllt sich mit offensichtlicher Aufregung. »Ja, natürlich, meine Süße, gerne. Sollen wir etwas mitbringen, oder bestellen wir?«

»Wir kümmern uns um alles, Mama. Mach dir keine Gedanken«, sage ich, während Peter mich weiterhin anstarrt. »Wir sehen uns morgen um sechs, okay?«

Ich lege auf, und er kommt mit langsamen und leicht raubtierartigen Bewegungen, die dem faulen Schritt einer Dschungelkatze ähneln, auf mich zu.

»Das war meine Mutter«, sage ich, mich instinktiv verteidigend. »Ich habe meine Eltern für morgen zum Essen eingeladen. Es macht dir doch nichts aus, oder? Wir können bestellen oder …« Meine Worte enden mit einem Quieken, als Peter mich hochhebt, auf dem Tresen absetzt und meinen Bademantel öffnet.

»Peter, warte …« Ich lecke über meine Lippen, als er mir den Bademantel über die Arme nach unten schiebt und mich völlig entblößt. »Wir sollten entscheiden, was wir tun, w… « Ich stöhne, und mein Kopf fällt zurück, als er den empfindlichen Bereich rund um mein Schlüsselbein küsst, während seine Hand in die erregte Spalte zwischen meinen Beinen eindringt und zwei raue Finger sich gnadenlos in mich drücken. Ich bin noch nicht nass genug, und es tut weh, aber mein Körper zieht sich bei diesem leichten Schmerz mit einer Hitzewelle zusammen.

»Du wirst mich heiraten. Diesen Samstag«, knurrt

er und fickt mich mit den Fingern, bis ich meine Zustimmung stöhne, da sich mein Körper erneut entzündet.

Diesen Samstag, heute Abend, morgen – es spielt keine Rolle mehr. Ich bin fertig damit, zu kämpfen, mich zu wehren.

Er hatte die ganze Zeit über recht.

Ich gehöre ihm, und er gehört mir.

Das sollte so sein.

eter

SIE SCHLÄFT ERSCHÖPFT, als ich vorsichtig aus dem Bett klettere und die Kleidung nehme, die ich gefaltet auf einem Stuhl abgelegt hatte. Ich ziehe mich leise an, achte darauf, sie nicht zu wecken, und dann schleiche ich auf Socken aus dem Schlafzimmer.

Meine Stiefel stehen am Eingang, also ziehe ich sie an und fahre über meine Jackentasche, um sicherzustellen, dass mein Handy da ist.

Ich brauche es, um zum aktuellen Standort eines Mr. Samson »Sonny« Pearson, Monica Jacksons Stiefvater, zu navigieren.

Danny wartet schon auf dem Parkplatz auf mich, also rufe ich die E-Mail von meinen Hackern auf und gebe ihm eine Adresse, die ein paar Blocks von

Pearsons Wohnort entfernt ist – was zufällig die Wohnung seiner Ex-Frau ist.

Monicas Mutter hat offensichtlich keine Skrupel, den Vergewaltiger ihrer Tochter mit ihr zusammentreffen zu lassen.

Ich gehe ein Risiko damit ein, es selbst zu tun. Es wäre klüger gewesen, jemanden anzuheuern, der in einigen Monaten einen diskreten Anschlag durchgeführt hätte, wenn niemand Pearsons Tod mit dem Besuch seiner Stieftochter in der gemeinnützigen Frauenklinik in Verbindung bringen würde. Aber mein Ptichka hat heute geweint – wegen dieses *Ublyudok* geweint –, und das kann ich nicht zulassen.

Er wird heute Nacht sterben, und seine Stieftochter wird endlich frei sein.

»Lass mich hier raus«, sage ich Danny, als wir die Adresse erreichen, die ich ihm gegeben habe, ein Gebäude, das ein paar Blocks von meinem eigentlichen Ziel entfernt ist. Der Kerl ist loyal und bereit, außerhalb des Gesetzes zu operieren, aber ich traue ihm nicht so sehr wie meinen eigenen Männern.

Es ist besser, wenn ich das allein mache, ohne Zeugen.

Amira Pearsons Wohnung befindet sich im zweiten Stock eines heruntergekommenen vierstöckigen Gebäudes. In der Eingangshalle riecht es leicht nach Urin und Erbrochenem, und die Farbe auf der Treppe ist abgeblättert, was mich an die Gebäude aus der Sowjetzeit in Russland erinnert. Die Wohnungstür, vor der ich stehe, besteht jedoch aus normalem Holz, nicht aus zwei Schichten Stahl, wie es in meiner von Korruption geprägten Heimat üblich ist.

Ich könnte diese Tür mit einem einzigen Tritt aufbrechen, wenn ich das wollte.

Stattdessen drücke ich mein Ohr an das Holz und lausche. Ich kann leise Stimmen hören, also ist meine Information korrekt. Sonny hat einen Job bekommen, bei dem er um drei Uhr morgens Lebensmittel-LKWs auslädt, und er wird in Kürze seine Schicht antreten.

Ich gehe wieder hinunter und hinaus, um zu warten. Ich hätte einbrechen können, während der Wichser schlief, aber Monicas Mutter und Bruder sind auch in der Wohnung, also ist es besser, zu warten.

Es ist besser, wenn ich Sonny allein erwische und es wie einen misslungenen Raubüberfall aussehen lasse.

Es dauert fast eine halbe Stunde, bis er herauskommt, aber ich bleibe wachsam, während das Adrenalin durch meine Adern pumpt. Ich kann die dunkle Vorfreude nicht verleugnen, die mich wie ein Becher starken Kaffees antreibt.

Ich bin ein Raubtier, ein Monster, und ich weiß es.

Jetzt wird es auch Sonny Pearson wissen.

Ich bleibe halb versteckt in einer Gasse, und als er vorbeikommt, greife ich nach ihm und ziehe ihn an der Vorderseite seines Hemdes zu mir.

»Hey!« Er versucht, mich zu schlagen, aber er erstarrt, sobald ich meine Klinge an seine Kehle drücke.

»Nicht bewegen«, flüstere ich und beuge mich nach vorn. »Atme nicht einmal.«

Der Adamsapfel in seinem dicken Hals ist gefährlich nah an meiner Klinge. »W-Was willst du, Mann? Ich habe kein G-Geld.«

»Ich weiß.« Ich muss ihn nicht erblassen sehen, um zu wissen, dass mein Lächeln kalt ist. »Ich will auch kein Geld.«

Und mit diesen Worten schneide ich seine Kehle durch. Sein warmes Blut badet meine Finger, und der Gestank seines sich entleerenden Darms erfüllt die Luft. Ich sehe das Leben aus seinen schlammbraunen Augen entweichen und sage leise: »Mit besten Grüßen von Monica.«

Ich lasse seinen Körper auf den Bürgersteig fallen, wische meine Hand und meine Klinge an der saubersten Stelle seines Hemdes ab, ziehe seine Brieftasche aus seiner Tasche und gehe aus der Gasse dorthin zurück, wo Danny wartet.

Wir müssen auf dem Rückweg bei einem Motel anhalten.

Ich muss duschen, bevor ich wieder nach Hause gehe.

54

ara

ICH BIN IMMER NOCH NICHT BEREIT, meinen Ring offen
im Büro zu tragen, aber zur Mittagszeit, als die
Mitarbeiter des Ladens für das Brautkleid auftauchen
– zwei stilvolle Frauen etwa in meinem Alter –, führe
ich sie durch die Haupthalle und ignoriere den
neugierigen Blick der Empfangsdame. Wir gehen in
eines der Untersuchungszimmer, und sie messen mich
von Kopf bis Fuß – ein Vorgang, der mit ihren
geschickten Händen nur wenige Minuten dauert.

»Sie sind sehr schlank, was toll ist«, sagt eine große,
dunkelhaarige Frau, die sich als Suzie vorgestellt hat.
»Wir haben ein wunderschönes Monique Lhuillier, das
Ihnen mit minimalen Änderungen passen würde. Pam,
hast du ein Bild?«

Pam, eine kleine Blondine mit lockigen Haaren, zieht ihr Handy heraus und zeigt mir ein elegantes Kleid im Meerjungfrau-Stil, das an einer Schaufensterpuppe hängt. Es ist mit zarter Spitze überzogen, hat einen quadratischen Ausschnitt und eine Reihe von Perlenknöpfen am Rücken – einfach und doch so perfekt, dass ich nur starren und sabbern kann.

»Wir haben auch viele andere Stile«, sagt Suzie, die meine Sprachlosigkeit falsch interpretiert. »Gibt es irgendetwas Bestimmtes, was Sie …«

»Nein, das ist toll.« Ich löse meinen Blick vom Telefon. »Wie viel kostet es?«

Suzie blinzelt und schaut kurz zu Pam.

»Mr. Garin hat uns gesagt, dass es kein festes Budget gibt«, sagt Pam vorsichtig. »Ist das nicht so?«

»Oh, ähm … doch. Ich frage nur aus Neugier.« Finanzen ist eine weitere Sache, die ich noch nicht mit Peter besprochen habe, also tue ich mein Bestes, um mein Unbehagen hinter einem strahlenden Lächeln zu verstecken.

»Oh, ich verstehe.« Pam strahlt zurück. »Ich versichere Ihnen, dass Ihr Verlobter ein sehr großzügiger Mann ist. Dieses Kleid ist eine einzigartige Haute-Couture-Kreation mit handgefertigter Spitze und kostet dreiunddreißigtausend plus Steuern. Die Änderungen sind aber umsonst.«

»Das ist … sehr nett von Ihnen.« Meine Stimme klingt erstickt, aber ich kann nicht anders. Ich bin nicht Aschenputtel – trotz der schlechteren Bezahlung in meinem neuen Job liegt mein Gehalt gut im sechsstelligen Bereich – aber dreiunddreißigtausend ist immer noch eine unglaubliche Summe für ein Kleid, das ich genau einmal tragen werde.

Ich dachte immer, das Zwölfhundert-Dollar-Kleid bei meiner ersten Hochzeit sei teuer gewesen.

»Sie brauchen auch Schuhe und Accessoires«, sagt Suzie und zieht einen glänzenden Katalog aus ihrer übergroßen Handtasche. »Möchten Sie den durchblättern«, sie hält den Katalog hoch, »oder sollen wir Ihnen lieber etwas empfehlen?«

»Ich würde eine Empfehlung sehr zu schätzen wissen«, sage ich, und sie finden schnell ein Paar weiße Louboutin-Pumps mit zarten Riemchen um die Knöchel und eine Perlenkette, zu der es auch passenden Haarschmuck mit Perlen- und Diamantbesatz gibt.

»Sie sollten sich auf jeden Fall für eine Hochsteckfrisur entscheiden«, sagt Pam und blättert durch den Katalog, um mir ein paar komplizierte Frisuren an Modellen zu zeigen. »Die wird alles abrunden.«

»Danke. Das werde ich tun«, sage ich, während sie packen und losfahren. Wie versprochen hat der ganze Prozess knapp dreißig Minuten gedauert – ein Bruchteil der Zeit, die ich bei meiner ersten Hochzeit für ein Kleid und Accessoires gebraucht habe.

Vielleicht ist es ein Vorteil, dass Peter mich derart überfallen hat, denke ich trocken, als ich gehe, um in der halben Stunde, die mir bis zu meinem nächsten Patienten bleibt, schnell etwas zu essen. Meine erste Hochzeit war eine große Show, zu der George jeden einlud, den wir kannten, und Geld ausgab, das wir nicht wirklich hatten. Es kamen zweihundert Leute zum Empfang, und es hat ein Jahr gedauert, um alles zu planen – und ich war damals mitten in meiner Facharztausbildung und habe jede Minute dieser Planungen gehasst.

Eine kleine Hochzeit, bei der ich nur auftauchen muss, ist vielleicht genau das Richtige für mich.

»Wer waren diese Leute?«, fragt die Rezeptionistin Annabelle, als ich vom Mittagessen zurückkomme, und ich atme durch und merke, dass ich eine wichtige Aufgabe vor mir habe.

Ich muss meine Freunde und Kollegen einladen und dabei ihre überraschten Fragen aushalten.

»Sie waren hier, um für mein Kleid Maß zu nehmen«, sage ich und beschließe, dass kein besserer Zeitpunkt kommen wird. Ich schiebe meine linke Hand in meine Tasche, ziehe heimlich meinen Ring an und nehme meine Hand wieder heraus, um Annabelle den großen Diamanten zu zeigen. »Ich bin verlobt, und die Hochzeit ist …«

Ein aufgeregtes Quieken übertönt meine Worte, bevor ich »diesen Samstag« sagen kann. Annabelle, eine gestandene Frau in ihren späten Fünfzigern, die mit Versicherungsgesellschaften und schwierigen Patienten mit gleicher Souveränität umgeht, springt auf ihre Füße wie ein Teenager und greift nach meiner

Hand, um den Ring anzustarren und die ganze Zeit zu plappern.

»Oh mein Gott, sieh dir diesen Stein an! Wer ist der Glückliche? Wie hast du ihn kennengelernt? Ich wusste nicht mal, dass du mit jemandem zusammen bist!«

Als sie eine Atempause einlegt, erzähle ich ihr, dass Peter und ich schon seit einiger Zeit zusammen sind, aber dass unsere Beziehung wegen seiner Arbeit, die eine Menge Reisen ins Ausland erforderte, nicht richtig ernst war. Jetzt aber wird er etwas anderes machen, also haben wir uns entschlossen, den nächsten Schritt zu tun und zu heiraten.

»Wir planen keine große Hochzeit«, sage ich, bevor sie die nächsten Fragen stellen kann. »Wir werden diesen Samstag eine kleine Zeremonie abhalten, und ich würde mich freuen, wenn du und dein Mann kommen könntet. Ich weiß, es ist kurzfristig, aber …«

Sie quiekt wieder und umarmt mich. »Oh, danke, Süße, ich fühle mich so geehrt! Wir werden definitiv kommen. Hast du es schon Bill und Wendy gesagt?«

Ich muss wegen ihres aufgeregten Gesichts grinsen. »Nein, das werde ich gleich tun.«

»Oh, dann geh und mach das. Jetzt sofort. Ich kann es kaum erwarten, Bills Gesichtsausdruck zu sehen, wenn er herausfindet, dass ich recht hatte.« Als ich meine Augenbrauen in die Höhe ziehe, erklärt sie: »Ich habe zwanzig Dollar gewettet, dass ein hübsches Mädchen wie du einen Freund haben muss.« Und als ich in Lachen ausbreche, streckt sie ihren Kopf in den

Wartebereich und sagt: »Ich sehe deine Patientin noch nicht, also hast du ein paar Minuten.«

»Danke, Annabelle.« Ich lache, als sie mich mit den Händen wegscheucht. »Ich gehe ja schon, versprochen.«

Ich eile zum Büro meiner Chefs, bevor Annabelle mich dorthin schleifen kann, und klopfe an die Tür.

»Wendy? Bill? Habt ihr eine Sekunde Zeit?«

Wendy öffnet die Tür eine Sekunde später. »Natürlich, meine Liebe. Wie kann ich dir helfen?« Ihr Lächeln ist so sanft wie das weiße Haar, das um ihr freundliches Gesicht liegt. Alles an Frau Dr. Otterman ist freundlich, vom sanften Ton ihrer Stimme bis zur Art, wie sie ihre Patienten regelmäßig anruft, um zu fragen, wie es ihnen geht.

Die Arbeit mit ihr macht sehr viel Spaß, trotz ihres mürrischen Ehemanns, der immer an ihrer Seite ist.

»Ist Bill auch hier?«, frage ich, bevor ich ihn hinter ihr sitzen sehe, wo er ein Sandwich isst, das fast so groß ist wie sein Schnurrbart.

Er starrt mich wie immer böse an und legt das Sandwich ab. »Was?«

Wenn ich es nicht besser wüsste, würde ich denken, dass er mich hasst. Aber er ist bei allen so, auch bei den Patienten, also nehme ich es nicht persönlich.

Die Schwestern sagen, je mehr er dich anstarrt, desto mehr mag er dich.

»Nun …« Aus dem Augenwinkel sehe ich, dass Annabelle neben mich tritt. Sie kann offensichtlich nicht widerstehen, den eben erwähnten Blick auf Bills

Gesicht selbst zu sehen. »Ich habe mich gefragt, ob ihr Pläne für diesen Samstag habt«, sage ich und denke, es ist das Beste, keine große Sache daraus zu machen. »Ich werde in einer kleinen, unspektakulären Zeremonie heiraten, und …«

»Du wirst *was*?« Bills Schnurrbart zittert, als sein Blick auf meine linke Hand fällt. »Du bist verlobt?«

»Seit gestern«, sage ich und hebe meine Hand, um den Ring zu zeigen. »Ich weiß, es ist kurzfristig, also wenn ihr andere Pläne habt, ist es völlig …«

»Oh, nein, wir werden da sein, meine Liebe. Herzlichen Glückwunsch.« Wendy strahlt mich an und drückt meine rechte Hand. »Wer ist der Glückliche?« Sie schaut auf meine linke Hand. »Er hat dir einen wunderschönen Ring geschenkt.«

Bills Schnurrbart hört nicht auf, sich zu bewegen. »Du hast einen Freund?« Sein böser Blick verstärkt sich, als er aufsteht. »Wir wussten nicht, dass du einen Freund hast.«

Ich lächele und wiederhole meine Erklärung, dass wir eher locker zusammen waren, weil Peter viel unterwegs war. »Jetzt sind wir bereit für den nächsten Schritt«, schließe ich ab und schaue auf die Uhr an der Wand. »Oh, so spät schon. Meine Patientin ist jetzt wahrscheinlich schon hier«, sage ich und sehe zu, wie die grinsende Annabelle zu ihrem Arbeitsplatz zurückeilt.

»Tut mir leid, ich muss los«, sage ich meinen Chefs. »Also, werdet ihr kommen?«

»Mit Pauken und Trompeten«, sagt Bill sauer.

Ich verstehe das so, dass er sich auch für mich freut, also winke ich fröhlich Wendy zu und eile davon, erleichtert, dass zumindest dieser Teil meiner Aufgabe reibungslos verlaufen ist.

Jetzt muss ich es nur noch allen anderen sagen – und es dann meinen Eltern erklären.

———

ICH HABE eine Terminabsage in der zweiten Hälfte des Nachmittags, also nutze ich diese Zeit, um die notwendigen Anrufe zu tätigen.

Simon und Rory heben nicht ab, also hinterlasse ich ihnen eine Nachricht auf der Mailbox, damit sie mich anrufen. Phil muss aber schon mit seinem Arbeitstag in der Schule fertig sein, denn er nimmt nach dem ersten Klingeln ab.

»Hey, da bist du ja. Wir dachten, dein mysteriöser Freund hätte dich vielleicht mitgenommen«, sagt er, und ich lache und hoffe, dass er den halbhysterischen Unterton nicht heraushört.

Er macht einen Scherz, aber Peter hätte mich leicht verschwinden lassen können.

Das war es, was ich gedacht hatte, als ich die Bar mit ihm verließ.

»Ich bin immer noch hier«, sage ich, als ich aufhöre zu lachen. »Aber ich habe großartige Neuigkeiten.«

»Lass mich raten«, macht sich Phil am Telefon lustig. »Du bist schwanger.«

»Ähm, nein …« Oder zumindest weiß ich es noch

nicht, wenn ich es bin. Es ist nicht unmöglich, nach zwei Tagen ungeschütztem Sex, aber es ist definitiv zu früh, um es zu sagen. »Aber ich *bin* verlobt und werde heiraten.«

Totenstille am Telefon. Dann ein lautes »*Was?*«.

»Ja, es ist eine lange Geschichte«, sage ich und beginne mit der gleichen Erklärung, die ich meinen Kollegen über meine Beziehung und Peters Reisen gegeben habe.

»Aber warum hast du uns nichts von ihm erzählt?« Phil klingt immer noch fassungslos. »Wir dachten alle, du hättest dich wegen deines Mannes mit niemandem verabredet.«

»Es war manchmal etwas komplizierter. Und da ich mir nicht sicher war, ob es was Ernstes ist …« Ich hatte gehofft, dass Phil die Lücken selbst füllt. »Auf jeden Fall *werden* wir heiraten, und zwar diesen Samstag, also …«

»*Was?*«

Ich grinse und stelle mir seine hervortretenden Augen vor. »Ja, ich weiß. Wir haben uns gegen eine lange Verlobungszeit entschieden. Auf jeden Fall weiß ich, dass es super kurzfristig ist, also wenn du andere Pläne für diesen Samstag hast, verstehe ich das völlig. Aber *wenn* du es schaffst, würden wir uns freuen, und natürlich kannst du gerne eine Begleitung mitbringen.«

»Du heiratest. Diesen Samstag.«

»Ja, das habe ich gerade gesagt.« Ich halte inne, um ihm die Chance zu geben, noch mehr zu sagen, aber er scheint seine Zunge verschluckt zu haben, also rede ich weiter. »Du musst es mir jetzt nicht sagen, aber wenn du dabei sein kannst, würde ich das gern bis morgen wissen. Peter hat eine Cateringfirma gebucht und alles, also wird es klein, aber hoffentlich schön.«

»Wo …« Phil räuspert sich. »Wo wird die Hochzeit stattfinden?«

»Im Silver Lake Country Club«, sage ich. »Kennst du ihn?«

»Ja, natürlich. Mein Cousin hat dort vor ein paar Jahren geheiratet. Wunderschönes Plätzchen.«

»Oh, gut.« Ich lächele, obwohl er es nicht sehen kann. »Weißt du schon, ob du kommen kannst, oder brauchst du Zeit bis morgen?«

»Machst du Witze? Natürlich werde ich da sein. Hast du es Rory und Simon schon gesagt?«

»Ich habe ihnen eine Nachricht auf dem Anrufbeantworter hinterlassen«, sage ich und schaue auf die Uhr. Ich beeile mich besser, wenn ich Marsha vor meiner nächsten Patientin anrufen will. »Vielen Dank, Phil, und es tut mir leid, dass ich dich so damit überfallen habe«, sage ich ihm. »Wir sehen uns Samstag.«

»Ja. Bis Samstag«, sagt er und klingt immer noch fassungslos, als ich auflege.

Marsha steht als Nächstes auf meiner Liste, und es ist ein Gespräch, das ich fast so sehr fürchte wie das bevorstehende Abendessen mit meinen Eltern. Als ich ihre Nummer wähle, hoffe ich halb, dass sie nicht abhebt, aber sie ist beim ersten Klingeln am Telefon.

»Hey, Süße.«

Ich atme tief durch. »Hey, Marsha. Wie geht's dir?«

»Ach, du weißt schon. Ich will gerade zu meiner Abendschicht. Andy hat diese Woche den kurzen Strohhalm gezogen, aber ihr Freund hat einen Wutanfall bekommen, weil heute ihr Jahrestag ist, also hat sie mich gebeten, mit ihr zu tauschen. Wie geht's dir? Was hast du dieses Wochenende vor? Tonya und ich wollen am Samstag in ein paar Bars gehen. Willst du mitkommen? Du trittst nicht auf, oder?«

»Nein, aber eigentlich, was diesen Samstag betrifft …« Ich halte das Telefon fester. »Ich habe Neuigkeiten.«

»Oh?«

»Es gibt da einen Mann, mit dem ich mich schon eine Weile treffe. Es ging irgendwie hin und her.«

»Wirklich?« Marshas Stimme wird lauter. »Wer? Nicht dieser rothaarige Bodybuilder von deiner Band, oder?«

»Rory? Nein, ganz und gar nicht.«

»Oh, gut. Weil Tonya ihn wirklich mochte und dachte, es könnte auf Gegenseitigkeit beruhen. Wer dann? Kenne ich ihn?«

»Nein, du kennst ihn nicht.« Ich atme noch einmal tief durch. »Es ist aber sehr ernst zwischen uns.«

»Wirklich?« Ihr Interesse nimmt deutlich zu. »Wie ernst?«

Ich nehme all meinen Mut zusammen und rattere heraus: »Wir heiraten diesen Samstag.«

»Ihr macht *was*?«

Die Katze ist aus dem Sack, also wiederhole ich so ruhig wie möglich: »Ich werde heiraten. Diesen Samstag. Und ich würde mich freuen, wenn du kommen könntest.«

»Das ist ein Witz, oder?«

Mit meiner freien Hand massiere ich meinen Nasenrücken. »Nein. Wir haben uns gegen eine große feierliche Zeremonie entschieden, also laden wir nur ein paar Leute ein. Die Feier wird im Silver Lake Country Club stattfinden. Du weißt schon, drüben in Orland Park.«

»Aha. Und ich gehe zu *Dancing with the Stars*.«

»Marsha … Das ist kein Scherz.«

Einige Momente lang herrscht große Stille. Dann: »Du *heiratest*?«

»Ja. Diesen Samstag.«

»Was zum Teufel …? Ist das dein Ernst? Wann habt ihr euch kennengelernt und wie? Wie heißt er? Wieso hast du ihn mir gegenüber nie erwähnt?«

»Das ist eine lange Geschichte. Eine Zeit lang war es ein hin und her, und dann …«

»Was meinst du mit *eine Zeit lang*? Wie lang ist *eine Zeit lang*? Wochen? Monate?«

Ich zucke innerlich zusammen. »Ähm, Monate. Definitiv Monate.« Technisch gesehen wird es in diesem Oktober zwei Jahre her sein, dass Peter mich in meiner Küche gewaterboardet hat, aber in Bezug auf die tatsächliche Zeit, die wir zusammen verbracht haben, sind es insgesamt wahrscheinlich eher sieben oder acht Monate.

»Wow. Okay. Einfach … wow.« Marsha verstummt für eine Sekunde und fragt dann in einem leicht verletzten Ton: »Warum hast du nichts gesagt? Wir dachten alle, du wärst Single nach … na ja, du weißt schon.«

»Ich weiß, es tut mir leid. Weil es so ein Hin und Her war, dachte ich zuerst nicht, dass es so ernst ist. Er ist viel auf Geschäftsreisen gewesen. Aber diese Zeiten sind jetzt vorbei, also haben wir beschlossen, den nächsten Schritt zu tun.«

»Und der nächste Schritt ist die *Ehe*? Was ist aus dem erst einmal Zusammenleben geworden? Sara, Schatz …« Ihre Stimme nimmt einen besorgten Ton an. »Was ist los? Ist alles in Ordnung?«

Das ist der schwierige Teil, denn im Gegensatz zu Phil und meinen neuen Mitarbeitern kennt mich Marsha seit Jahren. Sie weiß, dass ich immer ganz genau abwäge, bevor ich einen Schritt mache, und sie weiß auch, was mit Peter passiert ist.

Nun, zumindest die dunkleren Teile davon.

»Alles ist in Ordnung.« Ich lege so viel Fröhlichkeit in meine Stimme, wie ich kann. »Wir freuen uns, dass wir endlich zusammen sein können, und sehen keinen Grund zu warten. Wir beide wollen keine große Zeremonie, also …«

»Okay, okay, whoa. Ganz langsam und von vorn. Du hast mir immer noch nicht gesagt, wie er heißt oder was er macht.«

Ich atme tief durch. Hier gibt es kein Entkommen. »Sein Name ist Peter Garin. Er war ein

Sicherheitsberater, aber er hat gerade damit aufgehört.«

»Peter Garin? Moment mal ...« Marshas Stimme wird angespannt. »Hieß nicht der russische Mörder, der dich entführt hat, nicht auch Peter irgendwas?«

»Sokolov – und bitte, lass uns jetzt nicht darüber reden.« Vor allem, weil ich sie nicht mehr anlügen will als ich muss. »Jedenfalls, wie ich schon sagte, werden wir diesen Samstag eine kleine Hochzeit feiern, und wir würden uns freuen, wenn du dabei sein könntest. Aber ich weiß, dass du andere Pläne hast, also wenn du nicht kannst ...«

»Ach bitte, Sara. Natürlich werde ich kommen. Die verdammten Bars können warten. Aber ich bin immer noch verwirrt. Der Name deines zukünftigen Mannes ist auch Peter? Und was für ein Name ist Garin? Wo kommt er her?«

Ich trommele mit meinen Fingern auf dem Schreibtisch. »Er ist von ... irgendwie überall. Aber er wurde in Osteuropa geboren.« Ich kann nicht lügen, was das anbelangt; Peters Akzent, so schwach er auch ist, kennzeichnet ihn eindeutig als aus diesem Teil der Welt.

Das muss der Grund sein, warum er sich für einen russisch klingenden Nachnamen anstelle von Smith oder Johnson entschieden hat.

»Was?« Marsha hört sich an, als sei sie kurz davor, auszuflippen. »Wo in Osteuropa?«

Ich drücke meine Augen zusammen. »Russland.«

»Du verarschst mich, oder? Sag mir, dass das ein Scherz ist.«

Ich öffne meine Augen und werfe einen Blick auf die Uhr. Zu meiner Erleichterung ist es fast Zeit für meine nächste Patientin.

»Du, Marsha, ich muss los. Du wirst Peter am Samstag persönlich treffen und alles über ihn erfahren, versprochen. Jetzt habe ich eine Patientin.«

»Sara, warte …«

»Ich werde dir morgen alle Einzelheiten mailen«, sage ich, bevor ich auflege, und dann schalte ich mein Telefon stumm, bevor sie mich zurückrufen kann.

Vier Einladungen ausgesprochen, und noch ein Haufen offen.

Ich schaffe das schon.

Das ist gar nicht so schlimm.

S ara

ES IST SO SCHLIMM, entscheide ich, als ich die Arbeit verlasse, nachdem ich mit Rory, Simon, Andy, Tonya und meinen Mitarbeitern in der Klinik während eines weiteren abgesagten Termins gesprochen habe. Nachdem ich ein Dutzend Mal hintereinander das gleiche Gespräch geführt habe, bin ich erledigt und muss mich heute Abend noch mit dem großen Kahuna auseinandersetzen.

Abendessen mit meinen Eltern.

»Ich mache das schon«, hat Peter beim Frühstück zu mir gesagt, als ich ihm angeboten habe, auf dem Weg nach Hause etwas zu essen zu besorgen. »Komm einfach pünktlich nach Hause und mach dir keine Sorgen.«

Danny wartet am Straßenrand, als ich aus dem Gebäude komme, und ich rolle wegen Peters übertriebener Schutzmaßnahmen mit den Augen, als ich in das Auto steige. Heute Morgen war das Wetter zu schön, um die kurze Strecke zur Praxis zu fahren, also hat Peter mich zu Fuß zur Arbeit begleitet. Und jetzt habe ich auch noch eine Eskorte nach Hause.

Wenn es so weitergeht, werde ich vergessen, wie es ist, allein auf der Straße zu sein.

Spontan wähle ich Peters Nummer.

»Hi, Ptichka.« Seine tiefe Stimme liebkost meine Ohren. »Bist du auf dem Weg nach Hause?«

»Ich bin mit Danny im Auto.« Ich blicke auf den Fahrer, der vorgibt, taub und stumm zu sein, während er auf die Straße fährt. »Das wusstest du doch schon, oder?«

»Danny hat mir vor einer Minute eine Nachricht geschickt, ja. Wie war dein Tag, mein Liebling?«

»Er war gut. Ich habe so ziemlich jeden eingeladen, den ich einladen wollte, und Simon ist der Einzige, der nicht kommen kann. Er hat eine Familienfeier in South Carolina.«

»Sehr schön.« Ich höre ein klirrendes Geräusch im Hintergrund, gefolgt von fließendem Wasser, und dann sagt Peter: »Warte einen Moment. Ich muss nur die Nudeln abgießen.«

»Kochst du Abendessen?«, frage ich, als er eine Minute später wieder ans Telefon kommt.

»Ja, italienisch. Deine Eltern mögen das, oder?«

»Sie lieben es«, sage ich lächelnd. »Ich bin sicher, dass sie sehr beeindruckt sein werden.«

»Du meinst, sobald sie den Drang überwunden haben, das FBI anzurufen? Ja, du hast wahrscheinlich recht. Das ist wirklich sehr verführerisch.«

Ich muss lachen, und meine Angst vor dem bevorstehenden Abendessen verwandelt sich in pures Schwindelgefühl. Das hier passiert wirklich.

Peter und ich werden gerade ein normales Paar.

»Wie war dein Tag?«, frage ich. »Was hast du heute gemacht?«

Was *macht* ein ehemaliger Attentäter mit so viel Freizeit?

»Ich habe ein paar Besorgungen gemacht, noch ein paar Lebensmittel gekauft und so«, sagt Peter, und ich kann das warme Lächeln in seiner Stimme hören. »Ich habe auch ein paar Häuser in der Gegend gefunden, die wir uns später ansehen können. Ich hatte gestern keine Gelegenheit, mit dir darüber zu sprechen, aber diese Wohnung ist wahrscheinlich zu klein für uns – besonders diese Küche. Und wenn ich mich nicht irre, erlauben sie keine Haustiere, oder?«

»Stimmt. Das ist einer der größten Nachteile dieses Gebäudes«, sage ich, und mein Herz pocht freudig in meiner Brust. Das passiert, das passiert wirklich. Ein gemeinsames Leben, mit Haus und Hund und so. Ich unterdrücke einen Schwindelanfall und sage: »Ich habe sie gewählt, weil sie sowohl nahe bei meinen Eltern als auch bei meiner Arbeit liegt, aber es würde mir nichts ausmachen, ein bisschen weiter wegzuziehen, jetzt, da meine Mutter sich erholt hat.«

»Das habe ich mir gedacht«, sagt Peter. »Zwei der Häuser, die ich mir angesehen habe, sind in der Nähe, und eines ist etwa eine Meile von deiner Praxis entfernt. Natürlich gibt es auch immer noch dein altes Haus …«

»Sie haben es dir zurückgegeben?«, möchte ich wissen und merke sofort, dass es eine dumme Frage ist. Peter ist nicht mehr auf der Flucht, daher hat die Regierung kein Recht, das Eigentum zu behalten, das sie beschlagnahmt hat, als sie erfuhr, dass es ihm gehört.

»Ja, natürlich«, sagt Peter. »Denk darüber nach und lass mich wissen, was du damit machen möchtest. Selbst wenn wir nicht dorthin zurückkehren, können wir es für alle Fälle behalten, oder wir können es verkaufen. Deine Entscheidung.«

»Ach, wirklich? Und ich dachte, du triffst alle Entscheidungen«, necke ich ihn und merke dann, dass ich nur teilweise scherze. Wieder einmal ist Peter wie ein Wirbelsturm in mein Leben eingedrungen, hat es auf den Kopf gestellt und meinen Seelenfrieden zerstört. Seine Willensstärke, gepaart mit seiner Rücksichtslosigkeit, macht es unmöglich, so zu tun, als hätte ich in irgendeiner Weise mein Schicksal unter Kontrolle, als hätte ich ein wirkliches Mitspracherecht, was unsere Beziehung anbelangt.

Und doch … vielleicht habe ich das. Wir sind hier, anstatt uns in einem abgelegenen Teil der Welt zu verstecken, und ich werde seine Frau sein, nicht seine Gefangene. Auch wenn seine Methoden plump sind, hat Peter ganz klar gezeigt, dass es ihm nicht egal ist, was ich will.

Dass ihm mein Glück wichtig ist.

»Du meinst die Hochzeit betreffend?«, fragt Peter, der meine Hänselei für bare Münze nimmt. »Weil wir noch ein paar Dinge ändern können, wenn es etwas gibt, was dir nicht gefällt.«

»Wie zum Beispiel das Datum?«, frage ich ironisch. Bei der plötzlichen Stille am Telefon sage ich: »Egal. Ich habe schon alle eingeladen. Es ist alles gut.«

»Schön, das freut mich.« Im Hintergrund klappert es noch mehr, als Peter sagt: »Wir sehen uns in ein paar Minuten zu Hause, Ptichka. Ich liebe dich.«

Ich liebe dich auch. Die Worte liegen mir auf der Zunge, doch ich sage: »Bis gleich«, bevor ich auflege. Ich bin mir sicher, dass Peter weiß, was ich fühle – er war von Anfang an überzeugt davon, dass wir zusammengehören – aber weil ich die Worte noch nie zuvor gesagt habe, fühlt es sich falsch an, sie so beiläufig auszusprechen.

Ich liebe ihn trotzdem. Ich kann es mir endlich eingestehen, obwohl sich nichts wirklich geändert hat. Er ist immer noch ein Mörder, immer noch ein Monster, das jede vernünftige Frau fürchten und verabscheuen würde. Aber ich bin nicht mehr bei Sinnen, denn ich liebe ihn und werde ihn heiraten.

Aus freiem Willen bin ich dabei, mein Leben mit einem Mann zu teilen, der mich einst gefoltert und verfolgt hat. Der mich technisch gesehen immer noch verfolgt, wenn mich überwachen zu lassen auch zu dieser Definition passt.

»Wir sind da«, sagt Danny mit rauer Stimme, und ich schaue aus dem Fenster, um überrascht zu bemerken, dass wir bereits vor meinem Gebäude parken – und dass der Fahrer mit dem steinernen Gesicht tatsächlich zu mir gesprochen hat.

»Danke«, sage ich ihm, schnappe mir meine Tasche, und Danny nickt mir beim Aussteigen fast unmerklich zu.

Wow. Fortschritt.

Ich wurde gerade von meinem Fahrer und Bodyguard beachtet.

Die Leichtigkeit, die ich fast verloren hatte, kehrt zurück – zumindest bis ich das Auto meiner Eltern auf der anderen Seite auf den Parkplatz fahren sehe.

Sie sind früh dran.

Volle zwanzig Minuten zu früh.

Ich rufe hektisch noch einmal bei Peter an.

»Sie sind hier«, sage ich atemlos, als er abhebt. »Meine Eltern – sie sind bereits hier.«

»Das ist gut«, sagt er gelassen. »Das Essen ist fast fertig. Bis gleich.«

»Okay, ja.« Ich lege auf und stecke mein Handy wieder in die Tasche. Ich will gerade den Ring von meinem Finger ziehen, um ihn auch in der Tasche verschwinden zu lassen, aber ändere meine Meinung.

Es hat keinen Sinn, etwas zu verbergen, wenn sie Peter sowieso in einer Minute treffen werden.

Ich atme tief durch und gehe zum Auto meiner Eltern. »Hallo Mama, hallo Papa.«

»Oh, hallo, Liebling.« Mama öffnet die Tür und klettert leicht steif heraus. »Kommst du gerade von der Arbeit nach Hause? Tut mir leid, dass wir etwas zu früh sind; dein Vater dachte, es würde Stau geben, also hat er dafür gesorgt, dass wir mehr als rechtzeitig losfahren.«

»Es *sollte* Stau geben, laut GPS«, korrigiert mein Vater und kommt um das Auto herum, um mich zu umarmen.

Ich erwidere seine Umarmung und küsse dann meine Mutter auf die Wange. »Es ist alles gut. Das Essen ist fast fertig.«

Meine Mutter grinst. »Es ist kein bestelltes Essen?«

»Nein, definitiv nicht. Der Mann, den ich euch vorstellen möchte – er kocht.« Ich schaue zurück, um Danny in dem schwarzen Auto sitzen zu sehen, wie er uns schweigend bewacht, und drehe mich dann wieder um, um meine Eltern anzusehen. »Ich muss euch etwas sagen«, beginne ich vorsichtig.

»Was ist los, Liebling?« Mama streckt die Hand aus, um meine linke Hand zu berühren, und ihre Finger berühren meinen Ring. Sofort richtet sich ihr Blick auf den Diamanten, und ihre Augen weiten sich auf die Größe eines Vierteldollars. »Sara, ist das …?«

»Dazu wollte ich gerade kommen«, sage ich, als mein Vater versteinert und ungläubig auf meinen linken Ringfinger starrt. »Ich habe wirklich gute Neuigkeiten.«

»Du bist verlobt?« Mama reißt ihren Blick von dem glitzernden Stein los, um mich anzustarren. »Wie? Mit wem? Du hattest nicht einmal …«

»Mama, Papa.« Ich nehme ihre Hände in meine. »Bitte hört mir zu und versucht, ruhig zu bleiben.« Sie bleiben wie versteinert stehen und starren mich erwartungsvoll an, als ich ihnen ruhig erkläre: »Peter, der Mann, den ich liebe, ist zurück. Es ist ihm endlich gelungen, sein Missverständnis mit den Behörden auszuräumen, und er wird nicht mehr gesucht. Wir können endlich zusammen sein – und ja, wir haben uns gerade verlobt.«

eter

ICH SCHAUE WIEDER aus dem Fenster zu Sara, die mit ihren Eltern auf dem Parkplatz spricht. Sie sind schon seit acht Minuten dabei, und ich wünschte, ich hätte ein Abhörgerät an Sara, damit ich hören könnte, was sie sagen.

Dem wilden Gestikulieren der drei nach zu urteilen brodeln die Gefühle.

Vielleicht sollte ich Sara mit einer Abhörwanze versehen. Vielleicht sogar mit mehreren – eine in ihrem Handy, eine in ihrer Tasche und einige weitere in ihren Lieblingsschuhen. Ich tracke ihr Telefon bereits, also weiß ich immer, wo sie ist, aber das würde mir einen zusätzlichen Seelenfrieden geben.

Der Tisch ist gedeckt, aber ich warte mit dem

Essen. Schließlich informiert mich die Sara-Tracking-App auf meinem Handy, dass ihr Telefon im Gebäude ist und sich der Wohnung nähert, also gehe ich hinüber, um die Tür für sie und ihre Eltern zu öffnen.

»Mama, Papa, das ist Peter«, sagt sie, als das ältere Paar hinter ihr stehen bleibt und mich vorsichtig anblickt. »Wie ich schon sagte, hat er einen klaren Strich unter seine alten Verbindungen gezogen und heißt jetzt Peter Garin. Peter, das sind meine Eltern, Lorna und Chuck Weisman.«

»Es freut mich, Sie beide kennenzulernen«, sage ich und strecke Saras Vater die Hand entgegen.

»Ebenfalls.« Trotz der höflichen Antwort ist Chucks Stimme so fest wie sein Griff, und seine verblassten blauen Augen sind scharf, als er mich wütend anstarrt.

Als Nächstes schüttele ich Lorna die Hand und achte darauf, ihre zarten Finger nicht zu zerquetschen.

»Sie haben viel zu erklären, *Mr. Garin*«, sagt sie leise und schaut mich an, und ich lächele, als ich Sara in den eleganten Linien ihres gealterten Gesichts wiedererkenne.

»Natürlich. Ich erkläre Ihnen gern alles.«

»Das Essen ist fertig, also wie wäre es, wenn wir uns an den Tisch setzen?«, schlägt Sara vor, als sie sich neben mich stellt und sich Wärme in meiner Brust ausbreitet, als sie ihren schlanken Arm in einer besitzergreifenden Geste um meinen Ellenbogen legt.

Mein Ptichka. Endlich hat sie uns als Paar akzeptiert.

»Sicher. Was auch immer gekocht wird, es riecht gut«, sagt Lorna, und ich lächele sie wieder an, da ich feststelle, dass Saras Mutter zumindest bereit ist, mitzuspielen.

Als wir in die Küche kommen, entschuldigt sich Sara, um ins Badezimmer zu gehen, und ich stelle den Caesar-Salat und die Antipasti-Platte auf den Tisch.

»Sara hat gesagt, dass Sie gerne kochen«, sagt Lorna und sieht mir dabei zu, wie ich mich in der Küche bewege, und ich nicke und nehme ihr gegenüber Platz.

»Es ist ein Hobby von mir. Ich finde es sehr beruhigend.«

»Hobby, was?« Chucks böser Gesichtsausdruck verstärkt sich. »Was ist denn Ihr Beruf? Wir haben nie eine klare Antwort von Sara bekommen.«

»Ich habe ein paar verschiedene Dinge getan, aber in letzter Zeit habe ich als Sicherheitsberater gearbeitet und hatte ein Unternehmen in dieser Richtung«, antworte ich und stehe auf. Ich nehme das Salatbesteck und schaue Lorna an. »Salat?«

Sie nickt anmutig. »Ja, bitte.«

Ich beuge mich über den Tisch und gebe eine ordentliche Portion auf ihren Teller, bevor ich zu Chuck schaue.

»Für mich nicht, danke.« Er spießt mit seiner Gabel eine marinierte Artischocke auf und transportiert sie von der Antipasti-Platte auf seinen Teller, wobei er mich die ganze Zeit böse anschaut.

»Was für ein Unternehmen?«, fragt er, sobald ich mich wieder hinsetze. »Sara sagte, Sie wären eine Art

Unternehmer. War das die Sicherheitsberatung? Wer waren Ihre Klienten, und wie hängt das alles mit Ihren jüngsten Problemen mit dem Gesetz zusammen?«

Ich unterdrücke den Drang, zu lächeln. Der alte Mann hält sich nicht zurück.

»Mein Hintergrund ist Speznas, die russische Spezialeinheit«, sage ich, als ich entschieden habe, dass ich so viel preisgeben kann. »Nachdem ich das Militär verlassen hatte, reiste ich auf der ganzen Welt umher und beriet eine Reihe von Organisationen und Einzelpersonen, die Grund zur Sorge um die Sicherheit hatten. Ich kann Ihnen nicht sagen, was mich in Schwierigkeiten gebracht hat, denn das ist geheim, aber ich kann Ihnen versichern, dass alles jetzt geklärt ist.«

»Wie geklärt?«, fragt Lorna, als Sara in die Küche zurückkehrt, und ich lächele, als mein Ptichka neben mir Platz nimmt und hungrig nach dem Salat greift.

»Ich habe ein Abkommen mit den Behörden abgeschlossen, das für beide Seiten vorteilhaft ist«, sage ich, als Sara anfängt zu essen, da sie anscheinend zufrieden damit ist, mich die Fragen ihrer Eltern beantworten zu lassen. »Jetzt habe ich einen neuen Nachnamen und eine weiße Weste – und Sara und ich können endlich heiraten.«

»Eine weiße Weste?«, fragt Saras Vater, und seine Nasenlöcher beben. »Ich habe gehört, dass Menschen getötet wurden.«

»Ich kann Ihnen leider nicht mehr sagen, als Sie bereits wissen.« Ich gebe etwas Salat auf meinen eigenen Teller. »Das ist Teil des Deals, den ich gemacht habe.«

Chucks Gesicht rötet sich, und für einen Moment bin ich überzeugt, dass er mich mit seiner Gabel erstechen wird. Allerdings muss er sich besser beherrschen können als ich, denn das Einzige, was er aufspießt, ist eine saftige grüne Olive von der Antipasti-Platte.

»Mr. Garin«, sagt Lorna und legt ihre Gabel nieder, »ich hoffe, Sie ...«

»Bitte, nennen Sie mich Peter. Wir sind bald eine Familie.«

Ihr sorgfältig geschminkter Mund spannt sich leicht an. »Okay, *Peter*. Ich hoffe, Sie verstehen, dass wir viele Bedenken haben, sowohl in Bezug auf Ihren Hintergrund als auch auf Ihre Verbindungen. Ganz zu schweigen von der Tatsache, dass Sara für fünf Monate verschwunden war, nachdem Sie beide ... na ja ...«

»Zusammengekommen sind?«, schlägt Sara hilfreich vor, und ihre Mutter blickt sie mit gerunzelter Stirn an.

»Richtig, zusammengekommen sind.« Lorna wendet ihre Aufmerksamkeit wieder mir zu, und ich erkenne ihr stählernes Rückgrat. Es ist das gleiche, das ihre Tochter besitzt und das es meinem Ptichka ermöglicht hat, mit der Art von Trauma umzugehen, das eine schwächere Person zerstört hätte.

»Hör mir zu, Peter.« Saras Mutter lehnt sich nach vorne, und obwohl ihre Stimme sanft bleibt, ist ihr Blick so scharf wie der ihres Mannes. »Sie mögen Ihr

›Missverständnis‹ mit den Behörden geklärt haben, aber wir sind nicht davon überzeugt, dass Sie keine Gefahr für unsere Tochter darstellen. Wir wissen nichts über Sie, und was wir wissen, ist offen gesagt ziemlich beunruhigend. Sara sagt, dass Sie beide verliebt sind und dass sie von selbst mit Ihnen gegangen ist, aber wir haben ernsthafte Zweifel daran. Sie sind nicht die Art von Mann, die unsere Sara jemals …«

»Mama, bitte.« Sara schiebt ihren Teller zur Seite. »Ich habe euch immer wieder gesagt, dass Peter nicht das ist, was ihr …«

»Deine Eltern haben recht, Ptichka.« Ich bedecke ihre Hand mit meiner Handfläche und drücke leicht, dann drehe ich mich um, um ihre Mutter anzusehen. »Mrs. Weisman«, sage ich und benutze die förmliche Anrede, um meinen Respekt zu zeigen. »Ich verstehe Ihre Vorbehalte vollkommen. Wenn ich Sie wäre, wäre ich genauso besorgt, denn Sie haben völlig recht: Ihre Tochter und ich kommen aus verschiedenen Welten.«

Lorna und Chuck starren mich offensichtlich überrascht an, und ich nutze den Moment, um vorzubereiten, was ich sagen werde. Ich muss hier sehr vorsichtig sein, mich auf einem schmalen Grat bewegen, um ihnen das Gefühl zu geben, dass sie mich kennenlernen, ohne Ihnen zu viel zu sagen, was sie verängstigen könnte.

Ich beschließe, am Anfang anzufangen. »Ich bin in einem Waisenhaus in Russland aufgewachsen«, beginne ich. »Ich habe keine Ahnung, wer meine Eltern sind, aber ich bin mir fast sicher, dass sie nicht wie Sie beide waren. Wahrscheinlich war meine Mutter eine Teenagerin, die schwanger geworden ist, aber das ist reine Spekulation meinerseits. Ich weiß nur, dass ich am Eingang des Waisenhauses zurückgelassen wurde, als ich vielleicht ein paar Tage alt war.«

Sara bedeckt unsere verbundenen Hände mit ihrer freien und gibt mir still ihre Unterstützung, während ich weitermache.

»Es war kein guter Ort, um aufzuwachsen, und als Jugendlicher war ich ständig in Schwierigkeiten«, sage ich, während die Weismans mich weiterhin anstarren. »Als ich siebzehn Jahre alt war, wurde ich in eine spezielle Anti-Terror-Einheit der Speznas rekrutiert, wo ich meinem Land einige Jahre lang gedient habe.«

»Er war wirklich gut darin«, sagt Sara und klingt so stolz wie jede Verlobte. »Mit einundzwanzig Jahren war er bereits Leiter seines Teams.«

Ich lächele sie an, und das warme Gefühl in meiner Brust verstärkt sich, obwohl ich weiß, dass sie gerade eine Show für ihre Eltern veranstaltet. Sara weiß, was ich als Teil dieser Einheit getan habe, und ich bezweifle, dass sie wirklich stolz darauf ist, wie viele Terroristen und radikale Aufständische ich für mein Land gefangen und gefoltert habe. Trotzdem fühlt es sich gut an, ihre Unterstützung zu haben, so gespielt sie auch sein mag.

»Das *ist* beeindruckend«, sagt Lorna, und als ich mich umdrehe, sehe ich, dass sie und Chuck mich etwas weniger feindselig anblicken.

»Danke«, sage ich und lächele sie an. »Ich *war* gut, auch dank meiner fehlgeleiteten Jugend.«

»Warum sind Sie dann gegangen?«, fragt Chuck und beugt sich nach vorn, um eine weitere Olive aufzuspießen. »Wie sind Sie hier gelandet?«

Meine Stimmung verdunkelt sich, als sich die Wärme in mir trotz Saras anhaltender sanfter Berührung verflüchtigt. Ich wusste nicht, ob ich darauf eingehen würde – ob ich es schaffen könnte –, aber jetzt sehe ich, dass, wenn ich diesen wichtigen Teil weglasse, die Weismans es spüren würden und ich die Gelegenheit verliere, ihr Vertrauen zu gewinnen.

»Nach einigen Jahren in meinem Dienst brachte mich die Arbeit in ein kleines Bergdorf in Dagestan, wo ich eine junge Frau traf«, sage ich ruhig und ziehe meine Hand aus Saras Griff. »Sie wurde schwanger, und wir heirateten.«

Lornas Augen weiten sich. »Sie haben ein Kind?«

»Hatte«, sage ich, und trotz meiner Bemühungen kommt das Wort hart, fast bitter heraus. »Pascha, mein Sohn, und Tamila, meine Frau, wurden vor sieben Jahren getötet. Daryevo, das Dorf, in dem sie lebten, wurde fälschlicherweise für einen Unterschlupf von Terroristen gehalten, und dutzende Unschuldige wurden bei einem von der NATO angeführten Säuberungsschlag getötet.«

Saras Eltern starren mich mit blassen Gesichtern und ungläubigen Augen an.

»Das verstehe ich nicht«, sagt Chuck nach einem langen, bedrückenden Moment. »Wie konnte so etwas passieren? Und wäre so ein schrecklicher Fehler nicht überall in den Nachrichten gewesen? Was Sie sagen ist …« Er schüttelt den Kopf und greift mit unsicherer Hand nach einem Glas Wasser.

»Es ist schwer zu glauben, ich weiß, Papa«, sagt Sara. »Aber ich kann dir versichern, dass es wahr ist. Ich habe die Bilder mit eigenen Augen gesehen. Es ist passiert, und es *war* schrecklich.«

Lorna starrt ihre Tochter an und wendet sich dann mir zu. »Es tut mir so leid, Peter.« Ihre Stimme wird noch leiser bei dem, was sie auf meinem Gesicht zu sehen scheint. »Wie alt war Ihr Sohn?«

»Er wäre im folgenden Monat drei Jahre alt geworden.« Eine Welle der Angst erstickt mich, und ich stehe auf, unfähig, Saras Eltern anzusehen. Ich gehe zum Herd, nehme den Topf mit den Nudeln und kehre mit ihm zum Tisch zurück, wobei ich die Zeit nutze, um mich zu sammeln.

»Ich hoffe, Sie mögen diese Pasta alla Marinara«, sage ich in einem ruhigeren Ton und gebe eine große Portion der mit Sauce überzogenen Linguini auf Saras Teller, bevor ich das Gleiche für ihre Eltern tue. »Es ist etwas anders als das, was man im Laden bekommt.«

Saras Mutter wickelt Linguini auf die Gabel, führt sie zum Mund und lächelt mich vorsichtig an. »Die ist sehr gut, Peter. Danke.«

»Gern geschehen.«

Ich spüre Saras zarte Hand auf meinem Knie, die leicht zudrückt, und als ich sie anschaue, sehe ich, dass ihre haselnussbraunen Augen viel zu sehr schimmern.

Sie sagt nichts, aber die flüchtige Wärme kehrt zurück und taut den Eisblock auf, der sich bei den Erinnerungen in mir gebildet hat.

Saras Vater räuspert sich demonstrativ. »Also, um … wie sind Sie dann hier gelandet? Nachdem … Sie wissen schon.«

Ich atme ein. Hier muss ich aufpassen, dass ich nicht zu viel verrate.

»Es gab eine Untersuchung«, sage ich und begegne Chucks Blick. »Eine, die dazu führte, dass die Schuldigen offiziell von der Schuld freigesprochen wurden und der ganze Vorfall als eines dieser Dinge, die in jenem Teil der Welt passieren, abgetan wurde. Ich habe dieses Ergebnis nicht akzeptiert, und da meine Vorgesetzten an der Vertuschung beteiligt waren, kündigte ich meinen Job. Danach bin ich als Sicherheitsberater um die Welt gereist, und schließlich bin ich in Chicago gelandet, wo ich Ihre Tochter getroffen habe.«

»Wie sind Sie dann in Schwierigkeiten mit den Behörden geraten?«, fragt Lorna und schaut mich mit Vorsicht und einem Hauch von Mitgefühl an. »Hatte es etwas damit zu tun, was mit Ihrer Familie passiert ist?«

»Das kann ich Ihnen leider nicht sagen. Wie ich schon sagte, ist das geheim.« Ich halte inne, lasse sie ihre eigenen Schlüsse ziehen, und als mir keine Fragen mehr gestellt werden, schaue ich beiden in die Augen und sage leise: »Lorna, Chuck, ich hoffe, ich kann euch so nennen?« Als Lorna nickt, fahre ich fort. »Ich kann Sie nicht darüber anlügen, was für ein Mann ich bin.

Ich bin nicht in einer netten Gegend aufgewachsen, und ich bin nicht zur Schule gegangen, um Arzt oder Anwalt zu werden. Ich bin ein Soldat durch Training und Neigung, und ich habe Dinge gesehen und getan, die Sie sich wahrscheinlich nicht vorstellen können. Aber ich liebe Ihre Tochter. Ich liebe sie von ganzem Herzen. Sie ist die einzige Person, die mir wichtig ist, und ich würde alles für sie tun.« Ich wende mich zu Sara, nehme ihre Hand in meine und sage die Wahrheit: »Ich würde mein Leben geben, um sie glücklich zu machen.«

Sara

ICH HATTE KEINE AHNUNG, wie das Abendessen ablaufen würde, aber das Letzte, was ich vermutet hätte, war, dass Peter meinen Eltern seine Seele entblößen und sie mit Aufrichtigkeit entwaffnen würde, anstatt ihre Einwände mit Arroganz und verschleierten Drohungen zu zerquetschen.

Den Rest des Essens über ist er höflich und respektvoll und beantwortet ihre Fragen mit genügend Details, so dass, selbst wenn er etwas beschönigt, es immer noch wie die ganze Wahrheit klingt.

Wo haben wir uns getroffen? In einem Klub in Chicago. War er da bereits auf der Flucht? Ja. Warum haben wir uns heimlich verabredet? Wegen seines Flüchtlingsstatus, über den er mich erst informiert hat, als ich bereits mit ihm im Flugzeug saß. Warum bin ich fünf Monate lang nicht nach Hause gekommen? Weil die Behörden herausfanden, wo er war, und das war der einzige Weg für uns, zusammen zu sein. Was hat er jetzt vor? Er hat sich noch nicht entschieden, aber er hat genug Geld, damit wir beide für den Rest unseres Lebens davon leben können. Wie hat er so viel Geld bekommen? Durch sein Beratungsgeschäft – und ja, die Einzelheiten davon sind auch geheim.

Zuerst habe ich nur zugehört, aber als ich seine Strategie besser verstanden hatte, warf ich auch eigene Antworten ein und bin sorgfältig Peters Führung gefolgt. Bis wir zur Nachspeise aus frischen Beeren und hausgemachtem Tiramisu kommen, scheinen meine Eltern, auch wenn sie nicht gerade glücklich mit unserer Beziehung sind, sie zumindest besser zu akzeptieren.

Es ist zweifellos besser als ihre panische Reaktion, als ich ihnen auf dem Parkplatz von unserer Verlobung erzählt habe. Sie waren kurz davor, das FBI anzurufen, als ich ihnen sagte, dass unsere Hochzeit am kommenden Samstag ist, und ich musste alles geben, um sie davon zu überzeugen, nach oben zu gehen und Peter persönlich zu treffen.

»Ich verstehe immer noch nicht, warum ihr so schnell heiratet«, sagt Mama und nippt an ihrem Kamillentee, und ich verberge ein Lächeln über die Resignation in ihrem Ton. Zumindest geht es jetzt um die Schnelligkeit der Hochzeit, nicht darum, wie gefährlich Peter ist oder ob wir überhaupt zusammen sein sollten.

»Das ist meine Initiative«, sagt Peter und lächelt meine Mutter so charmant an, dass ich überrascht bin, dass sie nicht auf der Stelle dahinschmilzt. »Ich habe Ihre Tochter so sehr vermisst, dass ich ihr einen Antrag gemacht habe, sobald wir wieder zusammen waren. Das Leben ist einfach zu kurz, verstehen Sie, und wenn man die Richtige findet, muss man sie festhalten – und ich weiß, dass Sara und ich füreinander bestimmt sind. Außerdem«, er blickt mich an, und sein Blick erhitzt sich, »möchte ich, dass wir bald eine Familie gründen.«

Mein Vater wirft beinahe seine Kaffeetasse um. »Sie wollen *was*?«

Peter reicht ihm eine Serviette. »Ich möchte, dass wir Kinder bekommen«, sagt er ruhig, während mein Vater die Flüssigkeit aufwischt. »Ein kleines Mädchen und einen Jungen – oder was auch immer das Schicksal für uns bereithält.«

Ich werde rot, als Mamas Blick sich sofort auf meinen Bauch richtet.

»Sara, Liebling, du bist nicht …«

»Nein, natürlich nicht.« Ich spüre, wie mein Gesicht tiefer errötet, als Mama ihre Augenbrauen ungläubig nach oben zieht. »Es ist zu früh, Peter ist gerade zurückgekehrt.«

»Aber ihr versucht es schon?«, fragt Mama, wobei sich ein freudiges Grinsen über ihr Gesicht ausbreitet und ich entsetzt verstehe, dass sie sich über diese Entwicklung freut.

Der Urdrang, Enkelkinder zu haben, muss ihre restlichen Bedenken über Peter überwiegen.

Papa hingegen sieht so unangenehm berührt aus, wie ich mich fühle. »Lorna, bitte. Das geht uns nichts an.«

»Sobald ein Baby unterwegs ist, wirst du es als Erste erfahren«, verspricht Peter meiner Mutter, und sie schockiert mich erneut, indem sie konspirativ nickt.

»Danke.« Sie senkt ihre Stimme und lehnt sich in Richtung meines ehemaligen Entführers. »Ich dachte nicht, dass wir das noch erleben würden.«

Mein Gesicht muss der Farbe der Himbeeren in meiner Schale entsprechen, aber mein Vater scheint fasziniert zu sein. Ich vermute, dass ihm gerade bewusst geworden ist, dass das alles – von der unerwarteten Rückkehr meines nicht mehr kriminellen Liebhabers bis zu unserer voreiligen Verlobung – eine gute Möglichkeit für etwas ist, auf das er seit meiner Hochzeit mit George gehofft hat.

Wie Mama will er Enkelkinder, aber angesichts seines fortgeschrittenen Alters hatte er die Hoffnung aufgegeben, das noch zu erleben.

Mir dagegen macht der Gedanke immer noch Angst, aber jetzt ist nicht der richtige Zeitpunkt, diese Zweifel zur Sprache zu bringen. Außerdem erinnere ich mich daran, wie ich mich fühlte, als ich diese späte Periode bekam, wie intensiv die Enttäuschung war, es war fast wie Trauer. Vielleicht *will* ich ein Kind mit Peter, obwohl mein rationaler Teil schreit, dass wir abwarten sollten, wie sich das alles entwickelt.

Ob ich wirklich ein normales Leben mit einem skrupellosen Killer aufbauen kann.

Als wir das Dessert beenden, bespricht Peter die Details der bevorstehenden Hochzeit mit meinen Eltern und fragt sie rücksichtsvoll nach ihren Vorlieben und wie viele Leute sie selbst einladen möchten. Ich höre erstaunt zu, wie sich die drei auf einen örtlichen Richter einigen, den mein Vater kennt, und meine Eltern den Wunsch äußern, die Levinsons und einige andere ihrer Freunde einzuladen – etwas, was Peter sehr freut.

»Ich werde nur drei Freunde dabeihaben«, sagt er und bezieht sich zweifellos auf seine russischen Teamkollegen, und das scheint meine Eltern noch mehr zu beruhigen – wahrscheinlich, weil die Tatsache, dass er Freunde hat, ihn in ihren Augen weiter vermenschlicht.

Als wir fertig sind, fängt Peter an, den Tisch abzuräumen, und meine Eltern machen sich fertig, um nach Hause zu gehen.

»Danke. Das war köstlich«, sagt Mama zu ihm.

»Ja, danke«, sagt Papa widerwillig, als mein Verlobter sie anlächelt.

»Es war mir ein Vergnügen. Wir hoffen, Sie bald wiederzusehen«, sagt er, und ich ziehe meine Schuhe an, um meine Eltern zu ihrem Auto zu begleiten.

»Nun, das war nicht das, was ich erwartet hatte«, sagt Mama, als sich die Fahrstuhltüren schließen. »Er ist … interessant, dein Peter.«

Ich grinse sie an. »Du meinst, umwerfend *und* gut erzogen? Ja, ich denke dasselbe.«

Papa schnaubt. »Wenn dieser Mann gut erzogen ist, fresse ich einen Besen. Er ist immer noch wild. Daran habe ich keinen Zweifel.«

»Chuck!« Mama schaut ihn stirnrunzelnd an.

»Hast du nicht gesehen, wie er sie angesehen hat?«, erwidert Papa, als sich die Fahrstuhltüren wieder öffnen. »Ich bin überrascht, dass er sie nicht bewusstlos geschlagen und vor unseren Augen ins Bett geschleift hat.«

»Papa, bitte.« Die Röte, die gerade mein Gesicht verlassen hatte, kehrt zehnmal stärker zurück. »Das ist nicht ...«

»Natürlich habe ich das gesehen«, sagt Mama, so als sei ich nicht da. »Das ist aber nicht unbedingt eine schlechte Sache.«

»Das ist es, wenn man es mit so einem Mann zu tun hat.« Papa blickt über seine Schulter, als ob Peter zuhören könnte – was, wenn man seine Stalker-Tendenzen kennt, sehr wohl der Fall sein könnte.

Soweit ich weiß, gibt es bereits Kameras im Gebäude, und wer weiß, was mir untergeschoben wurde.

»Ich glaube nicht, dass er so schlimm ist«, sagt meine Mutter, als wir an ein paar Nachbarn in der Lobby vorbeikommen. »Ich meine, ja, er ist kein durchschnittlicher Joe oder Harry, aber ...«

»Er ist gefährlich«, sagt Papa entschieden. »Mach dir nichts vor. Nur weil der Mann eine Familie will, heißt das nicht, dass er nicht zu Dingen fähig ist, bei denen sich deine Fußnägel hochrollen würden. Was er uns heute erzählt hat, ist nur die Spitze des Eisbergs, glaub mir.«

»Oh, ich glaube dir«, sagt Mama, als wir auf den Parkplatz gehen. »Aber ich glaube, er liebt sie, und wenn all diese Probleme mit dem FBI wirklich vorbei sind ...«

»Vielleicht wollt ihr zwei Minuten warten, damit ihr mich in der dritten Person besprechen könnt, wenn ich *nicht* da bin?«, schlage ich von hinter ihnen vor. »Ansonsten kann ich auch wieder nach oben gehen und ...«

»Nein, nein, Liebling.« Meine Mutter hält an und dreht sich um, um mir einen entschuldigenden Blick zuzuwerfen. »Tut mir leid, wir versuchen nur, mit allem klarzukommen, verstehst du?«

»Das tue ich, Mama.« Ich lächele und beuge mich nach vorn, um ihre weiche Wange zu küssen. »Ich habe nur Spaß gemacht. Ich weiß, dass ihr euch erst daran gewöhnen müsst.«

»Sara, Liebling.« Papa berührt meine Schulter, und als ich ihn anschaue, sagt er leise: »Versprich uns nur eins.«

»Was?«

»Wenn er dir jemals wehtut, dir Angst macht oder irgendetwas anderes tut, das dich beunruhigt, komm zu uns. Verschweige es nicht und versuche nicht, allein damit fertigzuwerden, okay?« Der Blick meines Vaters ist so hart, wie ich ihn noch nie gesehen habe. »Ich weiß, dass du in diesen Mann verliebt bist, aber Tiger legen ihre Streifen nicht ab. Er ist gefährlich. Vielleicht nicht für dich, aber für alle anderen. Ich sehe es in seinen Augen.«

»Papa …«

»Nein, hör mir zu, Sara. Selbst wenn er nicht die Schrecken seiner Vergangenheit in dein Leben bringt – etwas, was ich sehr bezweifle –, wird er nicht wie George sein, der sich damit begnügte, am Rande deines Lebens zu bleiben. Er ist nicht so ein Mann, verstehst du?«

»Das tue ich.« Ich verstehe es besser, als sich mein Vater vorstellen kann, denn ich weiß genau, was für ein Mann Peter ist. Mit George konnte ich, selbst als ich Teil eines Paares war, meine eigene Person bleiben und die nötige geistige Distanz aufrechterhalten, um mich zu schützen. Aber Peter ist zu dominant, zu kontrollierend, um das zu erlauben. Ich werde im wahrsten Sinne des Wortes die seine sein, und mein Vater versteht das intuitiv.

»Chuck.« Meine Mutter legt ihre Hand auf Vaters Arm. »Komm. Wir sollten gehen.«

»Versprich es mir«, besteht mein Vater, ohne sich zu rühren, also nicke und lächele ich.

»Ich verspreche es, Papa. Wenn etwas passiert, komme ich zu dir.«

Papa nickt zufrieden, und wir gehen zusammen zu ihrem Auto. Als ich sie küsse und umarme, sehe ich Danny immer noch in seinem dunklen Auto sitzen, und ich lächele und schaue auf das beleuchtete Fenster meiner Küche.

Bei all ihren Warnungen und Ermahnungen haben meine Eltern keine Ahnung, wie gefährlich und kontrollierend mein Verlobter wirklich ist. Ich habe gelogen, als ich meinem Vater dieses Versprechen gab. Es ist unmöglich, dass ich mit Problemen mit Peter zu ihnen kommen kann, weil es nichts gibt, was sie oder andere tun könnten.

Das Monster, das ich zu lieben gelernt habe, ist für immer in meinem Leben, und ich muss herausfinden, wie ich mit ihm leben kann.

S ara

ICH GEHE wie immer am Freitag zur Arbeit, aber am Ende verbringe ich jede Minute zwischen meinen Patienten damit, die Fragen meiner Kollegen über meine bevorstehende Hochzeit zu beantworten. Um nicht so planlos zu klingen, wie ich es eigentlich dieses Ereignis betreffend bin, sage ich ihnen, wir wollen, dass die Details eine Überraschung sind, und belasse es dabei.

Sie werden morgen die Blumen, den Kuchen und das Kleid sehen.

Meine Eltern rufen auch immer wieder an und fragen nach allen möglichen Einzelheiten, die ich nicht beantworten kann. Ich gebe ihnen Peters Nummer, da er der offizielle Hochzeitsplaner ist, aber meine Mutter ruft immer noch jede Stunde mit irgendwelchen Fragen oder Sorgen an. Ich vermute, dass sie das tut, weil sie immer noch Angst haben, dass ich plötzlich wieder verschwunden sein könnte, also versuche ich geduldig zu sein, aber beim fünften Anruf fällt es mir schwer, das Telefon abzuheben und noch einmal zu erklären, dass ich keine Ahnung habe, ob es bei der Zeremonie Stühle oder Bänke geben wird.

Mit einem Kaiserschnitt bei Zwillingen am Nachmittag ist es auch ein anstrengender Arbeitstag, da ich kaum Zeit zum Mittagessen habe, bevor ich ins Krankenhaus muss, um den Eingriff durchzuführen. Um Zeit zu sparen, hole ich mir ein Sandwich aus einem Lebensmittelladen und esse es im Auto.

Ein Vorteil eines Fahrers ist, dass ich beide Hände zum Essen frei habe.

Die Patientin hat die Epiduralanästhesie bereits bekommen, als ich den Operationssaal betrete, und nachdem ich sie untersucht habe, führe ich den Eingriff sofort durch, da sich der Muttermund bereits öffnet und einer der Zwillinge falsch positioniert ist. Die werdende Mutter macht sich den gesamten Eingriff über Sorgen – sie ist Anfang vierzig und konnte erst bei ihrer sechsten künstlichen Befruchtung schwanger werden –, aber als ich die beiden kleinen, aber vollkommen gesunden Jungen in ihre Arme lege, strahlt ihr Gesicht so glücklich, dass ich ein paar Tränen wegblinzeln muss.

»Danke, Dr. Cobakis«, sagt sie nachdrücklich, als

die Schwestern die Babys für ihre Tests mitnehmen. »Vielen Dank für alles.«

»Es war mir eine Freude, glauben Sie mir«, sage ich ihr, als ich ihre Verbände ein letztes Mal überprüfe und einige Notizen in ihre Akte schreibe. »Schmerzen und Blutungen nach dem Eingriff sind normal, aber wenn Sie Fieber oder sehr starke Schmerzen bekommen, rufen Sie mich an, okay?« Ich werfe ihr einen strengen Blick zu. »Ich meine es ernst. Jederzeit, Tag und Nacht.«

»Das werde ich. Sie sind so nett.« Sie lächelt erschöpft, aber glücklich. »Stimmt es, was ich von den Schwestern gehört habe? Sie heiraten dieses Wochenende?«

Solche Dinge verbreiten sich schnell.

Ich unterdrücke einen Seufzer und sage: »Ja, das tue ich. Aber Sie können mich trotzdem anrufen. Ich werde in der Nähe sein, okay?«

»Vielen Dank! Und herzlichen Glückwunsch. Sie werden sicher eine wunderschöne Braut sein.« Sie strahlt mich an, und ich lächele zurück, weil ich die unkomplizierte Unterhaltung genieße.

Anders als alle anderen in meinem Leben weiß diese Frau nicht, dass diese Hochzeit aus dem Nichts kommt oder dass ich einen Mann heirate, den die meisten meiner Freunde nicht kennen.

»Ruhen Sie sich aus und genießen Sie Ihre Söhne«, sage ich der frischgebackenen Mutter, und dann gehe ich zurück in meine Praxis, um den Tag abzuschließen.

Vielleicht hatte Peter recht damit, es nicht länger als nötig hinauszuzögern.

Mit etwas Glück ist der Hochzeitswahnsinn am Montag vorbei, und dann wird alles wieder normal – oder zumindest so normal, wie es sein kann, wenn man mit dem Mann verheiratet ist, der einen einmal entführt hat.

59

eter

ICH GEBE DANNY einen Abend frei und hole Sara selbst ab, da ich so ungeduldig bin, sie zu sehen, dass ich die paar Minuten, die sie braucht, um nach Hause zu kommen, nicht mehr abwarten kann. Ich bin froh, dass sie heute Abend weder freiwillig in der Klinik arbeitet noch einen Auftritt hat, denn selbst die Stunden, die sie bei der Arbeit verbringt, sind für mich zu viel Zeit, die wir getrennt verbringen.

Ich brauche sie bei mir. Immer.

Sie kommt aus ihrem Gebäude, und ihre haselnussbraunen Augen suchen die Straße ab – zweifellos nach Danny –, als ich die Autotür öffne und aussteige.

Ihr Blick fällt sofort auf mich, und ein Lächeln

erhellt ihr hübsches Gesicht, als sie sich mir nähert. Es ist ein warmer Sommertag, und sie trägt ein ärmelloses graues Kleid, das ihre ballerinaartige Figur hervorhebt. Während sie geht, schwingen ihre glänzenden kastanienbraunen Wellen um ihre schlanken Schultern, und ich werde wieder an ein Hollywood-Starlet der 50er Jahre erinnert, das in die Neuzeit transportiert wurde.

Mein wunderschönes Ptichka.

Ich kann es kaum erwarten, bis sie meine Frau ist.

»Hi«, sagt sie atemlos und bleibt vor mir stehen. »Hast du ein neues Auto? Ich wusste nicht, dass es …«

Ich nehme ihr Gesicht zwischen meine Handflächen und lege meinen Mund auf ihren, um sie leidenschaftlich zu küssen. Ich kann nichts dagegen tun. Ich sehne mich nach allem an ihr, von der Süße ihres Duftes bis zu der Art, wie sich ihr schlanker Körper gegen meinen wölbt und ihre Hände hilflos meine Bizepse umklammern. Ich möchte diese Süße verschlingen, sie trinken, bis ich diesen brennenden Durst lösche – obwohl ich weiß, dass er nicht gelöscht werden kann.

Ich werde mich nach ihr sehnen, bis ich sterbe.

Als ich ein irritierendes Kichern wahrnehme, hebe ich meinen Kopf und werfe den Übeltätern – zwei jungen Mädchen, die ein Dutzend Meter entfernt stehen – einen bösen Blick zu. Ihre Gesichter verblassen unter der dicken Make-up-Schicht, und sie verschwinden schnell, und ich wende meine Aufmerksamkeit wieder Sara zu, die mich mit vom

Kuss geschwollenen und rosigen, weichen Lippen anschaut.

»Hi, Ptichka.« Ich kämpfe gegen den Drang an, diese Lippen erneut einzufordern, und lege meine Hände auf ihre Schultern, um sie sanft zu drücken. »Wie war dein Tag?«

»Er war gut.« Sie klingt immer noch etwas außer Atem. »Was ist mit dir?«

»Auch gut. Ich habe ein neues Auto für uns gekauft.« Ich nicke in Richtung des schwarzen Mercedes S-560 hinter mir. Auf den ersten Blick sieht er aus wie jede andere Luxuslimousine. Eine genauere Betrachtung würde jedoch zeigen, dass die Fenster aus kugelsicherem Glas bestehen und der Metallrahmen ungewöhnlich stabil ist.

Er hat mich ein hübsches Sümmchen gekostet, aber er ist es wert. Ich erwarte nicht, dass jemand auf uns schießt, aber man weiß ja nie. Außerdem ist dieses Auto bei einem Unfall ziemlich unzerstörbar – etwas, was mir nach dem, was mit Sara auf Zypern passiert ist, sehr wichtig ist.

»Schön«, sagt sie, auch wenn sich zwischen ihren Augenbrauen die Stirn ein wenig runzelt. »Was ist mit meinem alten Toyota?«

»Ich habe ihn verkauft.«

Sie tritt einen Schritt zurück, und ihr Stirnrunzeln vertieft sich. »Du hast nicht daran gedacht, mich vorher zu fragen?«

Ich bin versucht, sie an mich zu ziehen und sie wieder zu küssen, bis sie vergisst, worüber sie sich gerade ärgert. Aber wir haben die Passanten schon genug unterhalten, also frage ich einfach: »Hast du an diesem Auto gehangen, mein Liebling? Ich kann es zurückbekommen, wenn es einen sentimentalen Wert hat.«

Das scheint ihr auch nicht zu gefallen. »Nein, das Auto ist mir egal. Es ist nur ...« Sie stellt sich gerade hin, schiebt ihre Schultern nach hinten und schaut mir in die Augen. »Peter, du musst mich in Entscheidungen einbeziehen, die mich betreffen – die uns beide betreffen. Du hast mir einmal gesagt, dass dies eine Partnerschaft sein kann, wenn ich will, und das will ich jetzt. Das ist mir wichtig.«

Ich denke über ihre Worte nach und nicke. »Okay.«

Sie blinzelt. »Okay?«

»Ich werde dich fragen, bevor ich noch etwas mit dem Auto mache«, sage ich und öffne die Beifahrertür. Ich ergreife ihren Ellbogen und helfe ihr nach innen, wobei meine Jeans unangenehm eng wird, als ich einen Blick auf die hellblaue Unterwäsche erhasche, als sie ihre wohlgeformten Beine nach innen schwingt.

Wir sollten dieses Kleid vielleicht als Arbeitsbekleidung streichen.

»Ich rede nicht nur vom Auto«, sagt sie, als ich hinter dem Steuer sitze. »Es geht um alles – wie Hochzeitsarrangements, wo wir wohnen werden und was du beruflich machen wirst. Ich will, dass wir all diese Entscheidungen gemeinsam treffen, wie jedes normale Ehepaar.«

»Ich verstehe.« Ich schaue sorgfältig in die Spiegel

und fahre auf die Straße. »Du willst, dass ich Entscheidungen mit dir abspreche, so wie es ein Ehemann tun sollte. Das verstehe ich.«

»Wirklich?« Sie klingt aus irgendeinem Grund überrascht. »Ich dachte, dass … na ja, egal. Ich freue mich, dass du es verstehst.«

Ich lächele, lege meine rechte Hand auf ihren schlanken Oberschenkel und genieße die Seidigkeit ihrer nackten Haut. Wenn mein Ptichka möchte, dass ich mit ihr über solche Kleinigkeiten wie das Auto oder was ich mit meiner Zeit machen werde rede, mache ich das gern.

Wir können alle Entscheidungen gemeinsam treffen, solange sie eine einfache Tatsache versteht.

Sie gehört zu mir, für den Rest unseres Lebens.

eter

DER SAMSTAGMORGEN dämmert warm und klar mit dem blauen, wolkenlosen Himmel, den ich aus einem Hochzeitskatalog bestellt haben könnte. Das Wetter war die einzige unkontrollierbare Variable, aber wie der Zufall es wollte, spielte es mit, also sollte die Veranstaltung reibungslos ablaufen.

Dafür habe ich gesorgt.

Eine Hochzeit zu organisieren ist nicht viel anders als einen Anschlag zu planen, habe ich erkannt. Man muss ebenso methodisch mit der Logistik umgehen und sich auf alle Eventualitäten vorbereiten. Natürlich sind die Ziele sehr unterschiedlich, aber es ist gut zu sehen, dass einige meiner Fähigkeiten im zivilen Leben anwendbar sind.

Esguerra lag falsch.

Ich werde dafür sorgen, dass das funktioniert.

Sara und ich werden hier glücklich sein.

Ihre Frisur- und Make-up-Termine sind erst um zehn, und meinetwegen war sie gestern Abend erschöpft, also lasse ich sie schlafen, während ich das Frühstück mache. Dann gehe ich mit einer dampfenden Tasse Kaffee in der Hand zurück ins Schlafzimmer.

Entweder hört sie mich oder sie riecht den Kaffee, denn sie rollt sich auf den Rücken, und ein schmaler Arm streckt sich über die Matratze aus, während sich die andere Hand zu einer zarten Faust ballt, um ein großes Gähnen zu bedecken. »Ist es Morgen?«, murmelt sie, ohne die Augen zu öffnen, und ich grinse, als ich mich auf die Bettkante setze und die Tasse Kaffee auf den Nachttisch stelle.

»Ja, mein Liebling.« Ich lehne mich nach vorn und liebkose ihre warme, duftende Halsbeuge. »Heute ist unser Hochzeitstag.«

Ihr Haar riecht süß und schwach fruchtig, wie das Shampoo in der Dusche. Es macht mir den Mund wässrig. Ungebeten gleitet meine Hand unter die Decke, schließt sich um eine weiche, runde Brust, und mein Schwanz verhärtet sich, während sich meine Atmung beschleunigt, weil ihre harte Brustwarze sich in meine Handfläche bohrt.

Verdammt. Dafür ist keine Zeit – ganz zu schweigen davon, dass sie immer noch wund von den drei Malen sein könnte, die ich sie gestern Abend genommen habe.

Ich zwinge mich, mich aufzurichten und meine Hand wegzuziehen. »Dein Frühstück ist fertig«, sage ich belegt und stehe auf, wobei ich die unbequeme Beule in meiner Jeans zurechtrücke. Ich muss mich abkühlen, bevor ich hier und jetzt über sie herfalle und Frühstück und Hochzeitstermine vergessen sind.

»Hm.« Sie gähnt wieder, setzt sich auf und zieht eine Decke nach oben, um ihre verführerischen Brüste zu bedecken. Sie blinzelt sich den Schlaf aus den Augen und konzentriert sich auf die Tasse, die auf dem Nachttisch steht. »Ist das Kaffee?«

»Definitiv. Und es gibt Frühstück in der Küche – eine Gemüse-Quiche und Bratkartoffeln. Du brauchst die Energie, um durch den Tag zu kommen.«

Sie grinst mich an. »Du bist fantastisch.«

Mein Herz klopft – und mein Schwanz zuckt erneut –, als sie nackt aus dem Bett springt und ins Badezimmer läuft, offensichtlich belebt durch das Versprechen von Koffein und Essen. Das ist es, wofür ich die ganze Zeit gekämpft habe: dass Sara so verspielt und liebevoll mit mir umgeht. Wir werden nie in der Lage sein, die Dunkelheit der Vergangenheit auszulöschen, aber gemeinsam können wir eine hellere Zukunft aufbauen.

Eine Zukunft, die sich aus irgendeinem Grund immer noch schrecklich zerbrechlich anfühlt.

Ich schiebe den Gedanken beiseite, sobald er auftaucht. Es gibt keinen Grund, anzunehmen, dass diese Art von Morgen vorübergehend ist, dass es etwas anderes als der Beginn unseres neuen Lebens ist.

Heute ist unser Hochzeitstag, und ich werde dafür sorgen, dass es der beste aller Zeiten ist.

Das ist das Mindeste, was mein Ptichka verdient, nach allem, was ich ihr angetan habe.

61

––––––

ara

DER ANSTURM BEGINNT, als ich mit dem Frühstück fertig bin, das Peter für mich gemacht hat. Eine gefühlte Armee von Stylisten, Maskenbildnern und Friseuren stürmt in meine winzige Wohnung und füllt das Wohnzimmer mit genügend Haarprodukten, Kleidersäcken und Lidschattentöpfchen für fünfzehn Bräute – oder Dragqueens. Pam und Suzie, die Frauen, die mich für mein Kleid vermessen haben, sind da, ebenso wie zwei ihrer Assistenten und mindestens vier Friseure und Make-up-Artists. Es ist schwer zu sagen, wie viele von ihnen wirklich hier sind, da es ein ständiges Kommen und Gehen ist, weil immer mehr Zubehör gebracht wird.

Peter überlässt mich umgehend der Folter und

behauptet, er müsse die Sicherheitsvorkehrungen und die restliche Organisation am Silver Lake überwachen. Sein Smoking wird direkt dorthin geliefert, so dass ich keine Chance habe, ihn darin zu sehen, bis Danny mich später am Nachmittag dorthin bringt.

»Es ist unfair, dass du einfach nur einen schönen Anzug anziehen musst«, beschwere ich mich, und ziehe einen gespielten Schmollmund, und er grinst, bevor er einen schnellen Kuss auf meine Lippen drückt, der meinen Puls in die Höhe schnellen lässt.

»Benimm dich, sonst …«, warnt er mit vor Belustigung silbern strahlenden Augen, und ich kneife ihm aus Rache in die Seite, wofür ich mit einem Lachen und einem weiteren Kuss belohnt werde.

»Haare zuerst«, verkündet ein extravagant gekleideter junger Mann, sobald Peter gegangen ist, und ich lasse mich zum Sofa führen, wo bereits eine Reihe von gruselig aussehenden Styling-Werkzeugen liegt.

Mein Haar ist noch nass von meiner Morgendusche, also wird es zuerst zur Bändigung geföhnt, dann geglättet und auf Lockenwickler gedreht. Die Hochsteckfrisur erfordert anscheinend eine perfekte Glätte, die mein welliges Haar von Natur aus nicht besitzt. Während das passiert, werden meine Nägel poliert, in Form gebracht und in einem zarten Roséton lackiert, und dann ist es Zeit für mein Make-up.

Mama taucht auf, als die letzte Wimperntusche aufgetragen wird. Sie ist bereits perfekt frisiert und trägt ein langes, pfirsichfarbenes Kleid, das ihre immer noch schlanke Gestalt unterstreicht.

»Wow«, flüstert sie, als ich von der Couch aufstehe, und ich grinse, als ich zu ihr gehe, um sie zu umarmen.

»Du siehst umwerfend aus, Mama.« Ich gehe zurück, um sie eingehend zu betrachten. »Ich liebe dieses Kleid. Wann hast du es besorgt?«

»Dein Verlobter hat es gestern Abend liefern lassen. Es ist von Chanel. Kannst du das glauben? Ich habe mich erst gestern Morgen bei deinem Vater beklagt, dass ich so kurzfristig nichts Anständiges finden würde, und dann, bumm, kommt dieses Kleid – und passt wie von Zauberhand. Kannst du dir das vorstellen? Dein Vater hat auch einen neuen Smoking bekommen.« Sie klingt so aufgeregt wie ein Teenager, der zum Abschlussball geht.

»Wow, ja. Das ist unglaublich.« Peter muss wieder Kameras oder Abhörgeräte bei meinen Eltern installiert haben – eine Verletzung der Privatsphäre, über die wir reden müssen. Fürs Erste bin ich aber dankbar, dass er meine Eltern in seine wahnsinnig gründliche Hochzeitsplanung einbezogen hat.

Mama liebt es, sich herauszuputzen, und wäre enttäuscht gewesen, wenn sie ein älteres Kleid hätte tragen müssen oder etwas, was ihr nicht besonders genug gewesen wäre.

»Wie geht es Papa?«, frage ich, als Pam und Suzie alle anderen aus der Wohnung scheuchen und ich mich bis auf die Unterwäsche ausziehen muss, um das Kleid anzuprobieren.

»Es geht ihm gut. Ich verarbeite das alles noch, aber ...« Mama keucht, als sie das Kleid sieht. »Wow, Sara. Das ist umwerfend!«

»Es ist Monique Lhuillier«, erklärt Pam stolz, als Suzie mir hilft, es anzuziehen und die Knöpfe auf dem Rücken zu schließen. »Alles handgefertigte Spitze – jeder Millimeter davon.«

»Sara, das ist ...« Mama blinzelt mehrmals, dann schnüffelt sie hörbar. »Liebling, du siehst so wunderschön aus ... einfach nicht wie von dieser Welt, wie eine Art Feenprinzessin.«

»Wirklich? Lass mich mal sehen.« Ich warte, bis Suzie die Haarspangen hinzugefügt hat, und gehe dann zum Spiegel im Badezimmer.

Eine atemberaubende Schönheit starrt mich an, und ihre grün gesprenkelten Augen sind riesig und geheimnisvoll in ihrem makellosen Gesicht. Und es ist wirklich makellos. Die Narbe auf der Stirn von meinem Unfall, die mittlerweile sowieso fast unsichtbar ist, ist komplett verschwunden, und meine Haut ist so glatt und porenlos wie Porzellan. Eine Stunde Make-up, und ich sehe aus, als würde ich kaum etwas tragen – außer, dass jedes Detail so perfekt aussieht, als wäre es mit Photoshop bearbeitet worden.

Das Haar ist es, was für den Prinzessinnenflair sorgt. Es ist hoch auf meinem Kopf kunstvoll zu Locken und Wellen gesteckt, und jeder Strang ist so glänzend und glatt, dass ich das Haar kaum als mein eigenes erkenne. Sogar die Farbe, das dunkle Braun mit einem Hauch von Rot, wirkt durch die eingearbeiteten Diamanten intensiver und leuchtender, obwohl es auch nur der zusätzliche Glanz sein könnte, der durch all diese Produkte erreicht wird.

Pam hatte recht mit der Hochsteckfrisur: Sie ist genau das, was dieses Kleid braucht. Die Spitze verleiht dem filigranen Meerjungfrauenkleid einen himmlischen Touch, doch nur in Kombination mit der aufwendigen Frisur bekommt es diese magische, märchenhafte Ausstrahlung, die meiner Mutter die Tränen in die Augen treibt.

Als ich mich im Spiegel betrachte, verengt sich meine Kehle.

Ich werde heiraten.

Peter.

Heute.

Die Panikwelle ist ebenso spontan wie irrational. Ich sauge einen keuchenden Atemzug ein, schließe die Badezimmertür, lehne mich gegen sie und vergesse die empfindliche Spitze. Mein Herz schlägt wie eine Kriegstrommel in meiner Brust, und mein Atem ist schnell und flach.

Ich werde heiraten. Peter.

Ich verstehe die Ursache meiner Panik nicht, aber das macht sie nicht weniger intensiv. Ich spüre, wie eisiger Schweiß meine Stirn überzieht und meine Achselhöhlen befeuchtet, und ich kann kaum stehen bleiben und dem Drang widerstehen, auf den Boden zu sinken.

Peter und ich werden *heiraten*.

»Sara?« Mama klopft an die Tür und klingt besorgt. »Bist du okay, Liebling?«

Bin ich das? Ich sollte okay sein. Ich sollte sogar überglücklich sein. Ich heirate den Mann, den ich liebe, der sich unglaublich bemüht hat, mir zu zeigen, dass er mich liebt ... und mich trotz unseres ungünstigen Starts glücklich machen möchte.

Ist das das Problem? Ist ein Teil von mir immer noch nicht in der Lage, das zu überwinden, was Peter getan hat?

Das makellose Gesicht im Spiegel hält keine Antworten bereit, so dass ich ein paar tiefe Atemzüge mache und meine Stimme beruhige. »Mir geht es gut, Mama. Ich habe nur einen leicht nervösen Magen.«

»Oh, armer Schatz. Hast du Riopan im Haus?«

»Nein, aber mir geht es gut. Gib mir einen Moment.« Ich atme noch einige Male tief durch, und als mein Herz nicht länger rast, mache ich ein Handtuch nass und erfrische mich unter den Armen. Dann trage ich erneut Deo auf und tupfe meinen Haaransatz mit einem Taschentuch ab, wobei ich darauf achte, mein Make-up nicht zu verschmieren.

Als der Spiegel bestätigt, dass von meiner spontanen Panikattacke keine Spuren mehr zu sehen sind, klebe ich mir ein Lächeln auf die Lippen und komme heraus, um Mama erneut zu versichern, dass es mir gut geht.

Wir kehren ins Wohnzimmer zurück, das jetzt erschreckend leer ist.

»Sie sind alle gegangen«, sagt Mama und lächelt

über meinen überraschten Blick. »Während du im Badezimmer warst.«

»Oh.« Ich schaue auf die Uhr und bin schockiert, dass es schon zwei Uhr nachmittags ist.

Kein Wunder, dass Peter dafür sorgen wollte, dass ich ein herzhaftes Frühstück esse.

»Die Zeremonie beginnt um vier, aber Peter hat gesagt, dass der Fotograf um drei Uhr für Familienfotos kommt«, sagt Mama. »Also sollten wir losfahren. Dein Vater ist schon unterwegs.«

»Stimmt.« Ich balle meine Hand zu einer Faust, um das leichte Zittern meiner Finger zu verbergen. Meine Kehle fühlt sich immer noch zu eng an, und der Gedanke daran – die Fotos, die Zeremonie, alle Blicke auf mich gerichtet und das Klatschen – ist unerträglich, völlig überwältigend.

»Mama …« Ich lege meine Hand auf meinen Magen, der jetzt wirklich nervös ist. »Ich glaube, ich muss doch etwas nehmen. Nur einen Block entfernt ist eine Apotheke, also werde ich kurz …«

»Was? Nein, du bist wohl verrückt.« Meine Mutter schiebt mich fast zum Sofa. »In dem Aufzug kannst du nirgendwo hingehen. Setz dich, entspann dich, und ich bin gleich wieder da, okay?«

»Nein, Mama, das ist in Ordnung. Ich schlüpfe einfach aus dem Kleid und …«

»Setz dich hin.« Mamas Tonfall duldet keinen Widerspruch. »Ich bin vielleicht alt, aber ich kann immer noch einen Block gehen. Ich bin in ein paar Minuten zurück, und du setzt dich einfach hin und ruhst dich aus, okay? Vielleicht isst du auch etwas, du könntest einfach einen niedrigen Blutzuckerspiegel haben.«

Das ist ein guter Punkt. Sobald Mama weg ist, gehe ich in die Küche und schiebe ein paar Reste in die Mikrowelle. Daran erinnere ich mich an meine erste Hochzeit: Ich war zu beschäftigt, um zu essen, und fühlte mich, als würde ich ohnmächtig werden. Dieses Mal gibt es viel weniger zu befürchten, dank Peter, der alles überwacht, also habe ich tatsächlich ein paar Minuten Zeit, um einen Happen zu essen.

Der Fotograf kann warten.

Als ich die Nudeln aus der Mikrowelle hole, klingelt es an der Tür.

»Es ist offen, Mama«, rufe ich und schnappe mir ein Handtuch, um sicherzugehen, dass ich mich nicht an dem heißen Teller verbrenne, und dann merke ich, dass es viel zu früh für sie ist.

Hat einer der Make-up-Artists etwas vergessen?

Ich stelle den Teller mit den Nudeln ab, gehe aus der Küche und erstarre.

Agent Ryson ist in meinem Wohnzimmer, und sein Blick schweift spöttisch über mein weißes Kleid.

62

Peter

»DU HAST ES TATSÄCHLICH GESCHAFFT«, meint Anton bewundernd, als ich meine schwarze Krawatte mit Hilfe des Spiegels binde. »Zivilleben, Amnestie, das Mädchen und alles. Ich kann das gar nicht glauben.«

»Kannst du aber.« Ich drehe mich um und grinse meine ehemaligen Teamkollegen an. »Wie sehe ich aus?«

»Nicht schlecht.« Yan geht um mich herum und betrachtet mich kritisch. »Ich hätte allerdings eine weiße Krawatte genommen. Die sieht formeller aus und passt besser zu deinem Hautton.«

Anton rollt mit den Augen. »Hör auf, so ein verdammter Metrosexueller zu sein. Ernsthaft, Ilya, womit hat eure Mutter ihn gefüttert?«

»Mit dem gleichen Mist, den sie mir gegeben hat«, sagt Ilya und tritt vor den Spiegel, um seine eigene Krawatte zurechtzurücken. Im Gegensatz zu seinem eleganten Zwilling, der aussieht, als wäre er für einen Anzug geboren, ähnelt Ilya einfach einem Gangster, der sich verkleiden will. Die Jacke spannt über seinen steroidverstärkten Schultern, und die Tattoos auf seinem rasierten Schädel schimmern bedrohlich im hellen Tageslicht.

Saras Vater könnte einen Herzinfarkt bekommen, wenn er ihn nur sähe – und das, ohne von dem Waffenarsenal zu wissen, das in seiner Jacke versteckt ist.

In all unseren Jacken.

Es gibt natürlich keinen wirklichen Grund zur Sorge, aber ich fühle mich trotzdem unwohl. In der guten alten Zeit waren solche Veranstaltungen, vor allem im Freien, oft eine gute Gelegenheit für uns. Hochzeiten, Geburtstage, Beerdigungen – wir alle haben sie geliebt, weil unsere Ziele vor Aufregung immer einen wichtigen Sicherheitsaspekt vergessen würden.

Dass ist ein Fehler, den ich nicht machen will, weshalb ich zusätzlich zu meiner üblichen Sara-Bewachungscrew zwanzig weitere Bodyguards angeheuert und ein Dutzend Drohnen für die Überwachung aus der Luft eingesetzt habe.

Niemand kommt ohne mein Wissen näher als einen Kilometer an den Veranstaltungsort heran.

»Und, wie ist das zivile Leben bisher?«, fragt Yan

und stellt sich neben mich, als ich nach draußen gehe, um zu sehen, ob der Fotograf angekommen ist. »Ist es so, wie du es dir erträumt hast?«

Sein Ton ist spöttisch, wie immer, aber als ich ihn ansehe, kann ich keine Belustigung auf seinem Gesicht ausmachen.

»Ja«, antworte ich und beschließe, die Frage für bare Münze zu nehmen. »Du solltest es irgendwann mal ausprobieren.«

Er lacht, aber dem Geräusch fehlt der Humor. »Nein, danke. Ich genieße dieses Leben zu sehr.«

Ich nicke und bin nicht im Geringsten überrascht. Anstatt die Amnestie, die ich für ihn bekommen habe, zu nutzen, hat Yan das Geschäft übernommen – Akten, Briefkastenfirmen, Teamkonten und so weiter – und hat die Kontakte des Teams genutzt, um neue, noch lukrativere Jobs zu sichern. Die Übernahme geschah am Tag nach meiner Abreise zu Esguerras Gelände, was bedeutet, dass Yan es schon eine Weile geplant hatte.

Ich hatte recht, vorsichtig zu sein.

Wenn ich nicht zurückgetreten wäre, als ich es tat, wäre einer von uns jetzt wahrscheinlich tot.

Wie zu erwarten hat sich Ilya seinem Bruder angeschlossen, aber Anton hat sich immer noch nicht entschieden.

»Ich bin schon verdammt reich«, hat er mir vor zwei Wochen am Telefon gesagt, als Yan ihn einmal zu einer Antwort drängen wollte. »Ich vermisse vielleicht den Nervenkitzel, aber ich brauche nicht noch mehr

Geld – nicht so, wie Yan es zu tun scheint.« Er hat innegehalten und dann vorsichtig gefragt: »Du bist doch nicht sauer auf ihn, oder?«

»Nein«, habe ich Anton gesagt, und es auch so gemeint. Ich habe den Jungs gesagt, dass sie mit dem Geschäft weitermachen können, wenn sie wollen, also was kümmert es mich, wenn Yan die ganze Zeit geplant hatte, an meine Stelle zu treten? Keiner von uns ist ein Engel, und tief im Inneren wusste ich immer, dass Yan sich nicht lange damit zufriedengeben würde, Befehle zu befolgen.

Sogar in Russland gab es Hinweise darauf – eine rote Flagge, die ich ignoriert habe, als ich den Ivanov-Zwillingen einen Platz in meinem neuen Team anbot.

Für meine alte Welt – *unsere* Welt – ist Yan Ivanov loyal genug gewesen, und da wir den ultimativen Zusammenstoß vermieden haben, macht es Sinn, ein gutes Verhältnis beizubehalten.

Man weiß nie, wann man einen Gefallen braucht.

»Also, was wirst du hier machen?«, fragt Yan, als ich aufhöre, die Stühle vor dem Pavillon zu zählen. »Außer Hochzeiten zu planen?«

»Ich habe ein paar Ideen«, sage ich, als ich zu Ende gerechnet habe. Wir haben einen Stuhl zu wenig, was das Personal des Veranstaltungsortes sofort beheben muss. »Im Moment passt die Hochzeitsplanung zu mir.«

»Du weißt, dass du dir was vormachst, oder?« Yans Ton fehlt jede Spur von Spott, und als ich mich zu ihm umdrehe, sehe ich eine eigenartige Ernsthaftigkeit in seinen kalten grünen Augen. »Das ist nichts für dich – nicht mehr als für mich.«

Haben er und Esguerra das gleiche Drehbuch gelesen? »Wen willst du davon überzeugen?«, frage ich neugierig. »Mich oder dich selbst?«

Er hält meinem Blick stand, und dann nickt er, so als ob er etwas sieht, was mir entgeht. »Viel Glück«, sagt er leise. »Ich drücke dir die Daumen.«

Und dann dreht er sich um und geht zurück, und ich muss den Fotografen allein suchen.

63

ara

MEIN PULS SETZT einen Schlag aus, bevor er sich überschlägt.

Das kann nicht wahr sein.

Sie können Peter nicht am Tag unserer Hochzeit verhaften.

»Agent Ryson.« Ich bin stolz auf meine ruhige Stimme. »Was machen Sie hier?«

Er schenkt mir ein dünnes Lächeln. »Oh, keine Sorge, Dr. Cobakis – oder wird es bald Dr. Garin sein? Ich bin nicht in offizieller Funktion hier.«

Mein verzweifelter Herzschlag beruhigt sich leicht. »Warum sind Sie dann hier?«

»Um meine Glückwünsche auszusprechen.« Sein

Mund verzieht sich. »Sie und Ihr russischer Liebhaber haben uns alle reingelegt.«

Ich schweige, denn was soll ich sagen? Ich verstehe, wie das aus seiner Perspektive aussehen muss – aus der Perspektive eines jeden, der die Geschichte von Anfang an verfolgt hat. Ich werde Georges Mörder heiraten, den Mann, der mich gewaterboardet, sich in mein Leben gedrängt und mich entführt hat.

Den Mann, den Ryson mehr als die letzten zwei Jahre lang gejagt hat.

»Sagen Sie mir eins, Dr. Cobakis«, fährt Ryson bitter fort, »an welchem Punkt haben Sie und Sokolov sich verschworen, sich von Ihrem hirngeschädigten Ehemann zu befreien? War es vor oder während des sogenannten Überfalls auf Sie?«

Ich atme entsetzt ein. Denkt er das wirklich? »Sie irren sich. Ich habe nie …«

»Nie gelogen? Nie vorgetäuscht, Schutz vor dem Mann zu brauchen, den Sie heiraten werden?« Sein Blick ist schneidend. »Ja, das dachte ich mir.«

Mein Nacken brennt. »So war es nicht. Nicht am Anfang.«

»Ach, wirklich? Wie war es dann? Hat er Sie in Japan einer Gehirnwäsche unterzogen? Ihnen ein paar Schlafzimmertricks gezeigt, damit Sie das ganze Blut an seinen Händen vergessen? Vielleicht war Ihnen der Alkoholiker, von dem Sie sich scheiden lassen wollten, egal – ja, wir wissen alles darüber –, aber Ihr Liebhaber hat auch Cobakis' Wachmänner getötet. Gute Männer, ehrliche Männer. Er hat ihnen das Hirn weggepustet – oder haben Sie das vergessen?«

Ich schlucke die Galle, die in meinem Hals aufsteigt, hinunter. »Natürlich nicht.«

»Nein?« Ryson kommt auf mich zu. »Was ist mit den Polizisten im Hubschrauber, die er abgeschossen hat, als sie versuchten, Sie vor der angeblichen Entführung zu retten? Oder was ist mit all den anderen, die er im Namen der verdrehten Gerechtigkeit, die er verfolgt, getötet und gefoltert hat? Soll ich Ihnen eine Liste aller seiner Opfer geben, damit Sie sie an die Wand über Ihrem Ehebett hängen können?«

Ich zittere jetzt, und mein Magen rebelliert. Der Geruch der aufgewärmten Nudeln, die vor einer Minute so verlockend waren, weckt bei mir den Wunsch, mich zu übergeben und ich schaffe es kaum, Ryson anzuschauen, anstatt mich zu einer kleinen Kugel der Schande auf dem Boden zusammenzurollen.

Es ist wahr, alles.

Peter ist ein Monster, und ich auch, weil ich ihn liebe.

Als ich nicht reagiere, schnaubt der Beamte höhnisch. »Nichts zu sagen? Nun, ich möchte Sie warnen.« Er kommt näher, bis ich keine andere Wahl habe, als zurückzuweichen. Er beugt sich zu mir und sagt leise: »Ich weiß nicht, wer die Fäden gezogen hat, um Ihnen beiden eine reine Weste zu geben, aber wenn ich im Laufe der Jahre etwas gelernt habe, dann ist es, dass sich Psychopathen wie Sokolov nicht ändern. Er *wird* ein weiteres Verbrechen begehen, und wenn er es tut, wird der Deal, den er mit meinen Vorgesetzten gemacht hat, null und nichtig sein. Wir werden warten – und jetzt, Dr. Cobakis, haben wir auch *Sie* auf dem Radar.«

Er tritt zurück und dreht sich um, als wollte er gehen, aber dann hält er inne und sagt über die Schulter: »Oh, und noch einmal herzlichen Glückwunsch. Sie sind eine wunderschöne Braut. Ich hoffe, Sie beide werden sehr glücklich miteinander.«

Dann geht er hinaus, knallt die Tür hinter sich zu, und ich schaffe es gerade noch ins Bad, bevor mein Magen sich zusammenzieht und sich sein Inhalt in die Toilettenschüssel ergießt.

64

eter

SIE IST ZU SPÄT.

Die Zeremonie soll in fünfundvierzig Minuten beginnen, und Sara ist immer noch nicht da.

Ich werfe dem Fotografen, der betont auf seine Uhr schaut, einen vernichtenden Blick zu, und er erblasst und schaut weg, wobei er anfängt, mit seinen Manschettenknöpfen zu spielen, so als ob er das die ganze Zeit über getan hätte.

Laut den Leibwächtern, die Saras Wohnung beobachten, sowie den Ortungsgeräten, mit denen ich sie bestückt habe, ist meine Braut immer noch mit ihrer Mutter zu Hause. Ich habe beide mehrmals angerufen, aber nur Lorna hat einmal abgenommen. »Sara hat Magenschmerzen«, hat sie mich kurz und knapp wissen lassen, dann aufgelegt – und seitdem landen meine Anrufe auf der Mailbox.

Besorgt und zunehmend irritiert beobachte ich die Menschen, die in kleinen Gruppen um den Pavillon herumlaufen, Champagner trinken und die kunstvoll arrangierten Kanapees essen. Fast alle sind schon hier und scheinen sich zu amüsieren, obwohl einige der Gäste – vor allem Saras Freunde und ehemalige Mitarbeiter – mich ansehen, als sei ich Osama bin Laden. Yan plaudert mit Saras neuen Kollegen, während Ilya fasziniert davon zu sein scheint, was Saras Bandkollegen ihm über ihre Auftritte erzählen. Anton spricht mit Saras Vater über seine Kindheit in Russland, und ich sehe sogar Joe Levinson, den Anwalt, der Sara mag, wie er Tequila an der Bar trinkt und grimmig in meine Richtung starrt.

Er hat Mut, hier aufzutauchen. Er weiß nicht, dass ich von seinem Interesse an Sara weiß, aber trotzdem. Wenn er sie auch nur falsch ansieht, wird er nicht mehr lange genug leben, um es zu bereuen.

Das heißt, vorausgesetzt, dass sie jemals auftaucht, damit irgendjemand sie in irgendeiner Weise ansieht.

Ich warte noch fünf Minuten, überprüfe alle dreißig Sekunden meine Sara-Tracking-App, und dann rufe ich Danny an, der heute Teil von Saras Bodyguard-Crew ist.

»Du musst in die Wohnung gehen«, sage ich, als er abhebt. »Gib Sara dein Telefon und geh nicht wieder weg, bis sie mich anruft.«

»Verstanden.«

Er legt auf, und fünf Minuten später leuchtet auf meinem Telefon ein Anruf von Dannys Nummer auf.

»Sara?«

»Peter, ich …« Sie schluckt. »Es tut mir so leid. Ich brauche etwas mehr Zeit.«

Meine Sorge verstärkt sich. »Was ist los? Ist etwas passiert?«

»Nein, nichts. Ich habe nur einen nervösen Magen.«

»Soll ich einen Arzt rufen? Soll ich dir was besorgen?«

»Nein, es ist nur …«Sie hält inne und sagt dann vorsichtig: »Schau, Peter, ich weiß, das ist ein schreckliches Timing, aber …«

»Versuchst du, einen Rückzieher zu machen?« Meine Stimme ist sanft und verrät nichts von der Wut, die in mir lodert. »Geht es darum?«

»Nein, ganz und gar nicht. Ich brauche nur etwas mehr Zeit. Deine Rückkehr, die Hochzeit – es geht alles sehr schnell. Ich sage nicht, dass wir es nicht tun sollten, aber vielleicht ist es noch zu früh, vielleicht können wir einfach eine Weile zusammenleben und sehen, ob es überhaupt …«

»Ob es überhaupt *was*?« Das harte Metall des Telefons schneidet in meine Handfläche. »Möglich ist? Glaubst du wirklich, dass es so laufen wird?« Die Wut in mir kocht, aber ich behalte meinen sanften Tonfall und meinen erfreuten Ausdruck bei, während ich hinter eine kleine Baumansammlung trete, weg von neugierigen Augen und Ohren.

»Peter, bitte. Ich bitte nur um einen kurzen Aufschub. Wir können den Leuten die Wahrheit sagen, dass es mir nicht gut geht, und dann …«

»Lass mich dir sagen, wie es laufen wird, Ptichka«, sage ich mit noch leiserer Stimme. »Du kannst entweder sofort mit Danny kommen, ohne Aufschub, oder ich hole dich ab. Nur werden wir in diesem Fall nicht zurückkommen. Tatsächlich wird es hier nichts geben, wohin ich zurückkommen könnte, denn ich habe nicht vor, Zeugen für dieses unglückliche Ereignis zu hinterlassen.« Ich halte inne und frage dann sanft: »Verstehst du, was ich sagen will, mein Liebling?«

Jetzt herrscht Totenstille am Telefon. Dann sagt sie in einem gebrochenen Flüsterton: »Das würdest du nicht tun.«

»Nein? Versuch es doch.« Ich warte ein paar Sekunden und füge dann hinzu: »Natürlich fallen deine Eltern nicht in die Kategorie der Zeugen. Ich weiß, wie viel sie dir bedeuten, also nehmen wir sie einfach mit, wenn wir verschwinden. Wie hört sich das an? Sie werden eine exotische Flucht genießen, meinst du nicht?«

Sie schweigt so lange, dass ich mir fast sicher bin, dass sie mich herausfordern wird. Aber ich bluffe nicht. Diese Leute sind mir scheißegal, mit Ausnahme von Saras Eltern. Wenn sie mich drängt, werde ich meine Drohung wahrmachen, auch wenn es bedeutet, die Amnestie aufzugeben, für die ich so hart gekämpft habe.

Ohne Sara ist dieser Mist nicht wichtig.

Wenn ich sie nicht haben kann, kann ich genauso gut die ganze verdammte Welt niederbrennen.

»Du bist verrückt«, flüstert sie endlich, und ich lächele dunkel, als ich die Kapitulation in ihrer Stimme höre.

»Ja, das bin ich, Ptichka. Vergiss das nie. Wir sehen uns gleich hier.«

Und damit lege ich auf und gehe zurück, um mich unter die Gäste zu mischen.

65

———

Sara

Ich zittere immer noch, als ich aus meinem Schlafzimmer auftauche und Dannys Handy mit der einen Hand umklammere, während ich die weiche Spitze des Kleides mit der anderen glätte.

»Ich bin bereit zu gehen, Mama«, sage ich ihr, als sie von der Couch aufsteht und offensichtlich überrascht ist, mich zu sehen.

»Bist du sicher? Liebling, du siehst *wirklich* blass aus.«

»Ja, mir geht es gut, Mama.« Ich schaffe ein kleines Lächeln. »Das Medikament wirkt endlich.«

Meine Mutter kam mit der Medizin zurück, gerade als ich aus dem Badezimmer kam, nachdem ich mich übergeben hatte, also nahm ich sofort ein paar Pillen und sagte ihr, dass ich mich für ein paar Minuten hinlegen müsse. Ich dachte, sie hätte diese Erklärung akzeptiert, aber als sich ihre Augenbrauen zusammenziehen, weiß ich, dass ich mir nur etwas vorgemacht habe.

Mama kennt mich viel zu gut.

»Sara, Liebling … du weißt, dass du das nicht machen musst, oder?«, sagt sie und bleibt vor mir stehen. »Wenn du Zweifel hast, darfst du deine Meinung ändern. Jeder würde es verstehen. Du musst ihn nicht heiraten, wenn du nicht bereit bist.«

Sie irrt sich. Ich darf meine Meinung nicht ändern – nicht, wenn alle unsere Freunde den Tag überleben sollen. Ich habe keine Ahnung, ob Peter wirklich tun würde, was er angedeutet hat, aber ich kann dieses Risiko nicht eingehen.

Nicht bei einem Mann, der zu so monströsen Dingen fähig ist.

Wenn es das Ziel des Beamten war, dass ich mich kleiner fühle als ein zerquetschter Käfer, dann ist ihm das wunderbar gelungen. Jedes Wort, das er mir entgegengeschleudert hat, hat sich wie eine Kugel angefühlt, weil jedes einzelne wahr war. Die Verbrechen, die Peter begangen hat, sind schrecklich, unverzeihlich, und ich weiß das. Ich wusste es die ganze Zeit, aber ich habe mich trotzdem in ihn verliebt.

Ich habe das Böse in ihm akzeptiert und es so weit angenommen, dass ich ihn aus freien Stücken heiraten will. Selbst nach Rysons Besuch will ich Peter nicht zurückweisen, obwohl er es so interpretiert hat. Ich war nur noch so sehr von Rysons verbalen Peitschenhieben erschüttert, dass ich instinktiv um mehr Zeit gebeten habe.

Ich will ihn auf jeden Fall heiraten – nur an einem anderen Tag.

»Das ist es nicht, Mama«, sage ich, während ihre Augen über mein Gesicht gleiten und nach einem Hauch von Zweifel suchen. »Ich liebe Peter, und ich will ihn heiraten. Ich habe mich einfach nicht gut gefühlt.«

Ihr Blick fällt auf das Telefon, das ich halte. »Was hat er dir gesagt?«

Ich blinzele sie an. »Was?«

»Der große Fahrer, der kam, hat dir das Telefon gegeben. Ich nehme an, um Peter anzurufen, richtig? Also, was hat dir dein Verlobter gesagt?«

»Nichts weiter. Er hat mich nur an die Zeit erinnert. Und wo wir gerade davon sprechen«, ich schaue betont auf den beleuchteten Bildschirm des Telefons, »wir müssen wirklich gehen.«

Meine Mutter schaut sich mein Gesicht noch ein paar Momente eindringlich an, dann nickt sie. »In Ordnung, Liebling. Wenn es das ist, was du willst, lass uns gehen. Eine Hochzeit wartet auf uns.«

66

Sara

ICH MUSS auf dem Weg nach Silver Lake in Gedanken versunken gewesen sein, denn die Fahrt scheint nur wenige Sekunden zu dauern. Ich blinzele, als ich unter dem Jubeln einiger Gäste aus dem Auto steige, und mein Blick fällt auf eine große, dunkle Gestalt, die ein Dutzend Meter entfernt steht.

Peter.

Mein Feind.

Mein Stalker.

Mein Liebhaber.

Mein zukünftiger Ehemann.

Seine Augen sind wie grauer Teer, der nichts widerspiegelt, aber ich kann die explosiven Gefühle in ihm spüren, die aufgestaute Gewalt, die von dieser raubtierhaften Ruhe verdeckt wird. Trotzdem kann ich nicht anders, als in ihm zu ertrinken, als ich meinen Blick über die kräftigen Linien seines Körpers schweifen lasse. Ich habe ihn noch nie so formell gekleidet gesehen, aber es passt zu ihm, da der schlanke Smoking die V-Form seines Oberkörpers betont und das reinweiße Hemd seine braune Haut leuchten lässt.

Er sieht atemberaubend aus, so beeindruckend wie jeder Filmstar, und trotz des andauernden Aufruhrs in mir läuft ein heißes Kribbeln über meine Haut, eine Reaktion, die so instinktiv und unkontrollierbar ist wie der begleitende Angstschauer.

Ich habe vielleicht andere gerettet, indem ich aufgetaucht bin, aber ich werde für diese Verzögerung bezahlen.

Peter wird meinen Moment der Schwäche nicht einfach durchgehen lassen.

Ich erwidere seinen Blick, als ich auf ihn zugehe, und er streckt seine Hand aus, wobei sein Mund zu einem spöttischen Lächeln verzogen ist. Ich lege meine Hand in seine große Handfläche und spüre die Wärme bis hinunter zu meinen Zehen, die, was mir erst jetzt bewusst wird, genauso eisig wie meine Finger sind.

»Hallo Ptichka«, murmelt er und beugt den Kopf nach unten, um mir einen sanften Kuss auf die Lippen zu geben. Um uns herum höre ich ein paar Ohs – wahrscheinlich von meinen neuen Kollegen, die keinen Grund zu der Annahme haben, dass es sich hier um etwas anderes als eine einfache Liebesheirat handelt. Aus dem Augenwinkel sehe ich, wie Marsha uns mit angespanntem und blassem Gesicht anstarrt, und hinter Peter steht Joe Levinson, der einen Gesichtsausdruck wie bei einer Beerdigung hat … wo der Sarg mit Sprengstoff gefüllt ist.

»Hallo«, antworte ich leise und tue mein Bestes, um alle Blicke um uns herum zu ignorieren. »Ist der Fotograf hier?«

»Ja, mein Liebling. Gehen wir.«

Er legt mir eine besitzergreifende Hand auf den Rücken und führt mich zu einer malerischen Stelle am See, wo ein Mann mit einer Kamera Fotos von Phil und Rory macht.

Mein Vater ist auch schon da, und auch meine Mutter ist auf dem Weg, so zügig wie es ihre hochhackigen Schuhe erlauben. Es erwärmt mein Herz, sie so stark und gesund zu sehen; die Erinnerung an sie im Krankenhaus, verbunden wie eine Mumie, verfolgt mich immer noch in meinen Alpträumen.

Als wir auf halbem Weg zum See und aus der Hörweite der anderen Gäste sind, schaue ich zu Peter auf und murmele: »Es tut mir leid.«

Sein Kinn spannt sich an. »Wir reden später darüber.«

Ich schlucke, schaue nach unten und konzentriere mich darauf, mit meinen hohen Absätzen auf dem unebenen Boden nicht zu stolpern. Ich habe nicht gelogen: Es *tut* mir leid. Jetzt, da ich wieder in Peters Umlaufbahn bin, spüre ich die Unvermeidlichkeit des Ganzen, die Anziehungskraft der dunklen Fäden, die uns verbinden. Meine früheren Zweifel erscheinen unbegründet und naiv, irrational bis wahnsinnig. Was spielt es für eine Rolle, ob unsere Hochzeit heute, morgen oder in einem Jahr stattfindet? Mein Peiniger wird derselbe Mann sein, derselbe tödliche Mörder, in den ich mich verliebt habe.

Von dem Moment an, als ich Peter traf, wusste ich, dass es für mich kein Entkommen geben würde, und was heute passiert ist, hat das nur bestätigt.

Als wir uns dem See nähern, sehe ich Peters Mannschaftskameraden, die zusammen an der Seite stehen, und winke ihnen zu. Ich freue mich, dass sie zurückwinken. Es ist seltsam, aber ich habe sie vermisst.

Für mich sind sie wie Peters Brüder.

Als wir den See erreichen, arrangiert uns der Fotograf – ein fülliger, bärtiger Mann, der einem dunkelhaarigen Weihnachtsmann ähnelt – in verschiedenen Posen, vom sehnsüchtigen Blick in die Augen des anderen bis hin zum gemeinsamen Sitzen auf einer Bank, wobei Peter seinen Arm um mich gelegt hat. Er macht Fotos von uns beiden zusammen und dann von jedem von uns allein, von uns beiden mit meinen Eltern und dann mit all unseren Freunden. Die Kombinationen sind endlos, und nachdem ich Peter allen vorgestellt habe, bemerke ich, wie meine Gedanken abschweifen und ich wie auf Autopilot lächele und posiere.

Hätte Peter das getan, was er angedroht hat?

Hätte er all diese Leute getötet, nur um mich dafür zu bestrafen, dass ich ihn versetzt habe?

Ich möchte glauben, dass die Antwort Nein ist, aber mein Instinkt sagt mir Ja. Er ist dazu fähig, und seine Besessenheit von mir hat immer einen Hauch von Dunkelheit gehabt, genau wie unsere Spiele im Schlafzimmer.

Peter liebt mich, schätzt mich, würde alles für mich tun.

Einschließlich einen Massenmord begehen.

Es ist ein schrecklicher Gedanke, oder zumindest sollte ich ihn schrecklich finden. Und das tue ich … meistens. Es ist nur ein winziger Teil von mir, der diesen Grad der Besessenheit berauschend findet, so aufregend wie den Sprung von einer Klippe in ein stürmisches Meer.

»Bereit, mein Liebling?« Peters große Hand umschließt meinen Ellenbogen, und ich schaue benommen zu ihm auf.

»Für die Zeremonie«, erklärt er, und ich nicke und lasse mich zum Pavillon führen.

Das war es.

Eheleben, wir kommen.

67

eter

MEIN PTICHKA IST BLASS und umwerfend schön, als sie neben mir steht und der Ansprache des Richters zuhört. Er spricht von Liebe und Engagement, von gegenseitiger Unterstützung in guten wie in schlechten Zeiten, und eine dunkle Welle der Befriedigung rollt durch mich hindurch, als er Sara die traditionelle Frage stellt, und sie leise antwortet: »Ja, ich will.«

Dann wendet er sich mir zu.

»Nimmst du, Peter Garin, Sara Cobakis zu deiner rechtmäßig angetrauten Frau, um sie in Krankheit und Gesundheit zu begleiten und sie zu lieben und zu ehren, bis dass der Tod euch scheidet?«

»Ja«, sage ich deutlich und stelle sicher, dass meine Stimme unser kleines Publikum erreicht. »Ja, ich will.«

453

»Sie dürfen die Braut jetzt küssen«, sagt der Richter, und ich drehe mich zu Sara.

Sie schaut mich an, ihre Augen sind weit und die Lippen weich, und ich beuge meinen Kopf nach unten und lege meine Lippen sanft auf diesen verführerischen Mund. Es ist sehr wichtig, jetzt sanft zu sein. Der kleinste Kontrollverlust könnte die Wut herauslassen, die in mir brodelt, und das kann ich nicht zulassen.

Nicht, bis wir allein sind.

Es wird geklatscht und gejubelt, und dann ertönt von hinter dem Pavillon ein bekannter Song.

Die Band, die ich engagiert habe – die, von der Sara so begeistert zu sein schien –, ist hier, und hat sich während der Zeremonie vorbereitet und aufgebaut. Es hat mich eine hübsche Stange Geld gekostet, sie für ein paar Stunden hierherzubringen, aber der Reaktion der Gäste nach zu urteilen ist es das wert.

»Wollen wir?« Ich biete Sara meinen Arm an, als die Mehrheit der jüngeren Gäste zur Musik eilt und die Möglichkeit, ihre Idole live zu sehen, kaum glauben kann.

»Natürlich.« Ihre schlanke Hand hakt sich bei mir ein, und sie schenkt mir ein vorsichtiges Lächeln. »Gehen wir.«

Wir haben keinen Tanz vorbereitet, aber auf Drängen von Saras neuen Kollegen nehme ich sie in meine Arme, und wir schwingen zusammen zu einem langsamen, romantischen Lied, das ich als Klassiker und nicht als eine der eigenen Nummern der Band erkenne. Wieder muss ich vorsichtig sein, muss meine Berührung leicht und sanft ausfallen lassen, den entsprechenden Abstand wahren, anstatt Sara an mich zu ziehen und das elegante weiße Kleid wegzureißen, um sie gleich hier und jetzt, auf diesem weichen, grünen Rasen, zu nehmen.

Glücklicherweise endet der langsame Song, bevor meine Selbstbeherrschung zu bröckeln beginnt, und die Band stimmt eine ihrer beliebtesten Nummern an. Saras Bandkollegen und ein paar andere Gäste gesellen sich lachend und klatschend zu uns, und am Ende tanzen wir in einer Gruppe, bevor Saras Freundin Marsha sie wegzerrt, um mit ihr und zwei der anderen Schwestern zu tanzen.

Ich warte, bis das Lied vorbei ist, und dann signalisiere ich dem Catering-Personal, die Vorspeisen herauszubringen.

Da wir nur etwa zwei Dutzend sind, haben wir drei Tische: einen kleinen runden für mich und Sara und zwei größere ovale für den Rest der Gäste. Ich habe keine Sitzordnung erstellt, so dass letztendlich Saras Eltern mit ihren Freunden zusammensitzen und die Mehrheit von Saras Freunden und Kollegen am anderen Tisch Platz nimmt.

Das Essen ist hervorragend, wie es bei einem 8-Sterne-Michelin-Koch sein sollte, und als wir alle anfangen zu essen, scheint sich die Mehrheit der Gäste gut zu unterhalten. Sara muss das auch denken, denn sie sagt leise: »Danke, dass du alles organisiert hast.

Das ist eine der schönsten Hochzeiten, auf denen ich je war.«

Ich lächele sie ruhig an, obwohl ich sie am liebsten über den Tisch beugen will. »Das freut mich, mein Liebling. Ich will, dass du glücklich bist.«

Und das wird sie auch sein, wenn sie ihre Zweifel an uns überwunden hat. Dafür werde ich sorgen. Ich werde alles tun, um sie glücklich zu machen.

Das Einzige, was ich nicht tun werde, ist, sie freizulassen.

Ich glaube aber auch nicht, dass sie das will – nicht tief im Inneren, wo es wirklich wichtig ist. Ich weiß nicht, was ihr heute Nachmittag Angst gemacht hat, aber ich habe einen Verdacht.

Könnte sie von Sonny Pearsons Tod erfahren haben?

Ich wüsste nicht, wie, da sie in den letzten Tagen nicht in der Klinik war, aber es ist die einzige Sache, die Sinn ergeben würde. So oder so, ich werde der Sache auf den Grund gehen.

Heute Abend.

Sobald wir allein sind.

Nachdem wir gegessen haben, schneiden Sara und ich den Kuchen an – eine wunderschöne siebenstöckige Kreation mit Sauerrahmglasur –, und dann gehen alle tanzen und Fotos machen. Die kurzen Vorstellungen, die Sara vor der Zeremonie gab, reichten offensichtlich nicht allen, und ich finde mich bald umgeben von Gästen, die neugierige Fragen stellen und deren Mut dem Alkoholkonsum gleichkommt.

»Wie habt ihr zwei euch nochmal kennengelernt?«, fragt Marsha, die auf ihren Füßen schwankt, während sie noch ein Glas Champagner trinkt. »Sara hat gesagt, dass es schon eine Weile ein Hin und Her war bei euch …«

»Ja, genau«, meldet sich Joe Levinson zu Wort, dessen Kiefer kämpferisch angespannt ist. »Wann und wie habt ihr euch getroffen? Keiner von uns wusste, dass Sara in einer Beziehung ist.«

Ich erinnere mich daran, dass das Messer an meinem Knöchel nicht dazu da ist, diesem Mann die Kehle durchzuschneiden. »Wir haben uns vor einigen Monaten in einem Klub in Chicago getroffen«, antworte ich ruhig und gebe Anton heimlich ein Zeichen. »Da ich viel für die Arbeit gereist bin, haben wir beschlossen, unsere Beziehung so lange geheim zu halten, bis wir sicher waren, dass sie eine Zukunft hat.«

»Und Sie sind aus Russland?« Andy, die rothaarige Krankenschwester, betrachtet mich mit einem verwirrten Stirnrunzeln. »Von demselben Ort wie …«

»Da bist du ja!« Anton schlägt mir auf den Rücken. »Ich habe überall nach dir gesucht. Die Jungs brauchen dich für einen Moment.«

»Entschuldigt mich«, sage ich höflich zu den Gästen und folge Anton zum See, wo meine Teamkollegen mit einer teuren Flasche Wodka sitzen.

»Danke für die Rettung«, sage ich, als wir aus der

Hörweite von Saras Freunden sind. »Ich bin heute nicht in der Stimmung, ihre Fragen zu beantworten.«

»Du wirst es irgendwann müssen«, sagt Anton, und ich zucke mit den Achseln, obwohl ich weiß, dass er recht hat.

Um mich bei diesen Leuten zu integrieren, werde ich ihnen irgendwelche Antworten geben müssen.

»Wie fühlt es sich an, wieder ein verheirateter Mann zu sein?«, fragt Ilya und schenkt mir Wodka ein.

Ich kippe ihn runter, anstatt zu antworten, und fühle das vertraute Brennen in meiner Kehle. Ich trinke nicht viel, das habe ich nie, aber heute ist es verlockend. Ich möchte vergessen, wie es sich angefühlt hat, als ich Saras zögerliche Stimme am Telefon hörte, als sie mir sagte, sie brauche mehr Zeit.

»Schenk mir noch einen ein«, sage ich und halte ihm das leere Schnapsglas hin, und Ilya kommt meinem Wunsch nach.

Ich kippe den Wodka wieder hinunter und halte Ilya das Glas erneut hin.

»Mehr?«, fragt er trocken, und ich schüttele den Kopf.

»Das reicht, danke.«

Das wird reichen müssen, um den Schmerz ein wenig zu betäuben. Meine Selbstbeherrschung hängt bereits an einem seidenen Faden, und ich werde es nicht riskieren, Sara zu verletzen, wenn ich sie endlich für mich allein habe.

Ich bin kein *so* großes Monster.

»Das ist es also, hm?« Anton gestikuliert in

Richtung der Menschen, die sich am Pavillon vermischen. »Das ist es, was du willst?«

»*Sie* ist, was ich will.« Ich setze mich auf den Rasen und sehe Sara dabei zu, wie sie von Gruppe zu Gruppe geht, lacht und plaudert und eine tolle Vorstellung einer glücklichen Braut gibt. »Sie kommt einfach mit all dem hier.«

»Vielleicht«, sagt Yan und greift nach der Flasche. Er schraubt den Deckel ab und nimmt einen Schluck direkt aus der Flasche. »Oder vielleicht auch nicht.«

Ich werfe ihm einen scharfen Blick zu. »Du bist also ein Experte für meine Frau, oder was?«

Er zuckt mit den Achseln und nimmt noch einen Schluck. »Vielleicht überrascht sie dich ja doch. Denkst du, sie ist so anders als wir? Einfach durch und durch gut? Glaubst du, einer dieser Leute« – er deutet mit der Flasche auf die Gäste – »ist einfach durch und durch gut?«

Anstatt zu antworten, wende ich meinen Blick zurück zu Sara und er seufzt. »Es überrascht mich, dass ausgerechnet du es nicht siehst. Sie will dich, oder? Sie liebt dich, obwohl sie weiß, was für ein Mann du bist?«

Das beantworte ich auch nicht, und er fährt fort. »Was glaubst du, warum sie sich zu dir hingezogen fühlt? Weil sie etwas Gutes in dir sieht? Oder weil sie sich heimlich nach dem Schlechten sehnt?«

Anton schnaubt. »Ach, bitte. Nicht schon wieder diese Scheiße. Jedes Mal, wenn du Wodka trinkst ...«

»Ich setze auf Letzteres«, sagt Yan, so als hätte

Anton nicht gesprochen. »Sie ist mehr wie du, als du dir vorstellen kannst, und dieser ganze Scheiß«, er winkt wieder mit der Flasche zum Pavillon, »ist das, was sie ihr anerzogen und von dem sie ihr eingeredet haben, dass sie das glücklich machen wird, und nicht das, was sie wirklich will.«

Ich stehe auf und streiche mir ein paar Grashalme von der Hose. »Da ist noch mehr Wodka auf unserem Tisch«, sage ich zu Ilya, der neidisch zusieht, wie sein Bruder die Flasche leert. »Du holst sie besser, wenn du sie willst. Wir werden das bald beenden.«

So amüsant es auch ist, Yans betrunkenem Geschwafel zuzuhören, ich würde lieber meine neue Frau nach Hause ins Bett bringen.

68

ICH FÜHLE MICH, als würden Peter und ich in einem Theaterstück sein, in dem jeder seine Rolle spielt. Er ist der freundliche Bräutigam, zurückhaltend, aber überaus höflich, und ich bin die strahlende Braut, übersprudelnd und aufgeregt. Oder zumindest bin ich das nach drei Gläsern Champagner; sie helfen wirklich bei dem übersprudelnden und aufgeregten Teil, was wiederum hilft, die bohrenden Fragen meiner Freunde zu vermeiden.

Ich kann immer zu einer anderen Gruppe von Gästen gehen, lachen und sie ermutigen, zu tanzen – etwas, was sie bei dieser Band gerne tun.

»Wie fühlst du dich, Liebling?«, fragt meine Mutter,

als ich mich für eine Minute ihrem kleinen Kreis anschließe. »Weitere Magenprobleme?«

»Nein, alles in Ordnung, Mama.« Ich schenke ihr und Papa mein strahlendstes Lächeln. »Wie geht es euch?«

Mama lächelt und greift herüber, um Vaters Hand zu nehmen. »Wir amüsieren uns großartig, wie jeder andere auch. Dein Peter hat das alles toll organisiert.«

»Danke, Mama.« Ich strahle sie beide an. Die Reaktion meiner Eltern war meine größte Sorge, und ich bin sehr erleichtert, dass sie meine Beziehung akzeptiert zu haben scheinen – zumindest äußerlich. Ich habe ihnen natürlich keine große Wahl gelassen, aber es ist trotzdem schön, zu wissen, dass sie bereit sind, Peter eine Chance zu geben.

»Da bist du ja«, murmelt eine Stimme mit einem vertrauten Akzent, während sich ein langer Arm um meine Taille legt.

Ich schaue auf, um den silbernen Blick und das Grinsen meines Mannes zu sehen und zu vergessen, dass ich vorsichtig sein muss. »Hi. Wo warst du denn?«

»Drüben, bei den Jungs«, sagt er mit einer Kopfbewegung zum Seeufer, und ich lache, als ich die drei Russen etwas umherreichen sehe, was wie eine Wodkaflasche aussieht.

»Also stimmen die Vorurteile?«, fragt mein Vater, der meinem Blick gefolgt ist, und Peter nickt lächelnd.

»In den meisten Fällen. Ich persönlich bevorzuge Bier, aber manchmal muss man das Brennen spüren.«

Er blickt auf mich herab, und seine Lippen lächeln immer noch. »Wie fühlst du dich, Ptichka?«

Meine Atmung beschleunigt sich, als ich den dunklen Unterton in diesem sinnlichen Lächeln bemerke. »Ähm … gut.«

»Gut.« Er wendet sich ganz und gar mir zu und streicht mir zärtlich mit seinen Knöcheln über den Kiefer. »Ich habe mir Sorgen gemacht.«

Ich schlucke, während meine Herzfrequenz sich weiter erhöht. Wir nähern uns dem Moment der Abrechnung, ich kann es fühlen.

»Warum wirfst du nicht deinen Brautstrauß, und dann verabschieden wir uns von den Gästen?«, schlägt er vor, als würde er meine Gedanken lesen können. »Es war ein langer Tag, und es könnte dir immer noch nicht hundertprozentig gut gehen.«

»Ja, Liebling«, fällt meine Mutter ein, ohne die Untertöne zu bemerken. »Warum zieht ihr beiden euch nicht zurück? Es war eine wunderbare Party, und ich bin mir sicher, alle hatten genug zu essen und zu trinken.«

Ich blicke auf den Sonnenuntergang über dem See. »Aber …«

»Komm, meine Liebe.« Peters Arm strafft sich warnend um meiner Taille, auch wenn sein Lächeln makellos bleibt. »Gehen wir.«

»Okay.« Ich sehe meine Eltern an. »Tschüss, alle zusammen. Wir sehen uns bald wieder.«

»Tschüss, Liebling.« Mama macht einen Schritt auf mich zu, und Peter gibt mich lange genug frei, damit ich sie und dann Papa umarmen kann. »Nochmals herzlichen Glückwunsch.«

»Danke.« Ich schenke ihnen ein weiteres strahlendes Lächeln, und Peter führt mich fort, damit ich den Strauß werfen und mich von allen anderen Gästen verabschieden kann.

———

»ALSO, ziehen wir um?«, frage ich, als ich neben meinem Apartmenthaus aus dem Auto steige. Meine Stimme ist ein wenig zu dünn, aber der ganze flüssige Mut hat sich auf der Fahrt hierher verflüchtigt, so dass mein Herz umso schneller hämmert, je näher wir unserem Zuhause sind.

»Willst du das?« Peter sieht mich an, und sein Blick ist unleserlich, als wir uns dem Gebäude nähern. »Wie schon gesagt, habe ich ein paar nette Objekte gefunden, aber ich wollte den Schritt nicht wagen, ohne dich zu fragen.«

Sein Ton enthält nicht den kleinsten Hauch von Spott, aber ich spüre ihn trotzdem. Wenn der heutige Tag irgendetwas gezeigt hat, ist es, dass er immer noch die ganze Macht hat und alle Regeln festlegt.

Ich beschließe, seinem Spiel zu folgen. »Ja, ich glaube, ich würde gerne umziehen. Diese Wohnung ist zu klein für uns beide, und es wäre schön, nicht so viele Nachbarn zu haben.«

»Ich bin ganz deiner Meinung.« Seine Augen

leuchten heller, und seine Stimme wird tiefer, als er murmelt: »Ich will dich ganz für mich allein haben.«

Ich erröte und öffne den Mund, um zu antworten, aber in diesem Moment beugt er sich herunter, nimmt mich sanft auf und ignoriert mein erschrockenes Einatmen.

»Tradition«, sagt er grinsend zu mir und betritt die Lobby, wobei er mich mit gewohnter Leichtigkeit über die Schwelle trägt.

Wir gehen an meinen jungen Nachbarinnen vorbei, und ich verstecke mein Gesicht an Peters Hals, während sie quieken und schreien: »Herzlichen Glückwunsch!«

Wir müssen definitiv irgendwo hinziehen, wo es weniger Leute gibt.

»Du kannst mich absetzen«, sage ich Peter, sobald wir im Aufzug sind, aber er sieht mich nur an, und seine Augen verdunkeln sich.

»Warum?«, murmelt er, und seine Arme verstärken ihren Griff um mich. »Ich mag dich so.«

Mein Puls steigt wieder, als meine frühere Nervosität zurückkehrt, und ich drücke gegen Peters Schultern. »Nein, wirklich, lass mich bitte runter.«

»Warum?« Sein Kiefer verhärtet sich, und alle Verspieltheit verschwindet aus seinem Gesicht. »Damit du weglaufen kannst? Dich irgendwo verstecken und lügen, dass es dir schlecht geht?«

»Mir *ging* es schlecht!« Ich starre ihn verärgert an, da meine Wut meine Angst verdrängt. »Frag meine

Mutter, wenn du mir nicht glaubst. Ich habe mich übergeben und musste Riopan nehmen.«

Seine dunklen Augenbrauen ziehen sich zusammen. »Was?«

»Das hat dir meine Mutter auch schon gesagt. Am Telefon – ich habe gehört, wie sie es dir gesagt hat.« Ich drücke wieder gegen seine Schultern, als sich die Fahrstuhltüren öffnen, und er tritt heraus und trägt mich den Flur hinunter. »Mir war übel.«

Sein Stirnrunzeln vertieft sich, als er vor meiner Wohnungstür stehen bleibt. »Ja, das hat sie erwähnt, aber ich dachte ...« Er stellt mich vorsichtig auf die Füße und greift in seiner Tasche nach den Schlüsseln.

»Du dachtest, es sei eine Ausrede? Nein, es ist passiert.« Aber nicht, weil ich krank war. Ich beiße mir in die Wange und beschließe dann, unser Eheleben nicht mit einer Lüge zu beginnen – auch nicht mit Unterschlagung.

Ich warte, bis wir die Wohnung betreten, und dann sage ich in einem ruhigeren Ton: »Peter ... es gibt da etwas, was du wissen solltest. Agent Ryson ist heute hier vorbeigekommen, kurz bevor ich die Wohnung verlassen habe.«

Er verwandelt sich in eine Statue, bevor er sich mit ungläubigem Blick zu mir dreht. »Was?«

»Nicht in offizieller Funktion«, beruhige ich ihn schnell. »Er wollte nur mit mir reden.«

Seine großen Hände ballen sich an seinen Seiten zu Fäusten. »Warum?«

»Ich glaube ... Ich glaube, er war frustriert.

Darüber, wie sich alles entwickelt hat. Er denkt, dass ich ihn angelogen habe und dass wir …«, ich schlucke, da meine Kehle brennt, »… uns zusammengetan haben, um George zu töten. Dass ich wollte, dass du mir hilfst, George loszuwerden, weil er hirngeschädigt und ein Alkoholiker war, von dem ich mich ohnehin scheiden lassen wollte.«

Peter flucht leise. »Dieser verdammte Ublyudok. Ich hätte …« Er hält inne und atmet beruhigend durch. In einem sanfteren Ton fragt er: »Hat dich sein Besuch aufgeregt, Ptichka?« Als er auf mich zukommt, fängt er sanft mein Kinn ein und lässt mich zu ihm aufblicken. »Wolltest du deshalb mehr Zeit?«

Ich schaffe ein winziges Nicken. »Das tut mir leid. Das tut es wirklich. Es ging alles schon so schnell, und dann kam er und …« Ich schließe die Augen und öffne sie, um seinen sturmgrauen Blick erneut zu erwidern. »Es tut mir leid. Ich habe einfach nicht klar gedacht.«

Peter bewegt seine Hand über meinen Kiefer, und seine Berührung ist weich und zart. »Was hat er dir noch gesagt, mein Liebling?«

»Nichts weiter. Er war nur … oh, er hat gesagt, wenn du noch etwas Kriminelles tust, wäre der Deal null und nichtig – und dass sie jetzt auch mich auf dem Radar haben.«

Peters Blick verhärtet sich wieder. »Ich verstehe.« Er tritt zurück, lässt seine Hand fallen und ich merke, dass er wütend ist – so wütend, wie ich ihn noch nie gesehen habe.

Plötzlich besorgt, trete ich nach vorn und nehme

seine Hand zwischen meine beiden. »Du wirst ihm nichts antun, oder? Ich habe dir das gesagt, weil ich keine Lügen zwischen uns haben will – nicht, weil ich will, dass du dich an Ryson rächst.«

Er antwortet nicht, aber ich erkenne meine Antwort an seinem angespannten Kiefer und der Steifheit seiner Handfläche zwischen meinen Händen.

»Peter, nicht, bitte. Hör mir zu …« Ich drücke seine Hand. »Er ist ein Bundesbeamter, und er *will*, dass du einen Fehler machst. Tatsächlich wäre ich nicht überrascht, wenn er deshalb heute hierhergekommen wäre: um dich zu provozieren und sicherzustellen, dass du gegen die Bedingungen des Deals verstößt. Spiel nicht sein Spiel. Das ist es nicht wert.«

Peters Ausdruck ändert sich nicht. »Machst du dir Sorgen um ihn oder mich?«

Ich lasse seine Hand los. »Um euch beide natürlich. Ich will nicht, dass du ihm etwas antust, und ich will definitiv nicht, dass du seinetwegen Ärger bekommst.«

»Hmm.« Peter streichelt wieder sanft über mein Gesicht. »Ich frage mich etwas.«

Ich befeuchte meine Lippen. »Was fragst du dich?«

»Wärst du glücklich, wenn ich einfach weggehen und dich in Ruhe lassen würde? Wenn ich in Schwierigkeiten gerate und für immer gehen müsste?«

Ich blinzele ihn an. »Aber … das würdest du nicht tun. Du würdest mich doch mitnehmen, oder? Wenn du weggehen müsstest?«

Sein Blick verfinstert sich. »Vielleicht. Ist es das, was du willst, Ptichka?«

Meine Brust verengt sich und behindert meine Atmung. »Peter … ich …«

»Du kannst dich immer noch nicht dazu bringen, es zu sagen, oder?« Er hält mein Kinn wieder fest und zwingt mich dazu, ihm in die Augen zu schauen. Seine Stimme hat einen seltsamen Unterton. »Du kannst nicht zugeben, dass das gegenseitig ist, dass ich nicht der Einzige bin, der verrückt ist.«

Ich schlucke belegt, trete zurück und winde mich aus seinem Griff. »So ist das nicht.«

»Nein?« Er folgt mir, unerbittlich wie ein Hai. »Dann sag mir, warum du heute beinahe weggerannt wärst. Sag mir, was an Rysons Besuch das ausgelöst hat.«

Ich weiche zurück, bis mein Rücken gegen die Wand drückt. »Ich habe es dir schon gesagt. Ich habe dir alles gesagt.«

»Nicht alles.« Er drückt seine Handflächen an die Wand und rahmt meinen Kopf mit ihnen ein. Sein Ton ist grausam und zärtlich, als er murmelt: »Nicht ansatzweise alles, meine Liebe.«

Ich starre ihn an, und mein Puls schlägt in meinen Schläfen. Ich verstehe nicht, worauf er hinauswill, was er gerade von mir will. »Peter, bitte. Es tut mir leid wegen heute. Das tut es wirklich. Ich war so aufgebracht, dass ich nicht nachgedacht habe, aber das ist keine Entschuldigung. Ich hätte nicht …« Ich schüttele den Kopf.

»Nein, das hättest du wirklich nicht tun sollen«, stimmt er zu, seine Augen verdunkeln sich weiter, und dann, ohne Vorwarnung, ergreift seine Hand das Mieder meines Kleides und reißt es mit überraschender Wildheit herunter, zerreißt die handgefertigte Spitze, so dass die Perlenknöpfe auf den Fliesenboden fallen.

Keuchend klammere ich mich an den Saum des zerrissenen Kleides, aber Peter dreht mich herum und drückt mein Gesicht gegen die Wand. »Das hättest du wirklich nicht tun sollen«, knurrt er in mein Ohr und reißt das Kleid ganz herunter, so dass es sich um meine Knie rollt.

Ich habe nur noch meinem weißen trägerlosen BH und einen Stringtanga an – sexy Spitzenwäsche, die ich passend zum Kleid gewählt habe. Sie halten auch nicht länger als einen Moment, da Peter sie mir ebenfalls vom Leib reißt und ich völlig nackt bin.

Keuchend drücke ich meine Handflächen gegen die Wand und erwarte, dass er meine Beine auseinandertritt und mich fickt, aber stattdessen gleitet sein mächtiger Arm um meinen Brustkorb und hebt mich aus den Resten des Kleides heraus. Meine Schuhe, mit den dünnen Knöchelriemchen, bleiben an meinen Füßen, auch als meine Beine in der Luft schweben, während er mich unbarmherzig ins Schlafzimmer trägt.

Er wirft mich mit dem Gesicht nach unten auf das Bett, und ich kämpfe, um mich umzudrehen, während er sich zurückzieht, um seine eigene Kleidung auszuziehen. Ich sehe etwas Metallisches aufblitzen und höre einen heftigen Schlag, als er seine Jacke zur

Seite wirft – *War er bei unserer Hochzeit bewaffnet?* – aber dann verschiebt sich mein Fokus auf etwas viel Gefährlicheres.

Seinen Gesichtsausdruck.

Seine Augen sind verengt, und seine Nasenlöcher beben, während er seinen Gürtel öffnet, und ich kann an seinen ruckartigen Bewegungen den gewaltigen Hunger erkennen, der immer da ist, das dunkle, wilde Bedürfnis, das auch in meinem Inneren pulsiert.

Er wird mir heute Nacht wehtun, ich kann es fühlen, und mein Unterleib zieht sich durch eine Welle aus Angst und Lust zusammen. Ich sollte weglaufen, sollte protestieren, aber mein Körper handelt von selbst, und meine Beine stoßen mich vom Bett ab, um sich vor ihm auf den Teppich zu knien, und meine Hände greifen nach dem Reißverschluss seiner Smokinghose.

»Ja, das ist es, komm her«, murmelt er leise, und seine Hände krallen sich grob in mein Haar, als ich den Reißverschluss öffne und seine Hose herunterziehe, um seine Erektion zu befreien. Er ist schon komplett hart, und sein Schwanz ist lang und dick, so steif, dass die Adern entlang des Schafts herausspringen. Er ist eine Waffe, dieser Schwanz, aber auch ein Werkzeug für unvorstellbare Lust, und mir läuft das Wasser in meinem Mund zusammen, während ich ihn anstarre und mich daran erinnere, wie er mich damit gewürgt hat und wie ich dabei brannte.

Er zieht mein Gesicht näher und schlägt mir mit seinem Schwanz auf die Wange. Einmal, zweimal, ein drittes Mal. Ich öffne meinen Mund beim vierten Schlag und fange die Spitze, indem ich sie einsauge, wobei ich seinem Blick begegne. Der vertraute Moschusgeschmack erwärmt meinen Unterleib weiter, und meine linke Hand schiebt sich zwischen meine Beine, während meine rechte sich bis zu seinen Eiern ausstreckt.

Sein Gesicht verzerrt sich in wildem Vergnügen, als ich ihn sanft drücke, und er schiebt sich tiefer in meinen Mund, während seine Fäuste ihren Griff an mein Haar verstärken. »Fuck …«, stöhnt er mit leiser und rauer Stimme. »Mach weiter so, genau so.«

Ich gehorche und lasse ihn meinen Hals ficken, während ich seine Eier massiere. Gleichzeitig reibt meine linke Hand meine Klitoris, und meine Oberschenkel zittern vor Anspannung. Seine Pupillen weiten sich noch mehr, seine Hüften bewegen sich immer schneller, und ich bin nah daran, sehr nah daran, zu kommen, als er etwas auf Russisch ausruft und mich plötzlich wegstößt.

Erschrocken falle ich nach hinten auf meine Handflächen, und bevor ich verstehe, was passiert ist, packt er mich und wirft mich wieder auf das Bett.

»So leicht kommst du nicht davon«, knurrt er, und ich atme zitternd ein, als er seinen Gürtel um meine Handgelenke schlingt, sie am Kopfteil befestigt und dann an meinem Körper entlangfährt, bevor seine starken Hände meine Beine spreizen.

»Was tust du da?« Mein Herzschlag ist so schnell,

dass ich kaum sprechen kann. »Peter, bitte, du musst nicht …«

»Ruhe«, atmet er gegen meinen Oberschenkel, und ich keuche, während seine Zähne über meine Schamlippen fahren, bevor seine Zunge sich zwischen meine Falten drückt und zielsicher meine pochende Klitoris findet.

Die Entladung erfolgt fast sofort. Feuer leckt durch meine Adern, und ich biege mich nach oben, schreie und ziehe am Gürtel, als der herausgezögerte Orgasmus über mich hereinbricht und mein ganzer Körper krampft. Aber mein Peiniger ist noch nicht fertig. Seine Zunge wird sanfter, gerade so sanft, dass ich die Nachbeben überstehen kann, und dann stoßen zwei raue Finger in mich hinein und finden meinen G-Punkt. Ich schreie auf, und die Anspannung in mir wächst, als seine Zunge die Arbeit des Teufels wieder aufnimmt, und es dauert nicht lange, bis ich erneut komme.

Er ist immer noch nicht fertig, sein talentierter Mund bewegt sich meinen Körper hoch, lässt brennende Küsse auf meinen Bauch und meine Brüste regnen und saugt an meinen Nippeln und dem empfindlichen Teil meines Halses. Und die ganze Zeit bleiben seine Finger in mir, während sein Daumen meine Klitoris bearbeitet und mich wieder zum Orgasmus treibt.

Seine Lippen treffen auf meine, gerade als ich anfange zu kommen, und ich stöhne meine Erleichterung in seinen Mund und schmecke mich auf seiner Zunge, während er den Kuss vertieft. Meine Muskeln fühlen sich an, als hätten sie sich in meiner Haut verflüssigt, meine Handgelenke sind wund vom Ziehen am Gürtel, und doch fickt er mich immer noch mit diesen beiden rauen Fingern durch meinen Höhepunkt und darüber hinaus.

Ich bin am Rande eines weiteren Orgasmus, als er den Kopf hebt und seine Finger zurückzieht, nur um sie weiter nach unten zu bewegen und meine Nässe auf dem ganzen Weg zu verschmieren. Ich winde mich, als ich begreife, was er plant, aber er ist unerbittlich, und ich schreie mit fest geschlossenen Augen, als sein Mittelfinger meine hintere Öffnung findet und die Glätte meines Geschlechts wie ein Gleitmittel wirkt, als sein Finger in mich drückt, vorbei am Widerstand der zusammengepressten Muskeln.

Er hat mich schon einmal so genommen, aber das ist schon über neun Monate her, und sein Finger fühlt sich so riesig an wie sein Schwanz, als die Ränder seines Nagels zartes Gewebe abreiben. Mein Herzschlag dröhnt, und mir stockt der Atem, als er den Finger langsam aus mir zurückzieht, nur um einen zweiten zu ihm zu gesellen.

»Peter …«

»Schscht.« Er küsst mich wieder, und als die beiden Finger auf meine Öffnung drücken und mich in Panik versetzen, findet sein Daumen meine pochende Klitoris. Der Orgasmus, der gerade am Abklingen war, kommt zurück, und die Anspannung steigt mit explosiver Kraft, und als ich komme und hilflos stöhne, drücken sich die beiden Finger den ganzen Weg hinein.

Ich spanne mich wieder an, aber es ist zu spät, und alles, was ich tun kann, ist, zitternd zu atmen, während er meine enge Passage dehnt und sie stechen und brennen lässt. Die Fülle ist unerträglich, invasiv, aber unter dem Unbehagen spüre ich ein Versprechen von etwas mehr, und mein Körper zieht sich in einem orgastischen Nachbeben zusammen und jagt diesem dunkleren Gefühl nach.

»Ja, das ist es, Ptichka«, atmet er gegen meine Lippen, und ich zittere, als sein Daumen meine Klitoris wiederfindet. Ich kann nicht ein weiteres Mal kommen, das ist unmöglich, aber mein Körper merkt nicht, dass er verbraucht ist. Die Anspannung sammelt sich in meinem Innersten, spult sich auf, und ich stehe am Rande des Orgasmus, zitternd und keuchend, als die eindringlichen Finger sich aus meinem Arsch zurückziehen.

Ich stöhnte frustriert, ziehe am Gürtel und wölbe meine Hüften nach oben, und er lacht leise mit tiefer und dunkler Stimme, während die Matratze links von mir eingedrückt wird.

Erschrocken öffne ich meine Augen, aber er ist schon mit einer kleinen Flasche in der Hand zurück. »Keine Angst, Ptichka. Wir gewöhnen dich daran«, verspricht er heiser, und ich zucke, als er die Flasche kippt und die kühle Flüssigkeit über mein geschwollenes Geschlecht läuft. Es tröpfelt tiefer, in den Spalt zwischen meinen Backen, und mein Puls wird wieder schneller, als sich unsere Blicke treffen.

In seinem Blick sehe ich Hunger und mehr, eine wortlose, aber heftige Forderung. Seine Unterarme schieben sich unter meine Knie, heben meine Beine auf seine Schultern, und dann lehnt er sich nach vorne und dehnt meine Sehnen, als er seinen Schwanz zu meinem Arsch führt.

»Ist es das, was du von mir willst?« Seine Augen glitzern, während er nach vorne drückt. »Ist es das, was du brauchst?«

Er drückt sich tiefer hinein, und ich stöhne bei dem stechenden Druck, während Schweiß meine Wirbelsäule befeuchtet, als mein Schließmuskel langsam nachgibt. Mit meinen Beinen über seinen Schultern kann ich die Tiefe der Penetration nicht kontrollieren, und er stößt den ganzen Weg hinein, bis mein Magen sich zusammenzieht und mein Atem als hektisches, flaches Keuchen kommt.

»Ich …« Ich atme einen tieferen Atemzug ein und bekämpfe einen Schwindelanfall. »Ich verstehe nicht …«

»Tust du das wirklich nicht?« Sein Mund verzieht sich, und ein grausamer Schimmer erhellt seinen metallischen Blick, als er sich halb zurückzieht, bevor er wieder zustößt. »Oder kannst du es einfach nicht sagen?«

Das stechende Brennen ist immer noch da, die Fülle so extrem wie zuvor, aber als sein Daumen auf meiner Klitoris landet, wird der Schmerz von einer verlockenden Anspannung übertönt. Seine Hüften bewegen sich langsam, sein massiver Schwanz gleitet mit jedem erbarmungslosen Stoß tiefer, und der Orgasmus beginnt sich aufzubauen, wobei die Lust jetzt anders ist als vorher, stärker und dunkler, ebenso qualvoll wie exquisit.

Es ist zu viel, zu intensiv, und ich höre mich betteln und flehen, winde mich, so weit es diese Position erlaubt. Aber das grausame Licht bleibt in seinen Augen, sein Tempo bleibt unverändert, selbst als Schweißtröpfchen auf seiner Stirn erscheinen.

»Antworte mir«, sagt er mit rauer Stimme, lehnt sich nach vorn, wobei er mich fast in der Mitte zusammenklappt, und ich schreie, als der Schmerz den Funken auslöst und das Feuer entzündet, das mich verzehrt. Die Ekstase explodiert durch meine Nervenenden, meine Sicht wird von weißem Licht überflutet, während ich die Augen schließe. Die kribbelnden Schauer rasen über meine Wirbelsäule, und die Entladung zieht sich durch meinen Körper und lässt jeden Muskel erzittern und krampfen.

Ich höre ihn über mir stöhnen und spüre ein warmes Pochen tief in mir. Er kommt auch, bemerke ich benommen, und öffne meine Augenlider lange genug, um das gleiche quälende Vergnügen auf seinen verzerrten Gesichtszügen zu entdecken.

Schwer atmend bricht er auf mir zusammen, und wir bleiben so liegen, während unsere Atemzüge sich angleichen und wir uns erholen. Meine Kniesehnen fühlen sich an, als würden sie wegen der Überdehnung reißen, und mein Arsch brennt, während sein Schwanz allmählich weicher wird, aber ich will mich nicht bewegen.

Ich will so bleiben, mein Körper soll für immer mit seinem verbunden sein.

»Ja«, sage ich leise, als er langsam den Kopf hebt und sich nach oben schiebt, um den Druck auf meine Beine zu verringern. Unsere Augen treffen sich, und ein dunkler Triumph entzündet sich in seinem Blick, als ich müde wiederhole: »Ja, das ist es.«

Ich verstehe seine Frage jetzt, und ich kenne die erschreckende Antwort. Das *ist* es, was ich von ihm will – und es ist definitiv das, was ich brauche. Schmerz, Strafe, Gewalt – das brauche ich von ihm fast so sehr wie Liebe und Zärtlichkeit.

Ich brauche das Gesamtpaket, so verquer das auch sein mag.

Er greift nach vorne und befreit meine Hände, zieht sich dann vorsichtig aus mir zurück und reinigt mich mit einem Taschentuch. Ich schließe die Augen, da ich zu ausgelaugt bin, um mich zu bewegen, und seine starken Arme gleiten unter mich und heben mich vom Bett.

Er trägt mich in die Dusche und wäscht mich, wischt das verschmierte Make-up ab und löst all die komplizierten Locken und Wellen meiner Hochsteckfrisur. Dann wickelt er mich in ein Handtuch und bringt mich ins Wohnzimmer, wo er sich auf die Couch setzt, mich auf seinem Schoß absetzt und umarmt.

Ich lege meinen Kopf auf seine breite Schulter und meine Handfläche über sein Herz, wo ich den stetigen Schlag in seiner muskulösen Brust fühle, während er meinen Nacken sanft massiert und seine starken Finger die Knoten lösen, von denen ich nicht einmal wusste, dass sie da sind.

»Und jetzt erzähl schon.« Seine Stimme ist ein leises, tiefes Rumpeln unter meinem Ohr. »Sag mir, warum du heute fast einen Rückzieher gemacht hast.«

»Weil …« Weil Ryson mich an die Realität der Dinge erinnerte, und ich mich niedriger als eine Nacktschnecke gefühlt habe – das ist es, was ich zu sagen beginne, aber dann halte ich inne. Es ist keine Lüge, aber es ist auch nicht die volle Wahrheit. Ich geriet vor dem Besuch des Beamten in Panik, bevor er mich zwang, die hässlichen Fakten zu ertragen.

»Weil?«, wiederholt Peter und hört auf, mich zu massieren.

»Weil …« Ein Knoten bildet sich in meinem Hals als ich die Augen schließe, sie dann öffne und mich zurückziehe, um ihm in die Augen zu schauen. Es ist an der Zeit, dass ich aufhöre, die Wahrheit vorzutäuschen, und sie stattdessen annehme. Ich hole tief Luft und sage zitterig: »Weil du recht hattest. Damals in Japan, als du gesagt hast, dass es zu spät für mich sei, hattest du recht.« Es wird schwieriger, die Worte herauszuzwingen, aber ich mache weiter. »Damals war es zu spät, und jetzt ist es definitiv zu spät. Ich weiß nicht, wann es passiert ist, aber irgendwo auf unserem zerklüfteten Weg habe ich mich in dich verliebt. Aber ich …« Ich höre auf, da mein Hals sich zu sehr verengt.

Seine grauen Augen werden weich, und seine Hand nimmt die leichte Massage wieder auf. »Aber was?«

»Aber ich kann es nicht ertragen«, gestehe ich, und die Worte sind wie Steine in meinen Stimmbändern. »Ich brauche …« Ich höre auf, kann es nicht ganz aussprechen, aber er versteht es.

»Du brauchst das.« Er hebt seine Hand, um meine Wange zu streicheln. »Du brauchst mich, damit es manchmal wehtut, damit ich die Kontrolle übernehme und dich zwinge. Um die anderen Möglichkeiten auszuschalten, damit du das umarmen kannst, was du wirklich willst.«

Ich nicke ruckartig, zu gleichen Teilen beschämt und erleichtert. Es ist falsch und feige von mir, aber im Zusammenhang mit all dem anderen, was falsch ist, ist es die eine Sache, die sich richtig anfühlt. Unsere Beziehung wird nie so wie die anderer Menschen sein …weil sie überhaupt nicht existieren sollte. Folternder und Opfer, Mörder und Witwe seiner Zielperson – wir sind so unmöglich zusammen wie ein Raubtier und seine Beute, aber wegen Peter sind wir hier.

Seine Besessenheit hat uns erschaffen.

Er versteht es, ich sehe es im warmen Silber seines Blickes. »Als ich dich heute vom Veranstaltungsort aus angerufen habe«, murmelt er und schiebt mir eine feuchte Haarsträhne hinter das Ohr, »hast du das doch gebraucht, nicht wahr, Ptichka? Du musstest wissen, dass Weglaufen keine Option war ... dass du mich heiraten musstest.«

Ich schlucke belegt und kämpfe gegen die Versuchung an, wegzuschauen. »Ich denke schon. Vielleicht. Ich ...« Ich höre wieder auf, unfähig, die verwirrende Mischung von Emotionen zu formulieren, die ich erlebt habe. Seine Drohung hatte mich wie beabsichtigt erschreckt, aber jetzt merke ich, dass ich auch erleichtert war.

Tief im Innern habe ich darauf gezählt, dass er mir das Schlimmste meiner Scham- und Schuldgefühle nimmt.

Seine warme Hand legt sich um meinen Kiefer, und sein Daumen streicht beruhigend über meine Wange. »Das ist okay, Ptichka. Fühl dich nicht schlecht. Es ist, was es ist, und es ist okay, es zuzugeben.«

Ich schaue ihm in die Augen. »Du denkst nicht, dass ich ... eine schreckliche Person bin?«

»Weil du mich liebst, oder weil du es nicht ganz akzeptieren kannst?«

»Weder noch. Beides.«

Sein Lächeln ist sinnlich und traurig zugleich. »Nein, meine Liebe. Du bist ein Produkt deiner Erziehung, so wie ich eines von meiner bin. Du hattest auch recht, damals in der Schweizer Klinik, als du sagtest, dass in einer anderen Welt, einem anderen Leben, alles anders gewesen wäre. Wenn ich könnte, würde ich die Vergangenheit auslöschen, die Geschichte zwischen uns neu schreiben, aber stattdessen gebe ich dir, was du brauchst – was wir beide brauchen, wenn wir ehrlich sind.«

Ich halte seinem Blick stand, auch wenn meine Augen brennen. Er versteht es, weil er mein dunkler, erschreckender Spiegel ist, sein Verlangen sowohl umgekehrt als auch parallel zu meinem ist. Er liebt mich, das hat er auf die anschaulichste Weise gezeigt, aber ein Teil von ihm muss mich auch verletzen, um mich für den Schmerz der Vergangenheit zu bestrafen.

Und mich kontrollieren, damit ich ihn nicht verlassen kann.

Damit er mich nicht verliert, so wie er Tamila und seinen Sohn verloren hat.

»Ich liebe dich«, sage ich leise, und die Worte kommen beim zweiten Mal leichter über meine Lippen. »Ich liebe dich, Peter, mit allem, was ich bin. Und ich weiß zu schätzen, was du für mich getan hast … was du aufgegeben hast.«

Er hat mich über seine Rache gestellt.

Er hat unsere Liebe dem Wunsch nach dem Tod vorgezogen.

Sein Lächeln verdunkelt sich – die Erinnerung an Henderson muss noch wehtun – aber dann lehnt er sich nach vorn und drückt mir einen sanften Kuss auf die Lippen. »Ich weiß, Ptichka. Ich weiß, dass du mich liebst – und wir werden es auf jeden Fall schaffen. Wir müssen … weil ich dich nicht gehen lassen werde.«

Ich lege meinen Kopf zurück auf seine Schulter, schließe meine Augen und spüre, wie das Herz in dieser mächtigen Brust schlägt.

Er hat recht.

Wir werden das schaffen.

Unsere Liebe mag nicht einfach und geradlinig sein, aber sie ist trotz der Art und Weise, wie sie begann, nicht weniger stark. Diese Ehe wird nicht einfach, aber sie wird für immer bestehen.

Egal was passiert, wir haben einander.

Solange wir beide leben.

EPILOG

$\mathcal{H}$enderson

ICH STARRE AUF MEINEN COMPUTERBILDSCHIRM, klicke von einem Hochglanzbild zum anderen, während meine Kehle brennt und meine Hand vor Wut zittert.

Sie sehen schön aus, jung und gesund, tragen die beste Hochzeitskleidung, die blutbefleckter Reichtum kaufen kann. In einem Bild hebt er sie gegen seine Brust, in einem anderen halten sie sich an den Händen und schauen sich in die Augen.

Ich klicke wieder und schmecke die Bitterkeit meiner Galle. Auf diesem Bild lächeln sie sich an und stehen neben ihrer Familie und ihren Freunden.

Weiß einer dieser Leute Bescheid?

Ist ihnen klar, was er ist?

Sie weiß es. Daran habe ich keinen Zweifel. Ich sehe es in ihren Augen, ihrem hübschen, lügenden Lächeln.

Sie weiß es, und sie liebt ihn.

Sie heiratete ihn, obwohl sie wusste, welche monströsen Dinge er getan hat.

Ich rolle meinen Kopf von einer Seite zur anderen und versuche vergeblich, die quälende Spannung zu lösen. Die Steroidspritzen helfen nicht mehr, und der Schmerz frisst mich auf und hält mich nachts wach, was zu meinen Alpträumen und meiner Schlaflosigkeit beiträgt.

Drei Jahre auf der Flucht.

Drei Jahre Angst um das Leben meiner Kinder.

Drei Jahre mit dem Wissen, dass jeder, den ich zurückgelassen habe, getötet oder gefoltert werden kann … dass niemand, der mir wichtig ist, jemals wirklich sicher sein wird.

Ich klicke auf ein Browserfenster und navigiere zur Facebook-Seite meiner Tochter. Da gibt es seit drei Jahren nichts Neues, auch nichts in den sozialen Netzwerken meines Sohnes. Auch sie haben die ganze Zeit über in Angst gelebt.

Aus Angst vor dem Monster, das seine liebende Braut anlächelt.

Er denkt, dass er gewonnen hat.

Er denkt, dass es vorbei ist.

Er ist überzeugt, dass sie seine Schreckensherrschaft auf sich beruhen lassen werden.

Ich wende mich vom Computer ab, öffne den Ordner auf meinem Schreibtisch und versuche, ruhig zu bleiben, während ich die Liste mit den Namen durchsehe – diesmal meine eigene Liste.

Julian Esguerra, das Haustier-Monster der CIA.

Sein treuer Partner, Lucas Kent.

Yan and Ilya Ivanov.

Anton Rezov.

Und natürlich Peter Sokolov selbst.

Sie denken, dass sie es geschafft haben, dass sie unantastbar sind.

Sie könnten nicht falscher liegen.

Es wird Zeit, dass die Welt sie als die Terroristen sieht, die sie sind.

Sie werden auf die eine oder andere Weise dafür bezahlen.

LESEPROBEN

Vielen Dank, dass Sie dieses Buch gelesen haben. Über eine Buchkritik würde ich mich sehr freuen. Peter und Saras Geschichte geht weiter in *Für immer Mein*. Sollten Sie benachrichtigt werden wollen, wenn ein neues Buch erscheint, tragen Sie sich bitte auf www.annazaires.com/book-series/deutsch/ für meinen Newsletter ein.

Wenn Ihnen diese Serie gefällt, mögen Sie vielleicht auch die folgenden Bücher:

- *Verschleppt: Die komplette Trilogie* – Die Geschichte von Julian und Nora, in der Peter als Nebenfigur auftaucht und seine Liste bekommt.
- *Ergreife Mich: Die komplette Trilogie* – Lucas' & Yulias Geschichte
- *Mia & Korum: Die komplette Krinar Chroniken*

Trilogie – Ein dunkler Science-Fiction-Liebesroman
- *Die Gefangene des Krinar* – Ein abgeschlossener dunkler Science-Fiction-Liebesroman

Gemeinschaftsprojekte mit ihrem Ehemann, Dima Zales:

- *Mindmachines* – Techno-Thriller
- *Gedankendimensionen 0, 1 und 2* – Urban Fantasy
- *Die letzten Menschen: Die komplette Trilogie* – Dystopische/postapokaliptische Science-Fiction
- *Der Zaubercode* – High Fantasy

Und jetzt blättern Sie bitte weiter, um einen kleinen Vorgeschmack auf *Twist Me - Verschleppt*, *Gefährliche Begegnungen* und einige meiner kommenden Werke zu erhalten.

AUSZUG AUS TWIST ME - VERSCHLEPPT

Entführt und auf eine einsame Insel verschleppt.

Ich hätte niemals gedacht, dass mir so etwas passiert.
Ich hätte mir niemals vorstellen können, dass eine
zufällige Begegnung kurz vor meinem achtzehnten
Geburtstag mein Leben völlig umkrempeln würde.

Jetzt gehöre ich ihm. Julian. Dem Mann, der genauso
rücksichtslos wie gutaussehend ist – dem Mann,
dessen Berührungen mich brennen lassen. Ein Mann,
dessen Zärtlichkeit ich verstörender finde, als seine
Grausamkeit.

Mein Entführer ist ein Rätsel für mich. Ich weiß nicht,
wer er ist, oder warum er mich verschleppt hat. In ihm
ist eine Dunkelheit – eine Dunkelheit, die mir genauso
Angst macht, wie sie mich anzieht.

Mein Name ist Nora Leston und das ist meine Geschichte.

———

Jetzt ist schon Abend. Mit jeder Minute, die vergeht, werde ich ängstlicher bei dem Gedanken daran, meinen Peiniger wiederzusehen.

Ich kann mich nicht länger auf den Roman konzentrieren, den ich gerade gelesen habe. Ich lege ihn weg und drehe Runden in dem Zimmer.

Ich habe die Sachen an, die Beth mir vorhin gegeben hat. Es ist keine Kleidung, die ich mir selber ausgesucht hätte, aber sie ist besser als ein Bademantel. Ein sexy Spitzenhöschen und einen dazu passenden BH als Unterwäsche. Ein hübsches blaues Sommerkleid zum vorne zuknöpfen. Alles passt mir verdächtig gut. Hat er mich schon eine ganze Weile verfolgt? Hat er alles über mich herausgefunden, einschließlich meiner Kleidergröße?

Mir wird schlecht bei dem Gedanken daran.

Ich versuche, nicht darüber nachzudenken, was noch alles passieren kann, aber das ist unmöglich. Ich weiß nicht warum ich mir so sicher bin, dass er heute Nacht zu mir kommen wird. Es ist natürlich möglich, dass er einen ganzen Harem voller Frauen hier auf dieser Insel festhält und jede nur einmal die Woche besucht, wie das die Sultane damals taten.

Und trotzdem weiß ich irgendwie, dass er bald hier sein würde. Die letzte Nacht hatte lediglich seinen

Appetit angeregt. Ich weiß, dass er noch nicht mit mir fertig ist, noch lange nicht.

Endlich geht die Tür auf.

Er kommt herein, als würde ihm dies alles hier gehören. Was es natürlich auch tut.

Und wieder bin ich von seiner männlichen Schönheit beeindruckt. Mit so einem Gesicht hätte er ein Model oder ein Filmstar sein können. Wenn es auf dieser Welt Gerechtigkeit gäbe, wäre er klein oder hätte einen anderen Makel, der von seinem Gesicht ablenken würde.

Hat er aber nicht. Sein Körper ist groß und muskulös, mit perfekten Proportionen. Ich erinnere mich daran, wie es ist, ihn in mir zu haben und fühle ein unwillkommenes Aufflackern von Erregung.

Er trägt wieder Jeans und T-Shirt. Diesmal ein graues. Er scheint eine Vorliebe für schlichte Kleidung zu haben und das ist clever von ihm. So kommt sein Aussehen am besten zur Geltung.

Er lächelt mich an. Mit diesem Lächeln, dass ihn wie einen gefallenen Engel aussehen lässt – dunkel und verführerisch. »Hallo Nora.«

Ich weiß nicht, was ich ihm sagen soll, also platze ich mit dem ersten heraus, das mir in den Sinn kommt. »Wie lange wirst du mich hier fest halten?«

Er legt seinen Kopf leicht zur Seite. »Hier in diesem Raum? Oder auf der Insel?«

»Beides«

»Beth wird dir morgen die Umgebung zeigen und mit dir schwimmen gehen, falls du Lust dazu hast«, sagt er und kommt dabei immer näher. »Du wirst nicht mehr eingesperrt sein, außer du machst Dummheiten.«

»Wie zum Beispiel?« frage ich und mein Herz klopft, als er neben mir stehen bleibt und seine Hand hebt, um mein Haar zu berühren.

»Versuchen, dir oder Beth etwas anzutun.« Seine Stimme war sanft und sein Blick hypnotisierend als er zu mir hinunter sieht. Die Art und Weise, wie er mein Haar berührt, war sonderbar entspannend.

Ich zwinkere, um seinen Zauber zu brechen. »Und was ist mit der Insel? Wie lange wirst du mich hier festhalten?«

Seine Hand streichelt jetzt mein Gesicht und fährt an meiner Wange entlang. Ich erwische mich dabei, wie ich mich seiner Berührung hingebe, wie eine Katze, die gekrault wird, und versteife augenblicklich.

Seine Lippen verziehen sich zu einem wissenden Lächeln. Dieser Bastard weiß genau welche Wirkung er auf mich hat. »Eine lange Zeit, hoffe ich«, sagt er.

Aus irgendeinem Grund bin ich nicht überrascht. Er würde sich nicht die Umstände gemacht haben, mich bis hierherzubringen, wenn er mich nur einige Male ficken wollte. Ich habe Angst, aber bin nicht wirklich verwundert.

Ich nehme all meinen Mut zusammen und frage die nächste logische Frage. »Warum hast du mich entführt?«

Das Lächeln verschwindet aus seinem Gesicht. Er antwortet nicht, sondern schaut mich nur mit einem undurchschaubaren melancholischen Blick an.

Ich fange an zu zittern. »Wirst du mich töten?«

»Nein, Nora, ich werde dich nicht töten.«

Seine Verneinung beruhigt mich, auch wenn er mich gerade anlügen könnte. Ich bin ein kleines bisschen ruhiger, aber es gibt da noch eine weitere Sache, die ich unbedingt wissen muss. »Wirst du mir wehtun?«

Einen Moment lang antwortet er wieder nicht. Etwas Dunkles flackert kurz in seinen Augen auf. »Wahrscheinlich«, sagt er ruhig.

Und dann beugt er sich hinunter und küsst mich, mit seinen warmen Lippen weich und zärtlich auf meine.

Eine Sekunde lang stehe ich stocksteif da, ohne irgendeine Reaktion. Ich glaube ihm. Ich weiß, dass er mir die Wahrheit sagt, wenn er behauptet, dass er mir wehtun wird. Er hat etwas an sich, das mir Angst Macht – das mir schon von Anfang an Angst gemacht hat.

Er ist überhaupt nicht wie die Jungs, mit denen ich Verabredungen hatte. Er ist zu allem fähig.

Und ich bin ihm völlig ausgeliefert.

Ich denke darüber nach, mich zu wehren. Das wäre das Normale, was man in meiner Situation machen würde. Das wäre mutig.

Und trotzdem mache ich es nicht.

Ich kann die dunklen Abgründe in ihm fühlen. Irgendetwas stimmt mit ihm nicht. Seine äußere Schönheit verbirgt etwas Grauenvolles im Inneren.

Ich möchte diese Dunkelheit nicht entfesseln. Ich weiß nicht, was passieren wird, wenn ich es tue.

Also stehe ich bewegungslos in seiner Umarmung und lasse mich von ihm küssen. Und als er mich aufhebt und zum Bett trägt, versuche ich überhaupt nicht, etwas dagegen zu machen.

Stattdessen schließe ich meine Augen und gebe mich den Empfindungen hin.

———

Alle drei Bücher der Trilogie *Verschleppt* sind jetzt erhältlich. Um mehr darüber zu erfahren, besuchen Sie bitte meine Seite www.annazaires.com/book-series/deutsch/ und tragen Sie sich für meinen Newsletter zu Neuerscheinungen ein.

AUSZUG AUS GEFÄHRLICHE BEGEGNUNGEN

Anmerkungen der Autorin: *Gefährliche Begegnungen* ist das erste Buch meiner Science-Fiction Romanserie, die Krinar Chroniken. Auch wenn es nicht so düster ist wie *Twist Me – Verschleppt* und *Capture Me – Ergreife mich* ist, könnte es trotzdem etwas für diejenigen von Ihnen sein, die dunkle Erotik mögen.

———

Eine düstere und anregende Liebesgeschichte, die die Fans erotischer und turbulenter Beziehungen begeistern wird ...

In der nahen Zukunft herrschen die Krinar auf der Erde. Sie sind eine sehr fortgeschrittene Rasse aus einer anderen Galaxie und immer noch ein Geheimnis für uns – außerdem sind wir ihnen völlig ausgeliefert.

Mia Stalis, schüchtern und unschuldig, ist eine Studentin in New York, die ein sehr normales Leben führt. Wie die meisten Menschen, hat sie nie etwas mit den Eindringlingen zu tun gehabt – bis zu diesem schicksalhaften Tag im Park, der ihr ganzes Leben auf den Kopf stellt. Da sie Korums Aufmerksamkeit auf sich gezogen hat, muss sie jetzt mit einem mächtigen, gefährlich verführerischen Krinar fertig werden, der sie besitzen möchte und vor nichts Halt machen wird, bis er sein Ziel erreicht.

Wie weit würden Sie gehen, um ihre Freiheit wiederzuerlangen? Wie viel würden sie aufgeben, um anderen Menschen zu helfen? Welche Wahl würden Sie treffen, wenn sie beginnen, sich in ihren Feind zu verlieben?

———

Die Luft war frisch und rein, als Mia mit schnellen Schritten einen gewundenen Pfad im Central Park entlangging. Überall zeigte sich schon der Frühling, in winzigen Knospen auf den noch immer kahlen Bäumen und in der rasch wachsenden Anzahl an Kindermädchen, die sich draußen mit ihren wilden Schützlingen über den ersten warmen Tag freuten.

Es war eigenartig, wie sehr sich alles in den letzten paar Jahren verändert hatte und wie sehr es doch gleich geblieben war. Wäre Mia vor zehn Jahren gefragt worden, was sie denke, wie ihr Leben wohl nach der Invasion einer anderen Rasse aussehen würde, hätte sie sich das bestimmt nicht so vorgestellt. Independence Day, Der Krieg der Welten – keiner dieser Filme näherte sich auch nur ansatzweise dem, was tatsächlich geschehen würde. Die Menschen trafen eine höher entwickelte Spezies, als diese zu Ihnen auf die Erde kam. Es war weder zum Kampf, noch zu irgendeinem Widerstand auf der Regierungsebene gekommen. *Sie* hatten es nicht erlaubt. Rückblickend wurde klar, wie dumm diese Filme gewesen waren. Nuklearwaffen, Satelliten, Kampfjets waren nicht mehr als kleine Steine und Stöcke für diese uralte Zivilisation, die schneller als mit Lichtgeschwindigkeit das Universum durchqueren konnte.

Als sie eine leere Bank nahe am See sah, ging Mia dankbar auf diese zu. Auf ihren Schultern machte sich die Last des Rucksacks bemerkbar, in dem sie ihren schweren zwölf Jahre alten Laptop und einige altmodische, noch auf Papier gedruckte Bücher hatte. Mit einundzwanzig fühlte sie sich manchmal alt, fehl am Platz in dieser schnellen neuen Welt der extraschlanken Tablets und den in die Armbanduhren integrierten Handys. Die Geschwindigkeit der technischen Entwicklungen war seit dem K-Day nicht langsamer geworden, wenn Überhaupt, waren jetzt viele neue Spielereien durch das beeinflusst, was die Krinar besaßen. Nicht dass die Krinar irgendetwas ihrer kostbaren Technologie Preis gegeben hätten. Ihrer Meinung nach sollte ihr kleines Experiment ohne größere Beeinflussungen fortgeführt werden.

Mia öffnete den Reißverschluss ihres Rucksacks und holte ihren alten Mac heraus. Das Gerät war schwer und langsam, aber es funktionierte, und als arme Studentin konnte sich Mia nichts Besseres leisten. Sie loggte sich ein, öffnete ein neues Word-Dokument und machte sich bereit, sich durch das Schreiben ihrer Hausarbeit in Soziologie zu quälen.

Zehn Minuten und genau Null Worte später gab sie auf. Wem wollte sie denn damit etwas vor machen? Hätte sie wirklich dieses verdammte Ding schreiben wollen, wäre sie doch niemals in den Central Park gekommen. So verlockend es auch war, sich fest vorzunehmen die frische Luft zu genießen und gleichzeitig etwas zu arbeiten, in Wirklichkeit hatte Mia das noch nie hinbekommen. Eine muffige alte Bibliothek war ein viel besserer Ort für solche Tätigkeiten, die derartig das Hirn zermartern.

Mia gab sich in Gedanken einen Tritt für die eigene Faulheit, seufzte und sah sich trotzdem erst mal um. Die Menschen in New York zu beobachten amüsierte sie immer wieder.

Das Bild, was sie vor sich sah, war ein Klassiker, mit dem Obdachlosen auf der Parkbank – zum Glück nicht auf der neben ihr, er sah nämlich so aus, als würde er schon sehr streng riechen – und den beiden Kindermädchen, die miteinander auf Spanisch redeten, während sie langsam ihre Kinderwagen vor sich her schoben. Ein Mädchen mit leuchtend pinkfarbenen Reeboks, die einen schönen Kontrast zu ihren blauen Leggins bildeten, joggte auf einem Weg weiter vorne.

Mias Blick folgte neidisch der Joggerin, als diese um die Ecke bog. Ihr eigener hektischer Tagesablauf ließ ihr nur wenig Zeit zum Trainieren und sie bezweifelte, dass sie derzeitig auch nur einen Kilometer lang mit diesem Mädchen mithalten konnte.

Rechts konnte sie die Bogenbrücke sehen, die über den ganzen See reichte. Ein Mann lehnte am Brückengeländer und schaute über das Wasser. Sein Gesicht war von ihr weg gedreht, weshalb Mia nur einen Teil seines Profils sehen konnte. Trotzdem zog irgendetwas an ihm ihre Aufmerksamkeit auf sich.

Sie war sich nicht sicher, was es war. Er war zweifellos groß und schien unter seinem teuer aussehenden Trenchcoat auch einen gut gebauten Körper zu besitzen, aber das konnte es nicht sein. Große, gut aussehende Männer waren in dem von Modells überlaufenden New York nichts Besonderes. Nein, es war irgendetwas anderes. Vielleicht war es die Art und Weise, wie er da stand – völlig bewegungslos. Sein Haar war dunkel und glänzte in der hellen Nachmittagssonne, vorne gerade lang genug, um leicht im warmen Frühlingswind zu wehen.

Außerdem war er völlig alleine.

Das ist es, bemerkte Mia auf einmal. Die normalerweise sehr beliebte und malerische Brücke war völlig leer, mit Ausnahme des Mannes, der dort am Geländer stand. Heute schien aus irgendeinem Grund jeder einen weiten Bogen um sie zu machen. Tatsächlich saß niemand außer ihr und ihrem hocharomatischen, obdachlosen Nachbarn auf den sonst so beliebten Bänken in der ersten Reihe am See, sie waren alle leer.

Als ob es ihren Blick auf sich spüren würde, drehte das Objekt ihrer Aufmerksamkeit langsam seinen Kopf und sah Mia direkt an. Bevor ihr Hirn sich dieser Tatsache bewusst werden konnte, fühlte sie, wie ihr Blut gefror und sie sich bewegungslos dem Feind ausgeliefert sah. Während sie ihn nur hilflos anstarren konnte, schien er sie sehr interessiert zu durchleuchten.

———

Atme, Mia, atme. Irgendwo in ihrem Hinterkopf wiederholte eine kleine rationale Stimme immer wieder diese Worte. Diesem seltsam objektiven Teil von ihr fiel auch sein symmetrisches Gesicht auf und die straffe goldfarbene Haut, die sich eng an hohe Wangenknochen und ein energisches Kinn schmiegte. Die Bilder und Videos die sie von den Krinar gesehen hatte, wurden ihnen kaum gerecht. Dieses Wesen, das weniger als 10 Meter von ihr entfernt stand, war einfach atemberaubend schön.

Während sie ihn weiterhin bewegungslos anstarrte, richtete er sich auf und ging auf sie zu. Er pirscht sich eher heran, kam ihr dummerweise in den Sinn, da jede seiner Bewegungen sie an eine junge Raubkatze erinnerte, die sich geschmeidig einer Gazelle annähert. Seine Augen ließen sie die ganze Zeit nicht aus dem Blick. Als er näherkam, konnte sie einzelne gelbe

Sprenkel in seinen goldenen Augen erkennen und auch die vollen langen Wimpern sehen, die sie einrahmten.

Sie sah entsetzt und ungläubig, wie er sich weniger als einen Meter von ihr entfernt auf die gleiche Bank setzte und eine ebenmäßige Reihe weißer Zähne entblößte, als er sie anlächelte. Keine Fangzähne, bemerkte sie mit einem Teil ihres Gehirns, der noch zu funktionieren schien. Nicht die leiseste Spur von ihnen. Das war eines der Gerüchte über sie, genauso wie ihr vermeintlicher Abscheu vor der Sonne.

»Wie heißt du?« Das Wesen schnurrte die Frage förmlich. Seine Stimme war leise und weich, völlig ohne Akzent. Seine Nasenlöcher bebten leicht, als er ihren Duft einatmete.

»Ähm« Mia schluckte nervös. »M-Mia.«

»Mia«, wiederholte er langsam, und es schien, als würde er sich ihren Namen auf der Zunge zergehen lassen. »Mia, und weiter?«

»Mia Stalis.« Ach du Scheiße, warum wollte er denn ihren Namen wissen? Warum war er hier und redete mit ihr? Und überhaupt, was machte er eigentlich im Central Park, fernab aller Siedlungen der Krinar? *Atme, Mia, atme.*

»Entspanne dich, Mia Stalis.« Sein Lächeln wurde breiter und es kam ein Grübchen in seiner linken Wange zum Vorschein. Ein Grübchen? Die Krinar hatten Grübchen? »Bist du bis jetzt noch nie auf einen von uns getroffen?«

»Nein, noch nie«, stieß Mia kurz hervor und dabei fiel ihr auf, dass sie ihren Atem die ganze Zeit anhielt.

Sie war stolz darauf, dass ihre Stimme nicht so zitterig klang, wie sie sich anfühlte. Sollte sie fragen? Wollte sie es wirklich wissen?

Sie nahm all ihren Mut zusammen. »Was, äh –« nochmal Schlucken. »Was willst du von mir?«

»Jetzt gerade, mich mit dir unterhalten.« Mit diesen goldenen Augen, die sich an den Winkeln leicht zusammen zogen, sah er aus, als würde er gleich über sie lachen.

Seltsamerweise machte sie das so wütend, dass sie dadurch ihre Angst verdrängte. Wenn es etwas gab, das Mia mehr hasste als alles andere, dann war das, ausgelacht zu werden. Mit ihrem kleinen, dünnen Körper und ihrem allgemeinen Mangel an sozialer Kompetenz seit Teenagerzeiten – sie hatte das komplette Albtraumprogramm absolviert: Zahnspange, krauses Haar und Brille – waren schon mehr als einmal Witze auf Mias Kosten gemacht worden.

Sie schob angriffslustig ihr Kinn in die Höhe. »Also schön, und wie heißt du?«

»Korum.«

»Nur Korum?«

»Wir haben keine richtigen Nachnamen, zumindest nicht so wie ihr das habt. Mein voller Name ist sehr viel länger, aber du könntest ihn nicht aussprechen wenn ich ihn dir sagen würde.«

Okay, das war doch mal interessant. Sie erinnerte sich daran, mal so etwas in der *New York Times* gelesen zu haben. So weit, so gut. Ihre Beine hatten schon fast aufgehört zu zittern und ihre Atmung wurde auch wieder gleichmäßiger. Vielleicht, hatte sie ja doch noch eine klitzekleine Chance, aus dieser Nummer lebend herauszukommen. Diese Unterhaltung schien recht ungefährlich zu sein, auch wenn es sie etwas aus der Fassung brachte, dass er sie die ganze Zeit mit diesen gelblichen Augen anstarrte, ohne zu blinzeln. Sie beschloss, ihn reden zu lassen.

»Was machst du hier, Korum?«

»Das habe ich dir doch gerade gesagt. Ich unterhalte mich mit dir, Mia.« Seine Stimme hatte wieder den Hauch eines Lachens.

Frustriert stieß Mia ihren Atem aus. »Ich meine, was machst du hier im Central Park? Überhaupt in New York City?«

Er lächelte wieder und neigte seinen Kopf leicht zu einer Seite. »Vielleicht habe ich gehofft, hier ein hübsches Mädchen mit Locken zu treffen.«

Also, das reichte jetzt wirklich. Er spielte ganz klar mit ihr. Jetzt, da sie ihren Verstand wieder gebrauchen konnte, fiel ihr auf, dass sie sich mitten im Central Park befanden, in der Gegenwart einer Unmenge von Zeugen. Sie blickte sich verstohlen um, nur um sicherzugehen. Ja, obwohl die Menschen diese Bank und das darauf sitzende fremdartige Wesen offensichtlich mieden, gab es tatsächlich einige mutige Seelen, die aus sicherer Entfernung zu ihnen starrten. Ein Paar wagte es sogar, sie vorsichtig mit ihren in die Armbanduhren eingebauten Kameras zu filmen. Wenn der Krinar ihr irgendetwas antun sollte, wäre es umgehend auf YouTube zu sehen und das müsste er auch wissen. Natürlich könnte ihm das auch egal sein.

Da sie immer noch davon ausging, dass sie relativ sicher war – sie hatte noch nie von Videos gehört, die Übergriffe der Krinar auf Studentinnen mitten im Central Park zeigten – griff sie nach ihrem Laptop und hob ihn an, um ihn zurück in ihren Rucksack zu packen.

»Lass mich dir damit helfen, Mia –«

Und bevor sie auch nur blinzeln konnte, merkte sie, wie er den schweren Laptop aus ihren plötzlich kraftlosen Fingern nahm und dabei leicht deren Knöchel streifte. Als er sie berührte, durchfuhr Mia ein Gefühl wie ein elektrischer Schock, der, als er abebbte, kribbelnde Nervenverbindungen hinterließ.

Er nahm ihren Rucksack und packte den Laptop mit einer weichen und geschmeidigen Bewegung weg. »So, fertig.«

Oh Gott, er hatte sie berührt. Vielleicht war ihre Theorie über die Sicherheit auf öffentlichen Plätzen doch falsch. Sie merkte, wie sich ihre Atmung wieder beschleunigte, und ihre Herzfrequenz befand sich wahrscheinlich auch schon im Sauerstoff unabhängigen Bereich.

»Ich muss jetzt los ... Tschüss!«

Wie sie es schaffte, diese Worte herauszuquetschen ohne zu hyperventilieren, würde sie wohl nie herausfinden. Sie griff sich den Riemen ihres Rucksacks, den er soeben losgelassen hatte und sprang auf ihre Füße. Dabei fiel ihr irgendwo im Hinterkopf auf, dass die Lähmung von vorhin verschwunden war.

»Tschüss Mia. Bis später.« Seine Stimme mit dem leicht spottenden Unterton war noch lange in der klaren Frühlingsluft zu hören, als sie losging und fast rannte, weil sie es so eilig hatte, von ihm wegzukommen.

———

Wenn Sie mehr darüber erfahren möchten, besuchen Sie bitte Annas Webseite www.annazaires.com/book-series/deutsch/.

ÜBER DIE AUTORIN

Anna Zaires ist eine *New York Times, USA Today* und Internationale Nr.1 Bestseller Autorin. Anna Zaires hat sich schon im zarten Alter von fünf Jahren in Bücher verliebt, in dem ihr ihre Großmutter das Lesen beibrachte. Kurz darauf schrieb sie auch schon ihre erste Geschichte. Seitdem lebt Anna neben der realen Welt auch ständig in einer Phantasiewelt, in der ihr nur ihre eigene Vorstellungskraft Grenzen setzen kann. Zurzeit lebt die verheiratete Autorin in Florida, zusammen mit ihrem Traummann, dem Sience-Fiction und Fantasy Romanautoren Dima Zales, der auch eng mit ihr zusammenarbeitet.

Bitte besuchen Sie www.annazaires.com/book-series/deutsch/ um mehr zu erfahren.

www.ingramcontent.com/pod-product-compliance
Lightning Source LLC
Chambersburg PA
CBHW071958110726
47910CB00005B/1573